牧羊人号 1

Die Störung
Brandon Q. Morris

[德] 布兰登·莫里斯 著
纪永滨 译

上海译文出版社

目录

牧羊人1号

牧羊人1号

2094 年 3 月 12 日

雨云悬在宇宙尽头的上空。克里斯蒂娜的手指划过电脑屏幕。实验室不大，夜里未加取暖。她刚轮值的时候，气温很低，玻璃表面都凝结了水汽。可是，燃起的希望转瞬即逝。显示器上的条纹并非冷凝水产生的效果，而是夹杂在数据之中。图像本应显示持续了 12 个小时的数据外推的计算结果，实际上却不可用。

克里斯蒂娜用食指和中指敲打着椅子的扶手，她本不应如此焦躁。牧羊人 1 号还没有到达对焦线上的指定位置。亚伦与大卫正把迷途的"羊"们聚集起来。可是，克里斯蒂娜计算过，直径 1.3 千米的范围内早就有了足够多的探测器，保证可以提供清晰的图像。然而算法外推数据，竟然出现了条纹状数据缺陷，这种情况就算不能说是绝无可能，也算得上是非常罕见了。

克里斯蒂娜使探测器采集的数据显示到屏幕上，接着向后推了推眼镜。羊 1 探测器采集了足够的光，可以正常评估数据。羊 2 传输的图像也很清晰。羊 3、羊 4、羊 5 乃至羊 6，它们都处于最佳状态。羊 7 探测器彻底罢工了，可系统能够应付这种局面。克里斯蒂娜把手指放在翻页键上，数据表便自右向左地依次划过屏幕。数据迅速掠过，克里斯蒂娜却感觉自己能重复其中任何一个。早在孩童时期，她就具备了这种天赋。每次父亲将某样东西藏到自己的拳头里面，她都能猜对。虽然她还能回忆起父亲当时惊讶的眼神，却无法再想起父亲眼珠的颜色。和她一样是蓝色吗？

羊56探测器在屏幕上止步不前。在首批提供了数据的探测器之中，羊56是最后一个。克里斯蒂娜由列表视图切换到原图状态。最初，屏幕上显示着一片黑色区域。她将分辨率提高。屏幕边缘出现了个别闪着光芒的星点，它们并不重要。屏幕中央分离出一片黑色，黑得不见任何光。这就是太阳，探测器自带的望远镜自动黑化了它。这一片黑色四周环绕着一个光环，即所谓的爱因斯坦环，这是想观测的物体发出的光线受到太阳引力的吸引和聚集所产生的。只有当他们分析了所有由探测器提供的数据，被观测物体才会显示出自己的庐山真面目以及自己的真正特性。每个探测器都有自己的贡献，但是，只有综合了所有探测器提供的数据，才最终有效。

克里斯蒂娜关闭了数据，屏幕上又呈现出一种模糊的状态。今天应该不会有什么结果了。她敲了一个简短的说明，将其与之前的图像建立起关联，然后通过高增益天线发送给太空舱指挥官。4.3天之后，她发出的消息将传到地球。也许，地球上的研究人员会想出一个办法，如何将挡在他们面前的云层驱走。克里斯蒂娜做了个吞咽的动作，她感觉唾液微苦。这想必是失望的感觉。为了这一刻，她20年来一直在谋划，日复一日。为了这一刻，她放弃建立家庭，成为宇航员，并最终踏上了这漫漫航程。屏幕上终有一刻会有光芒闪现，那是宇宙的终点，同时也是宇宙的起点。届时，她将是第一位目击者。

牧羊人 1 号

2094 年 3 月 14 日

"你找到它了吗?"

亚伦把自己的手指放在按钮上方。

"稍等。它晃来晃去的,推进器的重心大概有些偏移了,"本杰明解释道,"我无法锁定目标。"

"遇到陨石了吗?"

"是小行星!到了地球大气层才叫做陨石。还要我给你解释多少遍?"

"本,你就没有跟我解释过啊。"

"叫我本杰明。天哪,怎么需要这么久。"

本杰明用法语发音说着他的名字。为什么他不干脆让别人叫自己"本"?那样会简单许多。

"我找到它了,就在十字线上。"本杰明说,"开火。"

亚伦按下了按钮。本杰明远程控制的犬系列探测器探头射出肉眼不可见的激光束,但愿它能击中羊 23 探测器,从而修正后者令人担心的航向。修正航向通常由犬系列探测器自动完成,可是因为推进器产生了摇晃，探测器明显无法应付这种情况。

"看起来不坏，"本杰明说，"目标正朝正确的方向调整。"

"但愿我们没有矫枉过正。"亚伦说。

"这种可能性有 23%。"

"你还是那么乐观。"

本杰明没有作答。亚伦身体向后靠，将双臂交叉在脑后，打量着让他忧心忡忡的羊 23 探测器。这个探测器由一个约 3 米长的铝质框架组成，横截面是一个边长不足 10 厘米的正方形。四个方向都伸展着覆盖了太阳能电池的太阳帆，这让亚伦想到了树叶的样子。如果距离较远，又匆匆一瞥，人们可能会把这探测器看做某种奇异树木被折断的枝丫。太阳帆能够利用太阳光的辐射压，从而使探测器加速飞行。哪怕只有一束明显的阳光就够了，然而从他们所处的外太空看去，太阳早就泯然众星矣，不再是黑暗天幕上最亮的物体。

羊 23 探测器在缓慢地自转着，似乎不再摇晃。稳妥起见，亚伦调出了探测器位置传感器的数据。

"哈哈，我们成功了。"他说。

"你仅仅是按了按钮而已。"本杰明通过无线电回答。

卫星上面安装了激光与望远镜，出于未知的原因，工程师们将卫星的远程控制系统与激光发射按钮彼此分开。会有人按下按钮并用激光攻击别人？抱这种想法的人该有多么偏执！一旦加入这场漫长的星际旅途，谁也不会想要危害这次任务。悄悄地透过望远镜向外面好奇地一瞥，就会让人更相信自我及同伴。没有什么可以取巧的地方，因为往往要连续工作几个小时，才可以对原始图像进行计算。

亚伦独自待在自己的舱室里，他在这里最感惬意。几乎 20 年以来，他们一起在路上。大家不必每天见面，也许这也是很少发生争执的原因。地球上的心理学家们确实干得不错。有时候，虽然本杰明的悲观主义——他自称为现实主义——会让亚伦头痛，但是这也无伤大雅。毕竟，亚伦本质上是个乐观的人。

亚伦忍住了一个哈欠，然后锁上裤扣。也许他该和谁约着见一面了，否则会成为一个离群索居的人。

"我们要不要一起进餐？"亚伦问本杰明。

"给我 20 分钟。我必须让羊 23 转个身，这样就能把它纳入阵型。"

✕   ✕   ✕

亚伦要向上进入控制中心，爬得流出汗来。转动好像使牧羊人 1 号产生了引力，将人朝外拉扯着。所以，对于亚伦而言，位于中央位置的控制中心就在不足百米的斜坡尽头处。4 个舱室与航天实验室均位于一个圆环上面，这个圆环的直径恰好就是 100 米。

亚伦抬头望去。窄窄的通道今天似乎漫无尽头。他一个梯级一个梯级向上扯动自己的身体。随着他一步步向上，向外拉扯他身体的力尽管逐渐减小，可空气似乎也开始变得越来越稀薄。这只是他自己的幻想，还是工程师们确实在这里做了一个错误的设计？为什么他现在才注意到？

一道绿色的光环闪过整个通道，显示亚伦已经到了终点。他头顶是一道活门，必须要推到一边。活门很容易移动。亚伦爬完最后几个向上的梯级，终于感到身上一轻。因为失重，亚伦飘浮了起来。他置身于 ·个低矮的空间，光源不知来自何处。空间的形状奇怪地扭曲着，也许是因为顶部与地板呈现明显的弯折状。亚伦正位于一个球形内部，它囊括了飞船的核心部分。在亚伦所处的这一层有 3 个公共空间、厨房及工作室。有食物的味道。也许大卫和克里斯蒂娜准备了什么吃的？亚伦口水横流。突然，真的有饥饿感袭来。他已经想不起饥饿到底是一种什么感觉了。

亚伦打量着他刚刚穿过的洞口。洞口看上去漆黑一团，小得似乎他根本无法穿越。在这样一种氛围中，人很快会乱了方寸。亚伦想象着一只蠕虫爬过那个洞口，不由恶心得颈上寒毛倒竖起来。他赶快推上那道活门。活门严丝合缝地消失于地表，仿佛那里从来没有过一个什么洞口。如果脚下没有那条通向入口的光带，亚伦甚至不不知道如何找到回自己舱室的路。

"我要去厨房。"他说。

脚下亮起一道蓝色的箭头。亚伦几乎可以肯定，他必须朝右，可系统却指引他向左。也许正是因为他看不到先前的洞口，所以才失去了方向感。亚伦转向左边，开始大幅度地向前飘移。箭头一直在他身前几步出现，好像它能预知亚伦的行动。这条路亚伦已经走过多次，今天却感觉如此异样！他向下飘移着，同时却又在向上飘移。这就是相对论导致的假象。亚伦想象着从外部打量这个球形的控制中心，感觉适应些了。

厨房到了，它被一道薄薄的墙壁隔开。箭头消失了，一道门随即打开。

"亚伦，欢迎你。"系统的声音响起。

厨房里空无一人。没有烹煮食物的痕迹。要么是亚伦自己想象了食物的味道，要么是系统的杰作。

突然，亚伦听到了脚步声，他转过身。原来是本杰明。后者以相对于墙壁90度的姿势飘浮着，感觉正在沿着墙壁行走。本杰明是位工程师，身高比不过亚伦，却同样属于运动类型。本杰明平顺的头发呈深色，有着明显的侧分，眼珠是浅浅的棕色。同事们都一致认为，本杰明长着一双牛眼。

本杰明吸了一口气，声音清晰可闻。

"真好闻，"本杰明说，"你在这煮东西了吗？"

好吧，先前的味道并非亚伦凭空想象出来的。

"我没有。这能看得出，是吧？"亚伦反问。

"那这气味想必就是系统的杰作了。"

"也许吧，也许是为了挑起大家的胃口。据说，按时进餐对健康有好处。"

"嗨，小伙子们！你们在这里煮东西了吗？"

是克里斯蒂娜，他们的女宇航员。她总是在大家最意想不到的时候出现。

"抱歉，并没有。我们也是被气味吸引过来的。"亚伦说。

"那我们现在就自己做点什么吧。"克里斯蒂娜的声音很轻，却很坚决。

她走向旁边齐腰高的柜子，一个一个地打开抽屉。

"这里有大米，"她说，"这里有面条。"

然后，她又走向冰箱。她一打开冰箱门，就有一团团的雾气涌出来，好像冰箱里充满了液态的氮。

"哎，冰箱里是空的。"克里斯蒂娜说。

"你说什么？"亚伦问。

就在前天，冰箱里还装满了新鲜蔬菜。亚伦记得很清楚，当时有8个胡萝卜、4个西葫芦、几个牛油果和1个萝卜。他亲自数过的。

"系统，这些蔬菜跑到哪里去了？"克里斯蒂娜问。

"很抱歉。之前冷却系统发生了一次事故，也影响到了采用水培的暖房。"系统的声音从一个藏在天花板的扬声器传来。

"什么时候排除故障？"

"故障已经排除了。可是安全起见，所有新鲜食材都做了回收再利用处理。"

"什么时候有补给呢？"

"因为暖房必须重新启动，所以我预计需要8个星期。在这之前，你们有脱水食品包可以使用。"

这可太好了。也就是说，几个人在8周里不得不吃速成食品。

"尽管遇到这种情况，我们还可以煮面吃。"克里斯蒂娜说。

"谢谢，我已经没有胃口了。"本杰明回答。

✕   ✕   ✕

亚伦小心翼翼地触摸着薄薄的箔片，却又马上缩回自己的手，太烫了。他保护性地用袖子盖住手指，然后抓住盘子。他右手拿着餐刀，把餐刀戳到箔片里面，然后将箔片向上挑开，快速地对着它吹了口气，继而将它扯开。

这份速成食品据说名叫卡君鸡，配菜是黑豆，看着有点奇怪，闻起来却还真不错。亚伦用叉子挑起来一小块，上面覆盖着一层奶油，全无肉类纤维的样子。无论把它叫做什么，看上去都和鸡肉扯不上半点关系。可是，吃起来味道真的好极了。这里面一定是加了什么料，才会让亚伦的味觉神经大动特动。

"非常好吃，"克里斯蒂娜说，"本杰明错过了。"

"我之前倒也忘记了，这东西味道这么好，"亚伦跟着说，"我们在军营的时候也要吃速成食品，不过和这个没有可比性。"

卡君鸡很快让人产生了饱腹感。在亚伦将塑料盘推到桌子中间的时候，他连一半都没有吃完。一阵低沉的隆隆声响起，桌子从中间打开了，塑料盘就此消失不见。

"系统，味道不错。"亚伦评价说。

"谢谢你这么说，亚伦。"

"你能告诉我们菜谱吗？"

"对不起，系统里没有任何菜谱。"

"你难道想以后自己烧？"克里斯蒂娜问道，"仓库里肯定还有5000包卡君鸡。"

"不是在这里烧，等我们回家再说吧，也许会。"

"回家！"

亚伦很惊讶，克里斯蒂娜是以怎样鄙夷的口气说出这两个字。她以前某个时候曾讲过自己逃跑的经历。可是，过去的伤害似乎依旧一直使她感到隐隐作痛，即使时隔20年之后。

"你的研究进行得怎么样了？"

说起自己的工作，她总是津津乐道。克里斯蒂娜把长长的发辫拉到肩后，扶正了眼镜。她已经47岁了，比亚伦大两岁。可看上去，她在漫长的宇航途中丝毫没有衰老的痕迹，面部平整光洁，头发中没有半点灰白。也许这也是因为人们经常彼此见面。人们一起年轻，又一起老去。奇怪的是，这几个人从来没有聚齐过。是克里斯蒂娜的个人魅力不够吗？或者是三男一女长期密闭在一个空间，因此而产生的一种自然而然的行为方式？也许，这就是生物进化遗留下来的一种表现，一种自我保护机制——在所有男性因为克里斯蒂娜而自相残杀之前，每个人都宁可独处。

"我这里没有进展，没有任何进展。"克里斯蒂娜说道。

说这句话的同时，她的声音异样地颤抖着。研究没有进展，这够她受的了。亚伦之前根本没想到，克里斯蒂娜会如此不耐烦。

"各个探测器都没有到达最理想的位置。"亚伦说。

"问题不在这里。"克里斯蒂娜说，"尽管探测器的位置不理想，我们也理应能看到些什么。不需要看得很仔细，但是起码要看到什么。"

"光探测器出问题了吗？"

"你是说所有光探测器突然都出问题了？如果是那样，我们现在至少应该能在屏幕上看到黑子，而且是很明显的黑子。就算一无所获，图像也可以显示得很清晰。"

"哦，你看到什么了，对吧？"

"云团，"克里斯蒂娜说，"或者是雾气。可是这些东西难以捉摸，所有的一切都奇奇怪怪。"

"听起来……有点复杂。"

"想象一下，你一心想看到什么，却被人隐藏了起来，而且用了一块几乎不可见却不透明的帘布，而且还不时抖动这帘布，结果你连帘布的褶皱也看不出。"

"卑鄙。"

"很卑鄙，对吧？"

克里斯蒂娜朝亚伦露出微笑，这笑容使她化身为一位美丽绝伦的女性。这里暗藏了某种危险，亚伦马上垂下了目光。

"如果你无法证实帘布的存在，也就无法将它扯到一边。"亚伦说。

"也就是说，我必须澄清这帘布到底是怎么一回事。"

"听起来很有必要。如果需要帮忙，就告诉我。"

"谢谢你，亚伦。我会找你帮忙的。你们让所有的探测器就位吧。如果这帘布被风吹动起来，我需要输入尽可能多的数据。"

"克里斯蒂娜，你到底想要什么？"

克里斯蒂娜犹豫起来。也许，她正在盘算，自己能信任亚伦几分。随便她说什么，亚伦都不会认为她够愚蠢或够疯狂。每名成员参与此次航行都有各自不同的动机，而他自己的是……亚伦收回了自己的思绪。

"我……我们将能够观测到红矮星 Trappist – 1 的表面。"

真可惜！说得没错，虽然这是本次宇航的公开使命之一。寻找地外生命，也许我们在宇宙中并不孤独，等等。可是，即便他们最终找到了地外生命，也并不具有实际意义。这些地外生命与地球相距甚远，难以有效交流。而且，太阳引力透镜（SGL）的作用远远不止于此。

"好吧，"克里斯蒂娜说，"这只是一部分目的。我其实想……我想看到源头。我想看到宇宙万物的起源。我想看到产生我们所有人的那个奇点。我们可以前所未有地接近它。"

"哪个它？"

"奇点。产生宇宙大爆炸的那个奇点。"

这个想法很自然。克里斯蒂娜是一位科学家，而亚伦自己不是，他是军队背景的飞行员。虽然他的父母是信仰东正教的犹太人，可他自己从未信仰过什么，也从未从事过宗教行为。虽然如此，他也想寻找化虚无为有形的那个奇点，他忍不住想向它发问：为什么你要我陷于战事，同时夺去我妻子的生命？为什么失去生命的不是我？

休斯敦

2079 年 1 月 10 日

"请问您需要帮忙吗?"

瑞吉儿打量着这名衣衫不整的男子,后者正挡着她的路。男子穿着浅色短裤,T 恤因为久穿而显得松松垮垮,看上去像一位游客。他是不是搞错了?第一批参观已经开始了。瑞吉儿看了看自己手腕上的电子纹身,马上就十点了。如果这个家伙不尽快让开,她第一天上班就要迟到了。

"请问您需要帮助吗?"瑞吉儿再次问道。

她的声音透着一丝恼怒。在游客面前,美国宇航局(NASA)的工作人员本应保持友好。可是,这名男子似乎并没有感受到瑞吉儿声音中的焦躁不安,连身体也没有转过来。星星点点的汗珠在他的颈项处一条条横肉上闪着亮光。男子一而再再而三地将一张塑料卡片划过读卡器。读卡器发出滴滴两声,男子便去拉大门把手。他难道不明白自己明显没有进入的权限吗?

"先生,"瑞吉儿说,"恐怕您走错地方了。您的卡不管用。"

男子转过身。他终于听到瑞吉儿的声音了。也许她来得很及时。

男子的额头闪着亮光，几绺稀疏的头发紧贴在额头上。他眼睛不大，面颊多肉，目光中透露着些许不安。这名男子让瑞吉儿想到一个刚刚找到救星的迷路小孩。

"可是，这张卡肯定管用啊，"男子说，"安全部门刚刚签发给我的，我必须准时到。"

男子把卡片递给瑞吉儿，同时眼中多了一份祈求。瑞吉儿虽然对这里同样陌生，可她在 NASA 工作多年，这份经验似乎起点作用。瑞吉儿拿过卡片，看到上面有"访客"的字样。

"我是查理斯·狄更生。"男子可能注意到了瑞吉儿脸上的疑问，跟着说道，"我来自 α-Ω 公司，这是……"

"我知道，"瑞吉儿回答说，"这是 SGL 项目背后的组织。"

"有些人认为 α-Ω 是一个地方。"男子边说边用左手背抹去额头上的汗。瑞吉儿向后退了一步，以免可能被甩到汗珠。

"今天可真热。"男子一边说，一边抱歉地点点头，向旁边退了一步。

男人肯定注意到了瑞吉儿的情绪。不管怎么说，他还算得上周到，这已经说明了什么。特别的是，瑞吉儿和这名男子未来多年要紧密合作。过去的事实早就表明，那些人不会完全放权给瑞吉儿。可是，α-Ω 公司在瑞吉儿入职第一天就安排了一个人贴身跟随？对于那些人而言，这次任务想必确实至关重要。

"我是瑞吉儿·施密特。"瑞吉儿做着自我介绍，并没有主动跟男子握手，"我是本次任务新的太空舱指挥官。"

"很高兴认识您。"男子回答道，"那我们接下来可能会经常碰面了。"

瑞吉儿把电子纹身靠近读卡器。机器发出滴的一声，然后传来金属的咔哒声。瑞吉儿推开门。

"您也应该去装一个电子纹身。"瑞吉儿说，"我不可能一直帮您开门，狄更生先生。"

"叫我查理斯吧。"男子说道，"请叫我查理斯。如果您愿意，也可以叫我查理。"

瑞吉儿推住门，胖胖的查理斯从她身边穿过。瑞吉儿抽了抽鼻子，这有点太快了。可是另一方面，这次任务首期就定了 4 年。无论如何，她也避不开在漫漫时光中进一步了解查理斯。她会了解到查理斯及其家人的日常，查理斯会给她讲度假的经历，还会给她讲自己的孩子们。而瑞吉儿则会把查理斯放在一个普通的位置上，因为她工作以外的生活与任何人都没有关系。如果迟早都要用"查理斯"来称呼对方，也可以马上就开始。

"瑞吉儿，"她说，"你叫我瑞吉儿吧，但是千万别叫我瑞、瑞秋或瑞琪。"

查理斯沿着狭窄的通道穿行，放声大笑。瑞吉儿跟在后面。空气中有新鲜油漆的气味。灯光过于明亮，而气温则低得冰冷刺骨。

"明白。你知道瑞吉儿大概意味着母羊吗？"

瑞吉儿早就知道，她的非犹太裔同学们时不时就用这个来嘲讽她。瑞吉儿摇了摇头。

"从来没听说过。"她一边说，一边努力保持着严肃的表情。

"啊，真的吗？"

查理斯突然停住了脚步，瑞吉儿差点撞到他身上。她点了点头。

"我觉得这特别引人注意。"查理斯说，"我们的飞船叫做'牧羊人1号'，而这些探测器可能都属于'羊'系列。"

"可真巧。"瑞吉儿说道。

一股寒意划过瑞吉儿的背部，她之前确实没有注意到这一点。如果凭她自己，也许会把这个看做巧合。可是，一旦从查理斯的嘴里说出来，就好像背后藏着什么不可告人的意图。

✕ ✕ ✕

瑞吉儿坐在沙发椅上，身体向后靠着。在她前方，一位身着橙色工作服的技术人员正在右手边屏幕的后面摆弄着什么。任务控制中心（MOC）的整修似乎专门为了瑞吉儿而进行。瑞吉儿将身体转向左侧。在她后面一排，艾莉森趴在自己的办公桌上，正扯着一根线缆。艾莉森是本次任务的执行官，也就是瑞吉儿的顶头上司。瑞吉儿希望技术人员们赶快理清头绪。她今天可是专门赶了时间，就是为了第一天能够准时上班。

爱丽丝鸿德拉长长的抽泣声还回响在瑞吉儿的耳畔。在瑞吉儿把爱丽丝鸿德拉留在她外祖母身边的时候，孩子哭得撕心裂肺。瑞吉儿真的早就应该把女儿托付给她的外祖母了，可是久经别离，瑞吉儿很享受和女儿在一起的时光，所以不愿放手。其实，爱丽丝鸿德拉很喜欢外祖母，她肯定早就不哭了。瑞吉儿看了看电子纹身，刚过12点。不，现在不应该给女儿打电话，她肯定正在午睡。

有人叩了叩瑞吉儿的膝盖，她吓了一跳。原来是那位技术员。

"女士？可以打扰一下吗？我这里完工了，您现在可以登录了。"

"谢谢你!"瑞吉儿说，然后坐直了身体。

技术员走开了。飞行主管得文示意技术员去他那里。瑞吉儿将键盘拉到面前，输入了个人登录信息。屏幕上马上显示了牧羊人 1 号的多个状态提示，还显示了四人飞行组。瑞吉儿观察着四名宇航员的生命数据。四个人都处于睡眠状态，他们的体温略低，却也还在预估的范围之内。

不，瑞吉儿，你要小心些，她提醒自己。这次航行是一次非常特殊的任务。她此时此刻所看到的，是足足 4 天之前开始的状态，这也是数据被深空网络（DSN）接收所需要的时间。牧羊人 1 号是第一次飞出太阳系的载人探险。

瑞吉儿把四名宇航员的数据调了出来。亚伦、本杰明、克里斯蒂娜和大卫，多好的名字。瑞吉儿打开四人的个人档案。本杰明，理工科硕士工程师，是法国人。瑞吉儿打算第一个问问本杰明，他希望自己怎么被别人称呼，她是否应该用法语发音读他的名字。照片上的本杰明看起来像一个流浪汉，也许刚进行了一次高强度的训练，别人随即给他拍了这张照片。亚伦是以色列人。以色列国防部是除了 NASA 和 α - Ω 公司以外的另一个任务合作方。亚伦看上去很强壮，表现得很有执行力。关于他的过去，文件里只提到他曾在特别部门工作。大卫是唯一一个在档案中被提及外号的人——"戴夫"（Dave）。按照档案中的记录，大卫应该有在海军服役的经历。他 38 岁，在所有乘员中最为年轻。也就是说，在牧羊人 1 号正式启航之时，大卫可能才 18 岁。克里斯蒂娜是飞船上仅有的一位女性，也是仅有的一位科学家。很奇怪，瑞吉儿马上对克里斯蒂娜产生了亲近感。单单看照片，瑞吉儿就仿佛看到了自己的姐妹，尽管她从未拥有过。瑞吉儿仿佛在看自己的个人简历：父亲，唯有自己取得优异成绩的时候，才会表示认可；母亲，则只会向女儿倾诉自己的苦恼——瑞吉儿几乎有这样　种感觉，仿佛克里斯蒂娜是自己的复制品。可这当然是胡思乱想。

"嘿，重要的日子就快到了，你还要搜索资料吗?"

瑞吉儿吓了一跳，快速关闭了乘员们的个人资料。查理斯站在一旁，看着她的电脑屏幕。乘员们的个人数据可和他没有任何关系。

"抱歉，这些是内部资料。"瑞吉儿斩钉截铁地说。

"对不起，我其实没想窥探什么。"

瑞吉儿看着查理斯的脸。他脸上的汗水已经干了。她之前说的话使他的额头出现了一道紧蹙的皱纹。她还不知道，自己竟然有这样一种能力。

"我的座位在前面那里。"查理斯说。

他指着右前方的一张办公桌。桌子上放了一块牌子，上面有"科技运维"的字样。谁的座位越靠前，谁就越不重要。事情原本如此，但这一点似乎并不适用于查理斯。瑞吉儿并不清楚自己从何而知。可是，甚至执行官也带着一种特别的敬意向查理斯表示了欢迎。

突然，房间里的光线暗了下来。

"牧羊犬1号有信号传来。"一个男性的声音在整个房间回响。

MOC前部的3个大屏幕熄灭了2个。牧羊犬系列卫星的任务在于监控众多的"羊"系列探测器。每个羊群中都会有一或两只牧羊犬。居中的屏幕显示着牧羊犬1号实时观测到的内容。它观测到的是牧羊人1号，这是人类有史以来建造的最快、效率最高的宇宙飞船。

"哇。"查理斯感叹着。

作为α-Ω公司的员工，查理斯想必已见过这艘飞船。瑞吉儿也很熟悉关于这艘飞船的数据，此刻，她却也痴迷了。看上去，牧羊人1号仿佛是一个在地狱般的洞窟里打造的原子模型。它跳跃的外形闪耀着红光，这大概是远红外成像的结果。牧羊人 1 号有一个圆圆的主体部分，围绕在四周盘旋的是 5 个明显小得多的伴体，它们通过细长的、看上去似乎很容易折断的轮辐与主体相连。

"我多么想也在飞船上啊。"话音甫落，瑞吉儿就不由得暗自气恼。

她的愿望和任何人都没有关系，更不用说查理斯了，他连 NASA 的雇员都算不上。作为太空舱指挥官，瑞吉儿主要对飞船上的几名乘员负责，同时也要最终完成任务。和一位男同事发展个人友谊，这有害无益。

牧羊人 1 号

"现在，第一个波次已经聚齐了。"大家的领航员大卫说道。

大卫用手指示意着墙上几处闪光的标志物，手指尖所指的地方出现了一个红色的光点。

"你们看到了吗?"

大卫的手上下移动着，光点便随之在一块狭窄的圆形区域内运动。

"这里就是对焦区，"大卫解释说，"直径只有大约 1.3 千米。我们成功地把所有的探测器都聚集在这个区域。"

其实，所有人都了解一切事实。除了羊 23 之外的探测器的导航如此完美，或许这并非他们的功劳。可是，亚伦已经看懂了大卫的内心。大卫在飞船上的身份是领航员，所以必须发表这样的言论。

"确切地说，所有探测器自行排成了密集阵。"本杰明说道。

亚伦向本杰明眨眼，意思是随便大卫怎么说。可是，本杰明不能理解亚伦为什么眨眼示意，或者说他不愿意理解。

"好吧，关于羊 23，我和亚伦不得不提供了一点点后续的帮助，可其他事情主要都是牧羊犬们自己完成的。"本杰明继续说。

"这个我明白,"亚伦说,"可是我们整个时间都守在幕后,一旦有事情发生……"

"……就算有事情发生,我们也来不及干涉,因为对于探测器来说,牧羊人1号要么飞得太慢,要么太快。"本杰明反驳道。

毫无疑问,本杰明说得有道理。使巨大的牧羊人1号达到巡航速度比让200千克左右的探测器达到巡航速度要花费更多时间。同样,让它停下来也是一件更耗时的事情。

"现在,这一点没有什么影响了。"克里斯蒂娜说。

这位女宇航员站了起来。她走到大卫投影了探测器的墙边,摆了摆手,画面便消失了。

"这里就是我们的问题所在。"她说。

"这里?"大卫问道。

"这是汇集了所有探测器拍摄的照片之后产生的图像。"

"可是,这里空无一物啊。"

"正因为如此,大卫。我们必须抓紧时间研究,尽可能在下一次与 MOC 联系之前有一些进展。"

为什么克里斯蒂娜这么急?在过去20年间,她一直都很冷静。

"可能你们心里怀着疑问,为什么我这么着急,毕竟我们已经飞了20年了。这个项目投资巨大。因为将资金投入我们这个项目,NASA 甚至放弃了飞往土星。我的意思是,整个人类有资格得到几个答案了吧,是不是?至少,我们要向 MOC 提几个聪明的问题。地球上有多得多的资源,可以深入分析我们遇到的问题。"

亚伦将额头皱出层层深纹。这是一个有说服力的理由,他几乎就被克里斯蒂娜说服了。其实，这次说服可有可无。亚伦自己当然也想尽快看到结果。

"你是天文学家，"本杰明说，"我只是名小小的工程师，不知道我能做什么贡献。"

"你不是参与研发了纳克低频阵列（Lofar NG）的结构吗？"克里斯蒂娜问道，"那么，你可是很熟悉望远镜阵列可能会发生的问题。"

"以前那部是射电望远镜，天线相当原始。"

"算了吧，你自己也知道，唯一的区别就是电磁射线的频率不同。"

"你说得对，克里斯蒂娜。可是，我讨厌编程。我喜欢亲手做点什么出来。"

"你自己也说，问题不在于硬件，而是在于用来评估数据的算法规则。"

"没错，我们必须以这个为出发点。"本杰明回答说。

亚伦不得不承认，本杰明说得对。朝着这个方向飞行期间，所有探测器的测量仪器都失调了，这极不可能发生。

"我想和你一起看看软件部分。"亚伦建议说。

可是，克里斯蒂娜并不松口。

"系统的容错率是多少？也就是说，系统有多大部分可以停止运行，却不影响任务的完成？"她问道。

她原本应该自己知道这一点。

"三分之一吧。"大卫说。

"如果在系统犯错的条件下呢？"

"你想说什么？"大卫问。

"我们假设，导航出了点问题。"

原来她想说这个。当然，如果探测器根本就没有到达对焦区，也就不会产生清晰的图像。大卫脸红了，他明显产生了动摇，毕竟，导航是他负责的。

"我……我可以排除这一点。没有任何一个探测器显示存在偏差，我一再检查过的。"

大卫的手在颤抖。他坐了下去，把手放进怀里。

"大卫，我并非在责备你。探测器借助于多个脉冲星进行导航，脉冲星一再改变自己的特性。如果灯塔的光突然增强，依靠它航行的船只就会偏离航向，尽管灯塔的位置并没有任何改变。"

"但脉冲星之所以被用来导航，正是因为它们特别稳定。"大卫喃喃地反驳。

这个理由说服力不强。无论某个天体迄今为止有多么稳定，它随时都可能有所改变。

"如果有问题，也不是你的错。MOC 本来就必须发现问题并提醒我们。"克里斯蒂娜说，"无论如何，我们应该就此质询 MOC。"

"如果你愿意的话，我们之后一起对算法再做一次整体检验。"亚伦说。

"好的，"克里斯蒂娜回答，"可是，我们先构思一个发给 MOC 的质询吧。我很想尽快澄清这些问题。"

牧羊人 1 号

2094 年 3 月 16 日

"灯光关闭。"

亚伦孤零零地立于宇宙的黑暗之中，遥远的星点在四周闪烁。

"首批探测器亮灯。"

在亚伦面前，至少 10 个红色的十字亮了起来。他转过身，辨别出其他探测器发出的信号。他就身处这些探测器包围之中。

"状态矢量。"

蓦地，所有探测器都射出激光。无论如何，这就是需要的效果。细长的绿色光带显示某个探测器飞行的方向，红色光带象征着探测器的实时速度矢量。除了羊 23，似乎所有的矢量都呈平行状态。大卫的手动了动，使所有的光带向自己靠近。没错，即使放大来看，一切也都正常。克里斯蒂娜想必是搞错了。

"显示对焦线。"

突然，一个管状区域充满了闪着红光的雾气。就是这片区域，探测器必须在这里共同捕捉一个清晰的图像。所有的探测器都已聚集在这片区域，太好了！自己的工作还是做得很好的。大卫揉搓着自己的手。像以前与里克夜间出行时发生的那种致命错误，永远也不会再发生了。

　　大卫站了起来，转过身。对焦线指向一颗非常明亮的白色星星。他们正是来自那里。离那里不远，在地球上的巴尔的摩国家公墓，他的朋友里克就安葬在那里。里克的死要归咎于大卫，虽然从没有人因此指责过他。这是很久以前的事了。

　　在虚拟现实中，无法分辨出是什么使得导航如此复杂。对焦线必须穿过太阳系的重力中心，而重力中心则稍许偏离太阳的内核——这主要归因于木星。整个太阳系以每小时 96 万千米的速度围绕银河系的中心运行。在这些条件下，将一部望远镜始终对准目标，确实是一种成就——而他们做到了。

　　大卫转过身。必须要看着太阳，这始终使他感到异样的悲伤。现在，他面前又是宇宙无穷的黑暗。

　　"显示 X 射线光源。"

　　在他的视野中，模拟器点亮了数个脉动着的蓝色球体。大卫数了数，数字是 17，一共 17 颗脉冲星。借助于这 17 颗脉冲星 X 光射线的变化，探测器可以通过三角计算确定自己的位置。这也是 17 座灯塔，即使距离遥远，依然可见——这是一种只有宇宙飞船才能拥有的奢侈。

　　大卫更仔细地观察其中一颗脉冲星。系统注意到大卫的视线，就为他显示了目标脉冲星的名字：PSR B1919 + 21，同时也显示了定位所需的重要数据。PSR B1919 + 21 脉冲星是一颗经典的脉冲星。只要是对中子星感兴趣的人，都知道它的脉冲周期为 1337 秒。数据准确无误。大卫转向另一颗脉冲星：PSR J0437 - 4715。这颗脉冲星转得如此之快，探测器几乎每秒接收到 174 次 X 光脉冲。这个数据也与大卫的记忆吻合。他已将 17 个脉冲星烂熟于心，以便将任何一个失误消灭在萌芽中。

还有哪些因素会导致失误？也许是频率的红移？虽然频率很快，但是算法规则中已经考虑了由此产生的双重效应。如果导致失误的因素是一种相对产生的干扰呢？如果是那样，在探测器和脉冲星之间必然存在一个体积较大、尚不为人所知的质量体。这个质量体将 X 射线向自己的势力范围内牵引，由此延长 X 射线的运行时间。可是，人们已有意识地选取了各个方向的脉冲星，这个不知名又不可见的质量体想必近在咫尺。因此，可以排除一颗尚未发现的行星。一个行星般大小的黑洞倒是值得考虑。如果假设成立，将会是一个引起轰动的发现。很长一段时间以来，天文学家们一直尝试着证实存在这种大小的黑洞。

"模拟一个相当于木星质量的点状物体，其轨道为 1000 个天文单位。"大卫命令道。

1000 个天文单位，这是地球到太阳距离的 1000 倍。与之相比，黑洞想必还在 450 个天文单位之外。至于这个推理有几分现实性，大卫没有任何根据。没过多久，模拟的画面就渐渐模糊了，点点繁星和所有探测器又出现在屏幕上。一眼看上去，并无任何变化。

"显示由被模拟的类木星体引起的偏差值。"

据大卫推想，对焦线想必会有所改变。可是，实际却并无变化。很明显，对焦线变化微小到系统都无法表现。黑洞想必在更靠近太阳的位置。可是，如果黑洞距离太阳过近，天文学家们肯定会因其对更外部行星的影响而早就将其发现。自从天文学家们最终发现了传说中的第九大行星——一颗火星般大小的星体，在所有人类语言中都获得了统一的叫法，最晚自那时起，关于在跨海王星轨道上运行的天体为何会发生奇怪的偏移，就很大程度上有了解释。

"将被模拟星体缩近到 700 个天文单位。"

屏幕上的画面分解为数百万个光点，好似整个宇宙崩塌为星尘。然后，这些光点又重新组合在一起。大卫转过身。对焦线指向哪里？一旦假设中存在的黑洞对外界有什么影响，对焦线想必就会偏移。大卫放大了几颗近日行星所在的区域，继续跟踪对焦线。火星在宇宙中运行，变得越来越大，在离大卫很近的地方划过；地球差点撞过来。大卫向后躲了一下，这个模拟太逼真了。金星不值得多看，它躲在太阳后面。水星的大小从网球变成足球。随后，大卫的视线随模拟划过焦点区域，最终到达了太阳的核心部分——精确地经过了它的几何中心，而非重心。

这难道就是克里斯蒂娜所担心问题的原因吗？经模拟证明，如果太阳系中存在一个质量相当于木星的黑洞，它就会使对焦区发生偏移，而 SGL 获得的图像也就不会清晰。这一点显而易见。可是，难道真的有这样一个黑洞吗？如果这个黑洞对其他行星的运行造成的影响尚无法察觉，所以还没有被人发现，那么人们该如何证明它的存在呢？稍等。大卫没有考虑到一点，太阳系并非处于静止状态。所有天体都在运行，而且速度不等。探测器获取的图像必须不时地转换。尽管图像模糊，但是模糊的方式应该有所不同。谁没有意识到这一点，谁就想不到后续解决方案。可是，如果他们知道自己必须追寻什么，就应该有可能证明黑洞的存在。

这个推论似乎有点道理。即使他们永远无法一睹 Trappist－1

星系或宇宙的起源，大卫也会是首个近地黑洞的发现者之一。也许，黑洞会以他的名字命名，让朋友忘不掉他。大卫必须尽快和克里斯蒂娜谈一谈，她手里有观测数据，想必可以证明数据的周期性改变。

休斯敦

2079 年 1 月 11 日

"DSN 在线！"一名年轻男性在左侧喊道，听起来有爱尔兰口音。

瑞吉儿站了起来。

"出什么事了？"身后一个女性声音在问。

瑞吉儿转过身。身后那个座位，昨天还是空的，现在坐着一位迷人的中年女士。她的皮肤呈深色，留着乌黑的长发，涂了红红的唇膏。肯定是位新人。瑞吉儿看了看她桌上的牌子，上面写着"系统分析员"，没有写名字。也就是说，这位女士来自某个秘密部门。通常情况下，这个部门派出的人都坐在半透明的隔板后面。隔板后面坐满了吗？怎么会把这位女士安排到前面来？

"我是奥罗拉。"这位陌生的女士说，然后也站起来，友好地笑着，伸出了右手。

"我叫瑞吉儿，是太空舱指挥官。很高兴认识您。"瑞吉儿回答说，"现在，牧羊人 1 号马上就要进行首次通讯了，就在中间的屏幕。"

"谢谢。我在这里还是个新人。"

"没有问题。"

瑞吉儿将身体转向前面。

"马德里在线。"DSN 的这位爱尔兰人在报告。

通讯马上就开始了，投影仪已经发出警示性的鸣叫。看到他们了。人们看到了四副面孔。感觉摄像头自上而下地拍摄，可这是错觉。四位宇航员在无重力条件下飘浮在离地面不远处。

"好奇怪，"奥罗拉在后面说，"哎呀，对不起。"

瑞吉儿稍微向后转了一下："不用担心，这并非现场通话，他们离得太远了。"

查理斯在哪里？瑞吉儿的目光扫过前面数排座位。连秘密部门都到场了，α-Ω 的工作人员可是不应该缺席的。写有"科技运维"字样的牌子仍旧放在查理斯的桌子上，座位上却空无一人。

"你好，地球！你好，执行官。你好，太空舱指挥官！"

克里斯蒂娜的声音听起来苍白无力。她的声音太轻，也许扬声器电压过高了。墙上的投影一再卡顿。很明显，数据处于实时传输状态。克里斯蒂娜的嘴时快时慢地一张一合。尽管对方看不到，瑞吉儿还是向她挥手示意。同一时刻，克里斯蒂娜也在挥手。瑞吉儿露出了微笑。真巧！她对克里斯蒂娜颇有好感。SGL 项目事关一项科学任务，所以克里斯蒂娜既是天文学家，也是飞船上的指挥官。

飞船出发之前，曾进行过漫长的讨论，关于派成员组踏上如此漫长的星际旅途是否值得的问题。最终选定亚伦、本杰明、克里斯蒂娜和大卫四人，也是各方妥协的结果。α-Ω 公司负责所有的费用及培训，可是 NASA 可以忍气吞声到什么程度？虽然这跟瑞吉儿没有半点关系，但是她有一种感觉，自己绕不开这个问题。

克里斯蒂娜开始作报告。她非常专业，没有忘记在适当的地方夸奖自己的同事们。今天不允许记者出席，可是，如果有记者在，也会无聊到离开现场。一项航空任务？只有任务失败，才会夺人眼球。对于大多数人而言，宇宙的起源太过于遥远。即使人类存在这一物理学的根本问题之一有了答案，也只值一篇报道而已。瑞吉儿叹了口气，几乎就在同时，克里斯蒂娜也在投影上叹了口气。克里斯蒂娜刚刚说了什么？瑞吉儿必须更用心地倾听才好，因为她必须向乘员组转达MOC的答复。

"我们期待你们的答复。"克里斯蒂娜在报告的最后说，"非常感谢你们的支持。"

和平时一样，大厅里的听众短暂地鼓了鼓掌。

"你们都听到了，"执行官说，"那么，现在开始工作吧。还有问题吗？或者对自己的职责还不清楚吗？"

没有人举手。

"好！两个小时之后，每个人都准备好必需的信息资料。太空舱指挥官届时会记录我们给出的回答。现在开始工作吧。"

飞行器 B

好吧。如果 MOC 坚持，他也会加以查验。虽然他已经知道，这次宇航任务毫无意义，但它至少是一种调剂。

"释放夹钳。"他命令道。

本杰明听到一种金属的刮擦声，好像有人在舱外用一根针刮着舱壁。这实在是一种令人毛骨悚然的声音。

"夹钳已释放。"系统回答道。

"切换为手动控制。"

"本杰明，我建议保持自动控制状态。如果改为手动控制，事故率会提高到 0.05％。"

系统正确地说出了本杰明的名字，一清二楚的巴黎口音。如果本杰明能让同事们也做到这一点，就太好了。

"切换为手动控制。"本杰明再次说道。

如果能让系统不要对他发号施令就更好了，不过本杰明还是很为自己感到骄傲。事故率仅为 0.05％！就在不久之前，系统经计算得到的事故率还高达 0.2％。之后，本杰明依靠手动控制完成了 5 次飞行。更低的事故率就是给他的回报。

"已切换为手动控制模式。"

"谢谢你,牧羊人1号。"

借助于右侧扶手边的控制手柄,本杰明让舰首的控制喷嘴实现了点火。飞行器慢慢地脱离了母舰,好似一颗珍珠从手链上脱离。这真是一种非常实用的结构。即便所知不是更多,每个人也都能乘坐自己的飞行器离开。当然,技术背景是另外一回事。这事关通讯过程中的冗余技术。一旦某个人所乘的飞行器被小行星击中,几乎不会被其他乘员发现。如果是那样,无论如何也无法指望得到母星地球的救援。

本杰明解开裤子的锁扣,这样舒服多了。虽然食物不是特别可口,但是他还是感觉体重已有所增加。这让他感到些担心,因为体形对他很重要。也许,他活动得太少了。好吧,至少这里没有人能看到他。

或许,本次飞行任务中最危险的时刻正在到来。飞船释放飞行器的时候,向它传递了一定的动量。尽管飞行器仍旧处于失重状态,可是它正以之前围绕母舰飞行的速度离开母舰。如果飞行器想追上探测器,就必须抵消这个速度,同时还要修正航线。

本杰明小心翼翼地向一侧施加推力。他不可以过度操控,否则飞行器会陷入螺旋状态。他也不可以悠哉游哉,否则飞行器就会飞得过久。本杰明眯起眼睛,以便能更好地看清屏幕上的飞行数据。他必须给自己搞一副眼镜。他在宇宙中度过了20年,岁月留下了它的痕迹。红色光带慢慢接近了绿色光带,然后是一阵厚重的轰隆声。他做到了。本杰明将右发动机调到固定功率,并激活主发动机。惯性使他紧紧地靠着左侧的座椅扶手,而飞行器则围着牧羊人1号转了一个大弯，然后向探测器追去。

✕   ✕   ✕

只有当导航模式在屏幕上加以标识，才能发现牧羊人1号。本杰明屈身向前，并按下按钮来结束屏显状态。然后，他的手上移至负责维系生命的控制台。氧气、二氧化碳、水蒸气、温度——他按停了所有控制开关。飞行器的空间足够大，他可以连续几天脱离空气处理系统而自主呼吸；如果温度降低幅度过大，他还可以穿上宇航服。

一切都静下来。本杰明的两臂上起了鸡皮疙瘩。他早就想这样尝试了。飞行器内并非完全黑暗，周围的二极管散发着云遮月般的光芒。可是，本杰明不敢完全关闭飞行器的动力。大卫是所有人中最懂技术的人，他对本杰明说，如果完全关闭飞行器的动力，无法保证顺利无碍地重新点火。

可是，单单这份静谧就是一种经历了，它是如此动人心魄。难道只是因为他20年来一直生活在有声音的世界里吗？对本杰明而言，原因似乎并不止于此，这关乎一个人仍然存活的感觉。本杰明无法忍受更长时间地静下去。他不是必须至少要听到自己的心跳吗？还是他已经死了，而自己却没有发觉？本杰明大口呼吸着。空气中的氧气含量似乎是最低值了。他的手伸向安放着生命系统的悬架。不能再继续忍受了，他需要新鲜空气。

怦、怦、怦。

这是心跳的声音。每分钟63次。有那么一刻，静谧的力量一定掩盖了心跳的声音。他还活着。现在，又有了空气。本杰明的呼吸平稳下来。他受得了，只是要先习惯。正是出于这个原因，为了独处，他踏上了本次旅途。这里距离地球 800 亿千米，还有什么地方比这里更好呢？

怦、怦、怦。

本杰明数着自己的心跳。它慢慢地降到每分钟 59 次，然后是 56 次。睡意袭来，本杰明闭上了眼睛。即便是现在，光线也没有完全黑下来。视线尽头是一片深红色的幕布。就在那边，一颗流星正在划过。也许，它是一颗穿越了宇宙射线的小行星。

每分钟 52 次。心跳还在变得越来越慢。本杰明不知道，会慢到何种程度。迄今为止，每当心跳减慢至每分钟 40 次的时候，本杰明都主动停止了尝试。他从来都不够勇敢。现在，生命中那一刻到来了吗？他难道不是为了这一刻来到这里的吗？如果他坚持到最后，会发生什么事？他曾有过这样一种感觉，会有完全不同于以往的事发生，那是没有人曾经历过的事。本杰明从未向任何人透露过自己的想法。如果其他人知道，会认为他疯了，会认为他是个妄想狂。恰恰相反，他只相信实际发生的事，包括他借助精神力量控制自己身体的能力。

本杰明完全放松下来。眼前皆是虚无，感觉不到疼痛，没有任何情绪，也不会有任何想法。红色的幕布摆动着。这很有趣，却不会再让他心动。本杰明忽略每分钟 45 次的心跳。现在，一切又归于静谧。

不，还是不尝试了，他大声地告诉自己。否则，你会错过演出。有人会将幕布拉到一边，而你不想错过这一幕。

本杰明睁开眼睛。头顶是对应生命系统的控制台。他启动了生命系统，喧嚣马上充斥了舱室。本杰明不得不掩上自己的耳朵，直到自己重新适应。

乒。乒。乒。乒。声音由长变短。靠近了。频率在增强。飞行器慢慢地接近了羊18探测器。整个飞行过程都是靠手动控制完成的，本杰明可以为自己感到骄傲了。可是，他现在把导航交由自动驾驶来完成。他自己并非不可或缺，可如果他损坏了其中一个探测器，整个项目就会受到影响。

乒乒的声音越来越急促。羊18探测器想必近在咫尺了。

"伸出机械臂。"自动驾驶的声音传来。

轰隆。

"机械臂已固定。"

"谢谢，"本杰明说，"我看一看。"

向自动驾驶道谢，这可真少见。可是，如果不这么做，本杰明会感觉内疚。他曾经尝试过。

本杰明坐直身子，解开安全带，锁上裤扣。为了检查探测器，他可以穿上机器护甲。这是一种相对不够灵活的宇航服，固定在飞行器的外壁上，本杰明只需要从飞行器内部就能钻进机器护甲。躲在里面，他的行动颇为不便。可是，其他情况下为避免减压症而需要做的全套准备工作，这时就可以放弃了。

本杰明向上飘移了一层，进入到工作间。左手边是盥洗室。他搜肠刮肚，却没有去方便的需要。他也放弃了成人纸尿裤，这只不过是日常罢了。飞行器舱壁上的一个开孔便是进到机器护甲的入口，开孔被一个可移动的盖子闭锁着。本杰明打开盖子，然后脱掉鞋。失重确实是一种优点。他可以在空中横躺，使自己双腿向前进入舱壁开孔处。

他的双脚在机器护甲内探寻着容纳腿部的开口，然后双臂用力，推动自己向前。恐惧感转瞬即逝。机器护甲就是一艘迷你飞船，除了盥洗室，凡一艘飞船需要的，无不具备。可是，穿着机器护甲，本杰明无法移动，自己也成了一艘飞船。

"牧羊人1号，我现在开始检查羊18探测器。"

"本，明白。"亚伦说，"抱歉，本杰明。小心些。"

会有什么事发生呢？本杰明用右手去触按操控元件。方形的按钮负责切断与飞行器之间的联系。本杰明按了下去，眼前看到的是各种状态显示。都是绿色，他可以出发了。他再次按下按钮，他的头被顶向了覆盖着软垫的头盔内壁。动身了。本杰明集中注意力，尽管他身处一个人形机器人的内部，可他必须先像驾驶宇宙飞船一样操控这台机器。

本杰明辨明了方位。他用自己的小指推动，使得机器护甲慢慢转动起来。机械臂从飞行器的机腹伸展而出，已经抓牢了探测器。本杰明给了一个最小的推力，机器护甲便朝机械臂飘去。本杰明展开机器护甲的双臂。还有10米，5米。机器护甲的右臂精确地落在位置上，右手触到了机械臂的关节部位。本杰明做出抓取的动作。虽然仿生肌肉做出的反应慢于预期，本杰明还是找到了支撑。他的身体摆来摆去。必须小心操作，以免损坏探测器。他的左手做出抓取的动作，用双脚轻点机械臂，然后倒立于机械臂上方。从远处看上去，一定很像一只巨大的猩猩在练习体操。

本杰明弯曲自己的手臂，慢慢向探测器靠近。探测器的化学燃料推进装置就在他眼前半米处。机械臂先前抓住了羊18探测器的外部边缘部分。本杰明用右手探入传动杆，它是探测器的机体部分。然后，他以探测器为依托，牵引自己慢慢地前进。他必须很小心，以免损坏探测器的太阳帆。他对探测器的前部感兴趣，那里有一架摄取图片的望远镜。说得更确切些，应该是不止一架望远镜，因为探测器在利用各种波长工作，从 X 射线一直到可见光，而且还利用 X 光检波器进行脉冲导航。如果调节这架望远镜，其效应会特别明显。

可是，根本无须对望远镜进行调节。如果有事发生，系统想必早已发现，所以他的检测实属多余。可是，大卫产生了一个想法，认为太阳系的附近存在一个黑洞。这个想法使 MOC 感到如此震惊，便安排了这次人工检测。

那里就是了。本杰明差点没看到。很难看出这个仪器就是望远镜。它没有透镜。原配的透镜远在 800 亿千米之外的地方。这台所谓的望远镜最多是一种光线收集装置，一台高效率的检波器，它安装在一条遮蔽了周遭光线的管子根部。

乍一看，一切都很正常。可是，一旦有 1 毫米的误差，就会导致望远镜再也无法使用。所以，本杰明做了一个划过面罩的擦拭动作，使自己眼前出现了一个虚拟的模型。这个虚拟模型精确地显示望远镜每一刻必须所处的位置，并将理论上的图像与实际相叠。这真是一场魅力四射的表演。本杰明还从未这样使用过虚拟模型。只要他稍有移动，虚拟模型就做出相应的演示。

本杰明必须靠得足够近，以便发挥设备的作用。从根本上而言，他只不过是一个成熟软件所需的人形遥控器。软件利用他，是为了使现实与理论相适应。或许，一只雄蜂也可供一用。可是，尽管人类的身体有各种不足之处，却也还算是一种高效的机器。

面罩上显示的一条箭头指引着本杰明绕转探测器。一片红色区域显现出来，警告他当心正挡在路上的太阳帆。本杰明跟着控制程序的指示前行。他在左下角看到了一条提示成功的指令，它已完成 78%，而且显示了一个正在缓慢注满的环形。看来，设计者也考虑到了帮助者的动机。本杰明从各个方向扫描了望远镜，感觉自己大有用武之地。就是要这样！20 年漫漫星际航行并非白费功夫，这给了他希望。即便克里斯蒂娜现在还没有获得清晰的图片，这个项目也还有大把机会。

飞行器颤了一颤，好似撞到了机械臂。金属夹钳闪电般地从两端包围过来，牢牢地固定住了飞行器的金属球体。机械装置旋转着，使两端的隔离间又接入圆环。世界在围绕着本杰明旋转，他紧紧地抓牢，暂时闭上了眼睛。对他来说，这始终是出舱过程中最难熬的时段。他感觉自己在任由飞船摆布。

可是，仅仅 30 秒之后，一个响亮的、锣鼓般的声音便宣告对接成功。本杰明将身体躬向前方，却看不到任何人。大家把他给遗忘了吗？

座椅前的屏幕亮了起来，浮现出亚伦的面庞。

"你回来了，真好。"亚伦说，"我们刚刚有点分心。"

背景音中能听到大卫和克里斯蒂娜在讲话。本杰明听不清他们在说什么，可是两人似乎是在压低了声音争吵。

"出什么事了？"本杰明问。

"我们评估了你的数据，克里斯蒂娜不是很开心。"

"难道数据有差异而影响到本次任务吗？"

"不，恰恰相反！各种状态下的望远镜都很完美。"

"那么就是我的出舱没有必要？"

"不是的，本杰明。我们现在知道了，问题不是出在探测器方面。也就是说，我们接下来会重新考虑大卫的想法。"

"绕日轨道上存在着黑洞。"

"是的。"

"听起来很吸引人。那么，为什么克里斯蒂娜不开心呢？"

"她认为，这会使我们偏离本来的任务。"亚伦低声耳语着，同时一再朝克里斯蒂娜的方向看去。

"可是，如果错误数据妨碍了项目，跟踪项目还有意义吗？"

"本杰明，你把这个告诉她吧。她很不开心。从某种角度来说，她也有道理，因为如果绕日轨道上确实有黑洞，会让其他所有的一切都变得不重要。我感觉，我们已经正朝这个方向前进了。"

这种想法并非坏事。如果处于坏绕黑洞的轨道之上，时间不是慢得多吗？如果是那样，他们就会飞向未来。

"坦白地说，我觉得这太酷了。"

"酷？对于克里斯蒂娜来说，这肯定算不上什么理由。可是，这其实也无所谓，最终决定权还是在于 MOC。我们只能随便发发牢骚。"

"发牢骚，不，当然不发牢骚。正好问问你，你后面有兴趣和我玩一局虚拟海盗吗？"

牧羊人 1 号

2094 年 3 月 25 日

"他们不可能是认真的!"克里斯蒂娜说。

系统正把 MOC 传来的最新消息投射到厨房的墙壁上。克里斯蒂娜怒气冲冲。究其原因,只能是大卫那些疯狂的想法。

"你听……"

"嘘!"她打断亚伦。

"如果太阳系中存在着黑洞,这不仅耸人听闻,而且是一种极大的危险。"

一名身材修长、高大的西装男子接过了话筒,他还没有和他们交流过。通常,只有身为太空舱指挥官的瑞吉儿负责与宇航员们进行通讯联络。这名男子的衣领上有 NASA 的标志。也许,他是负责人之一。另一端的人们让他发言,说明虽然一开始只是一场猜测,地球上的人们却认为他们可能的发现无比惊人。如果克里斯蒂娜没有把大卫的想法传递出去就好了!作为本次任务的指挥官,她本可以利用自己掌握的职权,可她感觉那样好像是在滥用权力。现在是承受后果的时候了。

"所以，我们必须尽人类所能查明这一情况。你们原本的任务不得不归于从属地位。"这位不知名的男子继续说道。

归于从属地位？如果只是这样就好了！如果她理解得正确，也许数周之间就会失去探测器得来的所有数据。

"你们想象一下，一个黑洞近在咫尺。如果它在 700 个天文单位之外的地方盘旋，我们 10 年之后就会抵达那里并展开研究。"大卫说。

"关于黑洞，我们可是了如指掌呢。"克里斯蒂娜说。

"理论上是的。可是，亲眼研究这样一种现象，你们不心动吗?"大卫问道。

当然，大家都觉得这很吸引人。克里斯蒂娜自己也是。可是，亲眼看到宇宙的起源会让其他一切相形见绌，肯定如此。

"对于地球而言，事情根本并非如此。"她说，"地球上的他们只会把这个视为一种危险，而我们则会失去宝贵的时间。"

"我现在可以按播放键了吗？"亚伦问道。

克里斯蒂娜根本没有注意到，那位 NASA 男性工作人员的面部投影停滞在了墙上。他正好刚刚张开了嘴，看得出上排牙齿中的两颗金牙。其余的牙齿则发出异乎寻常的白光。克里斯蒂娜垂下了目光。这里面的信息量太大了。

"开始吧。"本杰明说道。

NASA 男工作人员的嘴合上了。

"我们制订了一个临时性的 B 方案。"他说，"根据我们的计算结果，只要将半数探测器投放至黑洞可能的轨道上，就足够了。等到发生掩星现象，我们就找到黑洞了。"

根本而言，这个策略不坏。如果存在黑洞，想必它在某一刻已经遮蔽了身后的某个天体。即便人们无法看到黑洞本身，但黑洞的影子会短暂地使较远处的星星消失，这就暴露了它自己。如果有 20 多只眼睛同时从不同角度看过去，观测到掩星现象的机会就会上升。

"为了高效行动，我们必须将探测器从对焦区调出，并将它们逐一分布在一个较大的范围内。"NASA 男工作人员说道。

可恶！可恶！太可恶了！这会占用她太多时间。探测器不是那么容易就能停下来的，它们一直在远离太阳而去。如果他们好似驱赶羊群般将探测器散布在广阔的区域内，就会在更远处才能使探测器再度聚集在对焦区。

"我在此正式提出抗议。"克里斯蒂娜大声地说，尽管她知道，MOC 那里没有人会听。

"我们将会把这个纳入我们做出的答复之中。"亚伦说。

这本来应该是她说的话，她不是指挥官吗？可是，克里斯蒂娜并没有怪亚伦。眼下，她的言行举止并不似一名指挥，而是好像一个失望的小女孩。她无法就这样忍气吞声。怒气在口中化身为苦涩的唾液，她忍不住咳嗽起来。

"很可能，你们失去耐心了。"

现在说话的是她的太空舱指挥官瑞吉儿。

"我们非常理解你的想法。我们也很想看到本次任务的成果。可是，我们不能错失一个直接观测到黑洞的机会。而且确实不能排除这个黑洞会威胁到人类的可能。"

这个想象中的黑洞，如果它确实存在，想必已安安静静地绕着太阳旋转了 400 亿年。而且，没有惊扰到任何人。它以前根本就不为人

知，难道现在就突然变得危险了？真是可笑！NASA 根本就是想制造
耸人听闻的话题，然后用来向国会讹诈钱财。克里斯蒂娜连连做了几
个吞咽动作，怒火转而向下，最后进到她的胃里。其实，她的太空舱
指挥官对此就是无能为力，她只不过是 MOC 的传声筒。

"我会亲自关注，让所有额外的行动尽可能高效地得到规划。"瑞
吉儿说，"你们可以相信这一点。"

视频结束了。克里斯蒂娜站了起来，她清了清嗓子。

"你们知道的……"她开了口。

她想说什么来着？

"随便了，我们就乖乖地执行母星的命令吧。亚伦，我们需要的
都准备好了吗？"

亚伦点了点头。

大卫走了过来，偏偏是大卫，这个家伙是始作俑者。克里斯蒂娜
却不可以怪罪于他。要是处在他的位置上，她也别无选择。克里斯蒂
娜努力地对着大卫做出了微笑的表情。

"抱歉，克里斯蒂娜，我知道，这个项目对你来说有多么重要。"
大卫说着，向她伸出了手。

他真的知道吗？可是，这个动作确实充满了善意。克里斯蒂娜握
住了大卫的手。

"谢谢你，大卫，没事的。"

休斯敦

2079 年 1 月 19 日

瑞吉儿飞奔着。今天，I-10 高速公路又堵得要命。一年之前，"伊梅尔达"风暴裹挟的货船撞裂了一座桥，一直都没有修好。偏偏，今天要对牧羊人 1 号进行下一轮传输。就在 10 点钟！原本应该是一个令人愉快的早晨，可是她看到了厨房地面上有一摊水。冰箱出问题了。修理工倒是很快预约到了。可是，她又找不到能在白天让修理工进门的邻居。

衬衣下面，汗水沿着她的后背滚落。和昨天相比，始于停车场的路似乎有所延长。瑞吉儿喘着粗气到了任务控制中心大楼，可是，门却锁着。

一个又矮又胖的男人站在门口。他戴着一顶鸭舌帽，汗水让颈部横肉闪闪放光。

男人一定是听到了，所以转过了身，原来是查理斯。

"你也迟到了？今天起床不顺利吗？"他说着，还快速地眨了眨眼。如果他再信口雌黄，她将不得不控告他骚扰了。

"I-10 高速堵车了。"

瑞吉儿从肩上拿下手提包，伸手进去找门禁卡。它不在手提包里。该死！瑞吉儿抬起眼帘，发现查理斯的目光正停留在她的领口处。她的脸红了。然后，她又想起了那个电子纹身。她将电子纹身靠近读卡器。机器发出一声鸣响，她打开门。

"女士优先。"查理斯说。

瑞吉儿摇了摇头。现在，她就已感觉到查理斯停留在自己臀部的目光。

"你先请。"她说。

声音比预料之中来得尖锐。查理斯应声而动，瑞吉儿跟在后面。门在他们身后落了锁。瑞吉儿马上就冷得发抖。空调一定是调到了50华氏度以下。她必须不停活动，否则皮肤上的汗水很快就会结成一层冰。查理斯拿下他的帽子，晃了晃脑袋。他今天往脖子上套了一条金项链。走动的时候，金项链的吊坠就向后甩。瑞吉儿认出两个希腊字母：阿尔法（α）和欧米伽（Ω）。查理斯戴了一条有自己公司标志的项链？

"阿尔法-欧米伽，这到底是什么？"瑞吉儿问道。

"一家大型跨国企业。"查理斯回答说，"资产负债为……"

"我不是问这个。我听说，公司创始人有超凡的能力。"

查理斯略微转了一下身，哈哈大笑。

"哎，您别听信这些谣言。伊兰只不过是一个和气的人，他为了印度人和巴基斯坦人之间的和解尽了一分力。我们对此感到非常自豪。"

伊兰·查特吉，α-Ω公司的创始人，出生于克什米尔地区。据说，伊兰出售了自己的首家公司，而且确实将大部分所得款项用于化解印巴冲突。可是，据说他后来才真正发达。

"我们?"

"额，他的员工们。"

"一个很明显的公司标识，不是吗? 我是说，您颈上的项链有自己老板的标志。"

"观察得不错，瑞吉儿。可是，许多人都这么做。我们这样，只是为了显示自己和公司之间的关系。"

"您必须承认，这有一点……宗教的感觉。"

查理斯又哈哈大笑。

"我承认了，是的。可是，α-Ω公司在世界观方面保持中立。我们想将所有的宗教融合到一起，用和平的方式，正如伊兰在印巴问题上获得了成功。伊兰这个名字，希伯来语里意味着'明亮的光'，而阿拉伯语里的意思则是'好人'，你知道吗?"

"有趣。SGL项目和这个有什么关系? α-Ω公司可是基本上都给予了赞助的。"

"不是都很清楚了吗? 事关宇宙的起源，关系创世。我们到处寻找上帝，却哪里都找不到。这是我们最后的机会。"

"我之前认为，各种宗教应该已经达成了一致，要在人类的思想中寻找上帝?"

"这就是问题所在。各种宗教基本都放弃了到人类思想中去寻找上帝。伊兰相信，关于上帝存在的终极证据，一定会有更多发现。"

飞行器 B

2094 年 3 月 29 日

瞄准，移动，开火。本杰明瞄准了下一个探测器。屏幕上只看得到小小的、闪着光的十字，它们的颜色随着位置和速度而变幻。如果本杰明下达了开火的命令，就会有一道短短的线划过空间，直至最终命中某个探测器。这让他回忆起古老的电脑游戏，自己曾经在母星地球的一家博物馆体验过。唯一不同的是，现在每次必须由亚伦按下开火按钮。可能没有什么办法废除这种分工，真傻。

"开火。"本杰明说。

什么也没有发生。

"亚伦，你睡着了吗？"

"哦，抱歉，我有点走神了。"

"嘿，你工作的时候在偷偷地自慰吗？"

"天哪，本杰明。我这就按这个该死的按钮。"

屏幕上，一条线从一个黄色的十字脱离，朝一个红色的十字飞去，没有击中。黄色的十字代表牧羊犬，它们将红十字代表的羊群聚拢起来。

"太晚了，等一等。"

本杰明用手柄调整了牧羊犬型号的探测器。手柄在抖动，这意味着锁定了目标。本杰明相信，这个就是正确的目标，羊15。

"开火。"本杰明说。

这一次，亚伦的反应非常迅速。一条线划过屏幕，命中目标。红色的十字转为绿色。事实上，刚刚是一道激光脉冲击中了目标探测器的某个太阳帆。现在，被击中的目标将改变自己的航向——至少稍微改变。探测器在近日位置做了第一次状态调整，虽然它们拥有化学推进装置，配套的推进剂却因这次调整几乎消耗殆尽。现在，他们必须特别节约地利用推进剂。激光所需的能量由牧羊犬探测器取自放射性同位素热电式发电机（RTG）。它的使用寿命很长。以此为依靠，他们在未来几年里还能继续控制探测器。

"下一个目标。"系统提醒本杰明。

这是一个本杰明很难放手的游戏。单单一次命中远远不足以取得预期的效果。他必须一再地用激光反复射击每一个羊探测器，从而使其驶入一个新的航向。计划一直处于自动系统的监控之下，并根据命中率做适当的调整。在漫长的星际航行中，牧羊犬探测器独自承担了这一任务。可是，它们无法在极短的时间内完成大规模的航向调整。这超过了安装在其控制系统内、机器学习的人工智能，它只熟悉一个目标，那就是在距离太阳550个天文单位之处，将羊探测器聚拢于集合区内。

"开火。"本杰明说。

亚伦动作很快，好像预感到了这个命令。或许，他正在自己的屏幕上跟踪牧羊犬探测器的运动。如果是那样，他当然看得到一束激光正在瞄向探测器。遗憾的是，人们不能如电影般看到激光束划过茫茫宇宙。可距离如此之短，观测者确实无论如何也看不到什么。激光命中目标的时候，亚伦的手指还停留在按钮上面。

目标探测器被击中，象征它的十字变成了绿色。也就是说，新的航线数据与计划相吻合了。

"下一个目标。"系统命令道。

在转绿的十字附近，另一个十字亮起了红色。控制软件之所以这样选择目标，是为了使牧羊犬探测器用激光瞄准的时候，尽可能少地改变方向。本杰明将手柄向右稍许移动，直到它开始振动。

"开火。"他说。

"遵命。"亚伦回答。

这个目标也变成了绿色。本杰明看了看屏幕靠边处的时钟。现在，他已经坐在这里3个小时了。

"还有多少时间？"本杰明问道。

"不清楚，"亚伦回答，"我应该从哪里知道？"

"我问的是系统。"

"系统好像听而不闻嘛。"

"下一个目标。"系统打断了他们的话。

"因为你抢先回答了，亚伦。系统很有礼貌。"

"我也只是想帮忙嘛。我的报酬又是什么？你欺负人。"

"哈哈。你刚刚根本帮不了什么。"

"下一个目标。"系统说。

"我只是想让你知道，你并不孤单，本杰明。"

亚伦标准地说出了本杰明的名字。他突然从哪里学来的？

"我一直在命令你开火，怎么可能感觉孤单呢？"

"命令？"亚伦发出一种带着哭腔的声音，"我还一直以为，你不是像朋友一样在请求或表达愿望吗？"

"下一个目标。"系统命令。

本杰明听到了吗？系统的声音里隐藏着一种焦躁。本杰明抓住手柄，操控牧羊犬探测器旋转了大约10度。手柄抖动起来。

"亲爱的亚伦，你可以按下按钮吗？"

"当然，我最好的朋友。"

"下一个目标。"系统的声音波澜不惊。

本杰明打了个哈欠。他滚动屏幕靠边处的清单，目标可能数以千计。克里斯蒂娜说得有道理。与预料的相比，黑洞会耗费他们更多时间。

牧羊人 1 号

2094 年 4 月 6 日

"戴夫,你认为值得吗?"

本杰明坐到了大卫身边,后者可能是属于夜晚的男人,如果这样说没问题的话。3 天以来,所有探测器就一直在盯着,等待着同一个结果:黑洞挡住某个星星。牧羊人 1 号正在评估第一批数据。克里斯蒂娜将他们请到中心,因为据说软件会在数分钟后就绪。

"我不清楚,反倒是几乎希望我们没有什么发现。"

"因为克里斯蒂娜?"

大卫点了点头:"我之前没有意识到,事情会给她那么大的冲击。这正常吗?"

"我是理解她的。20 年来,她一直在等第一张图像出现,一切看起来都很好,然后就……"

"现在,没有一件事在正轨。引力透镜只传回了不清晰的图像。"

"这当然正确。是的,她当时本可以收敛一些。"

"不管怎么说,她都是指挥官。我有一种感觉,她不会给我机会去发现什么。"大卫耳语道。

"不，她不是那种人，否则飞船上就会空无一人了。"

至少，本杰明是这么希望。

"我不清楚，"大卫说，"虽然我们认识很久了，可是我们真的互相了解吗？患难中的朋友才是真朋友。"

本杰明敲了敲大卫的肘部，示意向前看。克里斯蒂娜正朝他们走过来。她脸上带着微笑。她希望事情没有结果吗？她已经知道什么了吗？或者，这纯粹只是她在自我控制情绪？

"怎么样，激动吗?"克里斯蒂娜问。

"不是真的很激动。"本杰明说。

"不是才有前3天的结果嘛。"大卫跟着说。

"我也是这么告诉自己的。"克里斯蒂娜说。

她很激动，一直用手抚平衬衫的衣领。平时，衣着对她来说一直都是相当无所谓的。

"你是想要我们发现什么吗？"本杰明问。

克里斯蒂娜向后推了推眼镜，扯紧自己的发辫。

"如果我知道为什么望远镜没有起到计划中的作用，就太好了。"她说，"可是，那将花费我们很多时间。"

她的话听起来很坦诚，同时也可以理解。看不到万物的起源，这个念头对她来说一定很糟糕。

"计算机准备好了。"亚伦说。

"切换到主屏幕。"本杰明说。

"看……看不到任何东西。"亚伦说，"计算机显示，目前没有出现掩星现象。"

克里斯蒂娜叹了口气。她站起身，从房间里飘了出去。应该跟她说点什么，让她留下来。可是，本杰明头脑中一片空白。他们就是需要一些耐心。

休斯敦

2079 年 1 月 27 日

　　这份工作不同寻常。自从瑞吉儿来到这里工作，还没有任何一家新闻媒体就这份任务做过报道。午休期间，她在监控室待了一会儿。通常，半透明玻璃后面的座位会被记者们预订一半。这一次，似乎只有军方和秘密部门的代表们在场。记者们马上就被请了出去。

　　一位非专业人士负责科技运维，就这点而言，瑞吉儿觉得特别奇怪。如果任务本身威胁到了国家安全，为什么还要在任务中扯入一家私人企业——甚至允许这家企业首先看到科研成果？

　　"查理斯?"

　　4 名航天组的成员还在沉睡。也就是说，牧羊人 1 号在 4 天之前发送他们生命体征数据的时候，他们正处于沉睡之中。瑞吉儿向胖男人的桌子俯下身，她知道自己的优势。查理斯几乎不能从瑞吉儿的衣领处移开自己的目光。太好掌握他的心思了。最终，查理斯叹了口气，强行让自己看向瑞吉儿的脸。

　　"需要帮助吗?"

　　"α - Ω 公司。"

"怎么?"

"你是怎么来到这家公司的?"

查理斯站起身。这样一来,他近得让瑞吉儿感觉不舒服。她闻到了他身上止汗剂的味道。价格不便宜,可是她想不起那个品牌的名字了。瑞吉儿向后退了一步。

查理斯靠着窗台,把自己的一半屁股堆到上面。瑞吉儿还没有看到过窗户开启的样子,它总是被金属质地的黑色窗帘遮挡着。

"要是你正忙,我不想有所打扰。"瑞吉儿说。

查理斯的食指划过上嘴唇,好似在查验一根雪茄。

"不,没有问题。眼下我不太忙。"

瑞吉儿指向中间的主屏幕,上面能看到几行缓慢变化的数值。

"我感觉和之前类似。前后两次传输间隔的时间太长了,头疼。感觉我是在和布娃娃讲话,对话无法连贯起来。"

"布娃娃?"

查理斯看着瑞吉儿,好像她刚刚做了一个错误的比较。或者相反,做了一个恰如其分的比较。

"我曾有 3 个布娃娃,没有一个回答过我的问题。"瑞吉儿说,"不知什么时候,我受够了它们,就把它们给抛在脑后了。"

"我的孙女有一个能和她对话的布娃娃,显得特别聪明。"

"这是骗人的吧。如果布娃娃回答过我的问题,我肯定还是愿意和它们玩的。"

"不,这是未来趋势。就在 α - Ω 公司……"

查理斯停下来,不说话了。

"怎么?"

"无所谓了。你刚刚想知道，我是怎么得到 α - Ω 公司这份工作的？很简单，我提交了求职申请，就被录用了。"

"在研发部门工作？"

"你怎么会这么想？"

"你在这里代表的可是科技运维。"

"这样啊。不，我负责市场营销。"

"为研发部门做市场营销。"

"整个企业就相当于一个研发部门。我们烧脑出新产品，然后出售生产许可，价高者得。不要告诉我，你不知道这种方案。"

"我对经济不是特别感兴趣。"

"对人类呢？"

"当然！否则我就不是太空舱指挥官了，查理斯。"

"那你也要对经济感兴趣。毕竟，它决定了我们的整个生活。"

牧羊人 1 号

2094 年 4 月 11 日

　　毫无发现，根本就是毫无发现。克里斯蒂娜又亲手过了一遍观测结果。她必须做到确保无误。虽然计算机不会犯错，可是人类会在编程的时候出现失误。而且不管怎么说，她都有足够的时间。测量数据中有几个异常值，可克里斯蒂娜都将其归为技术问题。有这样一个数值，产生于 4 月 9 日标准时间 11 点 27 分，羊 17 探测器正在观测的星星凭空消失了那么一刻。

　　克里斯蒂娜更加仔细地观察着数据。亮度突然下降了几乎 100 个百分点，这不合乎常理。掩星现象会持续一段时间，并非转瞬即逝。因此，控制软件剔除了这一观测结果。克里斯蒂娜向前迈了一步。她把羊 17 探测器的技术数据显示到屏幕上。在 11 点 26 分的时候，检波器的电压降了下来。发生了什么事？克里斯蒂娜快速浏览了状态数据。11 点 20 分开始，望远镜的温度明显下降。零下 17 摄氏度的时候，暖气的电源被接通。当时是 11 点 23 分。1 分钟之后，温度难以察觉地上升。紧接着，暖气温度调高了一个档位——这超出了 RTG 的功率。在茫茫宇宙中航行了 20 年之后，RTG 只能输出相当于最初

1/3 的功率。暖气拥有优先权，系统把所有可用的能量都输送到那里，检波器就顺便被关闭了。

这样就合乎逻辑，也可以理解了。能够明明白白地确认发生问题的原因，总是令人满意的。克里斯蒂娜的手划过屏幕，下一个数据便出现了。在同一天 13 点 11 分，羊 19 探测器似乎短暂地失去了埃塔·卡里纳星的踪迹。克里斯蒂娜首先就怀疑是 RTG 的问题。可与羊 17 不同的是，羊 19 从未达到最大功率的 65％。这想必有另外一个原因，克里斯蒂娜会找到的。

牧羊人 1 号

2094 年 4 月 15 日

　　MOC 如此耐心地对待他们，这本身就很特别。探测器还在寻找黑洞。还要花费多少时间呢？克里斯蒂娜将显示屏拉向自己。探测器只要一天不在对焦区活动，她就相应地损失一天的观测时间。为什么传回的图像如此模糊？她连这个都没有找到原因。不是应该要更加注意这个问题吗？可是，她为此需要干预探测器的活动。

　　对于每一位天文学家而言，黑洞都理所当然是一种诱惑。克里斯蒂娜确实理解 MOC，特别是在她自己确实只能提供模糊图像的时候。关于黑洞的存在，竟然不可能有反证，这太傻了。所有人都在等待掩星现象的发生，也许是一年之后，或者一个世纪之后。关于这种不祥之兆，他们知之太少，无法给出可信的预言。

　　稍等。如果确实有一个在轨的天体扰乱了数据，这必然会在扫描宇宙大爆炸时产生的数据里面表现出来。自从第一批数据产生以来，已经过去了整整一个月。黑洞想必已经在绕日轨道上又前进了很长一段距离。至少，这段距离足以稍许改变使图像变得模糊的模式。

　　可是，克里斯蒂娜首先需要新的一批图像。虽然半数探测器在寻找黑洞，可是还有另外一半，它们从来没有离开过对焦区。为了开展小型测试，克里斯蒂娜可以向 MOC 申请许可。可是，这就会引起母星地球上天文学家们的注意，发现原来他们还可以利用所有探测器来寻找黑洞。不，她不需要什么许可。她是乘员组中的天文学家。另外一半探测器还是要服从她的命令。

"报告对焦区内探测器的状态。"她命令道。

显示屏上出现了一个表单。几乎所有内容都是绿色，有两条是红色。

"运行克里斯蒂娜 27 号观测程序。"

这是她为扫描宇宙大爆炸而设计的程序。一个横条出现在屏幕上，慢慢地向右边移动。

"观测程序运行完毕。"系统发出确认。

"启动观测。"

"正在启动观测。"

第一步仅仅持续了几秒钟。现在，所有探测器都将望远镜对准了太阳，并记录它们接收到的一切。

"观测完毕。"又是系统的声音。

克里斯蒂娜输入了几条命令，将探测器的数据导入程序进行评估。然后，她启动了计算程序并退出登录。最早第二天，她才能等到计算结果。

牧羊人1号

2094年4月16日

床边的联络器振动起来。克里斯蒂娜转过身，正好能看到手掌大小的显示屏。大卫想和她通话。已经是标准时间9点整了，难怪别人会担心她。她坐起身，把挂在脸上的头发拨开。然后，她通过联络器反光的表面看着自己的脸。不是很好。与昨晚相比，她显得至少苍老了10岁。她移开摄像头上面的盖子。

"接受通话。"她说。

"克里斯蒂娜？"大卫的声音传来。

他打开摄像头。即便是一大早，他也是一位魅力十足的男子。棱角分明的面庞，鹰钩鼻，蓝色的眼珠。可是，他的眼神中闪着一丝凌厉，有时候会让她感觉惊恐。而他的举止与其说果断，不如说更显得体贴。这一定和他在海军服役的经历有关。大卫当时肯定经历丰富，可是他对此却讳莫如深。

"喂，我在听。"

"你平安无事吗？我们有两天没有看到你，有时候都怀疑你是否还在，还是已经被幽灵替代了。"

她忍不住微笑起来。她的消失会引起大家的关注，这真好。

"我必须做一些查验工作。"她说。

"幽灵也会像你这样辩解。"

克里斯蒂娜哈哈大笑："抱歉！我刚起床不久，这副形象还没法见人。如果你半个小时以后再打过来，我也打开摄像头，保证。"

"我本来还以为，我可以说服你跟亲爱的同事们共进早餐呢。"

"你是说一起吃寡淡无味的浓缩物吗？"

"也包括这个。和你最好的三位同事待在一起，可以弥补食品味道的缺憾。环视我们四周吧，没有你更喜欢的人了。"

"你当然言之有理。好吧，我半个小时之后到中心。"

说话的同时，克里斯蒂娜已经脱掉了睡衣，冷得有点发抖。舱室里凉意十足，因为她睡眠的时候习惯将温度调到 15 摄氏度。

"很期待。"大卫说。

她大概算了一下时间。盥洗室里至少需要 20 分钟，然后还要找出合适的衣服穿上，再化个淡妆，这时间太紧张了。

"稍等，我们 40 分钟之后见吧。我这里还要核查些东西。"

"别给自己压力，我再给你加 5 分钟，我们 9 点 45 分在中心碰头。再见。"

通话结束了。克里斯蒂娜站了起来，用没有穿袜子的脚趾勾住睡衣，将它朝椅子的方向甩过去。睡衣被椅子扶手勾住了。她褪下三角裤，进到盥洗室，这是她对厕所的委婉说法。叫它卫生隔间会比较合适，它包括利用压缩空气工作的抽水马桶，马桶上方是一个可以缩入墙壁的面盆，旁边是一个淋浴间，大约深 30 厘米，宽 60 厘米。小便之后，克里斯蒂娜马上挤进淋浴间。现在，一天中最激动人心的时刻到来了。因为洗澡的人永远不知道，按下按钮之后，天花板那里淋浴孔里流出的水是冷或热还是温。这似乎纯粹属于偶然，反正和温度调控器的档位没有任何关系。克里斯蒂娜思想上做着迎接惊喜的准备。最好能站到淋浴前，先查看一下水温。可是，只有在门关闭的时候，水才会流动。1、2、3，她数着数，水快来吧。她按下了淋浴按钮。

啊！水温太舒服了。今天真走运！

克里斯蒂娜闭上眼睛，让温热的水从额头滚落。有那么一刻，飞船生命系统发出的噪音不再那么响亮。她想象着正站在牙买加的一个瀑布下面，自己和家人曾经到过那里。和家人？她记不清了。她只看到自己站在瀑布下面，水流大力拍打在后背上。好奇怪。她肯定不是独自去过那里，可是记忆中只有瀑布和自己。

克里斯蒂娜完全失去了时间感，过了片刻她又低下了头。同事们还在等着呢。她从天花板下面的一个容器内取了一点洗发香波，均匀涂抹并清洗头发。然后，她利用香波产生的泡沫清洗自己的身体。最后，她在清澈的水流下面辗转腾挪，直到所有的泡沫被清洗干净。

该死，忘记拿毛巾了！克里斯蒂娜拧了拧头发，像小狗一样晃动着身体打开了淋浴间的门。然后，她跑向柜子处。毛巾就在最上面一格，刚刚干洗过。克里斯蒂娜从上到下地擦干自己的皮肤，然后又用毛巾擦去了地板上的水渍。

✕　　　✕　　　✕

10分钟之后，克里斯蒂娜已经完成了吹风、梳理头发和化妆一系列事宜。渐渐地，舱室里暖和些了。她还有 13 分钟时间。她身无寸缕地坐到电脑前，它还没有给出计算结果。登录之后，她最近输入的一些指令马上显现在屏幕上。命令下面是一行短短的电脑提示语：未能确认周期性的改变。

哈哈！今天福有双至。也就是说，并没有围绕太阳运行的黑洞。对于图像模糊这件事，地球上的天文学家们本来估计原因为存在一个干扰体，而且它一定在围绕着太阳运动。现在看来，图像模糊想必有另一个原因，而他们会找到这个原因的。可是，她又替大卫感到遗憾。他本可以作为太阳系首个黑洞的发现者而被载入史册。

克里斯蒂娜 9 点 50 分才到中心。在她进入房间那一刻，亚伦、本杰明和大卫都站起身。克里斯蒂娜惊讶地停住了脚步，因为三个男人全部衣冠楚楚。她还没有见过亚伦穿衬衣，而大卫终于让自己的头发变得驯顺。

"发生什么事了？"

"生日快乐，祝你生日快乐。"

当然，今天是 4 月 16 日。47 年前，克里斯蒂娜来到人世。三位男同事记着她的生日，为她唱一曲生日快乐。真是世界上最好的同事！哎，什么同事，应该是朋友。尽管出于某个奇怪的原因，他们之中没有人采用这个说法。

"谢谢亲爱的你们。"克里斯蒂娜说，"我自己完全忘记了。"

亚伦走上前，局促地微笑着。

"关于送你什么礼物，我们想了很久，"他说，"我们没办法去购物中心。我们中间也没有人才华出众，会素描或水彩画。"

"是有点遗憾。"克里斯蒂娜说。

"然后，我们就考虑送花。紧接着，大卫就查看了温室的库存，可是我们收到的只有经济作物的幼苗和种子。再然后我想起来，我的祖母曾塞给我一样东西。那是一个普普通通的布袋子，比我的拳头还小。"

亚伦把摊开的手伸到克里斯蒂娜面前。她俯身看去，亚伦的手掌上躺着一个灰绿色的荚果，明显是有机体。

"这又是什么？"

"这些是三色堇的种子。每个荚果都可以长出几棵三色堇。小时候，祖父母那里有枯萎的三色堇，我总是去收集种子，并晒干它们。下一年，我就撒下这些种子，期待花开。亲眼看到这些种子最后会开出什么颜色的花，我觉得这很吸引人。"

"你的祖母回忆起当时的情景了吧？"

"有可能。她早就去世了。"

"很抱歉。"克里斯蒂娜说。

"不必说抱歉。如果你什么时候能撒下种子，静待花开，就太好了。"

"我会的，亚伦。一旦温室重新开放，我就会埋下种子。我已经开始期待了。这是我迄今为止收到过的最好的礼物。"

克里斯蒂娜把摊开的手伸向亚伦，他让荚果滚落到她的手掌，她握紧了拳头。

"我们还有第二件礼物要送给你。"亚伦说。

"还有？真的不必了。"

"MOC 发送给我们的。好吧，其实并不真的是一件生日礼物。"大卫说。

"你快点告诉她吧。"本杰明在催促。

一定是和任务有关。难道要放弃寻找黑洞吗？

"MOC 命令我们，不再去寻找在轨干扰体。无论它是黑洞，还是别的什么。"

"啊，他们怎么会产生这种想法？"

这可真算得上是一个惊喜。对大卫来说，想必却是个打击。尽管克里斯蒂娜很开心，可她却替大卫感到遗憾。

"他们分析了探测器的现有数据，"大卫解释说，"因为假想的干扰体一定会继续运动，所以观测数据想必存在周期性变化。"

"可是并没有周期性的变化。"克里斯蒂娜说。

"没错。你是从哪里知道的？"

"很简单，大卫。我也同样就周期性改变这一点对观测数据做了核查，得出的计算结果显示一无所获。"

"确定无疑了吗？"

大卫祈求似的看着她。他可能确实希望能发现些什么。

"没有，没什么发现。确实没有黑洞。"

"真遗憾。"

大卫坐到桌旁，垂下目光。但愿他很快打破心结，团队还需要他。克里斯蒂娜坐到大卫对面。MOC 传来的消息本来一定会让她感到高兴的，可是她感觉……受了伤。是的，这就是正确的表达。她之前就设想过，要用这种特殊的方式去分析数据。地球上有人和她抱同样的想法。谁总是这样去思考问题，就一定会先于她产生这个想法。

他们使用了她从未公开传回地球的传感器数据。克里斯蒂娜有这样一种感觉，好像有人捡到了她的草稿纸，借助于上面的内容写了篇论文，然后署名发表。以后必须更好地保护自己的数据了。马上，她就会把数据存到设定了密码的存储区。

休斯敦

"你究竟为什么要做太空舱指挥官？"查理斯问。

"因为那些宇航员们。他们远在千里之外，需要这里有一个声音。"瑞吉儿毫不犹豫地回答。

"哦，和我想的一样。"

查理斯还是那么不招人喜欢。尽管如此，她几乎还是每天和他度过某一段休息时间。虽然始终是查理斯孜孜以求与她为伴，可是她从来没有说过"不"字。在 MOC 的同事中，从未有人对瑞吉儿提出这样的请求。是因为每个人的休息时间都不一样吗？目前，查理斯似乎是唯一没有具体事务的人，因为研究工作还没有启动。他也就总是有时间，而且不浪费这些时间。可是，也可能是因为其他人不喜欢她，正如她不喜欢查理斯一般。虽然没有人发表过什么负面言论，可是这或许要归功于良好的教育了。

可是，这倒也无所谓。瑞吉儿座位的前后左右反正总是摆着椅子。她做前一份工作的时候，也是如此。她认为自己的角色代表着乘员组的利益，面对的则是 MOC。而对于宇航员们而言，她又是 MOC

的一员。可惜，也有一些太空舱指挥官自视为地球意愿的执行者。

"其他人坐到后面那张桌子旁边了，"查理斯耳语着，向右边点点头，"好像他们不愿意理睬我们。"

"他们肯定没有看到我们。"瑞吉儿说。

她用眼角余光打量着 MOC 的三位同事。其中也包括执行官，她的女上司。他们餐盘里的食物堆得冒了尖。也许这顿饭应该让人坚持到晚上，或者是在帮其他同事多打一些。

"你自己都不相信。"查理斯说。

"怎么会?"

"明摆着呢，我们是局外人。其他人都希望项目尽可能顺利地进行下去，可我们两个是能够掺沙子的人，而且也会这么做。"

"我不明白。"瑞吉儿说。

很清楚，查理斯要把她拉到自己一边，即使她不知道为什么。

"可是我知道。会有那么一刻，乘员组和任务之间不再具有共同利益。那个时候，你就会履行自己的责任，为乘员组抛头露面。"

"当然了。"

"这很符合你的风格。"

"那么你呢? 你怎么掺沙子?"

查理斯哈哈大笑。执行官朝这边转过身，瑞吉儿向她招手示意，执行官回应着。

"这么说吧。为了这次探险，α-Ω 公司确实大费周章。我指的不仅仅是财力方面的巨额投入。所以，我们享有几个特权。"

"真的吗?"

"在官方文件里，你什么也找不到。"查理斯换成耳语的方式，

"我从来没有跟你说过，而且 NASA 也不希望这种特殊的合作公之于世。"

查理斯是个夸夸其谈的人，像他这样的人经常不善于保守秘密。她只需要再奉承一下查理斯就可以了。可是，她真要这样做吗？到最后，她只不过把自己的事情弄得一团糟而已。

"那你最好不要告诉我什么，查理斯。"

"只是一个例子。"他说，"你知道之前还有一个预备级任务吗？"

现在其实有必要让查理斯闭嘴。并没有什么预备级任务，至少也不属于公开性质。瑞吉儿并不想对此知情。可是，她可以拒绝这个或许能帮到乘员组的信息吗？这里还有谁知道全部内幕呢？

"不，我之前并不知道，而且我也难以置信。"

"哎，你看到了吧？将太阳利用为巨大的透镜，从而看向宇宙深处，这个方案有 100 年那么古老了。当时，一位名叫冯·埃什莱曼的教授在《科学》杂志的一篇论文中提出了这个建议。2030 年代，伊兰第一次听说了它。每次观测都能看到宇宙的最深处，也能看到宇宙的过去，这个事实吸引着他。只要伊兰做了计划，就会让它成为现实。"

"你是说，α-Ω 公司暗中设计了一艘如牧羊人 1 号般的飞船，而且还发射了？"

"不。最初的方案花费要低很多。当时的探测器很原始，可以廉价地批量生产。伊兰似乎没有任何花费，利用他人付费发射火箭的机会就把探测器运送到了太空。"

查理斯的故事越发神秘莫测。瑞吉儿应该站起身去工作。可她做不到，甚至还提了一个问题。

"核心部分呢？"

"没有核心部分。只有一群探测器。当时的设想是，各个探测器互相校准。而且，也没有什么牧羊犬，只有羊群。"

"这没办法运行。"

"从地球这里监控到的情况来看，运行得特别好。2050 年代，探测器飞到了对焦区。"

"如果当时成功了，我们现在不会坐在这里，是不是？"

"你说得对。伊兰没得到他想要的结果。"

"没有得到？"

"我们的研究人员把探测器传回来的图片拼了起来，可是图像都不清晰。"

"你们找到原因了吗？"

"我当时还没有来 α - Ω 公司。我现在虽然不年轻了，但是还没有那么老。就我所知，他们当时虽然有些想法，却苦于没有证据。例如有人估计，出于某种原因，550 个天文单位以外的地方受到引力波的冲击。可是，伊兰没有放弃，他成功地说服 NASA 接受了另一套方案。这一次属于载人飞行，飞船上有人能现场解决问题。"

在查理斯所讲的故事中，至少这一部分是真实的。NASA 愿意承认，这个关于 SGL 的倡议出自于 α - Ω 公司。这个项目在全世界都得到欢呼，特别是因为有机会能以高清晰度拍摄到系外行星。

"你的老板当时到底想拍到什么？"

"当然是宇宙的起源。"

飞行器 B

2094 年 4 月 17 日

　　最初，他们悠哉游哉。现在，他们唯恐速度不够快。这很典型。本杰明提高飞行器的速度，直到自己的胃部感觉压力过大。屏幕上显示着，自己和目标羊 21 探测器之间还有很大的距离。至少两周前，他才把羊 21 探测器调到对焦区以外的自由空间，以便它能去寻找黑洞。现在，他必须把羊 21 接回来。

　　"本杰明？请发布开火命令。"亚伦通过无线电说。

　　本杰明查看亚伦在屏幕上的位置。亚伦正在瞄准羊 19。大卫也正在途中扮演着牧羊人的角色。他们快马加鞭，是想更快地恢复最初的秩序。克里斯蒂娜独自留在飞船上。她在为 SGL 投入下一次使用做着准备工作。

　　"本杰明？我无法继续锁定目标了。"

　　本杰明按下虚拟按钮。

　　"已发布开火命令。"他说。

　　"谢谢你，本杰明。"

　　在他们之中，没有人可以解锁自己的激光发射按键，这可够愚蠢的。这样一来，他们就是在损失时间。可是，MOC还没有废除这项规定。此前，大卫曾建议众人就此提出申请。可是等到4光天距离之外的许可传来，他们也许早就和牧羊人1号对接了。

再次将探测器聚集起来，预计耗时要明显长于将其散布于宇宙空间。为了利用激光脉冲将探测器逐回，他们必须实现赶超。探测器不可以内部操控；牧羊犬——犬系列探测器——必须先行包围羊系列探测器，这就遇到了距离引起的时间问题。

本杰明并没有因此而不快。他喜欢三位同事，可独处些许时光也无伤大雅。他所在的飞行器极度舒适，坚持几天甚至数周都没有问题。他很感谢牧羊人1号的设计者们，他们不吝多做一些准备。本来在控制中心设置一个淋浴间足矣，但那样的话他现在就只能放弃淋浴了。

羊21探测器进入了射击范围，是时候了。本杰明把这只探测器的图像调到屏幕上。为了使它高效地朝着其他探测器的方向返回，本杰明必须了解它的特点。一眼看去，这只探测器与其他的兄弟姐妹别无二致。可再看过去，就会发现有所不同。其中一块太阳帆似乎有点扭曲。本杰明把图像拉近，添加了几条辅助线。没错。这块太阳帆扭曲了4.5度。问题不大，可如果本杰明不注意，这只探测器就无法与它的兄弟姐妹们汇合。本杰明将改变了的数据输入目标软件。

程序输出了一个新的运动矢量。真倒霉，这还要花更多时间。本杰明必须从一个特定角度用激光轰击这只探测器，可按照现在的航向，他捕捉不到这个角度。一艘飞船不能轻易地停下来并重新定位。

本杰明必须首先制动，然后再加速，这些限制在 6 个自由度内。根据系统的计算结果，这将耗费 123 分钟。系统建议由自己接管驾驶。

"不，谢谢。"本杰明说。

要是他放弃驾驶，他在这里就成了一个完全多余的人——直到他必须代替亚伦或大卫按下射击按钮。

牧羊人 1 号

2094 年 4 月 18 日

太好了。整艘飞船都归她了。克里斯蒂娜可以直接起床并享用早餐，无须为自己的妆容而羞愧。她可以从早到晚地工作，没有人需要为她担心。探测器现在还在对焦区，她尽可以安排使用，只要自认为正确。迄今为止，虽然三位男性还没有挑战她作为天文学家和指挥官的权威，可她也没有更多时间向他们解释什么了。

克里斯蒂娜有一个新的想法，这要归功于她的物理学教授及其关于量子力学的讲座。他在现场极其形象地使微观世界变得可视化。很奇怪，她已经忘记了教授当场画的图像，只记得最后的结论：在量子世界，人们观察得越仔细，测量数据就越不准确。世界的起点、宇宙的源头、大爆炸，就时间维度而言，这是一个非常精准的点——零点。并非 0.01，就是零点。

原因可能在于图像不够清晰吗？宇宙的起源之所以无法识别，难道是量子物理使然？这中间有个很奇妙的讽刺——量子理论是宇宙的幕布，造物主用它挡住了自己的作品。那么，现在只有两个问题：克里斯蒂娜要么不相信造物主的存在，要么因为相信而放弃自己的伟大目标。这不可能。

幸运的是，量子物理为她提供了一条出路：必须步步为营。如果在测量的时候有所取舍，人们很有可能也可以在量子领域测量某些尺寸。这样一来，就有可能慢慢地接近目标。原子具有量子特性，而水滴则不具备。二者之间存在着属于不同等级的各种维度。也许通过这种方式，她就可以使自己尽可能长时间地免受量子效应的影响。

她最好马上开始行动。在其他人回来之前，在其他人打算将探测器的望远镜对准无聊的地外行星之前，她还可以探索宇宙的起源。一旦她显示自己可以用 SGL 探索到目标附近，其他人会给她足够的时间进行最后一步。

"羊 26 已校准。"系统报告说。

这是最后一只羊系列探测器了。克里斯蒂娜在屏幕上调整着拍摄时长。现在，她并不追求对比度尽可能高的完美图像。她只须能够辨别图像在可能范围内是否清晰——或者依旧如之前的图像般模糊，让她彻底失去希望。

10 分钟一定足够了。这个时间长度也会减少收集来的数据量，计算机不必工作很久，克里斯蒂娜就能得到第一时间需要的结果。一切已经就绪。作为最后一步，她把数据导入自己的个人存储区。她给出导入路径，输入密码对这一切加以确认。

"启动。"克里斯蒂娜在电脑旁输入指令。

为所有探测器提供正确的参数，启动图像摄录并将结果写入存储器，这些都是克里斯蒂娜自己设计的脚本。她想象着，滞留在对焦区内的探测器如何大惑不解地转身向后，因为它们突然感觉非常有必要去观测太阳，而太阳只不过是一颗光谱等级为 G2V 的恒星，几乎不比它周围的星星更加明亮。所有探测器都张开唯一的眼睛，将目光锁定在紧贴着太阳的环形区域。光芒万丈的中心区域已遭遮蔽，探测器想看到的是太阳周遭一道并不明显的光环。

组成光环的光芒来自不可知的距离之外，来自太阳的引力将这光芒约束为一道光环，它以一个著名光环样本的奠基者命名，即爱因斯坦环。只有它们，羊探测器，在正确的时间来到了正确的地方，目的就是为了观察这道光环，这些羊探测器被委以重任却不自知。它们甚至不知道，为什么突然感觉到需要看向自己的来处。它们原本只想让慢慢减弱的太阳风带动自己。它们的目标是颇具诱惑力的黑暗远方，因为别无选择，正如鲑鱼为了产卵不得不逆流而上。

一台机器如何感觉自我？与蚯蚓操控自我本能的机制相比，操控探测器的软件早就更为完备。多年之前，程序员们就放弃了为每一个单独的事件预设决定。作为替代，探测器拥有部分来自于某种本能的自主权。也就是说，它们选择最适合其基本价值的行为方式。数月以来，克里斯蒂娜一直在研究探测器的控制机制，尝试着理解它。犬系列探测器利用激光脉冲引导羊系列探测器，在保护羊系列探测器方面赋予了最大值。羊系列探测器则毫不在意犬系列探测器，甚至不清楚犬系列探测器的存在。羊系列探测器仅奉行一个目标，就是停留在对焦区。在如此遥远的距离，这一原始的本能足以使所有的羊系列探测器聚集在一起。

蓦地，克里斯蒂娜感觉一阵孤单。虽然她可以控制探测器并使其聚集成群，同时她还是高等生物，可是，智商对她来说一无是处，根本不会让她快乐。恰恰相反，如果 SGL 不起作用，她的科学家身份就会存疑。也许，更好的办法是化身为一台机器或一条蚯蚓。

警报的声音穿透了牧羊人 1 号。克里斯蒂娜将吸附在桌上的磁力钥匙向前推，然后朝天花板那里的扬声器看去。有结果了！她之前曾委托系统，一有结果就通知她，现在如她所愿了。如果去她的飞行器，距离会相当远。可是，现在旁边就是会议室。克里斯蒂娜飘移出厨房，进入相邻的房间。她在电脑上登录，并调出评估软件。

有了。大屏幕上显示着"OK"，还有一个闪烁着的光标和一个文件名。计算结果大小为 4700 比特。如今，每一个插座都配有一个较大的存储器。文件的大部分都由驱动系统需要的头数据组成，这样才使结果表现为可分析的图像。

克里斯蒂娜打开文件。原本，图像的焦点应该远离宇宙的起点，以排除所有量子效应。原本。可是，她的思考就是正确的吗？图像之所以模糊，确实是因为量子效应吗？

投影的区域仍旧漆黑一片。该死，现在技术也不灵了。好像嫌她的麻烦还不够多！克里斯蒂娜扯动电缆，检查供电情况，还摸了摸投影仪。投影仪是温热的，也就是说，它确实在工作。克里斯蒂娜把手放在光源前。啊！是她自己搞错。她飞快地把亮度调节旋钮旋到最大位置。有了。只是图像近乎全黑。她又调了对比度，一直出现在图像上的云层肯定会出现。可是，它并没有现身。即使空无一物，图像也很清晰。拍到了什么？

一定是拍到了暗黑时代。这是唯一的解释。宇宙大爆炸大约 300

万年之后，所有可见光都从宇宙中消失了。也许，她恰好捕捉到了这一片时空。这也就意味着，她追求的目标——宇宙大爆炸——还在很遥远的地方。很合逻辑，当时也还没有量子效应。可是，她已经创造了一个纪录。迄今为止，还没有人能看到 137.97 亿年之前。最高纪录是 133 亿年之前。可是，向所有人公开这一点还为时尚早。毫无光亮的屏幕是她唯一的证据，这很没有说服力。只有继续将目光投向过去，她才真的能证明刚刚所看到的一切。

克里斯蒂娜调出探测器的操控指令。她只改变了两个参数，就重新启动了操控程序。明天一早，应该就会生成一个新的图像。

牧羊人 1 号

2094 年 4 月 19 日

　　克里斯蒂娜把被子披在肩上，向计算机输入指令。系统刚刚把她叫醒。现在还是半夜，可是没关系，报警声赶走了所有倦怠。文件包含了由探测器拍摄的照片计算得出的图像，容量明显大于此前。

　　这是一个不好的信号。亚伦、本杰明和大卫正在把其他探测器聚集起来，克里斯蒂娜只能操控一部分探测器，所以图像的清晰度想必有限。一份容量更大的文件，这意味着有额外的信息，但是这些信息不可能来自探测器的望远镜。也许，量子效应叠加了进来，将毫无任何意义的测量值混入他们的数据。

　　克里斯蒂娜调出文件。首先引起她注意的是一个网屏，它从横纵两个方向贯穿了图像。网屏肯定是因为算法规则而产生。算法规则的任务是集聚太阳周围爱因斯坦环的 20 张图片，并将这些图片重叠于一个正方形的图像上。某种程度上，这也是爱因斯坦环的转象差，背后的决定因素并非魔术，而是数学运算，确切地说，是傅立叶变换。

　　可是，这并非量子效应。克里斯蒂娜深深地呼吸。这幅图像用得上。她尝试在意念中去掉网屏。剩下的，则是一片亮橘色的区域，此外并无更多细节部分。天哪！她眼前看到的，一定就是今天人们熟知的宇宙背景微波辐射。她也可以从中推导，自己捕捉到了何时的宇宙——这幅图像展示了大爆炸之后 50 万年的样子。她做到了，她看到了 137.995 亿年之前的宇宙。

地球上的科学家们会抢走克里斯蒂娜手里的数据。宇宙背景微波辐射来自于某一个时期，那时第一批中性原子得以形成，多余的能量则化为光子和光量子。屏幕上的图像虽然显示的是一整片发光的区域，可背景辐射中想必也会有某些结构存在。如果探测器更多些，肯定就可以证实这一点，而且会取得好于现在的效果。

克里斯蒂娜叹了口气。一切都很好，也很美妙。她正走在正确的路上，只是还没有到达想去的地方。宇宙背景微波辐射会使 MOC 和科技运维部门感兴趣，可是对她而言，这只不过是一个证据，表明引力透镜基本可用。克里斯蒂娜更新了参数。50 万年，路途漫漫。如果她马上启动新的拍摄过程，今天肯定会向前更进一步。如果三位男同事归来，她会送上一个惊喜。

等待是辛苦的。而她应该早就习惯了等待。无论如何，她已经守在飞船上等待了 20 年之久。可是，之前的等待则有所不同。克里斯蒂娜在陈年旧事中翻寻着。当木星终于出现在视野中的时候，他们曾多么高兴啊！在这个巨大的行星附近，牧羊人 1 号获得了动力。事后，他们才想起最初计划了什么。其余 3 颗行星没有出现在飞船运行轨道的附近。长达 18 年的时间里，他们就这样飞着，穿越了虚空。背后注视着他们的是太阳那警觉但越来越微弱的目光。这些都是飞船航行过程的日常了。克里斯蒂娜想不起来，几个人之间是否有过争吵。

在挑选宇航员的过程中，地球上的心理学家们确实做了大量工作。每名宇航员都有自己的空间，有自己独立使用的飞行器，它接入牧羊人1号旋转的圆环，却又可以随时脱离牧羊人1号，这一切都对宇航员很有帮助。虽然她过去从未有过脱离牧羊人1号的需求，可或许现在出现这种可能了。克里斯蒂娜打量着舱室的天花板，也就是飞行器外壁的内侧。她曾在图纸上见过这种结构：外部是隔热的碳纤维层，内部是金属支撑结构，配合以坚韧的、抵御小型流星的材料，上面爬满了线缆。可是，如果她凝神于漫无边际的宇宙空间，至少厚达半米的壁层就会在她的意念中消失不见。她的目光射进黑暗，天鹅绒般的黑暗。一股阻力传来，让她想到水。不，让她想到蜂蜜。

计算机发出提示音。克里斯蒂娜将自己的思绪由宇宙空间拉回，坐到沙发椅上，将显示器拉近。最终文件的大小又等同于第一张图像了。这真不错。克里斯蒂娜已经意识到自己马上会看到的内容。屏幕暗了下来，而且就这么暗着。她调高对比度。对比度达到最大值的时候，肉眼可见许多彩色的斑点。这就是静态的声音。SGL看不到更多东西了，它已经超越了宇宙重新划分的这一时间阶段。宇宙大爆炸10万年之后，宇宙空间的密度如此之高，光量子被扰动的离子释放出来，又几乎马上被离子吸收。按照通行的理论，宇宙由不透明的等离子体组成。现在，这不再只是理论了。克里斯蒂娜的屏幕上就有证据。第一眼看去，不过是一张空洞无物的照片，可它能为她带来诺奖。在这方面，很少能有研究者因此获奖。

尽管如此，克里斯蒂娜并不满足。一直还没有发现量子效应，这是正面消息。也就是说，她理论上仍可以继续将目光投向过去。目标仅在 10 万年之外的地方。10 万年前，她的祖先已经是猎人和采集者了。

克里斯蒂娜揉着自己的太阳穴。一切马上就要变得更加复杂。只要面前的宇宙空间保持纯净，她的小步策略就能奏效。但现在不行了。之前，宇宙也曾留下过痕迹。标准模型认为，继宇宙大爆炸一秒钟之后，中微子，特别是粒子，已经获得了今天的行动自由度。而在此之前，宇宙的各个基本力逐个脱离出来。单单靠自己，克里斯蒂娜只会止步不前。虽然探测器带有中微子探测仪，可每一次观测都耗时更多。而她是否可以借助探测器来观测大爆炸的引力波回声，还是个未知之谜。她本来希望能够直接研究大爆炸，但这样她必须联系MOC。一旦与 MOC 联系，就会被安排先做其他方面的观测。克里斯蒂娜理解，地球上的研究人员们希望先得到最容易采摘的果实，可是她不想再等下去了。

克里斯蒂娜必须再做一次尝试。她改变指令，使得望远镜最大程度地利用时间。她并不抱很大希望。她并非没有尝试过，结果却是所有人都估计会遇到阻碍，转而寻找黑洞。量子效应以静态存在于自然中。如果克里斯蒂娜尝试通过探测器寻找宇宙的起源，大概率会过头或擦肩而过。可是，拍中的偶然性也是存在的。虽然那完全属于幸运，却也不无可能。这是唯一的希望了。如果不去尝试，她会感到恼火。一旦不成功，她还可以随时重新执行先前的计划。

克里斯蒂娜存储了改变后的指令，并加以启动。今天夜里，她就会收到更多信息。她看了看表，这会是一个早早迎来的清晨。

休斯敦

2079 年 2 月 9 日

"拜托，您无论到哪儿都必须戴着这枚徽章。"守门人解释道，"我说'无论到哪儿'，也就是说，连去洗手间和淋浴的时候都要戴着。"

这位守门人接近 60 岁了，皮肤白皙而壮硕，猥琐地笑着，好像正在想象瑞吉儿裸体沐浴的样子。α－Ω 公司真是应该好好地挑选员工。

瑞吉儿从守门人手中拿过徽章。它由 α 和 Ω 这两个彼此纠缠的字母组成，她的名字并不在上面，瑞吉儿把徽章反过来，看到徽章的背面只是涂了金漆。也许徽章里面应用了电子技术，证明她有权限进入公司大楼。徽章的背面焊接了原始的安全别针，这与高科技的徽章不相称。瑞吉儿把别针穿过衬衣纽扣的扣眼。

"跟我来。"查理斯说。

他对瑞吉儿发出了参观 α－Ω 公司的邀请。今天与牧羊人 1 号之间不需要联络，因此执行官给她放了假。查理斯来去 MOC 全凭自己的兴趣。瑞吉儿接受了查理斯的邀请，但愿他不要因此想入非非。可是机会稍纵即逝，如果拒绝邀请，就太愚蠢了。在外人眼中，α－Ω

公司可是相当神秘。

查理斯走在前面。一个大约两米高的金属隔栏抬起，让查理斯走了过去。瑞吉儿也想紧跟着走入，可是金属隔栏的速度更快。同时，一个警报声响了起来。

"别耍花招。"守门人在后面冲瑞吉儿叫着，"系统相当灵敏，我们可不希望夹住不该夹住的地方。"

瑞吉儿恼火地盯着守门人。这种家伙就不应该出现在这里。她走到金属隔栏面前，乖乖地等到它自动打开。查理斯跷着脚站在另一边。

"守门人说得对。在 α-Ω 公司，安全第一。据说，角落里甚至有自动射击装置呢。所以啊，你可别冒险。"

瑞吉儿点了点头，然后转过身。金属隔栏早就关上了。各条金属梁架的上端向内弯曲，同时布满了钉齿。看上去，好像更是为了不放人外出。瑞吉儿打了个寒颤，突然感觉好像身陷囹圄。查理斯露出了微笑，故意做出一副无辜的样子。

"α-Ω 公司从事尖端研究。"他说，"我们是美国境内最后一批走在技术前列的公司之一。俄国人和中国人对我们的科研成果虎视眈眈。不久前，一家实验室还捉到了一名来自俄罗斯 RB 集团的间谍。"

"拿他怎么样了？"

"这个家伙被送上法庭，还宣判了。你想什么呢？难道认为我们的战斗机器人让他失去战斗力了吗？"

查理斯哈哈大笑。

"我们当然不能凌驾于法律之上。"他补充说。

"可是，你们装配战斗机器人？"

"这是我们的业务之一。你放心，不是在这里装配。你不会是那种只想打发人类上战场的和平主义者吧？"

"我认为，和平主义者可根本不想要什么战争。"

"哎，自从世界上所有军队大规模装备机器人之后，就没有什么战争了。现在我们走吧。"

查理斯走在前面。他们穿过一条宽阔的走廊。路上不断遇到男男女女、老老少少的员工，他们来自世界各地。大多数人都依样佩戴着徽章，可并非所有人都如此。

"为什么这里也有人走在路上，却不佩戴徽章？"瑞吉儿问道，"系统不是很敏感吗？"

"有其他方法来识别身份。也可以把这东西移植到皮肤下面。移植是免费的，而且每年可以增加一天假期。"

"这听起来有点违背乌托邦的精神。"

"你不是也有电子纹身作为 NASA 的入门许可嘛。"

"没错，但我可以随时去掉它。你也佩戴徽章吗？"

"我不需要什么假期。不知道从何说起，我没成家。"

查理斯站定身体，打开门。

"这是其中一个大办公室。整栋楼里面看起来都差不多这样。"

瑞吉儿向里面打量着。看上去，一切都和任何一家公司没有什么不同。大多数人都坐在自己的格子间里敲着键盘，一些人走来走去。在一个玻璃隔间里，一场会议正在举行。空气中充斥着一种背景噪音。四周墙壁上挂满了海报。闻起来有汗味和久泡咖啡的味道。透窗而入的阳光稍嫌多了些。一名 50 余岁的男子穿着蓝色牛仔裤，黑色的 T 恤毫不起眼，他正探到办公桌下面，用手在膝盖处搔痒。

"好吧……"瑞吉儿说。

然后，她就再也想不起该说些什么了。

"是的，一间非常普通的办公室。这就是我想向你展示的。"查理斯说。

瑞吉儿很失望。关于 α-Ω 公司有许多流言，她曾将其想象为秘密部门和宗教信仰的综合体。

"要到我的办公室喝杯咖啡吗？是公平贸易得来的。α-Ω 公司直接从哥伦比亚的农民那里收购了咖啡，再用帆船运到美国。"

瑞吉儿点了点头。为什么不喝呢？她向这间大办公室瞥了最后一眼。那名 50 多岁的男子正直起身。他手里托着自己腿的一部分，从脚部到膝盖处。他解开鞋带，脱掉鞋子，让鞋子落到地面上。邻桌的同事吓了一跳，也许是被鞋子落地的声音吓的，然后就不闻不问了。这名男子将他身体的这一部分平平整整地放在办公桌的边缘处。蓝色袜子下面的脚趾向上跷着。大拇脚趾还在动。男子抓了一下大拇脚趾，又放开。现在，它安静了。然后，男子抓过一只键盘，开始敲起来。

"你还好吗？"查理斯问道，"你面色看起来怎么这么苍白？"

他的目光划过整个办公室，可却没有发现有任何不同寻常之处。

"我一切都好。我想，我不要喝什么咖啡了。"

她怎么了？为什么她反应这么强烈？很明显，她刚才看到的是一名佩戴了义肢的男子。α-Ω 公司也雇佣残疾人，这可是一件善事，特别是在一个依旧没有相关法律规定的国家。

"抱歉，查理斯。我夜里睡得不好。"瑞吉儿说，"我们下一次再参观你的办公室吧，好吗？"

"真遗憾，"查理斯说，"我们下次补上。一言为定。"

飞行器 B

2094 年 4 月 20 日

"本杰明，我可以稍微打扰一下吗?"

"当然，大卫。我正在跟踪羊 19。可是，还要飞 3 个小时。"

"我不需要这么久。然后你就都完成了吗?"

"是的，羊 19 是最后一个。根据航线，我还需要至少 30 个小时才能回家。"

"回家，不错。"

"坦白地说，戴夫，牧羊人 1 号对我就像家一般。过去 3 天里，我发现了这一点。我想念它。我想不起来还有什么更有家的感觉了。"

"我希望，你也想念我们呢。"大卫说。

"那当然。"

本杰明悄悄地笑了。短暂的分别似乎有助于几人之间的团结。没有说谎，他确实想念几位同事。他能很好地忍受孤独，可是他也需要与其他人共处的时光。大卫似乎也是如此。

"所以我才联系你呢。"大卫说。

"所以?"

"我很担心克里斯蒂娜。自从我们起航以来,她就没有和我们当中任何一个人联系过。你和她通过话吗?"

"没有呢,戴夫。"

"亚伦也没有,我问过他了。"

"那么,联系克里斯蒂娜吧。"

"我试过,可是系统拒绝了,因为她在睡觉。"

"系统还是很明智的,现在才过午夜。我们不在的时候,也许克里斯蒂娜加班了,所以她现在需要睡眠。我们可以早晨再一起呼叫她。"

"好吧,那就这样。到时候,我会联系你们。"

"不要太早啊!我们约定一下,9点好吗?我觉得,克里斯蒂娜喜欢睡到自然醒。"

本杰明有点蒙。他其实根本就不知道,克里斯蒂娜是不是喜欢睡到自然醒。可说这话的时候,他好似拾回了一段丢失了很久的记忆。

"那我9点联系你。"大卫说,"晚安,本杰明。"

"晚安,大卫。"

✕　　　✕　　　✕

他变成了一根胡萝卜。本杰明从顶部到根部地感受着自己的身体:顶部近乎圆柱形,下部逐渐变尖,长着细密的根须。尽管胡萝卜的主人刚刚把一股凉水劈头盖脸地浇了下来,闻起来还是有新鲜泥土的味道。本杰明感到恐惧。正在发生的一切太不寻常了。一把刀侵入他的头顶皮肤,将顶端分开,上面还长着美丽的绿色缨叶,他一直为此而得意。一张长着黄牙的大嘴逐渐靠近,随之是一股难闻的气息。

本杰明听到一种尖锐的声音，睁开了眼睛。一定是闹铃响了。他睡过头了吗？他本来是想 9 点钟就联络大卫的。

"关闭闹铃。"他说。

可是，警报声持续响着。本杰明坐了起来。刚刚 7 点 20 分。这不是闹铃，而是系统发出的警报，提醒人们注意某种危险。有小行星袭来吗？可是，他没有感觉到任何震动，可以正常呼吸，所有仪器也都在正常运行。

"报告状态。"

"生命系统 100％，动力 100％。"

根据重要程度，系统给状态播报分类。本杰明松了一口气——今天能活下来了。

"传感 100％正常；通讯受到干扰。"

通讯受到了干扰——飞行器就是为了这个原因叫醒他吗？难道是天线弯折了？牧羊人 1 号飞船上应该有足够的备件，完全可以修复通讯系统。

"本，你看到了吗？"

是大卫在讲话。和大卫之间的通讯是正常的。也就是说，通讯方面受到的干扰还没那么糟。

"你说什么？我刚被系统叫醒，用一种残忍的方式从梦中叫醒，我在梦里是一根胡萝卜……"

"本，你好好听我说。"

本杰明的这位同事似乎很激动。刚刚，他第二次叫出"本"这个名字，尽管他知道，名字的主人并不喜欢。

"好吧。"

"发生了一件糟糕的事。我相信,牧羊人1号爆炸了。"

说到最后,大卫的声音哑掉了。本杰明很平静。然后,他闻到一种金属的味道。他摸了摸上嘴唇,然后看看自己的手指。该死,他的鼻子在流血。好久没有这样了。流出的血是鲜红色的。一直都是这样。

"为什么你不说话?"大卫问道,"我们该怎么办?"

"我……我不知道。你肯定吗?"

"牧羊人1号不回答。"亚伦从他所在的飞行器加入了对话,"你们知道出什么事了吗?"

"我看到了一道闪光,"大卫说,"就在两分钟之前。然后,我就尝试联络牧羊人1号,却没有成功。"

"飞船上发生爆炸了吗?"亚伦问。

"我不知道是什么。"

本杰明调整自己所在飞行器的望远镜,将它对准飞船所在的位置。没有人说话。其他两人肯定也在忙这个事情。本杰明尽可能将镜头拉近。屏幕上显示着一条短短的细线,后面是一个榛子般大小的圆球。这条细线正位于飞船的旋转面上。至于飞船遭受了什么,从本杰明所处的位置还无法确定。

"我从侧面看到了飞船,"本杰明说,"这帮不了我们。可是,中心至少还存储了飞船原始形态。"

"从我的位置看过去,视角好一些。我把数据传给你们。"

本杰明点击确认传来的消息,从斜后方观察着牧羊人1号。飞船四周的圆环似乎有了几个裂痕。

"我看不到飞行器C。"亚伦说。

"这是一个实时图像，"大卫说，"克里斯蒂娜的飞行器正好在控制中心的阴影里。可它一定马上就会出现。"

本杰明盯着屏幕。飞船的圆环上面一定马上就会出现一个向前旋转的凸起。马上，马上。可是现在并没有。出什么事了？克里斯蒂娜的飞行器没有出现。这不可能！

"她不见了。"大卫说。

"我们能把图像再拉近些吗？"亚伦问。

"不行，不可能再拉近了。"大卫回答说。

"也许，她在发生爆炸的时候及时驾驶飞行器离开了母船。"亚伦说。

是的，这有可能。她当时发现飞船有哪里不对，就驾着自己的飞行器离开了。他们必须到其他地方找她。

"可是，她为什么不说话？"大卫问道。

"天哪，你别这样悲观！"亚伦批评道，"她就在飞船外面，我感觉得到。"

"你感觉得到。"

"是啊，天哪，我感觉得到。"

亚伦每说一个字，声音都拔高一度。

"也许，她的天线被压力波损坏了。"然后他又说。

宇宙里根本没有什么压力波，本杰明想着。

"那么就是一块从飞船里甩出来的金属块，是它击中了克里斯蒂娜的飞行器。"亚伦的声音冲进频道。

本杰明把扬声器的声音调低了些。他们必须保持镇静。很奇怪，他觉得眼下很容易保持镇静。藏在他额头后面的不是感情，而是思想。他必须把自己的思想塑造为计划。这样才会给他们和自己以帮助。

"我们会找到克里斯蒂娜,"他说,"我保证。"

这并非谎言。物质不会就那么凭空消失。可与亚伦不同,本杰明不相信克里斯蒂娜还活着。

"谢谢你,本杰明。"亚伦说。

"现在,我们有两件任务,"本杰明说,"首先,我们必须找到飞行器 C。一旦我们找到它,也就找到了克里斯蒂娜;其次,关于牧羊人 1 号受损的情况,我们必须做更多了解。"

"第三点,我们必须尽快返回飞船。"亚伦补充说。

"我本来是把这个看做第二点的一部分。可是,你说得对。你们谁离飞船最近?"

"也许是我,"亚伦说,"大概需要 9 个小时。"

哎呀,如果偏偏是亚伦找到克里斯蒂娜,那可不妙。发生的这一切似乎对亚伦打击最大。但愿大卫更靠近牧羊人 1 号。

"我需要 13 个小时。"大卫说。

该死!本杰明自己需要 20 多个小时,他会最后一个到达飞船。亚伦届时一定要坚强。亚伦曾经跟本杰明讲过,他的妻子不在人世了。牧羊人 1 号发生的事故似乎正在揭起旧伤疤。

"我有一个想法,关于如何从远处调查牧羊人 1 号。"大卫说。

"不错,说说看。"本杰明说。

"我们把所有探测器的望远镜都对准牧羊人 1 号。虽然分辨度不是很高,可是汇集从各个角度拍摄的图像,一定可以产生一幅高清晰度的立体图像。"

"这想法太好了，戴夫。你能落实吗？"

"我已经在落实了。"

"我尽可能加速飞向牧羊人1号。"亚伦说。

"你真的想飞过去吗？"本杰明问道，"你也可以接管探测器，由大卫飞向牧羊人1号。"

"不，我离它最近。如果说有谁能帮上忙，那就是我。我一定要飞过去，其他一切都是胡扯。"

"好吧。你自己当心。如果你飞到那里的时候已经粉身碎骨，就无济于事了。"

"别担心。"

✕   ✕   ✕

"我有些东西给你们看。"大约7个小时之后，大卫开始通话。

"很糟糕吗？"亚伦问。

本杰明开始在计算机屏幕上接收，一幅画面显现出来。不妙。在控制中心舱尾处，驱动装置的覆板出现了一道长长的裂缝。大卫看到的闪光一定就是从这里窜出来的。是一场爆炸，就是的，可是怎么会爆炸呢？本杰明用手指转动图像，以便更好地看清那道圆环。5个飞行器中，只有一个还对接在母船上，这一定是实验室了。本杰明让飞船转动了两次，以便自己确认这一点。飞行器A、B和D还在飞行途中，这一点很清楚。可是，飞行器C在哪里？再次拉近驱动装置的时候，本杰明找到了它。与控制中心相比，飞行器显得很小，所以他在第一次看的时候忽略了它。可它就在那儿，很清楚，是飞行器C残留的部分。驱动装置覆板的一部分挤压着飞行器，将它压向一根连接圆环与控制中心的轮辐。飞行器看上去缩成一团。不会有人在里面幸存下来。为什么飞行器不在母船的圆环上面？如果克里斯蒂娜没有驾驶飞行器脱离母船，她现在一定还活着。本杰明转动着图像，以便于鉴别飞行器 C 平时所处的位置。那里的圆环没有任何损伤。

"你们有什么看法?"大卫问。

"看上去，比估计的还要糟糕。"本杰明说。

"她可能还活着，"亚伦说，"也许她离开了飞行器，现在正位于控制中心。看上去，供人活动的区域完好无损。"

没错！本杰明再次将控制中心拉近。如果克里斯蒂娜待在那里，可能就会幸免于难了。可是，她的飞行器为什么会在离驱动装置近在咫尺的地方被击中？她当时是想在那里解决什么问题吗？为什么呢？眼下，牧羊人 1 号的驱动装置处于停机状态，几个月之后，如果他们想返航，驱动装置才会重新启动。即使克里斯蒂娜当时想尝试修理什么，也最好直接由控制中心出舱，而不是驾驶着飞行器过去。

"现在看到的这些解决不了疑问。"大卫说。

"两个多小时之后，我就到那里了，"亚伦说，"到时候，我们知道的就更多了。"

"你要小心些。"本杰明说。

飞行器 A

在没有动力的条件下，飞行器朝着一面竖直的墙壁飘了过去。距离还有 15 米，10 米，8 米，6 米。亚伦在屏幕上跟踪着。为了和飞船对接，他选择了牧羊人 1 号的一处侧壁，那里看起来完好无损。本杰明说得对，如果亚伦自己冒不必要的危险，那么他谁也帮不了。亚伦的手悬在驱动装置的开关上方。他有点失去耐心了，可还是克制着自己。如果他过早制动，只会需要更长时间。

就是现在。来自中央驱动装置的一次轻微撞击就足以制动了。亚伦让自己的身体固定住，以免撞到屏幕上。还有 3 米，然后就要对接了。飞行器伸出了控制臂，它的设计用途本来是修理损坏的飞行器。可是，控制臂也必须有能力像下锚一样，把飞行器固定在飞船外壁的某一个纵向轮辐上。

屏幕显示当前速度为 5 厘米/秒。亚伦完美地分配了主驱动力。再多一秒，飞行器的速度就不完美了。可是，即便飞行器的速度如此之慢，它还是有一个极大的惯性。它大概有多重？亚伦只能估计一下。肯定有 5 吨，或者还要更重。控制臂承受得住吗？与先前相比，控制臂突然显得纤细了许多。可是，这都因为牧羊人 1 号庞大的船体马上就要到了。

那么……动手吧。控制臂末端的三根机械手指抓向粗大的轮辐，后者覆盖了飞船的整个一面。第一次抓取的时候，只有一个机械手指有触及。再试一次。两根机械手指抓住了轮辐，第三根手指也抓住了。尽管如此，惯性还是拉扯着飞行器继续向前。因为摩擦，机械手指的温度开始升高。屏幕上亮起多个警报信号。系统危险！过热！可是，速度在警报亮起的同时降了下来。控制臂抓牢了。飞行器还从未退让过，它产生了一个轻微的横向动量。看上去，它似乎要从飞船的外壁上划过。控制臂的两个关节以一种非自然的方式扭曲着。如果飞行器有痛感，它现在就会叫出来。亚伦想象着飞行器的感受。

可是，控制臂还是抓牢了。飞行器停了下来。现在，就看亚伦的了。他必须尽快赶到克里斯蒂娜身边。她对他的呼叫没有做出任何应答。早前，亚伦就脱下了训练服。他固定了腹部的纸尿裤，从控制中心飘移进工作间，两足并用地爬进机器护甲。他检查了技术设备，生命系统、取暖和制冷设备、传感器和无线电，这些都处于工作状态。亚伦飞快地合上了头顶的盖子。现在是离开的时候了。

✕   ✕   ✕

四周一团漆黑。亚伦内心升腾起一种恐惧感。慢呼吸，亚伦，慢些呼吸。可是，这心理暗示不管用。亚伦的呼吸越来越快。他的耳朵里有砰砰的敲击声。全世界只余他孤零零一人，其他人从未来过。现在，他终于清醒了。慢呼吸，慢些呼吸。一阵响亮的嗡嗡声袭来，这是宇航服生命系统发出的声音。他伸出手臂去触摸，却空无一物。只有他孤零零一人。慢呼吸。有什么东西压迫着他的胸膛，让他呼吸急促起来。

另一种力量则挤压着他的下腹。他明白，这就是恐慌，可偏偏无法克制。他忍不住便意，放开了闸门。一片温热在他的纸尿裤里扩散。他重新感觉到了自我。这是来自他的温热，是他自己的身体。他藏身于宇航服之中，宇航服飘浮在茫茫宇宙。将他载到这里的飞行器想必就在附近某处。耳朵里的敲打声减弱了。他慢慢地找回了自己。恐慌还在，可是他能将恐慌搁置一边，将它束之一隅。

亚伦摸向自己戴的头盔，打开探照灯。灯光在他面前的钢质舱壁上画出一个浅灰色的圆。牧羊人1号飘浮在不到1米以外的位置。亚伦辨别了一下方向。因为恐慌，他飘移到飞行器3米之外。当时，他感觉自己好像绕轴自转了数圈。宇宙就是一个具有欺骗性的东西。待在飞行器里，所有传感器都在工作，会令人感觉光线明亮，一切都在掌握之中；藏身于宇航服之中，与外界无边的黑暗仅仅间隔数毫米金属与织物，这才是宇宙的本来面目。他们当初真应该穿着宇航服多多训练几次。

借助于宇航服修正喷嘴的帮助，亚伦转入水平飘浮状态，脚尖指向牧羊人1号。然后，他短暂地闭上眼睛，想象着自己站在飞船上。他重新睁开眼睛。蓦地，他似乎垂直于飞船飘浮着。安全起见，亚伦操控自己向下飞去，直到他的双脚落在飞船的外壁上。他转动探照灯。沿着那边一直向前，就会通向驱动装置。隔离间想必在另外一个方向。半是行走，半是飘移和飞行状态，亚伦以这样一个奇怪的混合动作向前移动着。

探照灯的光落在驱动装置极富特点的拱形外壳上。裂缝很难让人忽视。一道长达 10 至 12 米、宽为 2 至 3 米的裂缝横亘在飞船的外壁上。金属材质似乎在这里由内而外地爆裂开来，好像有什么东西一定要钻出来一样。此外，裂缝处还缺失了原本应该覆在上面的金属轮辐。亚伦从裂缝处飘移开，直接向某台直接聚变驱动装置（DFD）的内部看去。从损坏的程度来看，没有办法再修复了。可是，辐射传感器没有捕捉到任何活动迹象。也就是说，驱动装置本身不可能是爆炸的诱因。只有喷射物或发起聚变的小型化学驱动装置其中之一值得研究。

亚伦升高了几米。这道裂缝给人以威胁感。

可是，就他自己所能做出的判断来看，10 台 DFD 中只有 1 台受损。飞回地球想必还是大有可能的。他将头转向右边，探照灯的光也跟了过去。飞行器 C 贴在一道轮辐上。一股寒意划过亚伦的脊背。看上去，克里斯蒂娜的飞行器好似一只爆开的鸡蛋。裂缝上面缺失的金属轮辐将飞行器大致从中间剖开。爆炸力一定使金属轮辐大大地加速，从而使得它像锋利的刀子一样割裂了飞行器。如果克里斯蒂娜没有穿宇航服，一定会因此而丧生。

亚伦稍作犹豫，然后一下子行动起来。毕竟，他来这里就是为了救克里斯蒂娜。他直接朝着飞行器飞了过去。探照灯的光落在一个方形物体上面。亚伦摸了摸它。原来是一只枕头，可已经没有弹性了。亚伦飞得更近些。大多数物体的表面都覆盖了一层亮闪闪的冰，这一定是凝华了的空气。供人休息的舱室和工作室之间的地板裂开了，各种管子探出了头。亚伦沿着飞行器飘飞了一圈。飞行器的下半部分挂着一个人形物体，两腿向下耷拉着。亚伦的脉搏又开始狂飙，直到他看出，这只不过是机器护甲而已。每个飞行器都会配备一个。他碰了碰机器护甲，它的腿部稍微弯了一下，说明里面没有人。

　　亚伦再次靠近克里斯蒂娜的飞行器出现裂缝的地方。裂缝处干净得令人诧异，好像它是用黄油般柔软的材料处理过的切口。飞行器的外壳加了一种特殊的衬垫，任何一种外力都会被承受并平均分配。可是，对于一根细长的、被爆炸力加速了的金属轮辐，这样的结构就没有办法了。动能等于质量与速度平方的乘积。如果金属轮辐速度足够快，它将摧毁任何一个障碍物。

　　特别奇怪的是，舱室内的陈设完好如初，厨房里放着微波炉，距离裂缝仅仅30厘米之遥，看上去丝毫无损，肯定还可以使用。克里斯蒂娜整理过床铺，被子还叠得整整齐齐。飞行器的控制中心兼起居室空无一人。指挥坐席处的安全带向下耷拉着，座位上有一个浅浅的坑，看得出经常有人坐着那里。亚伦小心翼翼地打开通向卫生隔间的门，没有人。也许在淋浴间？千万不要！亚伦查看了淋浴间，这里只有些许冰在墙上闪着光。他查看了工作室，角落里卡着一只工具箱，还是敞开的。克里斯蒂娜当时是要尝试修理什么吗？这似乎不大可能。

　　"亚伦？情况怎么样了？"本杰明通过无线电发问。

　　"不清楚。飞行器报废了，可是没有发现克里斯蒂娜的踪迹。"

　　"你还好吗？"

　　"我一切都好。"

　　"好吧，多加小心。大卫一定也离得不远了。"

　　亚伦不再作答。克里斯蒂娜肯定不在飞行器里面。可是，这没有带给亚伦任何希望，恰恰相反。

在亚伦自己飞行器的控制中心，屏幕变成了灰色。他将扫描装置调为红外模式。克里斯蒂娜没有在她的飞行器里，那么她一定飘浮在宇宙空间。也许，爆炸将她从飞行器里甩了出去。虽然已经过了几个小时，可是在绝对零度的条件下，身体不会很快冷却。毕竟，宇宙空间是没有空气的，所以热量只能通过辐射来传播。

在直接靠近牧羊人1号的地方，扫描装置只提供了一幅过度曝光的图像。在那个地方，残留的空气基本还太过于浓密，温度还太高，很难通过红外模式识别出什么。可是，如果克里斯蒂娜就在那里，他应该已经找到她了。亚伦驱动自己的飞行器旋转着，让扫描装置对准茫茫宇宙。他发现了许多明亮的光点，还有一些不是很明亮。亚伦逐个查看这些光点。他小心地将第一个光点拉近，好像担心它逃掉。不对，这一块太平坦了，也许是外壳产生的碎片。在这块碎片附近，一个榔头状的东西慢慢划过。亚伦将它拉近，发现是一块门铰链。爆炸将大量碎片抛射到了宇宙空间。

然后，亚伦发现了一只玩偶。她看上去确实像一只玩偶。她的四肢以一种不自然的角度从身体伸展开来。亚伦的第一个冲动是祝她旅途顺利。不把克里斯蒂娜的尸体带上飞船上，对他来说会更好。她的身影会追随到他的梦里。可是，将克里斯蒂娜独自留在茫茫宇宙，这个想法让亚伦无法忍受。他将飞行器加速，要去把克里斯蒂娜接回来。

10分钟后，穿着宇航服的亚伦飘浮在她身边。的确是克里斯蒂娜。直到现在，亚伦才真正相信这一点。她把头发扎成了发辫，一如既往。发辫失去了弹性。亚伦不敢去触碰，担心发辫会破碎成千万片。

他必须把克里斯蒂娜拉进飞行器。飞行器有一个隔离间，可以从外面打开。亚伦抓向克里斯蒂娜的双脚。她没有穿鞋子，只穿了短袜，身上穿着某种式样的工作服。她经常就这样工作。与 NASA 准备的服装相比，她更喜欢这套有些地方已经松垂的工作服。她说过，这件衣服更保暖。这套工作服也算鞠躬尽瘁了。

亚伦小心翼翼地把克里斯蒂娜推送到飞行器那里，然后放开了她。

"你在这里等我。"他说，可是她没有回答。

他马上就要精神失常了，明显不要很久，因为他已经在和死人讲话了。他看到的上一具尸体是他的妻子，同样是那么苍白。为什么他不等本杰明或大卫来呢？

亚伦打开隔离间的外门。但愿克里斯蒂娜能挤进小舱室，那里是紧急情况下备用的。亚伦移向克里斯蒂娜的上半身。他最好先将她的腿拖进隔离间。也许，他可以使她的上半身稍微弯曲。可是，他必须首先将她的手臂向下放。克里斯蒂娜将自己的手臂举过头顶，好像在死以前下了决心，要像游泳运动员跳入泳池一样跃入太空。也许，突如其来的低温让她失了心智。这应该是低温致死的情况下发生的。

亚伦用左手抓住克里斯蒂娜的上半身，尝试着用右手将她的手臂在肩关节处扭转。可是，克里斯蒂娜的关节很僵硬。没有成功。但亚伦必须将她带进隔离间，否则，就无法将她接进飞行器，既不能接入他的飞行器，也无法接入牧羊人 1 号。按照惯例，克里斯蒂娜会接受一个遗体告别仪式。亚伦再次试着扭动她的手臂，还是那么僵硬。可是，她紧握的拳略微松开，一个小小的灰色物体滚了出来，是一个三色堇的种子荚果。亚伦哭了起来，头盔的衬板蒙上了一层雾气。

現在，克里斯蒂娜的身体呈现出一个 V 形。是大卫出的主意。与躯干相比，四肢冷得快些。亚伦把克里斯蒂娜的下腹抵着飞行器，同时按压着她的背部。看上去，她好似在做瑜伽练习。这种状态下，她的腰椎稍微有些突出。这对健康可不好，亚伦想着，他已经摆脱了精神失常的状态。

亚伦小心翼翼地把 V 形的克里斯蒂娜推进隔离间的入口，臀部是向前的。亚伦检查着，看看上部和下部是否都有足够的空间。克里斯蒂娜的身上不应该再多一道擦痕了。成功了，她进到里面了。亚伦关上了隔离间的门。

3 分钟之后，亚伦穿着短裤站在隔离间的内门前。他伸出双臂，将两只手抵在金属门上，好似要和它展开一场搏斗——或者是要和门后的人建立某种联系。隔离间正在升温到接近零度。克里斯蒂娜应该不会完全解冻，可她的身体会变得柔软，亚伦从而可以让她改为平躺的姿态。一个死去的人不得不逆来顺受了！她可曾愿意吗？

亚伦用额头撞着墙，直到自己感觉到了疼痛。是他的责任，冥冥之中。他逃到这里，本不想再看到任何人死去。可是，命运如影随形。克里斯蒂娜因他而死去。

今天发生的已经足够了。他没办法再打开隔离间的门。过不了多久，大卫和本杰明就会赶到，他们会料理克里斯蒂娜的后事。他毫无力气，必须要休息一下了。他可以关闭生命系统。只有这样，他才真的安全了。克里斯蒂娜的死并没有让命运感到满意。如果还要索取本杰明或大卫的生命，该怎么办呢？他可以选择。他之前也有过选择权，只是太过于懦弱。没有人可以阻止他。

"亚伦，我是大卫。"他从无线电里听到大卫的声音，"我现在在门前。请让我进来。"

飞行器 B

2094 年 4 月 21 日

"他的状态很不好，"大卫说，"我已经给他打了一针。现在，他要连续睡 12 个小时。"

"好的。克里斯蒂娜怎么办？"本杰明问。

"她还安放在隔离间的舱室里面。那里温度足够低，她不会解冻。也就是说，她不是我们最紧迫的问题。"

"我也看到了。飞船的圆环……"

"本，不仅仅是飞船的圆环。如果我可以相信电脑，控制中心里是没有空气的。我们必须重新启动生命系统。各个飞行器上的储备都只够用几天了。"

"我来处理。"本杰明说。

在远处无法看到飞船的圆环，它有几处已经损坏，以至于他们的飞行器都无法对接到母船上。但这并非主要问题。如果遇到紧急情况，他们可以干脆躲到宇航服里面。可是，他们需要牧羊人 1 号正常工作。关于空气和保暖，他们还指望着飞船。如果得不到空气，也无法保暖，他们很快就会像克里斯蒂娜一样变得那么僵硬。

本杰明将自己的飞行器驾驶到牧羊人1号的主隔离间。那里空间巨大，同样适合较大的载荷。飞行器几乎完全进得去，可就是差那么一点。本杰明必须先离开飞行器，然后再打开隔离间的门，但愿隔离间的控制要好过生命系统。

宇航服里面温度很低。可是，头盔内部显示的读数却相反。本杰明看了看手腕上的控制器。迷你屏幕上显示着，暖风已经调到了最高一挡。他晃了晃自己的手，然后重新看了看显示屏。现在显示的是零下5摄氏度。突然，一股温热的风拂过他的额头。

什么狗屁技术！如果之前驱动装置也遇到类似问题了呢？譬如系统里温度显示错误，DFD在过热状态下运行，直到发生爆炸。可是这不可能。各个系统都有双重及三重保险。如果喷射物质压力过大，燃料箱就会自动排放。本杰明移动起来，离隔离间还有10米，它被一道光环围绕着。光环呈红色，也就是说，隔离间处于封闭状态。

"控制中心？"

飞船没有应答。可是，大卫之前可以读出飞船的状态数据。也就是说，主计算机还在工作。可是，也许只有最重要的模块还在联网。

"控制中心？打开主隔离间。"

本杰明又尝试了一次。环绕着隔离间的光环仍旧呈红色。没有理由恐慌，他也可以手动打开隔离间的门。本杰明操控着航天服来到手动控制处，它就在光环的3点钟方向。他要向上拉一个把手，然后再将它旋转180度，不需要花费很多力气。即便宇航员失去了半条命，应该也可以使用这道安全门。真奇怪，尽管大家都认为他勇敢不畏死，他却从还没有研究过自己死亡的可能性。死亡干脆就不再在他的选项之内，就是这样。他现在还好好地活着呢。他们不会在这里失去生命，无论如何，至少他不会。

光环变幻着颜色，由橙转黄，再变成绿色。本杰明将把手向回转了90度，然后按下去。压力通过灵巧机械得到增强，打开了隔离间大门的闭锁装置。一股轻微的震动传过飞船的金属面。本杰明继续下压把手，直径近4米的大门打开了一点，他可以用手指在下面试探着抓住。失重状态下，虽然大门没有重量，可还是保持着物质的惯性。本杰明小心翼翼地向外拉着大门，直到自己可以钻到隔离间的里面。他爬过门缝，可是喷气背包钩住了。他不得不继续推门，把门开得再大些。

第一步大功告成。本杰明用脚撑住隔离间的内壁，依靠中间硕大的齿轮向内拉门。然后，他向左转动齿轮，将门关上。本杰明的汗流了下来。穿着宇航服，做什么都很吃力。他之前应该多练习练习。隔离间洒满了红色的光。

通常，系统会识别出有人正从外部进入飞船，会将舱室注满空气。本杰明等了半分钟，什么也没有发生。还好，内门同样有一个手动装置。他飘移过去，将把手向上拉，然后再转动。他站到门旁，以防门开启的时候会撞到自己。隔离间后面的空间想必处于承压状态。可是，门没有从本杰明的手边移开，他不得不更用力去推。牧羊人1号里似乎没有空气了。

本杰明在手臂上的控制器里调出了一张飞船专用卡，他还从未用它穿越主隔离间的大门。不对，唯一的一次是飞船启航之前，可距离那时已经过去20年了。本杰明把卡片信息传输到头盔的面罩。牧羊人 1 号看上去好似一只保龄球。驱动装置就位于极轴处，而他自己则位于赤道的位置。生命系统在飞船尾部方向，而如果想去配备了主计算机的控制中心，他必须朝飞船头部方向移动。在哪里更有可能解决问题呢？

"大卫，你听得到我说话吗？"

"非常清楚。"

"我要试着通过控制中心的主计算机重启生命系统。如果计算机无法启动，我们就会遇到大麻烦。"

"明白。祝你好运。"

头盔面罩的导航系统在本杰明的视野里闪烁着一个箭头，为他指示方向。

本杰明刚刚前进了 10 米，一道安全门就将他挡住了。压力突然下降的时候，系统大概自动关闭了这道门。当然，这道门也有手动装置。可是，这毕竟需要时间。

"大卫？我大概需要更多时间。这里所有门都关着。"

"明白。"

到控制中心的路一向这么远吗？本杰明已经不再去数被他手动打开的门。右臂作痛，所以他现在用左手来转动把手。大概半数舱室都有空气。系统已不成其为系统了。所以，他每次新开启一道门，都必须很小心，以免被可能的压力吹跑。打开后，舱壁会自行缩进墙壁。

门上编号为 25N1。

向上拉把手。

旋转 180 度。

等待。

逆向旋转 1/4。

用右手抓紧。

用左手向内压把手。

进入舱室。下一道门。25N2。

向上拉把手。

旋转 180 度。

等待。

逆向旋转 1/4。

用右手抓紧。

用左手向内压把手。

继续向前。来到下一道门。25N3。向上拉把手。

旋转 180 度。

等待。

逆向旋转 1/4。

用右手抓紧。

用左手向内压把手。

一条短短的通道向右侧延伸着。这是飞船的底部吗？天花板上，一只灯闪着耀眼的白光。

下一道门。24N3。

向上拉把手。

旋转 180 度。

等一等。本杰明转过身。灯还在闪着光，可是，这不是惊扰到他的东西。就在刚刚，有什么事情发生了。可他的注意力太不集中，没有看出是什么。是通道里的空气吗？这里的空气温度为 20 摄氏度，可以呼吸，而之前的舱室都抽成了真空。系统在作何考虑？

本杰明又飘移回去，再一次经过他刚刚打开的那道门。如果不仔细看，根本不会发现这里有过这样一道门，它完美地与墙壁和天花板融合在一起。只有呈平行走向，而且向上拉起的把手才告诉人们，这里确实有一道门。本杰明将把手转向出口的方向，然后再将它扳回。这道门却还是敞开着。

本杰明将把手向上扳，旋转 180 度，等了一下，再将它扳回四分之一，最后将它按进墙里。这道门咯吱咯吱地向下运动，临近地面的时候稍微停了一下，本杰明的脚探入了地面开口处。这道门的开与关考虑到了宇航员的因素。他又重复了这种试验，直到门向上运动。并没有特别引人注意之处。本杰明快速地向右转身，然后再转向左侧，好像恰巧在他的视野外有什么东西一直在逃避他的目光。可是，什么也没有。他孤零零的一个人。他很可能精神不正常了。

✗ ✗ ✗

控制中心灯光昏黄。尽管舱室如此之大，看上去还是恰到好处地令人舒适。克里斯蒂娜在主计算机那里放了一把躺椅。旁边一张木桌上放着一只杯子。本杰明测了测气压，一切都很正常，只是温度稍有些高。他拿下头盔，然后深深地呼吸。现在好多了。

"喂！"他叫道，只是想听一听自己的声音。

回声响起。与昏暗的灯光笼罩的范围相比，这间舱室略大。原始的恐惧在本杰明心中升起。暗影中可能有怪物藏身，但是，他要给它们好瞧。早在孩童时间，本杰明就始终幻想有怪物存在。他轻轻地笑了。现在就只有他一个人。怪物只存在于童话之中。他清了清嗓子。

"大卫?"他通过无线电呼叫。

"我听着呢。"

"我到控制中心了。一眼看上去，一切都很好。"

"看哪，你重启了主计算机。"

"戴夫，我之前就是这样打算的。"

"那别让其他人妨碍你，完毕。"

大卫的最后一句话听起来有些恼火，他一定是字斟句酌才说出来的。他们每个人都损失惨重，如果现在再陷入争执，就太可怕了。

本杰明向着桌子飘移过去。他举起杯子，闻了闻，杯中是茶，他把杯子放下。杯子以磁力固定在桌子上，发出咔哒声。本杰明把手套从宇航服上解下来，因为直接用手指可以更好地敲击键盘。为了解下手套，他必须在左右两侧各解开两个卡扣，然后将手套旋下来。或者，马上就完全脱下宇航服吗?还是不要了。系统是不是靠得住，谁知道呢。如果空气突然被抽掉，他还可以马上戴上头盔。

躺椅看上去很舒服。它什么时候开始放在控制中心的?本杰明坐了下来，把键盘向自己拉近。克里斯蒂娜一定也曾坐在这里。她都做了些什么?她做过一个后来失败了的实验吗?可是，究竟是什么实验马上就使驱动装置发生爆炸呢?

本杰明接通显示器的电源，屏幕上只能看到一行命令。克里斯蒂娜一定是有意识地关闭了计算机。如果计算机因为某个故障而自动重启，本杰明现在就会看到正常的命令界面。系统也会对输入的语言做出正常反应。

"重启计算机。"他输入指令。

通常，这个指令会让一切都恢复正常。为什么克里斯蒂娜没有这么做？

"拒绝重启。"

原来如此。

"诊断故障。"

屏幕上出现了一份飞船所有子系统的表单。计算机自行给出了"O. K."。只有紧急模式可用了。

可是，本杰明之前就了解这一点。问题是，为什么系统拒绝重新进入标准模式？原因是什么，表现又是什么呢？本杰明试图还原克里斯蒂娜最后的举动。很可能出现的情况是，克里斯蒂娜当时坐在躺椅上，手里拿着一杯慢慢冷却的茶，提出了和他一模一样的问题。然后，她确信自己找到了答案，就进入自己的飞行器，然后将飞行器停靠在驱动装置附近。当然，如果没有能源，这里什么都无法运转。即便驱动装置不提供推力，也可以提供能源待用。

并不需要 10 个驱动装置一起提供能源，甚至 1 个就已足够。也就是说，想必 10 个驱动装置当时都已完全停机。这是一种极不可能出现的偶发现象。10 个 DFD，它们本来处于各自独立工作状态，不可能同时停机。这种概率几乎为零。除非它们同时遇到了同一个问题。例如，提供给 10 个驱动装置的喷射物质均来自于同一批燃料罐。喷射物质转化为等离子并由电磁区旋转着飞出喷嘴，从而给飞船施加推力。

本杰明必须去那里调查一下。他必须查看存储喷射物质的燃料罐。克里斯蒂娜当时肯定抱着相同的想法。他们都熟知飞船采用的技术。可是，她为什么不呼叫其他人呢？因为驱动装置没有提供能源，她没办法联系。

这样一来，一切就都合逻辑了。可是，还有一个美中不足的地方。数周以来，牧羊人1号在没有动力的情况下穿行于茫茫宇宙，喷射物质根本没有起作用。飞船不需要任何推力。想必和本杰明一样，克里斯蒂娜在那里对问题做了估计。因为事实明摆着，克里斯蒂娜在附近找到了自己的飞行器。这只能意味着一件事，那就是她想趁他们不在的时候使飞船加速。他们乘坐的飞行器则只拥有较弱的化学驱动装置，根本不可能追上飞船。克里斯蒂娜似乎是想甩开他们，一路不再回头。也许，她当时想离对焦区的远端更近些，以便于更清楚地观测宇宙的起源。因为这一想法，她死于非命。本杰明摇了摇头。

这不像克里斯蒂娜，她不会这样做。他了解克里斯蒂娜。他了解她吗？是的。他们20年来同舟共济。克里斯蒂娜始终是这个团队的黏合剂。她以各种鲜明的个性出现在三位男同事面前。她会将三人抛弃在茫茫太空之中，这不可想象。但是无所谓了，现在没有人能读到克里斯蒂娜的内心。如果本杰明指控她，不会帮到任何人。他必须检验自己的理论并使驱动装置可以启动。那样一来，其他一切都会步入正轨。

"你怎么跑到前面了？"

是大卫在说话。返回的路上，本杰明比先前快了，因为大多数门都还敞开着。他朝着一个架子移动过去，稳住了自己的身体。

"我……"

他上气不接下气。

"我在回飞行器的路上。看上去是驱动装置出了问题。"

"可是,DFD不是已经关闭几个星期了吗?"

"不,它们还提供电力,只是眼下没有。牧羊人1号靠着备用电在运行,可也不会持续很久了。"

"你说的是什么意思,本杰明?"

"如果蓄电池耗光了,我不知道会发生什么事情。存储喷射物质,冷却食品,这些都要停用。"

"啊,所以系统不睬我们,它是想为真正重要的事节约能源。我们不应该冒险,你还是抓紧时间吧。"

"是的,主计算机也是因此才没有启动。我已经在路上了。"

"他现在很好,在睡觉。"

"亚伦怎么样了?"本杰明问。

他问了之后才发现,在他提出问题之前,大卫已经给出了回答。他的同事什么时候学会读心术了?

"我……随便了,"本杰明说,"我一到驱动装置那里,就联系你。"

"如果需要帮助,就告诉我。亚伦现在不需要我。"

"坦白地说,我确实需要你的帮助。如果你能帮我,就太好了。我发现自己身上有越来越多的不足。这个任务太重要了,我不能搞砸它。"

"我当然会来,"大卫说,"我信任你。"

"我也是。"

✕   ✕   ✕

飞船外壳上的地脚螺栓应该可以减轻在飞船外部检视的难度，本杰明用其中一只固定住自己的脚。金属外壳上，一片晃来晃去的光斑从下方照过来。宇宙一片漆黑，难以分辨大卫的身形。如果本杰明向右照去，他就看得到四分五裂的飞行器 C。

"亚伦在飞船外面某个地方找到了它。"大卫说。

"咚。"本杰明听到了一个金属撞击的声音。一定是大卫降落到了飞船的外壳上。

"真奇怪，"本杰明说，"我做一个假设，克里斯蒂娜当时是想试着解决一个什么问题，它跟存储喷射物质的燃料罐有关系。"

"也许她在这个过程中操作失误了，才导致了爆炸。"

也许吧，确实。本杰明最喜欢这个谜底。可是，他们必须找到真正的原因，否则还会伤害到自己。那如果最后确定是克里斯蒂娜想背叛大家呢？

"你来了真是太好了，"本杰明说，"我们从燃料罐开始查吧。"

✕   ✕   ✕

他们必须向上攀爬一段，朝着飞船头部的方向。可是，本杰明有这样一种感觉，好像他们一直在爬山。主要问题在于不要偏离方向。大卫喘息的声音清晰可闻，他没有关闭无线电。

本杰明停了下来。在他面前有一片大约一人高、弯折了的金属板，它的一边上翘着几厘米。

"这是服务区的入口。"本杰明说。

一只手抓向他的右肩，是大卫移到了本杰明的身旁。

"入口开着。"大卫说。

当然，这正是他们期待的啊。

"你还是我?"本杰明问。

维修通道很窄，他们不必让两个人都忍受折磨。

"我来吧。"大卫说。

"谢谢，你是我的英雄。"

"本来就是。"

大卫弯下腰，挨着金属板向前。突然，他朝旁边飘去。本杰明刚好来得及抓住他的背包，然后将他拉了回来。

"谢谢你，"大卫说，"该死的牛顿。"

金属板开了一个长方形的洞孔，让人想到墓穴。

"那我就行动了。"大卫说。

本杰明点了点头。大卫向前屈膝，朝入口俯身，双臂用力使自己进入洞孔。他朝下方下降了大约半米。

"该死，太窄了。"他说。

"你侧过去。"本杰明建议。

但愿装备了喷气背包的宇航服不会太宽大，工程师们一定在设计的时候考虑到了这一点!

"哎，这样好多了。"大卫说。

深处透过来白色的光。在光的照射下，大卫好像一片影子。

"这里甚至还有照明。"大卫说。

突然，影子似魔术般消失了。维修通道靠下面的地方一定有转弯。本杰明是在看着一个深达 3 米、灯火通明的金属棺材。好像它是著名魔术师所变戏法的一部分。

"你还在吗?"本杰明问。

在他的想象中,大卫马上就会出现在他身后来吓他。

"我在,一切都很顺利,怎么了?"

"没什么。"

"你是在担心我。真好,本。"

如果你叫我本杰明,就更好了。可是,大卫说得对。本杰明是在担心他。他们本来有 4 个人,就是一个小家庭。现在,他们只剩 3 个人了。本杰明担心,最后只剩他和亚伦在一起。并非因为亚伦,他是在担心自己将独自面对什么。

"我到达分配器这里了。"大卫告知说。

"情况如何?"

"稍等。"

"你知道分配器本来的样子吧?"

"知道,我让它显示在头盔面罩里。看上去,一切应该都还不错。"

"应该?"本杰明问。

应该,很少会意味着很好。

"在就快到分配器的地方,喷射物质进入 DFD 的入口被人手动闭锁了。"

本杰明向手腕处的控制器输了几道指令,并将喷射装置分配器的图纸显示在头盔面罩的内侧。

"那里没有手动阀门。"他说。

"不对，有一个。它现在是关着的。如果不相信，你自己来看。可是，图纸上没有标注它。"

"那么，自动控制系统也对它一无所知了。如果系统现在想使飞船加速……"

本杰明的呼吸哽住了。

"……没有任何喷射物质进入 DFD，"大卫接着本杰明的话说道，"系统增大压力，以便更多喷射物质进入 DFD，可是那里还是没有任何动静。系统继续增压，直到发生爆炸。"

"可是，如果存储器中的压力过高，系统一定会介入。"本杰明说，"它会通过应急阀门排放喷射物质。"

"系统好像忘记这么做了。或者，有人禁止它这么做。"

"是克里斯蒂娜。当时只有她能让紧急阀门失灵。她是指挥官。她当时还是指挥官。戴夫，你知道你在说她什么吗？"

当然，大卫一清二楚。他也曾怀疑过克里斯蒂娜。可是，她应该不是出于自私的目的悄悄溜走的。她一定是有意引起爆炸的。是不是她暗地里受到了宇航综合征的折磨？他们是不是没有注意到她的境遇？

"事实就是事实。"大卫说，"关于如何分析这件事，我们回头再说。如果我们能证明，确实是克里斯蒂娜阻止了紧急排放，再盖棺论定。还有一种可能，她因为某处泄漏而手动关闭了主阀门，而应急阀门则因为另外某个原因而失灵了。可是，根据爆炸的情况来看，存储喷射物质的燃料罐的状况良好。我相信，当时是不幸中的万幸了。"

"燃料罐包括几个部分。系统可能只给最前面的部分加了强斥。

如果所有喷射物质都排放出去，牧羊人 1 号现在只能是一堆废铜烂铁了。"

"我简直无法想象，克里斯蒂娜想看到这样的局面。她可是把自己一生都奉献给了本次任务，一个人不会这么容易就放弃的。"

"但愿你说得对，大卫。"

"主计算机会告诉我们，到底发生了什么。"

"这样它就要消耗能源。好吧，我们应该至少启动一个 DFD。你必须通过同一个维修通道到达那里。"

"明白。虽然我之前希望尽快离开这里，可我现在要赶快拯救我们所有人。"

"如果是拯救我们所有人，现在就太晚了，戴夫。"

✕　　　✕　　　✕

"天哪，这里太窄了。"

"抱歉，戴夫。我相信，自从启航离开地球以来，你是到达飞船下面的第一人。"

"多么大的荣幸啊！如果我放弃就好了。"

这就是典型的大卫。也许，他正在狭窄处胆战心惊，骂几句也许会让他舒服点。

"哎呀——！为什么他们不能把台阶距离弄得均匀些？"

本杰明只是点点头。

"嘿，现在背包又卡住了。他们就不能给我们配一台维修机器人吗？"

"戴夫，你的造价可能低于机器人。"

"造价低，还乐于效劳，哈哈。"

大卫是不是很快就要到驱动装置那里了？

"现在……该死的横梁。它就是想扯下我的宇航服。"

"小心点。"

"这跟我是不是小心没关系，嗷。"

大卫嘴里嘶嘶着，含混不清地说了句什么，肯定是脏话。

"怎么了？"

"我的头盔顶到了一根钢梁。"

"头盔没有损坏吧？"

"你听出我发出快死的声音了吗，本？"

"没有，我只是以为……"

"稍等。别出声。"大卫打断本杰明的话。

本杰明侧耳倾听，可是只有宇航服的生命系统在发出声音。大卫听到什么了？

"听起来，好像有人在朝我爬过来。"大卫说。

"可是，维修通道不是没有空气吗？"

"是的，这话很合逻辑，我可是把耳朵贴到墙壁上听的。你以为我傻吗？"

"不是的，大卫。我只是想……"

"别说话！"

半分钟过去了。45秒，1分钟。

"哈哈哈。"

大卫大笑的声音传进话筒，本杰明不得不把扬声器的位置向下调整。这是一种放松的笑。

124

"什么事?"本杰明问。

"这个声音。原来是一根线缆搞的鬼,生命系统的某个缺口有气流涌出来,有规律地把线缆拍打在墙壁上。可真把我吓坏了。我差点尿到裤子里。这下面确实太可怕了。"

"你没有穿纸尿裤吗?"

"天哪,我本来以为很快能搞定。可是,这个东西是什么?"

"到底是什么?"

"从外观来说,它是 DFD1 号。看上去,它完全不运转了。"

"如果你打开隔板,想必会看到控制面板。"

"我正在打开,是有这个东西。"

"状态显示那里写着什么?"

"PWRD DN 74。"

本杰明在手腕处输入了编号,然后在头盔面罩上看到了显示的内容。

"因遭遇撞击而停止运行。"本杰明读了出来,"如果遇到突然撞击,则存在高温等离子与管壁接触的风险。为了自我保护,DFD(R)会在这种情况下自动关闭。可以通过控制中心或现场手动重启。"

"我要赞美编写操作手册的这个家伙,"大卫说,"为什么计算机不自动提高 DFD 的功率呢?"

"因为它切换到了应急模式,所以没有足够的剩余能源。"

"是谁编程了这么个狗屁东西?如果牧羊人 1 号依靠自动模式飞行,现在早就完蛋了。"

"我们就是来应对这些情况的,大卫。"

"好吧，这样也不错。现在怎么办?"

"现在你手动提高功率。肯定有一个什么重启按钮。"

"我看到了。"

"按下去。"

"我在按。"

"现在呢?"

"还是什么也没发生。"

"要等一下。化学推进装置必须先加热等离子室并给线圈充电。"

"我知道。我毕竟还是名副驾驶。哎呀呀，这下面突然变得很亮。还起了风。"

"有风?"

"从生命系统的缺口涌过来许多空气。"

"主计算机又恢复了电力，现在正提高整艘飞船的功率。这有什么问题吗?"

"没有问题，只是有空气从那里涌出来。我过得去。"

"好的，我们马上在外面见。还是小心些。"

休斯敦

"我星期一就把爱丽从幼儿园接回来了，你尽快回来吧。妈妈。"

瑞吉儿又读了一遍这条信息。她已经无数次拜托过自己的母亲，不要这么神秘。爱丽丝鸿德拉过得好还是不好？母亲是确实需要瑞吉儿，还是只想测试一下自己的权威？瑞吉儿深吸了一口气。幸好，执行官，她的顶头上司，也有两个孩子，对此表示理解。此外，她们后天之前不需要进行下一次传输。

瑞吉儿冲出大楼。无人驾驶出租汽车本应该等在门口，现在它在哪里？手机屏幕上，象征汽车的标志位于正确的位置。可是，那里空无一物。是不是最近引入了透明汽车？瑞吉儿接通了出租汽车热线。

"您的平均等待时间：17 分钟。"

该死！瑞吉儿按掉通话。如果她取消并重新订车，肯定不需要10 分钟。

一辆厚重的黑色奔驰转入这条街道，很快就在她面前停下，查理斯从车里钻了出来。瑞吉儿之前就感到奇怪，为什么查理斯今天没出现在 MOC。查理斯看到瑞吉儿，猛地停住了。他向后退了几步，在奔驰避光的车窗上敲了敲并弯下腰。车窗玻璃降了下来。

"她在这里。"查理斯朝车里说了一句。

是在说她吗？好像车里有人在答话，可是轻得什么也听不见。查理斯直起腰，朝瑞吉儿走来。

"伊兰很想认识你。"他说，"你有几分钟时间吗？"

伊兰·查特吉是这个星球上最富有的人之一、α-Ω公司的拥有者、诺贝尔和平奖得主，同时也是查理斯的老板。谁有可能拒绝他呢？她！

"抱歉。爱丽不大舒服，我正赶着去她那儿。"

"是你女儿吗？"

她什么时候给查理斯讲过自己的女儿？但查理斯大概是猜出来的。

"没错。我在等出租车。"

"前面主干道旁边停了一辆出租车，在那儿抛锚了。我们也许能帮上你？"

查理斯朝一直敞开着的车窗走过去，然后弯下腰，轻声地和里面的乘客说话，也许就是和伊兰。查理斯点了点头，朝瑞吉儿走了回来。

"伊兰愿意送你回家。这样的话，你们就可以好好地谈一谈了。"

"哎，我不想浪费他宝贵的时间。"

"不会绕很远，他不介意的。"

查理斯怎么会知道她住在哪里？α-Ω公司会看到NASA的所有文件吗？瑞吉儿看了看出租汽车公司的APP，最近的出租车在10分钟路程以外的地方。好吧。这个男人应该不会想着劫持她。

"好吧。"她说。

查理斯轻轻碰了一下瑞吉儿的小臂，引着她朝奔驰车走去。车门无声地打开了。瑞吉儿弯下腰，一张充满活力的脸朝她微笑着，而这张脸的主人想必超过 60 岁了。

"请上车。"这个男人说。

他的声音低沉，却很悦耳。这声音与他的面容很相配。瑞吉儿坐到空位上，心跳很快。车里有真皮和昂贵的男士香水的气味。车门关上了。瑞吉儿心里涌起逃跑的念头，可她战胜了这种冲动。

"我们能见面，真好。"这个男人说。

他的英语有南方口音，也许是得克萨斯西南部口音。

"感谢您开车送我。可惜出租车没有守信用。"

"没什么，不是绕很远的路。查理斯向我讲了许多关于您的事，激起了我的好奇心。我叫伊兰。"

"我是瑞吉儿。"

瑞吉儿看着伊兰。在朦朦胧胧的灯光下，伊兰看上去比瑞吉儿还年轻 10 岁，但这不可能。早在她读大学的时候，他就已经调停了巴基斯坦和印度之间的冲突。

"您为什么对我感兴趣?"瑞吉儿问。

"您之前知道吗，我们两个人有相近的根源? 我来自得克萨斯州的博蒙特。您也是吧?"

作为出生地，博蒙特写在瑞吉儿的档案中。但她是在玫瑰城度过了自己的童年，这是一个很小的地方。这个男人想必不知道。

"真巧啊，"瑞吉儿说，"也许我们之前遇到过，但是却没有注意到彼此。"

"也许，是啊。我家人总是把我管得很严。我以前总是羡慕贫穷人家的孩子，他们比我有更多的自由。"

"自由，是啊，还可以这么说。"

"我知道，我当时就是很傻。建立世界级的集团公司，要走一段很长的路。"

伊兰没有对瑞吉儿提出任何问题，两个人只是在闲聊。瑞吉儿读过一些关于 α-Ω 公司的内容。据说，公司的创始人在经济上将巴基斯坦和印度结为一体。如今，全世界的技术龙头不再是德国了，而是这两个国家。当时，也没需要什么革命，奏效的是在印度实行的民主和巴基斯坦民众生存的需要。可是，伊兰邀请瑞吉儿，肯定不是为了说这些。

"那么，我到底为什么会被您邀请到这里?"瑞吉儿问。

"您很直率，查理斯已经跟我说过了。"

伊兰的 R 音不重。也许，他的祖先有墨西哥或古巴血统。

"我之前一直认为，您是印度人。"瑞吉儿说。

如果伊兰遮遮掩掩，瑞吉儿至少可以提出自己的问题。

"因为我的姓吗? 我的祖父是从克什米尔来到美国的，我是美国人。"

"究竟是什么使得 α-Ω 公司对这个项目如此感兴趣，还投了资?"

"谦虚地说，如果没有我们的投资，就不会有飞船牧羊人 1 号。"

"可是，这必须有一个理由啊。"

"是的，瑞吉儿。原因就是研究项目。SGL 将回答我们宇宙起源的问题。穆斯林、犹太人、基督徒、印度人，所有宗教都对这个问题感兴趣。而 α-Ω 公司就是联结点。"

"您真的相信，您可以看到上帝吗？"

"我不会这样说。可是我们将会发现，上帝创造世界的时候发生了什么。这种发现不会没有任何影响。这是属于全人类的认识。而您则参与其中，瑞吉儿。"

"我？"

"您是宇航员们的联系人，或者换个更好的说法，您是另一端研究人员们的联系人。那些研究人员会最先了解 SGL 看到了什么。我可以想象，这样一种认识会改变人类。所以嘛，我们需要您这样一位心思细腻的太空舱指挥官。无论如何，您都必须让宇航员们把这种认识传递给我们。对于项目成功而言，四人航天组非常有必要。可是，这个航天组也是整个项目的薄弱点。或许吧。项目组是……人类，而人是会犯错误的。"

"您赋予了我很多责任。那么，究竟是谁挑选了这四位宇航员呢？"

车停了下来。他们已经到地方了吗？瑞吉儿必须承认，伊兰·查特吉是一位很吸引人的谈话伙伴，还是一位有魅力的男子。

"是我们挑选的，瑞吉儿，您肯定已经意识到了这一点。我们也决定了您的职位。所以，我特别高兴现在能认识您。"

"谢谢。"瑞吉儿说。

幸好，光线不太明亮。这样一来，伊兰就看不到她脸上的一抹红晕。一股温热涌入车内。车门轻轻地开了，瑞吉儿竟没有觉察到。

"是我要说谢谢。请代我问候您的女儿和母亲。"

牧羊人 1 号

2094 年 4 月 22 日

"扶住她的手臂,拜托。"大卫说。

本杰明抓向克里斯蒂娜的手,它冰冰凉。

"继续向上。"

本杰明将自己的手移向克里斯蒂娜的上臂。那里,就在 T 恤折边开始的地方,一个圆形的疤痕清晰可见。疤痕有明显的边缘,中间有些泛红。因为克里斯蒂娜的皮肤平时非常白,所以疤痕很醒目。本杰明熟悉这疤痕,他自己也有一个。他下意识地去摸自己的上臂。

"天哪,你应该抓紧她的手臂,"大卫不高兴地说,"否则,她就完全解冻了。"

本杰明用两只手抓住克里斯蒂娜的手臂,大卫把宇航员制式夹克的袖子拉到上面。

"真的有必要这样吗?"亚伦问。

亚伦眯着眼睛站在克里斯蒂娜的脚边,朝他们看去。

"别再问了!你自己也读过的,"大卫说,"操作手册最后一章:关于太空葬礼的规定。"

就此，他们已经讨论了半个小时之久。本杰明一直还在奇怪，大卫多么严格地坚持遵守着某个组织20年前制定的规定。这就是大卫。

"现在，抬起上身。"

本杰明服从大卫的指令。控制中心里始终处于失重状态。可是，这并不会让他们给亡者穿制服这件事变得更容易。克里斯蒂娜似乎一直想逃开，好像她拒绝穿一件什么狗屁制服。

"你看，半解冻，这本来就不是什么好主意。"大卫说。同时，他把制服扯到克里斯蒂娜伸展的手臂上。

"亚伦，你可以把旗子准备一下了。"

亚伦嘟哝着别人听不懂的话。他的脸泛着红，本杰明看到他额头上的汗珠。与他们两个相比，克里斯蒂娜的死更强烈地影响着亚伦。从昨天开始，他就没怎么说话。即使他说了什么，别人也几乎听不懂。可是，亚伦还是转过身并弯下腰，捡起仍然折叠得整整齐齐的美国国旗。本杰明点了点头。亚伦双臂猛地一抖，把旗子展开。旗面展开了，一道波纹一直荡到旗面的尽头，然后掉头返回。

"把旗子拿开。"大卫说。

他本可以说得更友好些。亚伦把旗子朝自己身边拉了拉。在失重的条件下，这并不容易。旗面缠住了亚伦的上半身。换了其他时候，这会很可笑。可是，现在本杰明更想流泪。

✕   ✕   ✕

"亲爱的克里斯蒂娜，"大卫说，"看到你这样躺在我们面前，感觉太糟糕了。我们一起度过了20年的时光，几乎就像家人一般。尽管如此，我还是有一种感觉，对你了解得还不够。我很自责，当你需要我们的时候，我们却不在你身边。我指的并非爆炸之前的最后几个小时，而是那之前的很长一段时间。你曾在寻找什么，它比我们想象得还要重要。今天我相信，如果我们当时彼此有更多交流，可能一切就都会有所不同。"

没错。他们不会再彼此交谈了。亚伦退到一旁，以盘坐的姿势飘浮在地板上方，同时闭着眼睛。他在听吗？可是，他自己也并非完全无辜。对克里斯蒂娜的怀疑就很可怕。如果他想就此说点什么，也只是吞吞吐吐，不知所云。克里斯蒂娜不在了。人之既亡，众人皆言其善。不是吗？

"我是这样希望的，"大卫说，"希望你安身于一个更好的所在，我不确定那是一个什么样的地方，也许就是你一心想看到的宇宙起源之处，万物开始的地方，那里一切皆有可能。"

宇宙的起源。本杰明逐渐明白了，是什么让克里斯蒂娜如此着迷。他此前只感觉事情是在走极端，是在儿戏他的生命。克里斯蒂娜完成了自己的使命。在他的心目中，本次航行的使命根本不再那么值得。也许，他们应该完成克里斯蒂娜给自己设定的任务？

"我们将你送上一条漫长的道路，"大卫说，"这条路同样摆在我们所有人面前。我们祝愿你一路顺利，无论这条路通向何方。但愿你认为重要的东西与你同在。"

大卫给了一个信号。旗子，现在轮到旗子了。亚伦没有任何反应，他还闭着眼睛。本杰明离开原地，从亚伦手中拿走旗子。亚伦听之任之，眼睛睁也不睁。本杰明展开旗子。大卫抓着旗子的另一端，两个人一起将旗子覆在克里斯蒂娜身上。他们将她稍微抬起，使她飘浮在担架的上方。紧接着，大卫用一条绳索螺旋状捆住她和旗子。

本杰明打开隔离间的内门。他们把克里斯蒂娜的身体推了进去。本杰明吓了一跳，有个人突然站在他身后。这个人是亚伦，他的手抓向克里斯蒂娜的双脚。这是要做什么？亚伦似乎要把克里斯蒂娜再拽回飞船。

"亚伦，你放手，"大卫说，"克里斯蒂娜已经死了。"

"她还活着，我看到了。"亚伦小声说。

这一次，可以听懂亚伦在说什么了。本杰明摇了摇头，尽可能轻地将亚伦推开。他们离开了隔离间。亚伦没有反抗。这个可怜的家伙。其实可以不用让他去找到克里斯蒂娜的。很久以前，亚伦就失去了自己的妻子。克里斯蒂娜的死对他一定有如梦魇。

大卫关上隔离间的内门。一种辘辘的声音清晰可闻。这一定是隔离间的外门打开了。本杰明看到大卫的身体瞬间抖了一下。隔离间的状态显示由绿转红。在隔离间内空气作用下，克里斯蒂娜被吸入广阔的太空。本杰明想象着克里斯蒂娜进入黑暗宇宙的样子，好似潜入又深又暗淡无光的湖水。她的归宿是湖底，那里是给万物以能量的源泉。本杰明祝愿她顺利抵达。

✦　　✦　　✕

"刚刚隔离间是怎么回事？"大卫问。

"隔离间？"本杰明反问。

大卫想说什么？他们一道飘移回 MOC。亚伦请求休息片刻。

"在我按下按键之前，外门自行打开了。你没有注意到吗？"

果真如此吗？本杰明还原了之前在隔离间前部空间发生的情景。更早些时候，大卫按了开门键，然后就听到了外门发出的辘辘声。或者发生的先后顺序是反过来的？这不可能。在发布指令之前，门不会自行打开。这会是一种很大的安全隐患。

"这不可能。"本杰明说，"隔离间的控制系统非常严密，完全出于安全考虑。"

"可是，情况确实如此。我真的吓到了。"

"我想起来了，当时你的身体抖了一下。"

"是的，因为我听到了外门的声音。"

"这个我倒想不起来。"

本杰明求助于自己的回忆，可是却求而不得。虽然当时的记忆一再浮现出来，可每当他相信自己能抓住它的时候，却总是迟到一步。

"不，大卫。很抱歉。可是，是不是系统把门打开了？想必系统注意到隔离间没有生命的迹象，而内门又已按照规定闭锁。"

"肯定是的。可是，系统为什么要打开外门呢？当时并没有人请求开门啊。"

"系统当时是想帮助我们吗？"

"系统不会产生任何想法。整艘飞船属于自动驾驶，并非人工智能。α－Ω公司有意弃用了人工智能驾驶。"

"至少有人跟我们透过风声，戴夫。"

"哎算了，这是一种阴谋论。迄今为止，没有迹象表明飞船处于智能驾驶状态。为什么它会背叛自己呢？这没有任何意义。"

"你说得对。我们干脆看看宇航记录吧。"

"这可真有趣。"大卫说。

本杰明将双腿向回收了一点，把沙发椅的扶手调直。刚刚，他的左脚好像失去了知觉。他把被子拉到胸口处，控制中心里面还是那么冷。系统还需要多久，才能在全面瘫痪之后再全面恢复正常呢？

"你有收获了吗？"本杰明问。他的目光越过屏幕，看向大卫。大卫正在自己的座位上从电脑存储器里检索着什么。

"现在说收获还为时太早。关于引力透镜，克里斯蒂娜把所有相关数据都存在一个私人存储区里，还用自己的密码上了锁。这本身就是一件很有趣的事。"

"有趣是有趣，可是却别无用处。我们怎么样才能看到存储区里的内容呢？"

"根本看不到。这个无法破解，我们需要她的密码。"

"也许，MOC 可以帮助我们。如果使用 NASA 的量子计算机，肯定快得多。"

"当然，可量子计算机也需要几个月之久。我们没有那么多时间。"

"没有吗？你是要回地球吃晚饭吗？"

"MOC 可能会决定中止本次任务。"大卫说，"我有一种感觉，我们必须离开这里。"

"如果是那样，主要对亚伦有好处。我们必须就此和 MOC 商谈一下。亚伦需要一位心理专家。"

"本，我们都需要看心理专家，这一清二楚。我相信，我也慢慢地开始精神错乱了。可是，我们应该怎么样才能和地球上的心理专家谈话呢？MOC 明天才会知道这里发生了什么；6 天之后，我们会得到新的指令；10 天之后，他们知道我们希望有一位心理专家；2 个星期之后，心理专家才会第一次和我们联络。我觉得，我们只能依靠自己了。"

"你刚刚说，你精神错乱了？我能帮你什么吗？你一直都可以跟我聊聊的，大卫。"

"我很珍惜你给的机会。可是，我自己能解决。和过去相比，我只是多了很多幻觉记忆。在你察觉之前，有些事情已经发生了。你明白这种感觉吗?"

"这并非幻觉记忆。可是，我也不知道该怎么叫它。我曾经读到过，这种现象发生在大脑的前叶层。也许，我们应该做一次核磁共振。"

"我们?"

"我有时候也会有这种感觉。"

　　　✕　　　　　　　　　　✕
　　　　　　　✕

不得不在系统的宇航日志里面查阅什么，这还真的是第一次。本杰明明显给自己设置了一项复杂的任务，因为飞船记录了所有发生过的事，从马桶冲水一直到启用微波。此外，还包括所有飞船上全天候自动完成的操作，例如垃圾循环再利用或净化空气。

对于大多数记录，本杰明只是一瞥而过。对于昨天发生爆炸的那一时刻，正如所料，日志里面只有这样一条记录：存储喷射物质的燃料罐压力增大。这样一条记录没有揭示任何原因，它只是罗列传感器和驱动器的测量及操作内容。可是，同一时间内，驱动装置里的喷射物质压力很低，DFD无法提供推力。如果飞船接到加速的命令，一定会发生致命的连锁反应，最后导致爆炸。是否存在这样一条命令，日志文件却没有记录。也就是说，没有证据证明克里斯蒂娜有意导致了爆炸的发生。

"日志里有什么新发现吗？"大卫问。

本杰明吓了一跳，他一定是打了瞌睡。大段大段地读文字，这让他最近颇感疲劳。

"没有，我……抱歉，我可能是睡着了。"本杰明说，他打了个哈欠，揉了揉眼睛。

"没关系，本杰明。我们今天要么就到这里吧。明天又是一个新的开始。后天才需要给 MOC 发下一份报告。"

"我马上来。"本杰明说，"然后，我们要去看看亚伦，是不是？我相信，他需要一点别人的陪伴。"

"我也这么想。你知道吗？我现在就去。如果我不能稍微分散这位以色列朋友的注意力，那就好笑了。"

"谢谢你，我随后就来。"

大卫做着游泳般的动作，从本杰明的视野中消失了。本杰明向后靠去，享受着独处的状态。是否应该再闭一会儿眼睛？自从发生事故以来，大卫变了很多。或者，大卫已经不是以前的大卫了？无论如何，本杰明突然感觉几位同事亲近了许多。一定是爆炸带来的伤害，它使大家团结到了一起。

至于休息，可以之后再说。现在该看日志了。本杰明按照时间顺序翻看着日志的内容：亚伦取旗子的时候，储物间的门开了。之后是马桶在冲水。在取了旗子返回的路上，亚伦一定是经过了一个卫生间。不，是两个。亚伦在两个卫生间都冲了水。他的消化可能很不好。通道里的灯忽明忽暗。借助于日志文件，乘员组人员走过的所有道路都可以无缝追踪。明天，日志将再现克里斯蒂娜的最后一天。其他人都在跟踪探测器的时候，一定发生了什么。可是，到底发生了什么呢？难道克里斯蒂娜真的想毁灭飞船吗？或者真的只是一场可怕的事故？

通向隔离间前部的门打开了。现在，亚伦取来了旗子。有那么一刻，任何事都没有发生。大卫在简短地致辞。隔离间的内门打开了。他们把克里斯蒂娜推进去。亚伦请求他们把她再拉回来。他们离开了隔离间。外门打开了。来自飞船的空气进入飞船外的真空世界，将克里斯蒂娜的尸体裹挟着带了出去。然后才传来按钮的声音。

本杰明让日志在这里停了下来。今天看得够多了。这里的白纸黑字表明：按钮被按下去之前，门是自己打开的。飞船难道是为了他们而自动操作吗？控制系统中会不会存在静态放电，它被闸门理解为开启指令？这是本杰明所想到的唯一合乎逻辑的解释了。

他把显示器推开。他们真的必须要小心，不要在地外空间精神失常。长期来看，孤独似乎对人的精神没有任何好处。

牧羊人 1 号

2094 年 4 月 23 日

"该死……怎么了？什么……又发生了？"

警报声非常响亮，本杰明只听懂了大卫说的一半。在哪里可以关闭这个该死的警报呢？

亚伦穿着内裤飘移到控制中心。他没有和他们打招呼，而是直接移向主计算机的悬臂托架。他弯着腰，头向下探到计算机的背面，然后，世界又安静了。

"呼，谢谢。刚刚真太可怕了。"大卫说。

本杰明挠着自己的耳朵，没有了刺耳的噪音，他的心跳很快平复了下来。

"早安，"亚伦说，"你们知道的，危险并不是因为关闭警报就过去了。"

本杰明深深地吸了口气。当然，亚伦说得对。尽管如此，他还是很高兴，亚伦似乎又回到了以前的样子，冷静而有自制力。

"这似乎并不是一个特别美妙的早晨。"本杰明说。

眼下，几个飞行器还无法对接在飞船的圆环上，他们就在控制中心的附近睡觉。这里有许多小型舱室，里面几乎没有任何陈设。牧羊人 1 号的设计非常大气。

大卫已经在主计算机的显示器前坐了下来，正在输入指令。

"怎么了?"本杰明问。

"异物接近警报。有什么东西正在朝我们飞过来。"大卫回答。

"MOC 没能向我们发出警告吗?"亚伦问。

"这个东西似乎太小了，从地球那里肯定看不到。"

"也就是说，对我们不构成危险吧?"亚伦继续问。

"系统不这么认为，而我倾向于同意系统的观点。"

"系统看到什么了?"本杰明问。

"我把它调到屏幕上了。你们想看看吗?"

本杰明靠近大卫，亚伦从另外一边靠近过来。三人安静地打量着这不速之客，它粗暴地将他们从梦中惊醒。只缺克里斯蒂娜了。下意识地，本杰明朝控制中心的入口处瞥了一眼，好像她一定会马上就飘进来。

"是彗星或小行星吧?"亚伦问。

"是的。"大卫回答。

"戴夫想说的是，"本杰明补充说，"几个月以后，如果这个东西接近太阳并拖着尾巴，我们才会最终辨别出来。"

"或者也辨别不出，"大卫说，"不管怎么说，它都不是很有名，没有登记在数据库中。否则，牧羊人 1 号早就自动避开了。"

"如果我没看错，这个家伙直径有 10 千米。"亚伦说，"这算不上什么问题!"

"如果放到昨天，就是个问题了。"本杰明说。

"你们之前重新启动了 DFD，真是太好了。"

"你们别高兴得太早。它还是会变成一个麻烦的。"大卫说。

"为什么？"

"因为这个，本。"

大卫指着一片模糊的区域，它围绕着不速之客那清晰可见的灰黑色核心部分。这个不速之客在屏幕上缓慢地旋转着。

"我觉得，这并非雨云。"本杰明说。

"不是。只是因为距离遥远，所以看起来才这样。实际上，组成云带的颗粒大小可以达到 15 厘米。它们主要由砾石构成。"

"呼，"亚伦说，"这简直就是炮弹啊。它们的分布情况呢？"

这是关键性的问题。小行星如此之大，肯定会击穿牧羊人 1 号或飞行器的外壳。更不用说砸到驱动装置了。他们一定要避开这个小行星！可是，云带的延展范围是多大？与位于中心的小行星相比，云带的范围明显要大得多！

"它呈典型分布——中间密集，外部稀疏。"大卫说。

"现在，告诉我们云带的直径吧。"本杰明说。

"这可不容易计算。总是有新的信号在汇入。可是我要说，我们应该至少和小行星保持 110 千米的距离，从而将风险降到最低。"

"110 千米？我们还有多少时间，戴夫？"

"但愿时间还够。我正在提高驱动装置的功率。我们昨天发现了被闭锁的阀门，这可太好了。"

"燃料罐损坏的部分不要紧吗？"本杰明问。

"不要紧，我们最多仅损失了 20％的喷射物质储备。"

"喷射物质是不是一定要输送到驱动装置那里？"

"当然，本。燃料罐的每一部分都有独立的输送管道。这样一来，装罐的时候也方便得多。"

"无论如何，这听起来感觉很让人安慰。"本杰明说。

"如果事情要来，肯定会来得惊天动地。"亚伦说。

"我会说，这是不幸中的万幸。"大卫反唇相讥，"之前，如果整个燃料罐都爆炸了，很可能就像克里斯蒂娜计划的那样，我们现在就完全暴露在小行星和云带的威力之下。"

"她没有计划什么。"亚伦嘟哝着，"这不可能。她不是那种人。"

本杰明叹了口气。是的，这是不可能的。尽管如此，一切都还是指向克里斯蒂娜。一切甚至都可能比想象的更糟。如果克里斯蒂娜早就用大功率设备发现了小行星，会怎么样？会不会是她想阻止飞船避开小行星，因为这是完全摧毁牧羊人 1 号最有效的途径？

✳   ✳   ✳

"大家最好抓牢些。"大卫说。

开始了。一股无形的力量揪扯着本杰明的身体，他抓向大卫所在沙发椅的扶手，在沙发椅上向斜后方勾着腿，然后又放开。嗖的一声，这股力量将本杰明拉向后方，他抓到坐垫上放着的安全带，扯着它回到椅子上。加速越发明显了。

"现在，DFD1 号正以最大功率运转。"大卫说。

"不错。"本杰明说。

在之前的漫漫空间旅途中，加速阶段的重力与现在类似。本杰明在沙发椅上摆正自己的身体，然后系好安全带。在另一边，亚伦找到了一个挨着大卫的座位。

"现在还根本算不上什么。"大卫说,"现在增大 DFD2 号的功率。"

惯性使本杰明更深地陷入沙发椅。只需要启动两个驱动装置,就能有这样的效果吗?如果 10 个 DFD 都以最大功率运转,牧羊人 1 号又会变成什么样呢?

"注意,3 号开始运转了。"

现在至少有 3 倍重力。本杰明按下按钮,放倒沙发椅的靠背,它咯吱咯吱向后翻去。躺着能更好地适应加速。

"现在是 4 号。"大卫说。

"我们……能……成功吗?"亚伦问。

"摆脱小行星和它的云带吗?"大卫反问,"我想会的。至少当我们让 10 个驱动装置全部点火的时候。可时间很紧迫了,而且也相当折磨人。"

"谢谢你。"亚伦说。

"不用谢,"大卫说,他大笑着,"增大 DFD5 号的功率。"

本杰明的脑袋好像套上了一个金属夹子,不知是谁还在不停地拧紧这个夹子。很快,他的大脑就会无处安放,会以灰色浆状物经过耳道流淌出来。本杰明想摇摇脑袋,从而摆脱这种幻觉,可是却无法做到。他是一只被钉牢在座椅上的蝴蝶,躺在那里伸展着翅膀。这种疼痛真叫人难以忍受。

"DFD6 号。"

这听起来也是一种折磨。也就是说,大卫也有痛感。本杰明心里踏实了一些。但这样不行,大卫必须按必要的程度全力加速,以规避小行星,他不可以让疼痛感妨碍自己的正常操作。

"7号。"大卫说,"我……不……行了!"

该死!如果大卫倒在控制台上,他们就彻底完蛋了。本杰明抬起头,他必须察看屏幕。必须!他必须阻止飞船和小行星相撞。根本就没有疼痛。他学过怎么对付这个场面。疼痛只是一种感觉。他可以接受这种感觉,然后把它推到一旁。本杰明的头动了动。很吃力,非常非常吃力。可是,没有什么挡得住他。屏幕显现为红色。飞船的飞行轨迹没入云带的边缘。小行星群就要毁灭他们了。

"大卫,你必须……"

"我做不到。"

"你必须做到。"

"不。"

好吧。本杰明自己可以做到。只需要到达负责控制系统的计算机,距离那里最多只有两米。他们接受过训练,在多倍重力的条件下应该采取哪些紧急措施。其实并无任何阻碍,他只需要移动自己的身体,它就是自己的朋友。他的肌肉足够强壮,一切尽在掌握之中。他身体的每一部分都可以移动大于自身的重量。本杰明强迫自己的手臂去解开安全带,他的上身按照自己发出的指令抬了起来,他的神志完全清醒。

本杰明从沙发椅滑了下去,整个人跪到了膝盖上。旋即,他感到了疼痛。可是,他马上就将这种感觉甩到一旁。他用膝盖向前滑行,渐入佳境。从皮肤破损处流出的液体使滑行变得容易起来。他不敢去看。他知道,那是自己的鲜血。如果他看到了,也许就不能再忍受疼痛。还有半米。他紧紧抱住悬臂支架的底座,好像在向它祈祷。然后他双臂用力,沿悬臂支架向上攀爬,直至看到屏幕上显示的内容。

146

就是现在了！本杰明闭上眼睛。飞船加速产生的重力小了些，让身体感觉舒适。放弃吧，疼痛感怂恿着。放弃是错误的，理智告诉他。你怎么把 DFD7 号给关闭了。本杰明又在同一处按了一下，压力又增强了。可是速度还不够。他把手指移向右边。屏幕在抖动。压力再一次得到增强。现在够了吗？他想把头抬到屏幕那里，可是颈部肌肉没有足够的力量。好吧，那就没有好了。安全起见，他们还需要启动 DFD9 号和 10 号。本杰明的手指又向右边移动了一点。屏幕用一个快速抖动回应了他的指令。DFD9 号启动了。现在的压力简直非人类可以忍受。本杰明的手指滑了下来。不能再加速了。可如果速度不够，该怎么办？如果仅仅是因为他没能按这样一个图标，他们就此死去，又该如何？

本杰明把手支在地面上，将自己的身体撑起来。右手食指的骨头有点不对劲。突然，这根食指平摊到了地面上。无所谓了。他必须爬到主计算机的悬臂支架那里去。他必须按下那个按键。他们不可以死。该死，他爬不动了。

压力在增大。

"就……这样……吧。"大卫说。

大卫的手从沙发椅上垂下来，朝他摆着。本杰明只看得到大卫的手。所有手指都奇怪地和手呈 270 度角。他大概产生幻觉了。加速产生的压力填充了他的大脑。

重力的大小降到了一个可以忍受的区间。本杰明把双腿蜷向自己的身体。躺在坚硬的地面上，这样会舒服些。他够不到自己坐的沙发椅了，力气都耗尽了。他的视线中出现了一张脸，是亚伦。亚伦说着什么。这些话在慢慢地传进本杰明的耳朵。

"你看起来可真够狼狈的。"

本杰明大笑起来。亚伦吓得脸都扭曲了。如果他的大笑有这样的效果，看起来一定很可怕。

"还可以吧。"他说。

这是事实。他感觉非常好。本杰明的手抚过自己的面颊。然后，他看了看自己的手，只有一点点血和许多汗水。看起来，右手的食指断了。他必须到医疗站去检查确认。

"我们的飞行路线怎么样了？"本杰明问。

"我们刚好掠过云带。"大卫说，"谢谢你的努力。我正驾驶着飞船返回对焦区。"

SGL 的对焦区，现在还有什么意义吗？本杰明不敢提出这个问题。尽管发生了这一切，他们也许还是应该善始善终，即使这个任务可能逼得克里斯蒂娜失去了理智。

"可是，还有一个坏消息。"大卫说。

"这个顺序排得不错。"亚伦说。

这个一唱一和似乎让本杰明的心情好了起来。可是，这也不足为奇，原因只不过是肾上腺素的释放。

"别卖关子了。"本杰明说。

"我们的飞行器不见了，固定它们的锚桩没有经受住重力的考验。"

他们本来必须对此做出预判的。在这样一种加速的条件下，只要没有通过铆或钉固定住，都会被甩开。他们为了生存而必需的一切都在牧羊人1号飞船上，可飞行器不见了，这确实也是一种损失。飞行器曾经就是他的住房，他的栖身之所。那里有他在漫长旅途中画就的图纸，有他来自地球、带在身边的回忆。再也无缘得见了。

"我们不能捕捉它们吗？"本杰明问，"它们一定跟在我们后面，只是速度明显慢一些。"

"我们的航向朝对焦线偏转了60度，那个时候就把它们搞丢了。也就是说，它们早就朝着星际空间飞过去了。因为它们是先后脱离飞船的，所以飞的方向也各不相同。"

"是不是可以通过遥控引导它们飞回来？"

"它们在路上飞得太快，而且也超出了我们的影响范围。本杰明，抱歉。飞船上有你很想要的东西吧？"

"我的一生，戴夫，那是我的一生啊。"

他们用正常的地球加速度在归途上巡航。不再飘移着穿行于控制中心的各个舱室，而是四处直立行走，这可真不习惯。令人惊讶的是，本杰明的身体很好地适应了重力。如果肌肉开始酸痛，很可能明天就会听到一片哀嚎声。本杰明两个膝盖处的皮肤擦伤了，两块大大的创可贴止住了流血。

大卫请本杰明替他在控制面板处代值班。本杰明听到大卫不时发出呻吟声，因为大卫正在舱室的某个角落做瑜伽练习。可能因为用力过猛，他的后背产生了疼痛感。亚伦在厨房里忙着。不时地听到锅碗瓢盆的声音。

本杰明则研究着屏幕上一列列的数字。他刚刚彻底地检查了一下电脑，检查了凡是被爆炸波及的存储了数据的系统。他测定了DFD中的氚存储器，记录了化学驱动装置里的液氧量与氢气量，确定了喷射物质的存量。所有数值都符合他的预期，只是最后一个数据低得令人吃惊。本杰明寻找 DFD 的参数，然后心算着。如果所有驱动装置同时加速，计算机显示的储备仅堪两个星期之用。如果没有喷射物质，就谈不上加速。燃料太少了，他们可能永远也无法回到地球。

"这里有件事很奇怪。"本杰明对大卫说。

"什么?"大卫的声音从角落里传来。

控制中心面积很大，产生了些许回声。

"如果系统没有出错，我们装的喷射物质太少了，"本杰明说，"靠这些，我们无论如何也不能回到地球，至少不会在预计的时间内"。

"你想说什么? 那我们会需要多久呢?"

"我们只能加速两个星期，之后在 500 年内维持飞行状态。甚至比不过之前探测器的速度。"

"这肯定是算错了。"大卫说。

"不，数据是最新的，而且很精确。这是计算机刚刚得出的结果。"

"在爆炸的时候，肯定损失了一些喷射物质。我们在行动的过程中也用掉了一部分，可是肯定没有用到储备的 9/10 那么多。"

"你说得对，戴夫。他们肯定是之前就搞错了。"

可这意味着，之前有人给飞船只配备了过少的喷射物质，就打发他们启航了。为什么 NASA 会破坏这项重要的任务呢? 如果是在木星的位置，还有可能补充喷射物质，可是在太空深处，没有足够的物质可以装满燃料罐。虽然因为还有足够的氘，所以 DFD 还在运转，可是如果没有喷射物质，就不能产生推力。

"可是，这说明不了什么。"大卫说，"我打赌，燃料罐里的探针在爆炸中损坏了。"

"这是我能想到的唯一解释。我们必须计划明天对探针进行检测。"

"好的，至少我们有事做了。也许，我们可以带上亚伦。他需要有事情做。"

大卫似乎并不担心什么喷射物质。也许他说得对，他们的麻烦已经够多了。

休斯敦

2079 年 2 月 13 日

"请安静。"执行官的声音充满了权威。

突然之间,所有人都不再沙沙地摆弄纸张,也不再和旁边的人说话,空调的声音似乎也变轻了。

没有下文。在场所有人的紧张情绪充斥了整个房间。瑞吉儿的颈上汗毛倒竖。可是,执行官没有再开口。没有任何事发生,房间内的紧张情绪又缓和了下来。也许正是因为没有什么,女上司才想压下始终充斥在 MOC 里的声音。大家都在等待从牧羊人 1 号那里发来的消息。可是,没有人对某事的全心期待会超过 10 分钟。不知从什么时候开始,人们就会开始忙别的事情。瑞吉儿抓起铅笔,在一张纸上画着小小的人物。她必须多加练习,女儿才 4 岁,就已经比她画得好了。如果女儿开始上学,会变得怎么样?

在前一份工作中,瑞吉儿不可能有闲暇画画。如果她麾下的宇航员就在她上空沿着轨道飞行,还随时用问题轰炸她,那就需要持续保持注意力,这太辛苦了。被问到是否接手 SGL 任务时,瑞吉儿确实很开心。地外之间的信号传播时间为 4 天,几乎和以前人们写信一样。彼此之间无法直接通话，更多则是交流彼此的经历。

瑞吉儿缩了一下身体，有人碰了碰她的肩膀。她转过身，用愤怒的眼神看着查理斯，这个家伙本来坐在后面很远的地方。为什么他看过来的眼神如此惊恐？是她的眼神引起的吗？瑞吉儿咧咧嘴角，想露出一个微笑。

"对不起。"查理斯小声说，"我在担心飞船。"

"为什么？"瑞吉儿低声问，"宇航员会联系我们的。"

查理斯把自己的手机递给瑞吉儿，屏幕上有一则文字消息。

"在牧羊人1号所处的位置，亮度短时内增强。"

"这会意味着什么？"瑞吉儿问。

"α-Ω公司通过多个望远镜跟踪着飞船。"查理斯说。

"可是，飞船的光线不是太弱了吗？"

"通常是很弱，除了加速阶段。"

"那又如何？"

"现在，有人从飞船大概所处的位置捕捉到了一个闪光。"

"你是说，这和牧羊人1号有关？"

"这至少算一个很少见的偶然事件。而且，飞船明显没有联系我们。这又是一个偶然。"

"我不知道。关于闪光，可以给出许多解释。"

"无论如何，我们的研究人员们觉得这种偶然值得引起注意，所以上级就给我发了这条消息。"

"DSN上线了。"左侧有人在喊着。

开始了。有消息了。

"你看。"她对查理斯说，然后转身向前。

"马德里在线。"负责 DSN 的爱尔兰人说。他总是用同一种方式说话。MOC 里面安静下来。四名宇航员马上就出会现在屏幕上。

三名男宇航员出现在巨大的投影上。面对他们传来的信息，MOC 里的人们惊呆了。一名女宇航员，执行本次任务的指挥官，因为某些不明情况而死于非命。飞船损坏了，任务处于流产的边缘。没有人开口说话。瑞吉儿四面看了看，大多数同事面部表情呆滞。查理斯把双手挡在面前，就像一个小孩。

"该死。"执行官大声地说。

在靠后一排座位上，一位女士歇斯底里地笑着。

"好吧。"艾莉森说。

她站了起来，走到前面。

"你们都听到发生了什么事。最主要的是，这意味着大量的工作。现在我们不可以垂头丧气，飞船上的人需要我们。希望所有工作站都能给我建议。时间到 6 点截止，我们要一起讨论所有的建议，然后给飞船上的人做出答复。你们还有问题吗?"

没有人说话。面对这么多问题，瑞吉儿一下子无从入手。她不得不告诉自己的母亲，自己今天要晚到了。

"哦，对了，还有一件事。"执行官说，"不要泄露给外界。我希望，在媒体捕捉到风声之前，我们已经把问题给解决了。"

牧羊人 1 号

2094 年 4 月 24 日

"你又检查隔离间了吗?"本杰明问。

"是的,隔离间没有表现出任何不正常。"大卫在控制中心回答。

本杰明朝猫眼飘移过去,隔离间内灯火通明。外门肯定是已经关好了。本杰明必须小心自己不要养成妄想症。他检查了一下头盔的支座。

"好的,亚伦,你可以把门打开了。"本杰明说。

亚伦按下了按钮,内门移到了一旁。本杰明飘移进隔离间,亚伦紧随其后。他们从里面关上了门。一盏红色的灯开始眨着眼,生命系统在抽取舱内的空气。

前天,克里斯蒂娜曾在这里停留过。本杰明还能闻到她的香水味,这不无可能。毕竟,他们身处的宇宙飞船始终充斥着循环过的空气,而且窗户也一直处于关闭状态。

"你也感觉到了吗?"亚伦问。

"你是说克里斯蒂娜吗?"

亚伦惊异地看着他:"我说的是隔离间的地板在颤动,它正在发出咯吱咯吱的声音。"

"也许是驱动装置受到了干扰。"

"可是,我们根本没有在加速啊。"

"在 10 个 DFD 中,3 个正作为气体发生器在工作。"

"这是一个可能的解释。抱歉,现在每个无法解释的声音都让我感到焦虑。"

"亚伦,你不必说抱歉。我们都是同一种感觉。"

"谢谢。确实如此。"

"你说什么?"

"还有属于她的一些东西留在这里。属于克里斯蒂娜的。"

本杰明将脸转向一边。亚伦应该看不到,本杰明已经泪流满面了。

"隔离间的空气已经抽尽。我要按下按钮了。"亚伦说。

"好的。"

当隔离间的外门像幕布一般被拉到一旁的时候,本杰明开始摇摆不定,隔离间外面就是无边的黑暗,他的呼吸不由自主地加快。如果他现在离开飞船,就会跟在克里斯蒂娜的后面。他只需要解下喷气背包。如果没有加速,本杰明的运行轨迹就是一条直线,这条直线与克里斯蒂娜的飞行轨迹平行。遥远未来的某个时候,他们必将相遇。数学规律确保了这种可能性。

驱动装置某部分上面的裂缝看上去好像深深的皮肉伤。它令人感到伤痛,却几乎不会进一步影响牧羊人 1 号。昨天,飞船就已经证明了自己的稳定性。

亚伦接管了指挥权，他在一个突出部稳定住自己的身体，转向本杰明。

"你看，那里！"

本杰明转动自己的脑袋，使得头盔探照灯的灯光指向亚伦示意的方向。飞行器C，它就在那里！

"飞行器C代表着克里斯蒂娜。"本杰明说。

"B代表了本杰明。你说，你是不是没有注意到这一点？"

亚伦哈哈大笑。

"我……坦白地说，没有。A、B、C、D，对我来说，它们就像1、2、3、4。我从来没有考虑过这一点。"

"你们那里怎么了？"大卫问。

"本杰明刚刚发现，飞行器的编号和我们的名字是关联在一起的。"

"哦，他可真聪明。衷心地祝福他！他怎么偏偏现在想到这个？"

"我们发现了飞行器C。"本杰明说，"爆炸的时候，它一定是狠狠地撞上了飞船，所以昨天9倍重力的时候也没有从飞船上甩掉。"

"哎，这可太好了。"大卫说。

"我不认为它还可以修。"亚伦说。

"我们的仓库里有许多配件，"大卫说，"就算修不好它，至少我们还有可能找到克里斯蒂娜发现的东西。现在我们根本无法进入她在主计算机的存储区，我什么办法都试过了。"

"好的，我们会看看。"本杰明说，"可是，我们要先检查一下存储罐里的存量传感器。"

设备维护通道真是够窄的，真应该让亚伦去。燃料罐的金属外壳冷冰冰，驱动装置的外壳又是温热的，本杰明艰难地在二者之间穿行。如果金属外壳上面没有尖锐的凸起，如果不是一直有散乱的电缆垂下来挡着路，就会好走很多。该怎么维护驱动装置呢？

本杰明停了下来，看向自己来的方向。探照灯的光只笼罩了漆面暗淡的金属壁，它的右边可以看出写着铭文，而且文字是头朝下倒过来的。就在最前面靠近入口的地方，那些牌子完全颠倒地挂在那里。本杰明一路向上攀爬的时候兜了个180度的圈子吗？令人吃惊的是，并没有。

"亚伦，看上去情况如何？"

亚伦等在外面，用自己手臂上的显示器跟踪着本杰明的路线。

"就快到了，还有大约3米。"

"可该朝哪个方向呢？"

在这个迷宫里，一切看起来都完全一样。还好，至少亚伦能看到一个全貌。

"就这么向前走。然后肯定会有一个交叉点。你在那里选左边的通道，然后就到配电箱了。"

在本杰明所要到达的终点处，存量传感器的数据线汇集在一个配电箱内。因为燃料罐满满的，没有办法进入，所以检查传感器就是他们的唯一机会了。

本杰明让自己的身体转了180度。难道自己不是从那边来的吗？他擦了擦头盔的帽舌。可是，遮挡了他视线的一层细密水汽一定是在头盔内部。本杰明把通风调高了一挡。这是失重带来的麻烦，人会失去上和下的方位感。如果在攀爬的时候没有注意，造成头上脚下，就会朝错误的方向运动。也许在上一个或再上一个岔路就已经走错了。可是，亚伦不是肯定会注意的吗？本杰明刚刚到过的那个燃料罐，设计师会不会把它给装反了？一滴汗水滚进本杰明的眼睛。

"亚伦？"

"怎么？"

"你告诉我，我是否在朝着正确的方向运动？我有点迷惑。"

"迷惑"这个表达并不准确。为什么他不让亚伦去呢？通道似乎分分秒秒间变得更窄。不知什么时候，本杰明就会卡在这里，最终在巨大的燃料罐之间可怜地窒息而死。

"没错，方向是正确的。"亚伦说。

本杰明深深地吸了一口气。他接受过各种训练，一旦感觉压力缠身，就依靠直觉行事。训练很有效，他走的路没错。

✕　　　✕　　　　　✕

配电箱在燃料罐平滑的外壁上，是一个长方形的凸起。本杰明摸到一边的弹簧锁，将它扳了起来。继而，他在上下两端又掀起两个搭扣，然后将盖子打开。他不得不将自己的身体平平地抵在通道壁上，才能完全打开配电箱。

在探照灯的照射下，一个线缆构成的迷宫显露出来。本杰明的眼神跟踪一条红绿标记的线缆，可是很快就失去了它的踪迹。他该如何在这里找到传感器的信号呢？

"亚伦，我需要你的帮助。"

通过无线电，本杰明把头盔摄像头拍摄的画面传给了亚伦。

"好的，"亚伦说，"这和我想象的不同，更加系统。"

"这话听起来帮不上什么。"

"抱歉，我试着从文件里找找线索，请稍等。对了，你找的那根线缆一定是黄绿色的，它的直径只有2毫米。也许，它藏在线束里面。燃料器的所有传感器线缆都捆绑成了线束。"

"好的。"

本杰明用光照亮配电箱，然后开始系统地寻找。他先从左上方开始，去找有黄绿线缆的线束。第一捆有了。他继续找下去。这里有第二捆，那里又有一捆。

"这样的线束太多了。"

"燃料罐也不少。你随便拿起一个。"

"明白。"

本杰明从腹部的口袋里拿出检偏器，可以用它来测量线缆的流量，同时不至于损坏它。本杰明将仪器的金属尖端抵在线缆黄绿色的外皮上，然后观察手臂上显示器的结果。曲线类似于他的脉搏，而频率则高得多。

"一切都和使用手册中写的一样。"他说。

本杰明再把检偏器拿开。可是，奇怪的事发生了。他的手突然无法再握住仪器的手柄。检偏器显得太大了，而线缆的直径至少达到了1米。同时，配电箱开始远离他。他本人则陷入了失重状态，却无法离开原地。没有什么东西可以抓住，从而稳定住身体。配电箱已经在10米之外了，而检偏器还在不断变大。

本杰明快速地在原地打转。狭窄的空间变成了一个大厅。可是，这根本不可能。至少，头盔帽舌处的水汽消失了。他的视线从未这样清楚过。

"亚伦，我这里有点不对。"本杰明说。

他的下巴探向头盔的内置话筒，可是够不到，那里空无一物。头盔不见了。他该如何呼吸？他吸了一口空气，空气直达自己的肺部。可是不对，空气还不够。呼吸停止。要死了，他闭上了眼睛。

"本杰明，出什么事了？你的脉搏跳得很快。"亚伦说。

突然，本杰明又能看清楚了。他按下检偏器的手柄。不，不要，你会毁了线缆！在最后一刻，他的手松了下来。配电箱就悬在他的眼前，还是先前那般大小。虚幻的大厅也回复到之前的狭窄状态。本杰明的心平静了下来。

"现在又好了。"他说。

"最好啊，你出来到我这里。传感器似乎没有什么问题。"

"没有什么比这个建议更好了。"

"当时是一种恐惧感在作怪。"

"我说不好。当时一切都感觉那么逼真。"

如果亚伦说得对，就太好了。虽然他当时没有产生恐惧感，但这是一个合乎逻辑的解释。

"相信我，我熟悉这种感觉。"

"你有时候会有这种感觉吗？"

"很久没有过了。可是，我还清楚地记得这种感觉。就在我太太过世之后不久……"

亚伦把身体转向一边，本杰明将手放到他的肩膀上。就在亚伦在路上前往他妻子身边的时候，她不幸丧生于耶路撒冷的一次炸弹袭击。在之前某个时候，亚伦曾给他们讲过这个亲身经历。当然，谁有过这样的经历，就会被恐惧主宰。可是，本杰明有过这样的恐惧感吗？他经历过什么可怕的事？

克里斯蒂娜！本杰明看到她的尸体还在飘向太空深处。

不！恐惧不符合他的形象，他不接受恐惧。

"谢谢你们提供的这些数据。"大卫从控制中心发来消息。

"你满意吗？"亚伦问。

"数据没问题。"

"现在告诉我，问题在于哪里？"

"传感器是不是起因，现在还不能完全排除。如果能确定，就太好了，否则……"

如果传感器一切正常，则意味着他们几乎没有喷射物质可用了。那么，这里就是他们的终点。他们将永远看不到地球。

"戴夫，你说得对，"本杰明说，"我们可以做些什么？"

"在爆炸了的燃料罐里也有两只传感器，你们可以去检测一下。"

"可是，爆炸肯定已经把它们给摧毁了。"亚伦提出了疑问。

"它们被设计为抗高压，应该可以承受爆炸。如果这两个传感器还可以使用，我们必须承认，其他传感器同样可用。"

"那么，也许我们最好不要查看得这么仔细了。"本杰明说。

"大错特错，"大卫说，"问题并不会因为人们忽视而消失。"

"我会去查看的。"亚伦说。

"你要爬进被摧毁的燃料罐吗？"本杰明问。

"可能有这个必要。我把传感器拆下来，然后我们就可以在控制中心检查它们。"

"谢谢。"本杰明说，他松了一口气。

X   X   X

亚伦的双腿消失在裂缝中，本杰明在无线电中听到了他的呼吸声。燃料罐破损处直径仅为 8 米。1 分钟后，亚伦就可以到达安装了传感器的后壁。

"这里面很奇怪。"亚伦说。

"奇怪?"

"我知道，我现在身处一个封闭的罐子里。可是，我感觉好像在深深的湖底。"

亚伦和他讲讲话，这挺好的。通过讲话，亚伦可能会避免使自己陷入恐慌。

"继续说。"本杰明说。

"最疯狂的是探照灯。"

"疯狂?"

"是的，有点魔幻。探照灯能够照出本来没有的东西。"

本杰明笑了，他想象着亚伦如受到指使般用探照灯扫着燃料罐的内壁。可是，这幅画面不对头。燃料罐里是真空状态。如果有光离开探照灯的发光二极管，也是看不见的。只有内壁将光反射回来，亚伦才能看到它。探照灯不是亚伦的手指，而是一根魔杖。亚伦感觉像魔术一般，也就很正常了。

好可惜，本杰明不能亲眼看到这一切。他用探照灯照向无边无尽的太空，发光二极管射出的光子以光速飞向远处。4 天之后，它们将抵达地球。并非所有，但是肯定有一部分光子可以抵达。地球大气层的某一个空气分子将捕捉到其中某个光子。也许，这个空气分子处于破裂的边缘。它发生了改变，射出更多光子，制造了一片光的瀑布，也许以极光的形式映入人的眼帘。一对正在挪威北部仰望夜空的夫妇看到了极光，他们吻在一起。稍后，他们共赴床榻，制造一个女儿，她……别胡思乱想了，本杰明。当然，这只是一个可能性，而且非常没有可能。可是，他可以在这里给地球带来某种影响。即便路途遥远，他们仍然是全体人类的一部分。

有人敲了敲本杰明的肩膀，他缩了一下身体。是亚伦，他高高地举着什么。

"你看，我拿到了传感器。"亚伦说。

"可真快啊！"

"就在几米之外的地方。你还好吗？"

真好，亚伦在担心他。本杰明真想拥抱一下亚伦。本杰明从原地飘移开，朝亚伦移动过去，然后抱住了亚伦。

牧羊人 1 号

2094 年 4 月 25 日

"传感器看不出任何损伤。"大卫说着，他俯身于一个很像麦克风的仪器上方。

"真的很奇怪。"亚伦说。

大卫从支架上拿下传感器，把它放在桌子上，将外露的线缆与一台测量仪连接到一起。

"你按一下好吗？"

亚伦向桌子飘移过去，用脚勾住一只椅子，用力地按向传感器的表面。

"你们看，测量信号一清二楚。"

大卫指着测量仪的显示屏。只要亚伦按着传感器，显示屏上的曲线就上升。现在，曲线降了下来。本杰明慢慢转动自己的身体。墙壁，天花板和地板依次从身边划过。然后，又是墙壁、天花板和地板。他们必须承认这一切。一切都显示着，好像他们永远也不能回家了。尽管如此，这个念头却不愿意进入他的脑海。

"本杰明？"亚伦叫道。

"我已经晕了。"本杰明回答。

"哈哈，"大卫说，"现在严肃点，我们应该怎么办？"

"我们什么也做不了。"本杰明说，他停下了转动的身体。尽管如此，整个世界还是在微微转动。"我们的喷射物质太少了，这里也没有加注站。不需要多解释了，你们知道这意味着什么。"

"我们必须和 MOC 谈一谈。"亚伦说，"他们不会忘记我们的。肯定还有办法。"

"会是什么样的出路？"本杰明问。

不会有办法的，他们离地球太过遥远了。

"他们可以给我们运送补给。"亚伦说。

"20 年后送达吗？那么，我们 40 年后回到地球。那个时候，我已经 80 岁了。而且，在运送补给之前，他们必须先造一艘飞船。"

"如果我们和他们相向飞行，就会缩短航程。"亚伦反驳说，"他们可以派一艘无人飞船，它可以更快地加速飞行，也许 5 年之后就到我们这里了。"

"如果，如果，都是胡扯。可就算是这样一艘飞船，也必须先造好才行啊。"本杰明说。

大卫吃惊地看着本杰明。"本杰明说得对，我们搁浅在这里了。"他又说，"坦白地讲，跟搁浅没有很大区别。如果重返地球，我们反正都是老头子了。我只是很想知道为什么，如果不给我有说服力的解释，我会感觉受到了欺骗。"

"我们问问他们吧。"本杰明说。

提出问题，这是符合逻辑的做法。可是，这并不能改变什么。他们几个永远不会回到地球了。

✕ ✕ ✕

两个小时之后，亚伦和本杰明又飘浮在隔离间的内门前。他们向地球发出了信息。亚伦努着嘴，似乎在无声地唱着歌。或者，他关闭了头盔的无线电通讯？他看上去出奇地放松，好像他们实现了什么。

门打开了。然后，亚伦按下开门的按钮。又来了！

"你看到了吗？"

亚伦没有反应，本杰明敲了敲他的肩膀。亚伦转过身，张开嘴说着什么，可却什么也听不到。本杰明敲了敲被头盔遮住的耳部。

"啊，抱歉，我忘记打开无线电通讯了。怎么？"亚伦现在问。

"你注意到了吗？"

"注意什么呢？"

"在你给出指令之前，门就打开了。"

"真的吗？我没有注意到，抱歉，我可能在想事情。稍等。"

亚伦又按下按钮，门关上了。他又按下去，门打开了。再按下，门关上。亚伦重新按下去，门来回摇晃着，然后打开了，比之前慢一些。

"门的机械部分可能需要加些润滑油。"亚伦说，"可除此以外，似乎一切正常。"

"我不否认这一点。可是，门就不应该自动打开。"

"没有啊。"

亚伦从门框处飘移开，朝本杰明移动过来，然后抓住他的肩膀，并看着他的眼睛。

"我们都有点焦虑，这很正常。我几乎就没睡。我们要不要放弃前往飞行器 C？我可以告诉大卫……"

"好了好了，谢谢你！"

本杰明亲眼看到门自动打开。如果他在飞行日志中查看，应该会得到证实。

✕   ✕   ✕

"放开我。"本杰明说。

亚伦想抓着手臂把他拉回来，可本杰明挣脱了。亚伦化身为一个保姆，这是从什么时候开始的？这是亚伦全新的一面，却不被本杰明欣赏。关于这场不幸会使他们如何，今天晚上应该谈一谈。最终，如果没有什么奇迹发生，他们三人会终老于此——或者还有新的灾难发生，本杰明感觉这种可能性更大一些。

本杰明朝着损坏的飞行器 C 飘移过去，亚伦的头盔探照灯将它从黑暗中剥离出来。各种对比度一再使人睁大了眼睛，宇宙中只有黑与白、生或死。没有光照的地方，看不到任何东西。也许什么都没有。正如量子物理学家所说，只有通过观察，物体才会显露出它的外形。

看上去，飞行器 C 好似一个炸开的榛果，两边都打开了。只有中间部分能看到，其余的则隐在黑暗中。本杰明在飘移过程中划了一个小小的弧线，让光线照到黑暗的区域，那里是供宇航员使用的小型舱室。被子竖立在那里，垂直悬浮在克里斯蒂娜的床铺上方。被子在飞船躲避小行星的过程中仍然守护着床铺，这真是一个奇迹。可能大部分个人物品都留了下来，但是克里斯蒂娜确实用不到它们了。

本杰明和亚伦靠得更近些。远处看来，舱室显得如同玩具屋，现在变得真实了。20 年来，本杰明自己也住在一个这样的飞行器里面。

"我在外面给你警戒。"亚伦说。

本杰明转过身。飞行器炸开的机腹构成了一个半月般的拱形，一只老鹰般的剪影坐落在上面。知道亚伦在外面警戒，本杰明感到很安心。如果遇到什么不测，亚伦可以接他出去。本杰明再转回身，飘移进飞行器开放的伤口处。

这里就是被子，本杰明在后面远远地就看到了。本杰明抓向被子，它在微微抖动。被子正上方是空调的出风口，也许还有余风出来吹中了被子。本杰明扯了扯被子。正如他估计的一样，它还是软的。要带进去吗？留在这里，算是一种浪费了。本杰明加了些力气，可是被子的末端被勾住了。一块从墙面上突出的隔板钻进了被子里。

本杰明放开了它，从墙边飘移开，朝着床旁的小柜子飘飞过去。他拉开里面的抽屉，发现了一些照片，是打印出来的真人彩照。照片上是一对夫妇，中年白种人，也许是克里斯蒂娜的父母？抱歉，克里斯蒂娜，我乱翻你的东西了。可是，我们必须查明你的死因。

除了这些照片，抽屉里别无他物。本杰明合上抽屉。其实，这么做并没有什么意义，可是别无他法。爆炸事故把一切搞得一团糟，本杰明小小的举动至少可以使秩序得到稍许恢复。

克里斯蒂娜的衣柜一览无余，她很少捯饬自己。尽管如此，本杰明之前还是认定，她的衣服多过自己，这是惯例嘛。他数了数，真可笑：她的裤子和他一样多。本杰明降低了一些高度，想数一数内裤的数量。22条。她人在遥远的地方，身上还穿着一条，一共23条——正好和他的数量一样。本杰明还清楚地记着，当时是怎么把克里斯蒂娜装进水手袋的。真可惜，他们没有早点发现这一点，这会是一个有意思的发现。

"亚伦？你之前知道吗，克里斯蒂娜的内裤和我的一样多。"

但愿亚伦不会觉得奇怪，他竟然数内裤的数量。

"内裤？有多少条?"

"23，加上那条，她……最后穿的。"

"真奇怪。我觉得更有趣的是，你知道自己内裤的具体数量。"

"你不知道吗?"

"是的，我不知道。大约每 3 周，我就会大规模地清洗衣物，不必知道细枝末节。"

"数一数吧。如果你也有 23 条内裤，就好笑了。也许，这就是一种普遍的人类本能吧。如果变少了，就会买来补上。"

"我听你的。可是，我们也许更应该专注于克里斯蒂娜的观测结果，而不是她的衣物。"

"我已经在做了。"

在这个舱室，本杰明没有更多发现。他打开通向走道的门。机械装置还起作用。可这是明摆着的事，就算其他所有东西都遭到毁坏，门应该也还可以打开。在走道里，本杰明不得不在那根破坏了飞行器的横梁下潜行，它是不解之谜的一部分。克里斯蒂娜似乎有意引发了这次爆炸。可是，她预料到了这一过程会引发自己的死亡吗？在太空中摘掉头盔，不是更容易些吗？或者，她接受了自己的死亡，只是为了达到什么目的?

现在，本杰明面前是卫生隔间，门开着。在爆炸的过程中，一些线缆爆裂开来。失重条件下，真空式的寒冷催生了一些有趣的雕塑。淋浴间左边的墙里涌出一个泡泡，呈现出几乎完美的球形。在空间很小的抽水马桶下面，一只玻璃质感的靠垫向外努着。都是污水，令人难以直视。雕塑的颜色让人想到琥珀，闪着金黄色的光，甚至能看到雕塑里面的一些携带物，它们让本杰明想到巨大的史前蚯蚓。显而易见，雕塑里的携带物都是些什么，可是他的嘴巴没有发干，那是他平时恶心时的感觉。也许是因为没有味道，真空使这些雕塑消了毒。

本杰明拉着一架梯子的扶手，向下进入工作间，克里斯蒂娜在这里工作过。如果他之前多来看看克里斯蒂娜就好了，也许，她会因此产生信任，就不会自我行事了。或者，她当时是不是没有时间把情况告诉他们所有人？可是，为什么她连一条消息都没有留下来？

克里斯蒂娜的座位清理得很干净。可是，这也许是因为规避小行星而造成的。如果当时有文件或图纸放在桌上，现在早就撒满了整个工作间——或者宇宙空间。可是，克里斯蒂娜是用手写这种古老的方式做记录吗？因为无法进入她电脑的存储区，他们只能抱这种希望了。

本杰明系统地在工作间里寻找着。想必不会有什么记录或素描。也许，克里斯蒂娜把数据存到单个的存储器里，然后忘记了。最后那一刻，她肯定情绪失控了。她又是如何分析引力透镜的成果？如果他多和她聊聊就好了！

"亚伦，探测器的图像是如何传给克里斯蒂娜的？"

"问得好！我之前认为，这些图像会在某个时候以某种方式自动传给主计算机吧？"

"而且是以未加工的形式，没错。可是，之后就必须围绕着这些图像发生点什么，必须有人把它们整合到一起，从中计算得出一幅图像。我认为，克里斯蒂娜经常在她的飞行器里忙这个。"

"你确信吗?"

"我对克里斯蒂娜知之太少,我们之间很少交谈,我说的是私人角度。"

"我和她也没有。也许大卫会有更多了解?"亚伦建议说,"喂,控制中心,大卫,你听得到我们吗?"

没有人回答。本杰明眼前浮现出空无一人的控制中心,他闭上了眼睛,可是,这幅画面却挥之不去。

"……会发来信息。"亚伦说。

"什么?"

"大卫肯定是在洗手间,会联系我们的。"亚伦说,"你一切都好吧?"

"我想,我有点惊魂不定了。"

"可以理解。我正相反。我有一种感觉,情况不会变得更糟了。这么想,会让我安心。"

但愿亚伦说得对。可是,本杰明却不相信。他们从一座高山的山峰坠落下来。现在,他们正处于自由落体状态。坠落的过程像在飘浮,因为他们没有看到山坡。可是,一个事实并不会因此而改变,他们将在地面粉身碎骨。不,已经太迟了。在他们迈出跃入深渊的关键一步之前,还可以避免坠亡。可是,那关键一步是什么呢?

"我必须在这里继续查下去。"本杰明说。

这是他唯一能做的了。

✕　　　✕　　　✕

在克里斯蒂娜书桌的左侧抽屉里,本杰明发现了一副眼镜,它看上去很奇怪，深色的厚厚镜片意味着，这是一副太阳镜，可是，外太空的阳光没有那么明亮，不会用得上太阳镜。镜架粗笨，橡胶般的材料挡住了向上及向下的视线。本杰明打开眼镜腿，使眼镜配合头盔的大小，最终干脆戴上了它。

本杰明来到一片树丛，地面被柔软的苔藓覆盖着，阳光斑驳地照在上面，鸟儿啁啾。眼镜腿将声响传递给头盔，他将音量调大。现在，就只缺少针叶林、蘑菇和植物腐烂的味道了。那些树——想必是松树——有一个奇怪的特点，它们的树干中嵌着一人多高的架子，里面放着许多书。确实是纸质的书，大大小小，有些配了烫金的封皮，其他的则是简装。有几本书看起来已经旧了。在身前几步的地方，本杰明看到一块空地。那里，阳光照着的地方，有一把躺椅，旁边有一只齐腿高的箱子，里面装着许多发光二极管，它们在发出五颜六色的光。在箱盖那里，一只明显可以转动的键盘探出身来，指着前方。

这似乎是克里斯蒂娜当时办公的地方。太狡猾了！没有人发现她是在虚拟环境里工作的。可是这也很自然，她的地盘她做主。本杰明向前走去。从空地走过去，就一定有可能一窥克里斯蒂娜的成果。

靠近空地的时候，本来挡着路的灌木丛自动闪开了。可是，蓦地跳出一块牌子，它就那么宣示主权般地横在本杰明的面前，他几乎无法阅读上面的文字，太近了，而且也无法将牌子推开。

"密码：_____"，这是牌子上面的文字。

"该死！"

关于密码，大卫已经绞尽脑汁了。本杰明从头上扯下眼镜，又回到现实之中。他把眼镜扔开，这东西解决不了问题！他慢慢地穿行于工作间，敲了敲墙壁，又朝亚伦走了过去。

"怎么了?"亚伦问。

他说过什么嘛?哦,说过,他骂了一句粗口。

"克里斯蒂娜似乎曾经利用虚拟现实工作。可是,我还是遇到了密码问题。"

"喂,控制中心,大卫,你听得到吗?关于克里斯蒂娜的密码,进展如何了?"亚伦在无线电里发问。

这是一个很好的想法。大卫早就尝试进入克里斯蒂娜的领地了。也许,大卫会有什么建议?可是,二人始终没有得到大卫的回答。

"我有点担心了。"本杰明说。

"也许,驱动装置的噪音盖住了头盔无线电的声音。"亚伦说,"可是,你没有试试密码提示?"

"密码提示?"

"我也建立了一个虚拟现实系统。要求输入密码的地方有一个问号,使用者可以在这里留下一个提示,他用过的密码就是曾经输入过的其中一个。"

"我看看。"

虽然不会有什么收获,可也不会有什么损失。那副眼镜正朝着茫茫宇宙飞去,本杰明离开原地,及时地抓住了它。然后他返回工作间,戴上了眼镜。

亚伦说得对,是有一个小小的问号。本杰明抓向它。问号在他手中如气球般越来越大,最终爆开了。突然,一个女音开始唱起来。在本杰明的想象中,这是一位在树丛间跳舞的精灵。这就是密码提示吗?本杰明听不懂歌词,但他努力记住旋律。然后,他飞快地从头上取下眼镜,趁自己还没有忘记,对着话筒哼唱了听到的旋律。

"好听。"亚伦说。

"这就是我听到的提示。"

"哦,是谁唱的?"

"一个女人。我刚刚不由得想到一个精灵。听起来有点爱尔兰的感觉,那个旋律。我觉得,歌词是拉丁语。"

"稍等,我把这旋律通过系统传回地球。"亚伦说。

"可是,我们要过 8 天才能得到答复。"

"不会的,如果它是一首曲子,就会是克里斯蒂娜喜欢听的一首。那它就是……稍等,你再试试'Cursum Perficio',这是电脑的提示。"

"这是什么意思?"

"你哼唱的听起来很像这首近 100 年前的古老歌曲,它收藏在克里斯蒂娜的音乐存储区。"

本杰明又戴上眼镜。那块牌子还在那里。本杰明退了一步,他感觉自己就是一个马上就要说出强大咒语的魔术师。

"Cursum Perficio。"他说。

牌子消失了。不坏!本杰明的脚踏上了空地。确实,克里斯蒂娜把一切都设计得如此巧妙。他是在感受她的一段童年记忆吗?

本杰明坐到躺椅上,将键盘拉了过来。

等一等。在这里,一切都是非现实的。可是,他似乎却真的能得到克里斯蒂娜的数据。在他某个误操作之前,他们也许应该复制这些数据。在工作间的某个地方,一定有一个物理存储器,数据就在上面。

本杰明拿下眼镜,将自己的腿伸了伸,重新回到了现实。为什么他从未有过这种念头？他的想法本来也可以天马行空。

存储器！他一定要找到它！工作间已经翻过了，可是健身角还没有。每名宇航员都必须锻炼身体。本杰明把帘子扯到一边，闻到一股汗味。这其实并不可能，正如无法想象一个没有汗味的健身房。此情此景下，本杰明的内心可能自主选择了一个更容易接受的答案。

自行车的龙头处连着一根线缆，它的尾部接入了一个手环。这一定是克里斯蒂娜的手环，她给它充了电，却落在了这里。手环的容量足够大，能够存储探测器的部分数据。无论身在何处，都可以经过无线电利用这些数据。这是一个完美的设备，能够将来自控制中心的工作带到自己的舱室。

"亚伦，我感觉找到了，这就是我们在找的。"

"太好了。"

"大卫回消息了吗？"

"没有。"

这有点奇怪。可是，他们这里正在取得进展。很长一段时间以来，事情终于有点模样了。也许，他们还是有希望的。本杰明伸手去拿那个手环。拇指和食指同时碰到了手环的外壳。他只是轻轻地捏合这两根手指，可它们却蓦地互相触碰到一起。手环化为了灰尘，好像它就是为了等待本杰明手指的触碰。这片灰尘化为一片细密的烟云。

"呃，呃。"

本杰明的身体向后缩着。他找不到合适的话来形容。这里有什么他娘的不对劲。本杰明再伸出自己的手，它表示拒绝，可他强迫它伸出去。这只手抖得厉害。尽管如此，他还是成功地去触摸自行车的龙头。和手环一样，自行车的龙头未做任何抵抗。这个该死的东西分解了，就在他的眼皮底下。本杰明抓着自己的脑袋。他是不是还戴着那副眼镜？他还没有跳离虚拟现实吗？这是一个多么该死的游戏！

"本杰明，你快好了吗？我有点担心大卫了。"

"我……他妈的。亚伦，我们完蛋了。我相信，我终于理解为什么克里斯蒂娜要走上绝路了。"

"出什么事了？"

"你来，你自己看看。"

亚伦到来之前，本杰明又试了试那副眼镜，它带着本杰明进入了一个方形的空间，四周是褐色的钢质墙壁，这是虚拟的环境。克里斯蒂娜的计算机踪迹全无。本杰明把事情搞砸了。

本杰明手持一个显微镜的玻片，亚伦用一张纸将一粒灰尘朝着玻片的方向拨去。

"我就快揭开谜底了，"本杰明说，"这一次我不想犯错误，想先保存数据，然后再看。"

"拿稳玻片，"亚伦说，"否则，灰尘马上就要抖掉了。"

真是说起来容易。

亚伦从本杰明手中拿走小小的玻片，在它上面又加了一片。然后，他拿着它朝显微镜飘移过去。亚伦把这个样本塞到物镜下面，稍微调节了一下设置，就透过目镜去观察。

"分辨率太低了，看不清楚。"亚伦解释说，"可是，我的怀疑好像得到了证实。"

"你的怀疑？"

"你来看显微镜。"

亚伦让开了目镜旁边的位置。本杰明透过目镜观察着。起初，他什么也看不到。然后，他看出有一些极小的灰点。

"都是点状物。"他说。

"没错。如果要确保无误，我们必须到控制中心在树脂传递模塑成型工艺（RTM）模式下观察。可是，有一点已经很清楚了。"

"什么？"

"这不是普通的灰尘。"

"为什么这么说？"

"相对而言，灰尘的颗粒比较大。可是，样本里面只有极小的粒子。我们能看到些什么，完全是显微镜的光学效果。或者原因也在于粒子在电子静态条件下彼此相连。"

"你这是想告诉我什么？"

"在样本里面，似乎已经没有化学键①了。"

本杰明没有再问下去。他虽然不是化学家，却马上明白了这意味着什么。他们所熟悉的世界坍塌了。

---

① 化学键（chemical bond）是纯净物分子内或晶体内相邻两个或多个原子（或离子）间强烈的相互作用力的统称。使离子相结合或原子相结合的作用力通称为化学键。

"瑞吉儿，查理斯，你们来会议室！"

艾莉森的声音斩钉截铁，这是瑞吉儿在她身上从未发现过的。

"好的，执行官。"查理斯殷勤地回答。

瑞吉儿只是点了点头。艾莉森指了指台阶，它在控制室的一端径直向上延伸。台阶的尽头是一道装了玻璃的木门。

"尽管向前走吧。"艾莉森说着，向后退了一步。

瑞吉儿有些犹豫。她让谁向前走？然后，瑞吉儿看到艾莉森的手贴着查理斯的小臂，正用她的手指抠进他的皮肤。瑞吉儿拾级而上，在她身后，艾莉森低声说着什么，听起来好像是在训话。查理斯做了什么，会得到这般待遇？现在是训话的大好时机吗？与个人事务相比，他们最好关心一下身处外太空的宇航员们。

瑞吉儿走到了台阶的尽头，她转过身。执行官还在低声地和查理斯商量着什么。瑞吉儿按下了木门的把手，门向内打开了。

房间很小，黑色的木质衬板更加深了这种印象。在一个小小的壁龛内，一只黑色的仪器挂在那里，这一定是台电话，瑞吉儿回忆着。

100多年前，一批记者在这里首先向外界报导了人类第一次登月。闻起来，这里好像从那以后就没有通过风。在瑞吉儿左手边，一道玻璃幕墙使人能直接看到控制室。玻璃幕墙的后面直接放着两排折叠椅，每排有4把折叠椅。瑞吉儿把右前方那把椅子的椅面向下翻转，然后坐了下去。椅子发出咯吱咯吱的声音。

"这事没完。"艾莉森说。

她大踏步地走进会议室，脸庞红红的。查理斯跟在她身后。目睹了这样一个唾沫横飞的场面之后，瑞吉儿宁愿躲在一边。可是，查理斯依旧大摇大摆地朝瑞吉儿走过来，坐到了她旁边。

艾莉森两只手臂交叉着，在玻璃幕墙前走来走去。

"我就不应该参与进来。"执行官说，似乎是在自言自语。

参与什么？出什么事了？

执行官停住了脚步。

"如果这样，我们不会有什么进展。"她说，"抱歉，瑞吉儿，我把您牵扯了进来，我无权这么做。查理斯，我想和伊兰通话，今天就要。"

查理斯摇了摇头："我根本不知道他是否在美国。"

"我是说，网络通话也可以。但是，一定要今天。"

"我不知道……"

"查理斯，我警告您。我还有其他办法。"

"您冷静一下。伊兰肯定有时间和您通话。可是，我必须要警告您，不要高估您的作用。"

"查理斯？"

瑞吉儿缩了缩肩膀。艾莉森在这里到底扮演着什么角色？

"哎，瑞吉儿，抱歉了！对您来说，这一切一定令人摸不清头脑。"

当然如此。

"我只是想知道，我应该对宇航员们说些什么。我想，他们有得到回答的权利。"

"是的，瑞吉儿，理所当然。"

艾莉森看着查理斯，后者紧跟着点了点头。这里有一层瑞吉儿毫无所知的东西。这真让人恼火！有人把她当成了傻瓜，偏偏她信任的执行官就在这些人之中。

"怎么说?"瑞吉儿问，同时抬高了下巴。

"飞船在木星附近几乎发生撞击，"艾莉森解释道，"这是麻烦所在。我会把相关文件发给你。"

木星？这件事发生在瑞吉儿之前的时代。牧羊人1号经过木星这个巨型气态行星的时候，瑞吉儿还在读书。当时发生了什么？官方文件对此一字不提，否则她早就有所了解了。可是，整个项目的进行都尽可能对公众保密。她当时真应该更仔细地了解自己接受的任务。

"还想知道什么吗?"艾莉森问。

"不！我想，文件会回答我的所有问题。可是，我还想知道一件事——我们要把宇航员们接回来吗？"

"当然，瑞吉儿，自然要接回来。我们不会把任何人孤立无援地留在太空。您把我们当作什么了，怪物吗？"

瑞吉儿没有作答。可是，她了解宇航的历史。如果尼尔·阿姆斯特朗和巴兹·奥尔德林在登月的时候耗费了过多燃料，NASA会让他们在原地窒息而死。美国总统已经把悼词摆在写字台上了。

✕
✕
✕

文件很有说服力。可是，为什么现在才给她呢？如果要她作为太空舱指挥官和宇航员们联络，她就有必要知道宇航员们都经历了什么。

当时，牧羊人 1 号应该通过靠近木星来获得额外动力。可是，一名技术人员将米制与英制搞错了。美国转用米制单位，仅仅是 20 年之前的事，搞错也是情理之中。愚蠢的是，意图获得额外动力的行动取得了相反的效果。牧羊人 1 号陷入了木星的大气边缘，速度减慢且温度升高，好不容易才逃出生天。飞船只能延长加速时间，从而弥补动力不足的问题，这使得喷射物质的存储量明显减少。一艘 α-Ω 公司赞助的飞船本应该提供补给。

可是，这艘补给飞船从未启动过。关于原因，文件中没有任何线索。瑞吉儿环顾 MOC，可是执行官并不在场。查理斯是否知道些什么？瑞吉儿朝他的桌子走过去，这个家伙正在用食指挖着鼻孔。

"之前，在会议室里发生了什么事?"

查理斯快速地将手指从鼻孔中抽出来，脸一阵红。我抓到你在挖鼻孔了，你知道有这么回事，而我也知道你知道。瑞吉儿做出了一个微笑的表情。在查理斯面前，她不想表现得过于友好，否则他马上就会想入非非。

"执行官和我，我们的观点有了分歧。"

"我的感觉是，你们看上去是明显有了身体接触。"

查理斯的眉毛扬了起来。

"相信我，当时确实是我们的观点有了分歧。执行官根本没有资格来臭骂我一顿。"

"没有吗？她毕竟是这里的主管。"

"我只有一个顶头上司，就是伊兰。我之所以在这里，是因为伊兰决定由我接手这份任务。如果我能自己决定，早就没有这些问题了。好久没有做这么无聊的工作了。"

"原来如此。可是，我其实是想问你木星那里发生了什么。"

"木星？"

"执行官之前提到过木星，她还给我了我相关文件。"

"哎呀，木星，那份文件啊，你早说啊。没错，木星那里一度很糟糕。"

"你从哪里知道的？我之前为什么不知道？"

"瑞吉儿，你不知道的太多了。你知道的恰好足够你完成太空舱指挥官这份工作。"

热流涌上瑞吉儿的面颊，可是她忍住了。如果朝查理斯大喊大叫，虽然很解气，却只能使自己止步不前。她必须换种方法，从查理斯身上抠出自己需要的信息。

✗　　　　✗　　　　✗

"瑞吉儿？轮到你了。"一位瑞吉儿不认识的女士说着，她坐在一张办公桌旁边，那是艾莉森作为执行官办公的位置。

"三位好。"瑞吉儿开口说，"我希望，你们已在某种程度上接受了克里斯蒂娜的死亡。MOC 为你们每位都提供了一位心理学家，可供直接联系。在这个框架下进行的谈话不会被记录下来，也不会作为评判你们表现的依据。我们想帮助你们。"

如果确实如此，执行官和查理斯就会更坦率地和瑞吉儿打交道了。瑞吉儿已经考虑过，是否要向宇航员们透露什么。可是，她并非现场发言，这样的内容会被剪掉；其次，这也帮不了宇航员们。

真令人悲伤。瑞吉儿并没有料到艾莉森会这样，她在 NASA 的名声可是非常好。

"关于燃料短缺的问题，执行官指出，那是由木星航程中的事件所造成。我会附上相关文件。α-Ω 公司承诺，你们将会及时得到补给。眼下重要的是，你们要从克里斯蒂娜的事情中走出来。我们认为，如果你们能尽快将她的研究结果传送过来，就是尊重她的想法。我们猜想，克里斯蒂娜发现了什么重要的东西。如果你们无法打开她的存储器，要么就把全部内容传送过来。在量子计算机的帮助下，据说可以破解密码。α-Ω 公司已经证明了自己的实力。"

又是 α-Ω 公司。为宇航员们提供帮助，难道不是 NASA 的任务吗？

"和这一点并行的是，你们要为 SGL 重新建立一个可用的位态。我们的天文学家们还要交给你们许多观测任务。我们将备好培训资料。即便你们不是经过相关培训的宇航员，也可以接手克里斯蒂娜本来承担的任务。"

艾莉森跟瑞吉儿解释说，如果三名宇航员有足够的工作要忙，就会更容易从克里斯蒂娜的死亡中解脱出来。眼下，瑞吉儿感觉这有些不近人情，而且自私。可是，她不知道除此以外还能帮到三名宇航员什么。能帮到！她将挖掘别人对她和三名宇航员都隐瞒了些什么。空调里吹出来的一股凉风掠过瑞吉儿裸露的双臂，她打了个冷颤。有时候，一无所知反而更简单些。要不要干脆保持现状呢？

"无论何时遇到问题，都请联系我们。我以个人的名义向你们保证，地球站在你们这一边。即便你们相隔甚远，也始终都是地球的公民。"

瑞吉儿滔滔不绝地说着。飞船的乘员组是一台机器的组成部分，这台机器制造的是知识。瑞吉儿所说的内容会被理解为一条真诚的信息。宇航员接受的是一个无与伦比的任务，它应该为人类带来新的认知。与之相比，一名女宇航员的生命会有多重要？更重要的是，瑞吉儿要完成作为太空舱指挥官的使命——在地球上代表乘员组的利益。

执行官的代表说："谢谢你，瑞吉儿。我把文件附上去，然后信息就会通过 DSN 发送出去。"

✳   ✕   ✕

"爱丽丝鸿德拉？妈妈今天需要在办公室多待一会儿。"

没有人应答。然后，传来一阵爆裂声。瑞吉儿惊恐地看着手机的屏幕，可是信号并未中断。

"她跑开了，手机掉了。"瑞吉儿的母亲在手机里说着，"别担心，爱丽在我这里很好。"

"她最近这么黏人。"

"这只是一个阶段而已。你过去也有这么一个时候，根本不想让我离开家。我当时挂在嘴边的是，瑞吉儿，现在放开……"

"妈妈，抱歉，我现在没时间听以前的事。谢谢你照顾爱丽。在她睡觉以前，我无论如何会到家的。"

"明白，我的孩子，你别给自己压力。有我在呢。"

"谢谢你，妈妈，爱你。"

"我也爱你，瑞雅。"

妈妈好久没有这么称呼她了。自从她更频繁地照顾自己的女儿，两人的关系又近了许多。可是，母亲还是在瑞吉儿 12 岁生日的时候最后用过这个昵称。当时，她请妈妈叫自己瑞吉儿，因为她感觉自己几乎已经成年了。

瑞吉儿轻声地笑了。如果成年这件事如此简单就好了。可是，在当时总是一个好的苗头。关键在于坚持做自己，坚持做重要的事。

有香烟的味道。瑞吉儿环顾四周，MOC 里面光线朦胧。天花板上的灯熄灭了，只有瑞吉儿的台灯还亮着。几扇侧窗敞开着。虽然遮光的窗帘挡住了视线，但瑞吉儿感受到薄暮的暖意涌入室内。想必有人站在外面楼前吸烟。原本只是在特定的区域才允许吸烟，可这个时候航天中心几乎人去楼空。也许，其中一个警卫正在抽着烟休息。

独自一人待在控制室，感觉有点怪怪的。在前一份工作中，从来没有发生过这种情况。在登陆月球南极的项目中，需要一直有人保持通话，所以 MOC 从早到晚都有人值守。而在这里，人们按照正常时间上班。这样一来，她就有时间陪女儿了，至少有时候可以。所以，这份工作当时才那么吸引瑞吉儿。

今天，爱丽又必须要等妈妈了。瑞吉儿看了一遍 SGL 项目的记录。除了木星那里发生的事件，一切似乎都在按计划进行。不同寻常的是，本次航行几乎是在向公众保密的状态下进行着。当然，今天的宇宙航行已经司空见惯，所有的行星早就被研究过了。伊兰所属公司的飞船——当然也有俄罗斯人的和中国人的——每月一次载着新的宇宙移民飞向火星。

瑞吉儿搜索乘员组的材料。可是，除了公开的个人履历，别无所获。本次宇航之前，他们不是也有自己的生活吗？瑞吉儿更深入地挖掘着资料。亚伦的妻子应该属于英年早逝，据说是死于耶路撒冷的一次自杀袭击，报纸上甚至还有相关报道。可是，死难者中只有两位上了年纪的妇女和两名儿童。与之相反，亚伦的妻子当时想必20多岁。她难道就是被描述为年轻女性的袭击者吗？瑞吉儿难以置信。

根据记录，大卫在他自己引发的一场事故中失去了一位朋友。确实，瑞吉儿在一份地方报纸上找到了一篇短短的文章：行车道因下雨而湿滑，一个叫大卫·马特勒的19岁年轻人违反规定，驾车在一个转弯处飙向一棵大树。据说，驾驶和副驾驶都在事故中身受重伤，而副驾驶因此死于医院。报道中未提其他乘客。另一方面，这个名字并不罕见，瑞吉儿一下子就发现了至少10个"大卫·马特勒"。

根据档案记载，克里斯蒂娜拥有天文学博士头衔，纽约大学的证书赫然在目。可是，纽约大学的网页上并没有她的名字。当然，可以让人从名单上撤下自己的名字。克里斯蒂娜似乎也没有撰写过什么科学论文？为什么她会被纳入SGL-探险项目的行列？难道当时只有很少的人申请参加如此漫长的星际航行，而她就因此成为了最佳人选吗？太不可能了。

然后，就是本杰明的履历了。据说，他来自法国。在一篇公开发表的医药文章中，瑞吉儿找到了他的名字，本杰明·弗雷斯蒂埃。文章描述了一家法国医药公司进行的一场药物实验，它以可怕的方式宣告失败。实验关于一种药物，据说可以提高人类的思维速度。军方提供了部分赞助，要求飞行员或士兵能以极快的速度做出达到机器水准的决定。尽管之前的承受力测试都毫无问题，但在 20 名志愿者中，四人——三男一女——服下药物之后直接陷入昏迷。这个名叫本杰明的人就身在其中。虽然该研究在 7 年之前才公之于世，昏迷事件却发生在 8 年之前。想必有另一个名叫本杰明·弗雷斯蒂埃的人，因为她知道的那个本杰明早就飞到木星了，不是吗？

瑞吉儿推开键盘。她该怎么应对这些信息呢？无论如何，这些信息对于乘员组毫无帮助。可是，本次探险有什么地方危机重重，这是显而易见的。通常，她都会和执行官就此聊一聊。可是，艾莉森似乎很奇怪地在这件事上纠缠不清。也许，瑞吉儿不得不和查理斯共同进餐了，尽管一想到这个，她就倒了胃口。可是，现在爱丽丝鸿德拉该需要妈妈了。

✕　　　✕　　　　✕

"晚安，女士!"

瑞吉儿吓了一跳，她没有听到这个男人靠近自己。他手里拿着一根几乎燃尽的烟，一定是刚刚从建筑物侧边墙壁处绕过来的。这男人没有穿制服，也就是说，他不可能是警卫。他想在这里做什么？瑞吉儿大约花了一个半小时检索资料，而香烟的味道一开始就透过窗户传了进来。瑞吉儿抱着手臂，尽管她一点也不冷。

"晚安。"她挤出这两个字。

陌生的男人扔掉香烟，用黑色皮鞋的后跟踩灭了它。鞋子似乎价格不菲，也许属于手工缝制。瑞吉儿现在才发现，这个男人衣冠楚楚。至少，他不是为了瑞吉儿的钱来。她稍微松了口气。

男人露出了微笑。他张开嘴，却又沉默地合上了。他转向一旁，一言不发地朝着访客出口快速走去。

瑞吉儿又站了片刻，目光尾随着男人，直到他消失在黑暗中。她有一种不好的感觉。在那一刻，她宁可对方要求她掏出钱包。

牧羊人 1 号

2094 年 4 月 25 日

他们去了舱外。屏幕上显示着，隔离间的外门刚刚关闭，现在，大卫孤身一人在舱内。

有点奇怪。他们已经朝夕相伴地生活了 20 年，与这段漫长的时光相比，他在几天之内就对同事们有了更多了解。过去只能那样吗？之前是否有必要改变某些事的做法？之前有些事不能做得更好些吗？

可是，这些问题都属多余了。更重要的是，接下来该怎么办？

如果亚伦和本杰明返回，就知道飞行器 C 是否可以修理。机会还是不少的，毕竟，大卫自己也这么说过。他还说过，会拿到许多可疑的配件。大卫前后摇晃着座椅，因为没有重力辅助，他在前后两边都必须依靠蹬踏的力量。

应该去查看一下吗？有时候，他对真相就是有一种直觉。或者说，他有一种能力，可以无中生有。可是，这一次非同小可。也就是说，他最好不要相信自己的直觉或自己的神奇能力。

大卫在屏幕上调出储备清单。可是，应该输入什么？他没有零件号，"飞行器 C 的备用件"也过于不精确。如果这样搜索，无论如何也不会有结果。

大卫站了起来，稍稍活动一下对他有好处。存储间虽然很大，可全部搜寻一遍不会超过几个小时。大卫离开控制中心，他从通道右转，移向隔离间。牧羊人1号整个就是一个巨大的储物间，只不过当初安装了驱动装置而已。

整艘飞船由1—25号球形舱组成。1号球形舱是核心部分。每个球形舱又包括8个分区，其中4个分区位于圆环的下方，它们分别是S1至S4；另外4个分区位于圆环的上方，即N1至N4。每个分区都是一个巨大的空间。

大卫到了一个岔口。他现在身处于最外侧的球形舱中，即25号球形舱。他从南面而来，如果继续笔直向前，就会到达N1。岔口附近的墙上表明了他现在所处的位置，25S1。再过几分钟，他就要转向25N1。

慢一些，大卫。如果没有一个清晰的策略，你是走不远的。否则，你不得不移动数千米之遥。牧羊人1号的存储一定是按照某种规划好的顺序完成的。控制中心附近是距离宇航员不远的地方，可以找到他们定期需要的东西——例如食物。一个舱室离控制中心越远，里面的东西可能就越少用到。

可是，这一切都只是猜测。大卫应该至少要找几个舱室。他双脚蹬离地面，向前方飘移。很快，他就接近了天花板。通道只是看起来笔直而已，实际上当然有弧度。这非常实用，因为他可以一再地将自己推离天花板，然后不受笔直的飘移路线影响，再次靠近天花板，好像它有磁力一样。

第一扇门到了。每一个舱室都有数量不等的入口，它们大小不一，这完全取决于其用途。在门的中间，巨大的黑色字母标示着舱室号，25N1。大卫将门向一侧移开，非常轻松。他一走进门，白色的顶灯就放射出光芒，让人看到舱室内摆放着无数架子。原来是装在大袋子里的脱水食品，数量非常之多。大卫粗略估算了一下架子的长度与高度。这里有足够的食物，足够 4 名宇航员约 5 个月之用。

大卫离开了这个舱室，随手把门带上。他用力蹬踏、飘移，在北半区穿行。这样尽情活动，可真有乐趣。他们应该在这里赛跑，或者玩捉迷藏。大卫在自己身上发现了喜爱运动的童趣。上一次有这种感觉是什么时候？

N3 分区到了。如果大卫弃之不入，就能更快地查完。可看见一道门，大卫就停了下来。和第一道门一样，这里的门也非常容易开启。一道光瀑倾泻在大卫头顶，他沐浴在灯光下。控制中心从来没有这么亮。

可是，这个储藏间空空如也。虽然这里有架子，可是别无他物。大卫飘移到舱室的中央。架子的隔板上是一层厚厚的灰尘。大卫从侧旁斜着吹了一口气，一股烟云向着同一个方向卷了起来。看上去，这里不似存放过包裹。可是，也许他搞错了。在飞船航行途中，他们一定消耗了许多食物。积起这样一层尘土，需要多长时间？

大卫离开这个舱室。他内心感觉很不踏实，可是不知道什么原因。一个空空的舱室而已，不至于成为不安的理由吧！大卫继续赶路。到了下一个岔口，他折而向下。在下一道门上，24S3 赫然在目。大卫将门移开，眯起了眼睛，因为灯光马上就要亮起。他睁开眼，面前有许多架子，全部空空如也。大卫深深吸了口气。为什么还是没有东西呢？答案是牧羊人 1 号已经航程过半。尽管如此，大卫还是应该检查一下其他舱室，不知什么地方就会撞到剩余的储备。

大卫从 24S2 找起，这个舱室空无一物。24S1 和 24S4 同样只有空空的架子。大卫向下前往 23 号球形舱。储藏间的各道门距离向下的通道仅仅大约 20 米。大卫依次检查了 23S4、23S3、23S2 和 23S1，均一无所获。第 22 层只有空空的舱室，21 层也不例外。之后检查的全部如此。到达 9 号球形舱的时候，大卫的汗冒了出来。这一切也许只是梦境？他给了自己一记响亮的耳光，右边的脸颊在作痛，可他并没有醒来。

8S2 到了。他强作镇定。迄今为止，他仅仅检查了南半部分，这里是飞船尾部。也许因为某个缘由，人们当初才从头向尾为飞船配给。千万别焦虑！7S1。大卫的身体猛地一缩。这里的架子没有空着。大卫的呼吸开始急促。他移向第一个架子，那里放着探测器的备用件。他检查了其中几口箱子，甚至可以用这些备用件组装全新的探测器。在下一排架子上，大卫发现了驱动装置的备用件。知道它们就在这里，真是太好了！确实，后面跟着就找到了飞行器的备用件。完美！

可是，他到现在还没有找到半点食物储备，这让他一直惴惴不安。继续找下去。随着向里移动，各分区的面积越来越小。这里的舱室堆满了飞船需要的备用件。航程如此漫长，这么做完全合理。任何一个小小的零件都必须能够替换——飞船如果在航程上发生故障，将找不到任何维修站点。面对着大量的备用件，大卫非常高兴，他们到现在还不需要维修飞船的任何部分。本杰明虽然是工程师，可一旦有问题，他仍必须亲自上阵。他最不喜欢弄脏自己的手了，而总是希望动脑工作。现在，大卫流着汗飘移在漫无尽头的通道中。

大卫看了看表。本杰明和亚伦想必很快就回来了。

"喂，二位，你们过来吗？"大卫试着用头盔的内置无线电联系。

没有收到任何回答。在离飞船核心部分如此近的地方，信号可能不好。他应该朝其他两人迎去吗？不！他做事情不喜欢半途而废。如果他检查完飞船的南半部分，确定这里没有任何食物储备，这才算得上是一个站得住脚的说法。然后，他们三人就可以一道检查船首部分。

如果他们在船首那里也没有任何发现，那意味着什么？有人故意给他们准备了过少的食物，这有可能吗？借助于25N1的食物储备，他们绝对不能坚持到重返地球。大卫把这个想法放到一边。等检查完所有的舱室，再考虑这个吧。现在，他眼前还有6只各为一半的球形舱。大卫越朝前深入，移动得就越慢，此处通道的弧度明显大了很多。当他发现自己在一个环形轨道上移动的时候，头有点晕。必须要休息一下。

5号、4号及3号球形舱是空的。2号球形舱里摆着装满了医药用品的架子。大卫不能确定那些装着蓝色液体的袋子是什么。是特殊的血液备品吗？此外，NASA似乎很关心假肢假眼之类。真幸运，他不必去为某位同事安装假肢或假眼。

在3S1的门口，一个关于辐射的警示标志引起了大卫的注意。

"凭防护服方可长时间停留。"警示标志下面写道。短时间进去看看，应该没有什么影响吧。大卫打开了门。架子上放了大约100个南瓜大小的球体。它们是探测器的能源。在外太空，它们配备的太阳能电池变得毫无意义。也就是说，乘员组已经为更长的测量时间做好了准备。

因为没有飞行器可用，他们无法为探测器充电。角落处放着一个蓝色的桶。大卫打开桶盖，用灯光向里面照去。桶内一半空间装着网球般大小的橘黄色圆球，上面都有放射性警告标志。这一定是小型仪器使用的放射性电池。无论如何，这些电池都是一笔财富。如果外太空有宇宙强盗，这些圆球会是值得抢掠的目标。

1号球形舱，这是飞船的核心部分。它是一个独立的舱室，只有一道门，而且朝着船首的方向。大卫很是期待。为什么呢？这只是一个储藏间而已，并非圣地，也不是埃及的金字塔。他打开门。因为采用了拱形，所以门稍微有点紧。灯打开的时候，大卫站不稳了，有一种随时要摔倒的感觉，他抓着门框站稳。

大卫面前是一个球形的舱室，一个架子也没有。舱室里的摆放着6个棺材状的箱子，它们悬浮在舱室的中央，排列成了一个六角形。大卫抓着其中一只箱子站稳，他想尝试着让箱子动起来，发现这不可能。有一种力量固定了它，也许是磁场。箱子里的东西似乎非常珍贵。这个舱室位于核心部位，可能是飞船上最安全的地方了。

珍贵的货物究竟是什么？为什么他不查看一番呢？如果确实具有危险性，箱盖不会很容易打开。大卫用手指沿着箱子上部滑动，碰到了一个搭扣，很容易就打开了。同样，箱盖也不难掀起来。可是，箱子内空空如也。大卫瞪视着它。箱子底部是一种垫子，上面好几个地方被压出了坑。可大卫想象不出，这里到底放过什么东西。

他尝试打开第二口箱子，里面同样空空如也。第三口箱子同样如此。大卫飘移向下一个。其实已经够了，现在应该向上回到控制中心。亚伦和本肯定在担心他呢。大卫挠了挠下巴，可他不能只看6口箱子的一半啊！他打开第四口箱子的搭扣，掀开箱盖。这里大不相同，里面有内容。大卫面前躺着一名男子，他的红发散乱不堪，白皙的面部显得友善。他在有节奏地呼吸着。大卫向男子俯下身。要把他弄出来吗？他在睡觉吗？他生病了吗？他需要帮助吗？该死的，他是怎么来到这里的？

男子睁开了眼睛，他的眼珠是蓝色的。他抬起双臂。当然，他是想从箱子里出来。他祈求地看着大卫，却一言不发。大卫把他的手臂放在男子的肩膀上，男子同样舞动着自己的手臂。大卫想帮助他。可是，男子的双手猛地掐住了大卫的脖子。他……大卫想喊，却发不出声音。陌生男子的手很有力，它们收紧了，夺走了大卫的空气。大卫的四肢抽搐着，他无法控制自己。然后，世界从大卫的视线中消失了。他合上眼帘，意识消失了。

牧羊人 1 号

2094 年 4 月 26 日

"你知道几点了吗？为什么你没有告诉我们？"亚伦问。

本杰明打量着亚伦，后者正绕着埃里克转圈，同时连番发问。埃里克系着安全带坐在座位上，面无表情。亚伦有点言过其实了吗？好吧，埃里克长时间地在飞船的腹地行动，却连一条消息也不回。可是，他给出的理由倒也可以理解。

"我说过了，下面的信号传不过来。"埃里克回答。

"没有通话站点吗?"

"没有，有的只是漫无尽头的通道和许多存储室。"

"你还注意到什么了？"本杰明问。

他们应该慢慢地回归事实层面。人无完人，大卫不例外，当然，埃里克也是。

埃里克摇了摇头："我们需要的应有尽有。我还从未见过这样多到成堆的脱水食物，按照我们的实际需要，这些足够 40 年之用。"

"我可不希望在路上这么久。"亚伦说。

"还有许多备用件，我们可以用来维修飞行器 C。"埃里克说。

亚伦盘根问底般发问的时候，埃里克回答的声调漫不经心。现在，他的声调还是没变。

"多灾多难之后，这可真是个好消息。"亚伦说。

"现在该怎么办?"埃里克问。

本杰明看着埃里克。突然，大卫这个名字就在他的嘴边。本杰明不知原因何在。在接受培训的时候，不是有一位和埃里克长得很像，名叫大卫的同事吗?

"我认为，我们接下来应该检查那些灰尘。"本杰明说。

"哪些灰尘?"埃里克问。

"我们在飞行器中发现了一只手环。"亚伦解释道，"可是，本杰明去触碰它的时候，它化为了灰尘。我猜测，它的原子之间没有化学键了。"

"你猜测?"

"克里斯蒂娜的飞行器里有台望远镜，可是分辨率不够。我们到现在只知道的是，灰尘由很微小的粒子组成。"

"我们应该把灰尘放到扫描隧道显微镜下面，"埃里克说着，同时夸张地打了个哈欠，"可今天不行了，现在明显过了午夜。我们睡到自然醒再说吧。你把样品保管妥当了吗?"

亚伦拍了拍自己的裤袋："当然。好吧，明天见。"

本杰明没有找很久。在失重条件下，他几乎到处都睡得一样好或不好。最主要的是，他在自己和别人之间有一道关好的门，免得被别人的鼾声打扰睡眠。

　　他从控制中心取了一床被子，将自己裹在里面，躺到厨房的炉灶旁。他不指望自己睡得很好。那他需要一个厚重的垫子，还至少需要一点重力，以便于他闭着眼也能辨别方向。他开始数羊。1、2、3……

　　　　　　　　✕　　　　　✕　　　　　　✕

　　控制中心里弥漫着新鲜咖啡的醉人香气，这香气甚至盖过了从运动服散发出来的汗味。本杰明必须抓紧洗个淋浴，还需要换洗衣物。

　　"早晨好，本杰明。"埃里克在问候。

　　埃里克面前是一个屏幕，他正在翻看数字列表。

　　"早晨好，埃里克。是什么这么香？"本杰明差点叫出大卫的名字。他应该当心，免得这个念头根深蒂固。

　　"我煮了咖啡，它如果没有飘移到其他地方，就还在那里。"埃里克指着一张靠着后墙的桌子，"没有吵醒你吧？看到你躺到炉灶边的时候，已经太迟了。"

　　"不，我睡得很好。"

　　"看来失重至少有一个好处——可以悄无声息地移动。"

　　"说得对。你已经开始工作了吗？"

　　"我一直在尝试打开克里斯蒂娜的数据。"

　　现在或许就是把"Cursum Perficio"提示给埃里克的时候，这是克里斯蒂娜为她的虚拟办公设定的密码。许多人在不同的系统使用同一个密码，尽管每个人都知道这有多么不安全。

　　"可是，她不是给数据设置了密码吗？"本杰明还是问了这个问题。

"真可惜！希望我们能够猜对密码。"

"凭借词典吗？"

"没错，本。"

本。他多么不喜欢这个名字啊！他的名字叫做本杰明。如果对方再叫"本"，也许他应该每次都把对方叫做大卫，而不是埃里克。

"无论如何，我已经告诉系统，不要因为 3 次猜错密码就自我锁定。尽管如此，要翻遍整个词典，还是需要几个小时。"

"祝你成功，大卫。"

这一次，本杰明故意没有改口。埃里克转过身来，看着本杰明。

"怎么了？"本杰明状似无辜。

"我叫做埃里克。"

"啊！那我应该叫做本杰明。"

埃里克扁了扁嘴，好像要做出微笑的样子。可是，看上去绝对不像很开心。

"明白了，本杰明。抱歉，我不会再那样叫你了。我记住了。"

这话听起来很有说服力。很奇怪，本杰明完全肯定，埃里克不会再叫他本了。

✕　　　　✕　　　　　　　　✕

"喂，伙计们。"亚伦喊着。

本杰明正在往杯子里倒着咖啡。靠着一根易于弯折的吸管，温热的咖啡从密封的壶里倒进同样密封的杯子里。他只需要向内按咖啡壶的盖子。

"早晨好，亚伦。"本杰明回答，"你也要喝咖啡吗？一点也不难喝。"

"不了，谢谢。我没胃口。"

"怎么了？"

"我怎么这么傻！"

"出什么事了？"

"那份样本，就是那些灰尘，你知道的。之前，我们是打算把样本放到扫描隧道显微镜下面的。"

"怎么了？"

"样本不见了。我很肯定，当时是把盒子放在宇航服的工具袋里了。可它现在不在那里。一定是我往回移动的时候弄丢了。"

"丢在太空里了？"

"是的，很有可能。我刚刚检查的时候，工具袋是敞开的。我怎么这么傻，我身上屡次发生这种事。"

"别太自责，亚伦。一生中在什么地方丢过哪样东西，我自己根本想不起来了。"本杰明说。

这并非说谎，他根本想不起来自己丢过什么。可是，亚伦没有必要知道这些。

"可是，这也不是什么问题。我们干脆再去一次克里斯蒂娜的飞行器。你今天已经有什么安排了吗？"

"没有。你说得对，本杰明。你一道去吗？"

"如果去的话，我还是先洗个澡吧。"

"你肯定吗？这可是浪费资源。一旦你穿上液冷通风服，就会汗流浃背。"

本杰明抬起手臂，闻了闻自己的腋下。他可能真的需要洗个澡了。克里斯蒂娜的鼻子特别灵，她早就会尖叫着逃开了。自从她离开了大家，用水量和香皂的消耗量可能都减半了。可是，洗澡确实毫无意义。只要他穿上液体冷却兼通风套装，味道就会比洗澡之前还难闻。

"就让我把咖啡喝完吧。"他说。

✕   ✕   ✕

看上去，克里斯蒂娜的飞行器内部和昨天完全一样。本杰明今天的脉搏倒是很稳定。人类什么都能适应。距离克里斯蒂娜丧生仅仅过去了几天，本杰明已经在用工程师的眼光打量着被破坏了的舱内陈设了。

必须先从哪里开始维修呢？失重状态提供了一个极大的好处，飞行器的不容小觑的质量不会带来任何影响。他们必须移开将飞行器分为两部分的钢梁，然后将这两部分拼到一处，再焊接到一起。

听起来很容易。魔鬼一定就藏在细节里面，例如驱动装置——乍一看，它似乎没有任何损坏，可如果没有补给管线及控制管线，它就无法运转，而且其中一部分肯定会从缺口处向外裸露。生命系统也同样如此。如果他们三人进行维修，两周内肯定完工。再说他们有的是时间。

"快来这里，你一定要看看这个东西。"亚伦说。

"什么东西？"

"在这下面。"

本杰明看到一个光点在四处逡巡，这一定是亚伦。本杰明操控着喷嘴，朝飞行器的下部飘移过去。光点来自狭小的健身角。在通向工作间的通道附近，本杰明抓着一个把手停了下来。

"你看。"亚伦说着，同时将探照灯发出的光转向自行车。

自行车的龙头只剩下了一半。昨天，本杰明一起目睹了龙头的右半边灰飞烟灭。可是，现在左半边也不见了。亚伦特别缓慢地触摸龙头剩余部分的左侧。嗖地一下！它解体了。亚伦对着那里吹了口气，探照灯的光映照出一团薄薄的烟云，它在空中消散开来。

"怎么样，你有什么看法？"亚伦问。

"看起来，情况比昨天要糟糕。我清楚地记得，昨天左半边龙头还是好好的。"

"错乱正在四处蔓延。"

"错乱？"

"还能怎么叫它呢？物质已灭，它好似患了某种疾病。可是，这听起来有点奇怪。"

本杰明缩回自己的手。

"疾病？你觉得这会传染吗？"

"我们还没有仔细分析过灰尘。可你昨天触摸过这个地方，你的手套分解了吗？"

本杰明把自己的右手放在眼前，手套一如既往。

"我不觉得。"

"这很让人安心。否则就轮到我们分解了。我有一种感觉，这种错乱限于某个空间。帮帮我，我们收集一点这种物质。"

亚伦举起一根试管，把塞子拔了出来。

"我把它凑到自行车龙头前，你朝里面弹一点灰尘。"

"好的。"

本杰明改变着自己的位置，想让龙头位于自己和试管之间。角落里空间狭窄，实属不易。他最终落了脚。

"那开始吧。"亚伦说。

本杰明用力地弹着，可龙头上并没有灰尘落下。

"不行。"他说。

"用软管。"亚伦建议说。

"好主意。"

本杰明向后面伸手，屏住呼吸，旋紧了自己衣领上的阀门。然后，他摘下了从氧气罐通向头盔的软管。他把一根手指放在软管的开口处。戴着手套真好，否则指尖就要冻僵了。本杰明把软管的尾部慢慢伸向前面，对准了自行车的龙头，然后快速地挪开手指。

一股强烈的气流从软管中涌出来。本杰明意识到气流裹挟着灰尘，而这灰尘曾经是构成龙头的材料。

"关上！"本杰明说。

亚伦迅速地做出了反应，把塞子扣到试管上。

"哈哈，"亚伦的声音充满了胜利的喜悦，"这一次，我不会再弄丢了。我保证。"

本杰明把空气软管接了回去，打开阀门，深深地吸着气。虽然他接受过足够的训练，可得知航天服中的空气仅够数分钟之用，还是感觉很奇怪。空气！他看向天花板，生命系统的开口处还在向炸开了的飞行器喷出淡淡的白雾。虽然紧挨着飞行器的外面就是真空，可毕竟不如距离飞船稍远处的真空那么纯净。

"稍等，"本杰明说，"你还有试管吗？"

亚伦点点头，递给他一根空的试管。本杰明拔掉塞子，把试管举到自行车龙头的中间部位，但没有触及那里。然后，他又扣上了塞子。

"这是做什么？"亚伦问，"是为了做交叉实验吗？"

"恰恰相反。你猜想的是，原子之间没有联结了。如果这只针对固体，那可有些奇怪。我希望能用试管捕捉到一些空气分子。如果错乱如你估计一般存在，我们就一定会发现单个的氮原子、氧原子和氢原子。"

"这个想法真不错，"亚伦说，"可是，如果它们在另一个环境中再组合为分子形式的氮和氧呢？"

"那这一定也适用于自行车龙头的样本。我们不是要证明单个的铁原子，而是一定要能够证明金属的存在。"

"听起来很合逻辑。"亚伦说。

"对我们来说，这可能没有什么区别。如果错乱找上我们，我们就会分解为单个的原子。就算这些原子之后又组合为分子，也与我们无关，因为我们已经死了。"

"听起来很安慰人。至于我们或许再也不能回到地球，这个问题相对可以忽略了。"

"这要取决于错乱传播的速度。错乱的范围在扩大，我认为这一点很清楚。"

"错乱是否限制于宇宙的某个特定维度，这一点也很有趣。如果确实如此，我们只需要启动飞行器，就可以避开它。"

"如果错乱固定于牧羊人1号，就更好了。"

"为什么？那意味着我们要毁灭了。"

"没错，我们就会死。可是，我们可以最后一次给牧羊人1号加速，而且是朝着星际空间加速。我们虽然会孤独地死去，可地球却安全了。"

"这样啊，"亚伦说，"这个想法让人很满意。许多许多年之后，错乱才会蔓延到我们的地球。人类到那时肯定已经找到应对的办法了，你不觉得吗？"

"我不知道。事情并不只是物质改变基本属性这么简单。唯一能够有意识地介入的，是人类幻想的产物，也就是神。你认为人类能足够快地化身为神吗？"

"无论如何，我心目中的神不愿意看到这种场面。"亚伦说。

"你心目中的神至少能帮帮我们吧？"

"还是不要了。我相信，他是这样一种立场：问题是我们自己制造出来的，我们要自己解决。"

"也就是说，我们只能靠自己了。这多么安慰人。"

本杰明用双脚抵住牧羊人1号的外壁。他操控着喷嘴，让自己停了下来。隔离间的外门马上就要打开了。

可是，什么也没有发生。

"亚伦，你按下按钮了吗？"

"当然，一分钟之前就按下了。可是，灯还是红的。"

本杰明离开原地，朝着亚伦飘移过去，后者位于开门按钮前。本杰明移到按钮前，按了下去。

"嘿，你难道不相信我？"

"哎，也许你按得太温柔了。"

"你是不是觉得，我虚弱得连按钮也按不动了？"

"没有，我并没有这个意思。"

"可是，我就是有这种感觉。"

"抱歉，亚伦。你说得对，门确实打不开。"

"你看！"

"埃里克，你听到了吗？隔离间的门打不开。它肯定是出于什么原因给锁上了。"

没人应答。本杰明又按了一次按钮。他攒足了劲，用力砸到按钮上，反作用力把他推向了太空。他又飘移回来。

"这可能没什么用。"亚伦说。

"埃里克，你听到我们在说话吗？"本杰明问，"你必须给我们把隔离间打开。"

还是没有人应答。

"现在怎么办？"

"我们等吧。他肯定什么时候会来的。"

"我们可以把隔离间炸开。"

"本杰明，这是主隔离间，我们还要用呢。"

"另外，它的机械结构很稳定，而且我们没有炸药。"本杰明说。

"你有一个合适的建议吗？"

"没有，我们只能等着了。"

本杰明转过身，试图从成千上百个星点中找到太阳。

"真无聊。另外，我的氧气量只够用 1 个小时了。"本杰明说。

亚伦将身体转过来，同时看着自己腕上的显示器。

"我的还够用 45 分钟。"

"埃里克，你在听我们说话吗？我们已经等了 3 个多小时了，等着你回来。"

他头盔里的扬声器保持着缄默。亚伦叹了口气。

"我们可以试着找到进入飞船的另一道门。"

"通过驱动装置附近的维护通道吗?"

"作为工程师，你想必最清楚，只能从外面进入那些通道。可是你看。"

亚伦斜斜地指向下方的空间。当然，那是飞船的圆环！他们不是好久没有想到它了嘛!

"啊，是的。"他说了一句，然后顿住了。

作为入口，这道环有若干弊端，它转得飞快，产生了一个相当于重力的力。从这里看出去，一切都朦胧不定。在失重条件下，他们可以随意在摩天大楼的高度沿着外壁四处攀爬。可是，在这道环产生了力的条件下，如果从 10 米高的位置坠落，就有丧命的潜在危险。

"唉，"亚伦叹了口气，"我们还能怎么办呢？趁着我们还有力气，干脆就试试吧。"

"好的。"本杰明说着，然后从主隔离间处飘移开来。

✕　　　✕　　　　　✕

"我们必须离开旋转面，"亚伦说，"否则支柱就会撞到我们。"

按照亚伦的建议，本杰明修正了自己飘移的方向。圆环依靠 5 条放射状的圆形轮辐与牧羊人 1 号相连。之前，他们曾通过轮辐的内部通道在自己的飞行器与控制中心之间穿梭——这是在飞行器还可用的时候。可还有东西留了下来，那就是飞行器用来与母船对接的隔离间以及独立运行的实验飞行器。如果他们能够成功地打开某个隔离间，就可以通过圆环以及连接通道回到控制中心。

"稍等，"亚伦说，"你看，圆环有两处损伤。"

没错。与之前的角度相比，从上面看得更清楚。

"第 2 分区和第 5 分区看上去还不错。"

他们行动自如地在这两个分区下面绕行，看上去很有趣！

"那么，我们从第 2 分区开始试试吧。"亚伦说。

"如果第 5 分区打不开，又该如何？"

"不！如果我们打不开第 2 分区的隔离间，第 5 分区也同样打不开。"

亚伦又一次比本杰明深谋远虑。

"然后呢？"

"然后，我们就试着从圆环某个损坏的地方进去。"

"我们为什么不从那里开始？圆环上的缺口是开放的，甚至从这里也能看到。"

"你忘记自动门了。那个位置损坏的时候，自动门肯定关闭了。我们必须到达注满空气的舱室。和应急门比起来，我觉得一道正常使用的门会给我们更多机会。"

有说服力的逻辑。

"埃里克，你听到我们在讲话吗？"本杰明问。

"他没有在听。"

"还是有可能的。"

"本杰明，你跟我来。"

亚伦指着下面，然后飘移开来。本杰明加速跟上。

背包在后面拉拉扯扯，本杰明带着它进入黑暗地带。他稍微闭了一下眼睛，重新感觉方向。下面并非真正是下面。他们的目标是前方。本杰明睁开眼睛，这个方法有效。圆环好似没有吊篮的摩天轮一般耸立在眼前。亚伦转向外侧，本杰明紧随其后。

"我们必须跟上圆环的速度。"亚伦通过无线电说。

说起来容易，做起来难。他们虽然可以朝飞行方向加速，可左右两侧修正喷嘴的动力不够强劲，无法将他们送入一个与圆环等速的圆形轨道。

"我们做不到，"本杰明说，"最多只能形成一个抛物线。"

"你干脆利用正确的时机抓住圆环。"

干脆。真是个风趣的家伙。好像这很简单一样。如果他过快地朝圆环飘移过去，抓住它的时机稍纵即逝，就会继续飘向外部。如果飘移得过慢，手指就会滑脱，他将抓不住任何支撑点，继续飘向太空。

本杰明，你做得到！他给喷嘴又增了压。从近处看来，圆环显得更大，也更危险。这是人类设计的吗？圆环给他的感觉更像一栋外星人大厦。

马上就开始了！本杰明收紧腿部。3、2、1……他的双脚碰到金属材质的飞船表面，又滑开了。他的右手握住有两个弹簧扣的安全绳，但没有可以钩住的地方。他触碰到圆环某个非常光滑的部分，然后飘过了头。他采取制动，同时利用左侧的修正喷嘴抵消惯性。就是现在了！圆环又靠近了。什么地方可以抓住呢？他蹲下身，可是双脚却随之抬起。该死的失重。圆环又从他身下旋转着掠过。

"小心，损坏的位置马上就转过来了。"亚伦朝他喊着。

圆环还有损毁的地方呢。也许，本杰明可以攀住损毁处的某个裂口。他看了看自己的手套。如果金属割开他的宇航服，又该如何？在修正喷嘴的帮助下，本杰明转向圆环。圆环转动的速度比他快，所以他再次加速。3、2、1，该死。他的靴子太滑了。小行星撕开的口子转了过来，可是惯性带着他飘移向外太空。那么，就再次制动并转身回来吧。

无语。本杰明已经把推进喷嘴的剂量杆推到了制动位置，可他仍继续笔直向前飘移。该死。燃气罐想必已经空了，他现在丝毫不停地远离飞船。昨天和前天外出之后，他本该加注燃气，喷气背包就是靠燃气产生推力的。

"本杰明，你必须转身回来！"亚伦喊着。

"燃气罐空了，抱歉。我……"

"别胡扯。你的速度是多少？"

本杰明看了看手腕上的多功能表。

"相对于牧羊人 1 号，每小时 23 千米。"

"那我没办法把你拉回来了。"

"亚伦，没问题。我一直在寻求各种极限挑战，还有什么比进入太空更极限的呢？"

"不会的。达不到逃逸速度，你会成为一颗长周期彗星。"

"听起来很浪漫，那就做一颗彗星吧。"

"好了，不开玩笑了。你现在想一想受过的训练。马上回来，否则就太晚了。"

"训练？"

"那个氧气罐，你这个反应迟钝的家伙。"

当然。本杰明还有许多压缩气体，氧气罐至少还是半满的。现在，他必须赶快行动了。本杰明扯下连接氧气罐与头盔的软管，将它与喷气背包连接起来。宇航服里的空气大约还够 3 分钟之用，他马上加速。

"来我这里!"亚伦喊着，"我已经抓牢了。无论你速度有多快，最主要的是，你要到我这里来。"

亚伦在什么位置？本杰明匆忙地打量着圆环。那边，下方有个似乎头上脚下的人形，一定是亚伦。本杰明调整着飘移的方向。吸气，呼气，吸气，呼气。现在 180 度转弯，左侧稍给点加力。氧气太美好了。10 米，8 米，6 米。亚伦，我来了，请抓牢我。

亚伦伸出两只手臂。他必须实实在在地对准本杰明。应该可以抓住的，一定要抓牢! 4 米，2 米。有两只手抓住了本杰明的小腿。本杰明利用喷嘴进行制动，可惯性带着他继续向前。亚伦不放手，本杰明把他给扯动了。亚伦被扯离了圆环，可是安全绳固定在那里。猛地一顿，绳子绷紧了。有两只手扯着本杰明的小腿肚，传来一种短暂的撕裂痛。亚伦抓住了本杰明。一段绳子在本杰明面前舞动着，他将它系入自己的安全带。现在，两个人好像通过一段脐带连接到了一起。脐带中不是流淌着血液，而是传送着力量。

本杰明抓着绳子，牵引自己朝亚伦移动过去，而亚伦正拉着绳子朝那道环返回去。他们几乎同时脚踏实地。本杰明眼前的世界变得模糊了。这是获救之后的喜悦吗？亚伦拍了拍他的肩膀，向他示意喷气背包。天哪，今天又搞砸了。本杰明从喷气背包上扯下氧气罐的软管，将它又接到头盔上。新鲜的、携带着臭氧味道的空气涌入宇航服。本杰明的思路和视力都清晰了许多。

"亚伦，谢谢你。"他说。

"分内的事。我们不可以再失去谁了，好吗?"

"好的。"

这是一种承诺。本杰明心里想着，要信守这个承诺。最好就从自己开始，不能再犯这样的错误了。在宇宙中长年累月地航行，这大概让他变得狂妄自大了。

5 分钟后，他们到达了隔离间。亚伦环顾四周。

"克里斯蒂娜的飞行器一定就是在这里和飞船对接的。"亚伦说。

本杰明没有问，亚伦为什么想到这一点。他肯定有这样说的理由。

"我们碰碰运气吧?"亚伦问。

"那么，开始吧。"

亚伦按下了开门按钮，外门马上打开了。

"请进。"亚伦说。

听得出，亚伦的声音里透着轻松，听起来几乎就是一种喜悦。

"谢谢!"

本杰明把头探了进去。这里明显要小于主隔离间，他爬过门边，然后站到中间。膝盖还有点软，太长时间没有感受过重力了。

意外的是，埃里克的声音响了起来，他在打招呼:"亚伦，本杰明，你们在哪里?"

真是太好了——现在，就在问题已经解决了的时候，埃里克又出现了。

"我们在飞船的圆环处，正在前往控制中心。"亚伦的耐心出奇地好。

埃里克在半路朝他们迎来。他一定是通过飞船内的摄像头观察到了他们。在由圆环通向飞船内部的通道中，他们相遇了。

埃里克过来前的一瞬，亚伦快速转向本杰明，然后打开自己的工具袋，将装了样品的容器塞进本杰明的手里。

"只是一种感觉。"亚伦说，"可是，这肯定不意味着什么。"

本杰明将容器放进自己的工具袋。但愿很快就能脱掉这身宇航服。

"你们来啦。"埃里克说，"见到你们太好了。"

"我们也很高兴呢。"亚伦说。

"我好想脱掉这身宇航服。"本杰明说，"我们是不是可以到控制中心继续交谈？"

如果通道不是这么狭窄，本杰明干脆想从埃里克和亚伦身边爬过去。从他的角度来看，二人挡住了他头顶的梯子。

"啊，当然。我只是想来迎接你们。"埃里克说。

他朝梯子转过身，向上面爬去，那里是控制中心的方向。

"你们成功了吗？"

"当然，"亚伦说，"我采到了几个样本。在那之后，主隔离间的门紧锁着，不让我们进来。"

"成功了就好。"埃里克说，"回来的路不容易走吧？"

"是的，很不容易。与计划相比，本杰明走得远了些。"

"一切都很不错。你们肯定想倒头大睡，是吧？"

"是的，没错。"亚伦说。

什么？本杰明大概听错了。他想尽快知道扫描隧道显微镜会告诉他们什么。

"我倒是想今天就观测样本。"他说。

"本杰明，别生我的气，"亚伦提出了不同意见，"可是，我要先睡一觉。明天又是新的一天，而且样品也不会长脚跑掉。"

"但愿吧。"本杰明说。

"不会的，这次我会照看好样品。"

亚伦指着他的工具袋，好像他已经忘记之前把样品交给了本杰明。有意思。

"埃里克，你这一天都待在哪里了？"亚伦问，"在隔离间那里，我们多么需要你啊！"

"抱歉，伙计们！我在飞船的核心位置仔细地查看备用件。如果我们能尽快修复驱动装置的裂缝，就太好了。那样的话，我们就能尽快踏上回家的路。"

这听着真不错。可是，埃里克忘记了空空如也的喷射物质燃料罐吗？或者，他希望地球有补给送来？

他们到了通道的出口，控制中心就在不远处。

"我去找一个睡觉的地方，"亚伦说，"我的眼皮已经开始打架了。"

"晚安。"本杰明说。

他现在首先需要洗个澡。然后他要看一看，埃里克在飞船的核心位置到底寻找些什么。

休斯敦

2079 年 2 月 17 日

　　瑞吉儿吃了一惊。她悄悄地掩上嘴，打了个哈欠。每天刚过 3 点钟，都是典型的困倦期。控制中心里面格外温暖。也许清洁工在夜里关闭了空调，却一直还没人发现。外面已是春意宜人。

　　身侧及身后，键盘在噼里啪啦地响着，同事们在专心工作。可是，他们在忙些什么？关于牧羊人 1 号，直到现在还没有什么新的消息。他们是在分析那边可能发生了什么吗？也许，他们在给家人发消息，或在为下一次度假寻找实惠的线路。

　　瑞吉儿把牧羊人 1 号上一次传送的内容调到屏幕上。她负责的是一批什么样的人啊？女指挥官已经丧生了。剩下的是亚伦、本杰明和埃里克。埃里克？瑞吉儿合上了眼睛。大卫，最年轻的乘员，昵称是戴夫。她记得很清楚。大卫·马……马特勒，19 岁，在一次事故中失去了一位朋友。关于大卫，前天刚刚检索过他的信息！

　　瑞吉儿浏览了一遍记录。乘员中没有什么大卫，只有埃里克。她的头马上要炸开了。这肯定是梦境。她把自己的食指向后扳去，直到它发出咔嚓声。疼痛并没使她清醒。这里没有大卫的信息，为什么没有人注意到？责任在她吗？或者，确实有人能够篡改 MOC 的所有记录？也许是 α-Ω 公司？她必须找人谈一谈这件事。找查理斯！至少，他坦率地承认 α-Ω 公司雇佣了他。某种程度上，这给他投了一记信任票。

瑞吉儿翻看着剩余乘员的消息。亚伦报告说，他找到了克里斯蒂娜的尸体。本杰明讲述了他眼中可能发生的事情。埃里克没有发来任何消息。瑞吉儿关闭了文件。几天之前，一切都还正常。

是这样吗？此前，克里斯蒂娜对自己的失败异常恼怒，她最清楚自己有多么耿耿于怀。在痴迷于 SGL 的图像这一方面，大概没人可与克里斯蒂娜相提并论。也许除了伊兰·查特吉，是他提供本次探险之旅的资金。也许，瑞吉儿当初应该更多地关注克里斯蒂娜。一个人毕生都研究某件事情，一旦被证实一切研究都是白费工夫，这个人会作何反应？女指挥官做出了过激反应，这似乎是 MOC 目前的论调。可是，瑞吉儿并不相信。如果和克里斯蒂娜交流的时间再长一些，现在她就不会如此良心不安。

画面上，克里斯蒂娜结束了自己的陈述。她站起身，然后走出了画面。自动摄像头寻找另一个可以聚焦的物体，然后定焦于一只电子台历。瑞吉儿停住画面。画面不是很清晰，台历太小了。可是，年份数字清晰可辨。它显示的是 2094 年。但这不可能。毕竟，地球上现在才 2079 年。从物理学的角度而言，穿越是不可能的。不，这一定是个错误的显示。或者，这里有一种强大的力量改变着现实。

瑞吉儿转过身，朝查理斯示意。他马上就注意到了她发出的信号，露出了微笑。这是一个真诚的微笑，并非装腔作势。瑞吉儿会找上他，这个男人很高兴。他的喜悦会过去的。瑞吉儿甚至有些懊悔自己不得不强迫查理斯，他似乎并非坏人。查理斯来到瑞吉儿的桌旁，朝她俯下身。

"我觉得，我们是时候认真谈一谈了，但不是在这里。要么一起吃个晚饭？"瑞吉儿低声说道。查理斯肯定不会拒绝，她猜对了。他热切地点着头，抽出手机查看时间安排。

牧羊人 1 号

2094 年 4 月 27 日

"啊，你在这里。"亚伦说，"早晨好。"

"早晨好。别不高兴，可是我喜欢静悄悄地洗澡。发生什么事了吗?"

洗澡以及至少喝杯咖啡之前，本杰明不愿意进入谈话模式。可是，亚伦今天看起来比平时还若有所思。本杰明坐了下来。没穿外套觉得冷，他便套上了昨天穿的 T 恤。

"我想和你稍微单独谈一谈。我知道，你一大早最喜欢安静。"

"没问题。是关于埃里克吗?"

亚伦晃了晃脑袋，然后接着问："夜里有不速之客吗?"

"不知道，我睡着了。"

"我有。"

"你肯定吗?"

"我在工具袋的拉链上绑了一根头发。今天早晨，那根头发不见了。"

"那么，就是埃里克翻了你的宇航服。"

"这是一个合乎逻辑的结论。"

"他在找从克里斯蒂娜的飞行器里取来的样本。"

"这是唯一合乎逻辑的解释了。可是，为什么呢？他本来可以随时自己取一份样本的。如果他晚上出去，我们也察觉不到。"

"很明显，他不希望我们研究样本。"

"可是，为什么呢？难道他不希望我们调查克里斯蒂娜的死因吗？"

"只有问过他，我们才能知道。也许他担心我们玷污了关于克里斯蒂娜的纪念品，或者她的死因太过于离奇，他担心我们不得不马上中止本次任务。"

"也许吧。大卫跟我说过，他想借这次旅行让他死去的朋友变得永生。"

"埃里克！"

"抱歉。我又说大卫这个名字了吗？"

"没错。"

"有时候，我就是会脱口而出。"

"亚伦，我也是这样。"

扫描隧道显微镜位于一个独立的空间，只有从工具间才可以到达。本来，他们是要借助于这台显微镜研究恒星际物质的。牧羊人1号飞到了以往没有任何一艘飞船到达过的地方。即便仍然受到太阳引力的影响，他们已经到达了星际空间。对于星际的广大空间而言，星际空间的构成一定很典型。

本杰明马上就注意到了大大的 RB 标志，它由西里尔字母写就，刻在显微镜的底座上。

"我之前根本不知道，α-Ω公司跟俄国人有合作。"他说。

"哦，这可有千丝万缕的联系。"亚伦说，"俄罗斯人利用挖掘设备在月球上获得氚，将它提供给 DFD。没有这些驱动装置，我们不可能飞到这里。据说，俄罗斯人利用激光将纳米探测器加速到光速的1/5，甚至想让这种探测器飞到比邻星。"

"为了不让这些纳米探测器遇到意外，关于它们在航程中会遇到什么，我们会提供有关数据。"

"说得没错。现在，我们可以研究样本了吧。"

✕   ✕   ✕

亚伦一边操作显微镜，一边嘴里骂骂咧咧。这是他全新的一面。

"你是在哪里学会操作显微镜的?"本杰明这样问，是为了稍微分散一下亚伦的注意力。

"跟我妻子学的。她……"

哎，这可不是一个正确的话题。这是在惹亚伦生气。

"抱歉，你不必说这个。"

"不，这个可以说说。即使听起来很奇怪，可我就是愿意想起她。这会让她在某种意义上……还活着。我担心自己会忘了她。她的面容，她的声音，她的气味，这些让她都还活着。"

"她在你的记忆里继续活着呢。"

"我不知道。我记忆里还有她身体支离破碎的画面。可是，这么久之后还是想念一个人，这也有点奇怪。不是有一句话嘛，时间会治愈所有的创伤。"

"我不太了解。"

"你是幸运的，本杰明。就是因为这个，我才飞到这里。"

"为了忘记有关你妻子的画面吗？"

"不是的。我希望知道她为什么一定要死。我知道，这样有点傻。据说，引力透镜会推动物理或宇宙哲学向前发展。从某种程度上来说，我想，引力透镜也会给我带来答案。科学驱逐了上帝。上帝唯一可以藏身的地方，就是宇宙的起源了。也许，我可以当面向上帝提出我的问题。我知道，这听起来有些疯狂。"

确实如此。亚伦的妻子并非袭击目标。她只不过是在错误的时间出现在了错误的地点。这是一场不幸。宇宙的运行本就没有任何目的，这一条也适用于宇宙内发生的任何事情。苦苦探求生命的意义，本杰明已经很久没做过这种事了。自从他决定接受"事情本无意义"，心里就好过多了。可是，亚伦还没有走到这一步。

"愿你找到答案。"本杰明说。

确实。这个祝愿确实发自内心。可是，这也是本杰明所能做的一切了。

"叮铃。"

亚伦转向显微镜。

"啊，我们离结果更近一步了。"他说。

"你发现什么了？"

"什么也没有发现。不过，这是好事情。我在尝试一再加强扫描光束。这种显微镜的设计思路是精确地显示物体的表面。为此，一道电子束上下扫动，分散的电子就逐一得到测量。"

"明白。但样本中的灰尘粒子太小，扫描不到什么。"

"是的。零结果就是一个好的结果。电子束扫描结果越理想，我们就越肯定确实没什么，或者几乎没有什么。因为原子数量很多，灰尘才可见。"

"叮铃。"显微镜发出声音。

"第二次观测结果出来了。"亚伦说着，俯身到屏幕上，"看上去不错。我想，我们不会再有比这个更好的证据了。"

"这是什么意思？"

"飞船上没有真正可以测量单个原子的仪器。可是，我们离真相已经很近了。至于效应，现在已经清楚了。"

"效应？"

"很明显，物质分解成了极小的单位，也许就是原子，这是唯一符合物理学原理的结果。可是，即使有更大的物质单位，这样一种分解过程对于所有的事物来说也都是毁灭性的。你把在相关区域取得的样品连瓶子一道给我。"

本杰明伸手探入裤袋，把小瓶子递给亚伦。与预料中的不同，亚伦并没有把样品放到显微镜下面，他绕过显微镜，走向一台明显小得多的仪器。

"你要做什么？"

"这是一台光谱仪，我把样品放到里面加热。然后，样品就会放出一种典型的光束。那就是光谱，它会告诉我物质的成分。稍等。"

亚伦接通了光谱仪的电源，然后打开一个盖子，将样品放了进去。

"光谱仪会自动完成剩余部分，它就是专门为我们这么愚蠢的宇航员设计的。"

"很实用，现在怎么办?"

"我们只能等着。"

"这倒是习惯成自然的事情。"

本杰明看着自己的指甲，又要修剪了。左手无名指的指甲劈裂了。他曾在克里斯蒂娜的飞行器里经历了惊魂一刻，是当时造成的吗? 肯定不是。亚伦已经忙开了，而他的手指明显活动自如。有时候，他就是疑神疑鬼。

"叮铃。"

测量仪会发出"我完成了"的声音，这声音在各处听起来并无不同。

"结果如何?"本杰明问。

亚伦指着一个小小的黑白显示屏，上面显示着几根柱形体。

"这就是证据。"亚伦说。所有柱形体显示的都是原子。在空气中，氧、氮等都以分子的形式出现，也就是两个原子的结合体。"

没错，这是一年级上的化学课。可是，本杰明并不反感亚伦的迷你课堂。

"氧原子不危险吗?"本杰明问，"如果卫星位于近地轨道，氧原子会甚至会侵蚀卫星的外壳。"

"确实值得注意，"亚伦说，"在样品中，它的表现完全不同。通常不需要几微秒，单个的氧原子就会与其他原子结合。可是，样品里的氧原子却呈现出稳定的状态。"

"听起来是个好消息，"本杰明说，"否则，自由原子会很快侵蚀牧羊人1号。"

"我不是很肯定。我们需要氧分子来呼吸。如果所有氧分子都分解了，我们就会窒息。无论如何，这种效应似乎为期不短。如果我们运气不好，分解了的原子不会再产生化学连接。在这样一个宇宙中，没有可能存在生命。虽然会有星辰、星系、黑洞等等，可是一众行星只会是灰尘的聚合体。到处一片死寂。"

"你吓到我了，亚伦。"

"之所以这么说，我有充分的理由。我们应该尽快弄清楚，这个错乱的过程以多快的速度进行着。在克里斯蒂娜的飞行器中，感染错乱的区域已经扩散了。我们必须找到一个办法来阻止它扩散。"

"我怀疑这是不是可行。原子与原子互相结合，这是一种基本属性。如果它们失去了这种属性，我不知道应该怎么干预。"

"你说得对。一些物理常量想必改变了它们的数值。可是，我们只能再将它们改变回来。"

"你想改变物理常量？常量这个说法不是白来的！"

"我们实际上已经改变了它们。克里斯蒂娜某种程度上引起了这种改变，我们必须反过来加以改变。"

克里斯蒂娜，当然！她就是始作俑者。

"也许，克里斯蒂娜就是为此才试图使牧羊人1号凌空爆炸。她一定是抱了希望，想反过来影响这一过程。"

亚伦没有答话。长达一分钟的时间内，他们就那么看着彼此。这是一种使人感到压抑的寂静。

"你很可能说得对，"亚伦开了口，"她的尝试至少有了个结果。我们现在知道了，这件事并不那么简单。"

"也许很简单，"本杰明反驳道，"错乱的过程还只限于克里斯蒂娜的飞行器。如果我们快点将它修好，再驾驶它离开太阳系，虽然不能阻止这一过程，却至少让地球脱离了危险。”

“如果这一过程和飞行器没有任何关系，又如何？它可能沿着宇宙空间的某个具体坐标扩散，而飞行器只不过恰好在那里。”

“不会的！我们一直在宇宙中移动。如果这一过程影响到宇宙中某个具体的点，我们早已过了那个点。”

“可惜。”亚伦说。

“对于你所希望的，还是谨慎些吧。错乱的区域可能会无可阻挡地蔓延开。按照现在的太阳轨道，我们大约 1 万年后重返地球。那时候，就太晚了。”

“怎么样，我们现在是什么情况？”本杰明和亚伦进入控制中心的时候，埃里克问。埃里克面前的显示屏上，一行行数字在滚动。他一直都在试图破解克里斯蒂娜的密码。要给他一个提示吗？必须先和亚伦商量一下。他不再相信埃里克了。这家伙似乎有自己的计划。

“我们必须修好克里斯蒂娜的飞行器。”亚伦说，然后他向埃里克解释了背后的原因。

做得没错。事情必须抓紧进行，所以他们需要埃里克。就算埃里克打着什么小算盘，解救地球也关系到他的利益。

“这可……真有趣。”埃里克说。

“有趣？你要说的就这些吗？”

“不是的，根本不是。”埃里克回答，“这是一个重要的任务，你们应该全力以赴。”

"可是你不施以援手。"

"不是不帮你们，我还在尝试继续用引力透镜进行观测。"

真是难以理解。埃里克装着好像若无其事的样子。

"如果你不帮我们，我们就要花更长的时间，而且还要搭上整艘飞船的风险。"亚伦警告说。

"如果我帮你们，就会影响观测，整个探险旅程就是白费功夫——克里斯蒂娜也就白白地死了。我们欠自己，也欠地球一个结果。但是，你们别担心。与克里斯蒂娜不同，我不会在飞船上分析采集到的数据，而是马上通过 DSN 传送回地球。在那里，对数据分析要快得多。也许，我还会留出时间帮你们修理飞行器。我会尽力的，我们可是在一条船上的。"

埃里克的声明听起来空洞无物，可是他也确实做不到言之凿凿。他是不是说得也有点道理？20 年的宇宙航行难道真的白费了吗？也许，就算没有埃里克，他们也可以尽快修复飞行器。

"你想把数据直接传送回地球？"亚伦低声问道。

"没错，这是我的计划。"

"我不知道，这是否是个好主意。"

"为什么这么说？"

"使得原子无法彼此结合的过程——也就是错乱——肯定不是偶发的现象。最初，它发生在克里斯蒂娜的飞行器里面。也就是说，它可能和克里斯蒂娜的观测数据有些关系。"

"那么，错乱想必就是以探测器为起点的。"埃里克说。

"我们还没有就此对探测器进行检查。"本杰明说。

"眼下，我们没有可以使用的飞行器，无法补做检查。"埃里克说。

"修复飞行器 C，就越发重要了。"亚伦说，"可是，我不相信我们会在探测器那里发现什么。观测数据只有经过计算机分析及综合，才会显现原本的图像。这个图像最初保存在克里斯蒂娜的手环里。"

"这听起来相当牵强。"埃里克说。本杰明不由得暗中表示赞同。

一个图像就能改变物质的结构？这是魔法吧。这样的事只发生在童话里面。

"我承认，这听起来好似凭空想象。可是，这是有事实基础的，就是量子物理。克里斯蒂娜曾追踪早期宇宙，它看起来还不同于今天的模样。我们对此还知之甚少，但有一点可以肯定，四种基础力先后产生，而宇宙已经以极快的速度膨胀开来。也就是说，所有决定了宇宙外观的常量并非一开始就存在，它们是在大爆炸的过程中才获得了自己的具体参数。"

"同意。"本杰明说，"可是，这已经过去好久了，并不涉及我们研究的宇宙这一领域。所有常量都如此定义，使得宇宙正如我们所见到的样子。"

"是的。尽管如此，你还是会同意我的观点，即宇宙的这一部分必然是随着大爆炸而形成的。这一部分当时要小得多得多，但它毕竟已经存在了。现在你们想象一下，当时宇宙已经以一个微小的部分存在，其中某个常量的数值不同于今日。其中就存在一个光量子、光子或随便什么东西。我们称之为萌芽。这个萌芽拥有一个反粒子。就量子物理学而言，这两个粒子互相纠缠。或者我们认为，这个萌芽始终拥有反粒子，因为物质不会凭空消失。即便 138 亿年之后也不会。"

反粒子就在这里，在太阳系的外部空间。现在，引力透镜横空出世，它使我们有可能看到宇宙中一个非常遥远的地方，同时也是时间意义上的回望。引力透镜看到我们的萌芽状态。作为未被观测过的量子粒子，这个萌芽同时拥有所有可能的属性。可是，一旦有人观测到它，它就确定自己别无选择，不得不接受所处环境的属性。在这样一个环境中，各个物理常量的数值各不相同，差别却极小。

就在同一时刻，反粒子也拥有了萌芽所具有的属性。从物理学的角度而言，这叫做量子隐形传态。地球上的研究人员已经成功地完成了一次量子隐形传态，起止点分别为地球及火卫一，而且借助了激光，也就是借助了光子。萌芽虽极微小，却在宇宙的结构上扯开了一个小小的裂缝，而且这个裂缝还在扩大着。随着它不停地扩大，围绕着我们的物理世界发生了改变。这只是因为我们观察得太过仔细。

亚伦沉默着。

"是这样吗?"埃里克问。

亚伦点了点头。

"这的确是一个美丽的故事，可它让我听起来感觉有些过于玄幻。"

"即便它只有最小的概率实现自我复制，你也绝不可以把数据传回地球。"本杰明说，"在外太空，我们或许还有机会清除错乱，可在地球的某个实验室……"

"为什么偏偏是在地球上，而且偏偏是在 $\alpha-\Omega$ 公司的实验室，存在着与宇宙起源交叉的粒子?"

"也许这种风险不大。可面对较大的危险，我们应该避免任何一种微小的风险，"亚伦说，"我们甚至还不清楚自己是否能够成功，是否可以尽快将错乱从这里清除。"

"它蔓延得很快，"本杰明说，"根本而言，我们飞行器的驱动力根本不够快，不足以制衡它的蔓延。"

"在这种情况下，我们必须使用牧羊人1号。"亚伦说，"与一个使用化学驱动力的飞行器相比，飞船凭着10个DFD的驱动力，可以更快、为时更长地实现加速。"

本杰明点了点头。没错，这会是最终的结果。

"可是，难道你们不清楚这意味着什么吗?"埃里克问道。

当然清楚! 他们将永远和地球说再见了。埃里克似乎对此不太高兴，那也不能怪罪他。

"我们必须彻底放弃SGL项目。"埃里克继续说着，"所有我们承诺完成的科学成果都将化为泡影。但一如既往的是，MOC有最后决定权。我坚持马上给地球发回一条消息，就我们所知道的和所不知道的做一个说明，然后请地球做出决定。"

这一步走得很聪明。他们都知道，α-Ω公司在这次任务上投资颇巨。

当然，埃里克说得有道理。他们必须按照MOC所说的去做。无论如何，向MOC提出问题并不会带来任何损失。毫无疑问的是，地球必须了解这里正在发生的事情。

他们至少需要两个小时，才能就一篇文字达成一致。埃里克坚持，他们必须谨慎地表述自己的认知——表述为各种可能性。这也会是一种相当疯狂的理论。MOC将借助于他们提供的数据对事情有所了解。尽管亚伦全力反对，他们还是向地球建议继续进行眼下的观测任务。同时他们也宣称将修复克里斯蒂娜的飞行器，让它带着错乱一道发射至星际空间。本杰明成功地激发了亚伦对这一解决方案的兴趣。很明显，更大的危险是已经在身边发生的错乱。当然，地球上的物理学家们无法仔细地研究这种现象，这不啻一件憾事。人类何时曾有机会去研究另一种状态公式的宇宙呢？在这样一个宇宙中，也许适用完全不同的法则。尽管本杰明从未做过科学家，却也着魔般地被其吸引。是否就平行世界提出充满智慧的理论，和是否能利用自己的方法研究平行世界，二者是有差别的。

　　但愿 MOC 不会要求他们用某种办法封印错乱，以便继续研究。现在错乱的范围还算小，足以将其带至地球的影响范围之外。宇宙有一种令人不安的趋势，它会极度膨胀。大爆炸之后不久，他们所在的宇宙就经历过这种膨胀。如果藏身于错乱的黑暗能量突然疯狂起来，在数秒钟之内将太阳系撕出一个足球大小的空间，那该如何是好？

牧羊人 1 号

2094 年 4 月 30 日

"小心！"

本杰明转过身，探照灯的光捕捉到一根闪着银光的管子，它正从侧面朝他飞来。他用一只手抓牢架子，双脚蹬离地面，直到身体呈水平状态。管子差点就击中本杰明。当管子几乎从身边飞过去的时候，他伸出双手去抓，捉住了管子的末端。他甚至成功地用右脚勾住了身后的某个地方，免得自己随着管子一起飞走。

"我抓住了。"他叫道。

亚伦的警告来得太迟了。也许，他们应该休息一下。飞行器 C 的维修工作没有计划中那么快。

"抱歉，"亚伦在无线电里说，"我本来以为，当我松手放开软管的时候，你正朝我这个方向看呢。"

亚伦发出警告之前，本杰明的脸确实是朝向外侧的。可是，他看的是头盔内侧的施工图纸。他必须焊接一个横梁。也许，管子就是在他看了图纸之后才飞过来的。

"我刚刚正处于工作模式，"本杰明说，"你是没办法知道的。"

二人本来约定好了，为了安全起见，遇到每一个自由飞行的较大零件都要互相警告。可是现在去劝告亚伦，不会有什么效果。他们确实需要睡眠了。

"抱歉，我忘记我们的安全约定了。"亚伦说。

"我们今天就到这里吧。"

问题主要是搬运的路途过于漫长。埃里克始终乐于助人，从存储室给他们搬来需要的备用件。可是，备用件经过主隔离间，再穿过舱外空间一直到这里，着实很花时间。无论如何，这都使得他们其中始终只有一人专门负责安装。如果这个人需要帮助，例如精确校准某个备用件，就要额外花费时间。

"好的。"亚伦说。

"呃，你说什么？"

"我愿意今天就干到这里。这不是你建议的嘛。"

"我说了吗？抱歉，我肯定是心不在焉了。可是，你说得完全有道理，我得赶快上床睡觉。我只想先把这个横梁焊接了再说。"

本杰明从工具带上取下焊枪，它略显笨重，不容易手持。可是，它在这里至少没有重量一说。横梁已经通过两个焊点固定好了，它属于钢质材料，这使得事情有点复杂，因为本杰明只会将钢质材料焊接到钢质材料上面，而不是焊接到铝质或钛质材料上。飞行器的很大一部分外壳都由铝质或钛质材料构成。可是，飞行器有一副钢质骨架。本杰明必须去掉飞行器的一部分覆板，以便于从那里着手焊接。

他把焊枪靠向最近的一个焊点。材料在升温。然后他按下按钮，接通电源，将点焊头压在要被焊接的地方。要等待60秒。50秒，40秒，30秒。

时间到！本杰明切断了焊枪的电源。

稍等。有什么地方不对劲。在他压下电焊头之前，横梁已经发热了。这不可能。他现在精神不正常了吗？还是因为太疲劳了？

本杰明又尝试了一次。接通电源，加热，关闭电源。现在就对了。接通电源，加热，关闭电源。接通电源，加热，关闭电源。一通操作之后，横梁焊在了 6 个点上。应该足够牢固了。看上去和以往并无不同。他的意识可能针对他自己搞了一个恶作剧。

✕   ✕   ✕

在前往控制中心的路上，埃里克向他们迎面飘移过来。主隔离间的门开了又关，埃里克可能从工位上看到了。

"今天收工了吗？"埃里克问。

他看起来绝对放松且有解脱感。本杰明好久没有见到他这样了。

"算是收工了吧。"本杰明说，"我已经不能正常思考了。我的大脑在随心所欲。"

"你们休息吧，"埃里克说，"我来准备晚餐，你们可以先去洗个澡。"

✕   ✕   ✕

吃惊之余，本杰明感觉有点愉快。埃里克用几种方法加工了标准营养软膏，让人咀嚼的时候感觉是在进食不同的菜肴。虽然还是平时习惯了的口味，但是质感上的不同颇为有趣。

"你是怎么做到的？"本杰明问道。

"用了一点有机化学的知识，"埃里克回答，"你真的想知道细节吗?"

"是的,也许我到时候就能自己尝试一下了。"

"好的。软膏中有蛋白、糖和脂肪,属于符合人体需要的最佳配比。我把这些分别做了处理。蛋白做了变性处理;对于碳水化合物,我改变了链长;脂肪则变成了细密的泡泡。如果按照不同的规模完成以上步骤,就会得到不同的菜肴,尽管这一切都基于标准营养软膏。"

"精彩!你怎么改变碳水化合物的链长?"

"借助于酶。"

"飞船上有酶吗?"

"有的。"

"在哪里?"

"这个你不会想知道的。"

"我当然想知道。"

"如你所愿。"

埃里克指了指自己的嘴。啊,完全明白了,人的唾液里含有酶。

"这个你可以说的,埃里克。"

"你有可能会敏感。准备晚餐的时候,我还想起来一件有趣的事,我的唾液中只含有一种酶,而且是高浓度的。"

"对此你有什么解释吗?"本杰明问。

"这想必与长时间停留在宇宙空间有关。也许,我们缺少几种基本的营养元素,却没有人想到。我马上把我的发现传送给 MOC 了。"

"真有趣。我本来还以为,50 年代的土卫二探险之后,宇宙空间长途飞行的影响已经被彻底研究过了。"

"烹饪的时候就自然而然地研究了。哎,亚伦,来这里,请坐。"

本杰明转向入口处。亚伦从下面飘移过来，他穿了长长的白色衬裤，湿湿的头发紧贴着头皮。

"今天的饭菜很有趣。"本杰明说。

"完美。"亚伦说，"我现在正需要这个。"

"现在，你们两位都在：顺便说一下，我们有来自地球的消息了。"埃里克说。

"控制中心发来了消息，而你竟然瞒了一整天？"本杰明很生气。

"我当时不想影响你们的重要工作。"

"他们说了什么？"亚伦问。

"他们明确地命令我们，无论如何都要尽可能长时间地继续观测。"

"今天刚 30 号。他们可能还根本没有考虑我们 27 号的观测结果。"本杰明说。

"没错。可是，目前情况如此。我们必须服从命令。他们甚至还建议，我直接通过 DSN 将数据传回地球。"

埃里克似乎暂时获胜了。可是，形势在 5 天之后就会发生变化。MOC 一定会认识到，如果继续执行观测任务，地球将面临着什么样的危险。

"我可以问个问题吗？"

"当然，埃里克。"亚伦说。

"我不希望，你们会因此感觉受到攻击。"

"不会的。"本杰明说。

现在，埃里克又有什么企图？

"假定一下，我们确实让飞行器 C 带着错乱进入星际空间。"

"计划如此。"本杰明说。

"星际空间并非空无一物。不知什么时候，飞行器就会遇到另外一个存在着生命的系统。错乱将会毁灭这个系统，而我们就是罪人。"

"这个说法很适合加到人类身上。"亚伦说。

"这是一个有趣的问题。"本杰明说，"我们所做的一切，都可以被视为自我保护。如果因此而在某个地方伤害了局外者，这道德吗?"

休斯敦

2079 年 2 月 21 日

　　"您有什么可以推荐吗?"查理斯问侍者,后者正在点亮他们桌子上的蜡烛。

　　之前到底什么时候见过一根货真价实的蜡烛?瑞吉儿想不起来,上一次餐馆的桌上摆着蜡烛是什么时候。也许,这里的蜡烛来自价值不菲的蜂蜡。否则,就属于到处都看得见的廉价仿制品,它用红色的发光二极管照射着自动反射出柔光的镜面结构。

　　侍者犹豫了。

　　"已经很晚了,"他说,"请允许我去厨房问问看。"

　　"当然可以。"

　　侍者朝他点了点头,然后消失了。查理斯朝着瑞吉儿露出了微笑。但愿他不要抱太多幻想而希望她能松口。有那样一些男人……不,查理斯不是那种人。他可能有自己的缺点,但并不是一个极端自私的人。

　　查理斯摸向自己的领带,解开了它。

　　"呼。"他长出了口气。

238

他身着一件白色的衬衫，外面罩着蓝色夹克，裤子搭配合体，穿了一双黑鞋。保持坐姿的时候，衬衫紧绷在肚皮上，甚至隔着桌子也能看到。瑞吉儿不愿意想象衬衫下面的样子。

一股难堪的寂静弥漫开来。查理斯，你现在其实可以讲一讲年轻时候的经历。可他只是微笑着，一言不发。也许他在什么地方读到过，应该让女士说说自己，而不对着她喋喋不休。

查理斯充满期待地看着瑞吉儿。

好吧，你赢了。

"我……"瑞吉儿开了口。

有人清了清嗓子。

侍者不知从哪里冒了出来。

"怎么，厨房推荐了什么？"查理斯问。

"您很幸运，有两位客人取消预订了。他们之前预订了主厨的尝鲜菜单，通常人均花费为 65 美元。我可以按每桌这个价位提供给您。菜单中包括柠檬烩饭配香鳟鱼，还有洋葱青豆牛肉片。"

"我点鳟鱼。"瑞吉儿说。

"呃，您不必选择菜肴。这个菜单包括五道菜，鳟鱼和牛肉片分别属于第三道和第四道。我可以为每道菜搭配相应的葡萄酒吗？"

"谢谢，我不大能喝酒，"瑞吉儿说，"就给我来杯水吧，请不要加冰。"

"当然。这位女士要不加冰的水。这位先生呢？"

"我要，"查理斯超乎寻常地轻声说，"一杯啤酒。"

他大概是担心这里不适合喝啤酒。

"这位先生要一杯啤酒，"侍者平静地重复着，"我们这里有'阿姆斯特尔''喜力''贝克'……"

"请来一份'阿姆斯特尔'。"

查理斯给她平添了一分好感。在服务员所报的内容之中,她也总是点第一种。

"好的,两份尝鲜菜单,一壶不加冰的水,一杯阿姆斯特尔啤酒。请问,还要点别的吗?"

"不了,谢谢。"查理斯说。

然后,查理斯就开始讲自己的故事。侍者端来了酒水,上了第一道菜,他还是没有停下来。

出乎意料的是,瑞吉儿毫不介意。查理斯讲得别开生面,一再让她哈哈大笑。可是,她并不是来寻开心的,该是直言不讳的时候了。

明天,她就肯定会忘记查理斯讲过的故事,可这并不糟糕。这些故事并非为了改变生活,只是用来消遣的。

"告诉我,查理斯,"瑞吉儿打断了查理斯的话,"SGL 任务正面临什么问题?"

唰的一下,查理斯的脸耷拉下来。瑞吉儿一直以为,"脸耷拉下来"只是一种说法而已,可查理斯确实做出了这样的表现。

"我,呃……好吧,我知道,我们就是为这个才来到这里的。你本来对任务就有几个疑问。"查理斯说。

这话听起来有点漫不经心,可查理斯的声调比闲聊时高了几分,两边太阳穴涨出红斑。

"根据记录的内容,乘员组包括亚伦、本杰明、克里斯蒂娜和埃里克。6 天之前，埃里克还没有出现，这让我想到了大卫。"

"大卫，埃里克，你确定自己没有搞错什么吗？"

"是的，因为我搜过大卫的简历，就在 6 天之前。"

查理斯抓起杯子，喝了一大口。然后，他忍不住咳嗽起来。

"我……我觉得这两个名字都很熟悉。我会仔细看看，我保证。你觉得鳟鱼味道如何？"

"还不错，查理斯。我还没说完，在最近一次传送来的内容中，我看到牧羊人 1 号的系统日期设置为 2094 年。我复核过了。"

必须趁热打铁。还在查理斯思考如何回答的时候，瑞吉儿已经继续说了。

"宇航员们给我们发送的文件也标注了 2094 年。我不认为 α-Ω 公司发现了时空旅行的定律。我们正在给执行官施加某种压力，以至于她做着自己根本不愿意做的事。我再问一遍，这些到底都是什么事？"

瑞吉儿发现自己正在愤怒地滔滔不绝。

"瑞吉儿，事情并非如你想象的那样。你不理解这次任务有多么大的影响。"

"我不理解吗？好多年了，我们没有失去任何一位宇航员。而现在呢，我们多了一位死者，而且她死因不明。她就死在一艘似乎回航燃料不足的飞船里面，飞船的日期写着 2094 年，而且飞船上一名宇航员瞬间改头换面。可最不能接受的是这样一件事，我是本次任务的太空舱指挥官，我负责外太空人员的安康，但我却对那里发生的事一无所知。"

"事实是……可惜我不可以把细节透露给你。可是我向你保证，事情并非看起来那样。"

"那事情是什么样的？你给我说清楚！"

"我……任何事情都会有个解释。我们先从年份数字开始吧，这个最简单。牧羊人 1 号的控制系统有一个漏洞，一旦遇到 7.7.77 这个时间点，系统就会失灵。在宇航员们知情的条件下，我们调整了时钟。或者你觉得，宇航员们的时间比我们快了 15 年，他们会注意不到吗？"

"你说是一个漏洞，我不相信你的话。"

"要么你在网上搜一下 Y2K 漏洞。有漏洞是常见的事情。"

"为什么你们不修复这个漏洞呢？"

"一开始，我们不能随意停下并再次启动飞船。而现在呢，我们又要处理新的问题。你设想有这样一个备用程序，它要处理来自 2094 年的数据。而飞船的控制系统几乎是无法处理这些数据的。"

这话听起来有几分可信。可是，这就是真相吗？当然，熟练的谎言想必也足以可信。

"那说说这个大卫吧。是不是有这么一种可能，你出于疏忽在旧文件里找来的资料？我相信，有一个名叫大卫·马特勒的宇航员候选人，他因为心理不够稳定而遭别人替代。这是好久之前的事，我必须查一下细节。如果你问我……"

瑞吉儿的喉咙很干，现在很想喝一大口查理斯的啤酒。如果明天坐到电脑旁检索，肯定会发现查理斯给出的理由可以获得证实。但是，他给出的理由因此就是真实的吗？

"喷射物质是怎么回事？"

"喷射物质是什么问题，已经解释清楚了，你没看文件吗？你当时还没有看到那里，所以不了解。"

"克里斯蒂娜为什么会死？"

"嗯，这倒是一个麻烦。"

查理斯抓着叉子的手柄，用它朝桌布上比划着图案，都是小小的十字。他的视线撞上瑞吉儿的目光，便放开叉子，将手缩进怀里。叉子碰到一把甜食小勺，发出沉闷的声音。

"一个麻烦？仅限于此吗？"

"事情发展到这个地步，很棘手。α-Ω公司清楚自己的责任，会解决这个麻烦。我言尽于此。"

"你怎么可以把一位女宇航员的死称为一个麻烦？这很嘲讽，也没有将生命放在眼里。我还一直把你看作好人呢。"

查理斯叹了口气："抱歉。如果你知道了我所知道的，你就不会这样讲了。"

"那么，告诉我有必要知道的事吧！我很看重眼下的这份工作，你们当初雇用我的时候就知道这一点了。"

"我当时是反对的，"查理斯说，"可是，执行官很看好你。"

"你这个混账东西。"现在，瑞吉儿真的生气了。

侍者从阴影中走到桌旁，将手指放到唇边示意。

"你这个混账东西，"瑞吉儿压低了声音，"如果你们再威胁剩余宇航员们的生命安全，我就将这件事公之于众。"

"如果你这样做……你会让我们都走上绝路。"

"是你们让我别无选择。"

"好吧，我会和伊兰谈一谈，以什么方式让你也参与进来。可是我警告你，你知道得越多，就会陷得越深，无论好与坏。"

"如果我知道的能帮我做好这份该死的工作，我别无选择。"

"你可真顽固，你自己知道吗？我当时正是就这一点向艾莉森提出了警告。"

"尽管如此，她还是雇用了我，也许也正是因为这一点。"

休斯敦

2079 年 2 月 22 日

"我们假定，对于地球而言，这次危险不大。"屏幕上的一位女士说着。

画面和声音很不同步，也许信号是从另外一片大陆传过来的。画面的下方显示着这位女士的姓名和头衔。穆鲁纳尔·塔库尔教授，博士头衔。她自我介绍为物理学家。瑞吉儿将身体转向查理斯。

"这是你们的人吗？"她低声问。

查理斯点了点头。正如所料。他们不是应该向一位独立专家发起咨询吗？α-Ω公司当然想继续推行花费颇巨的项目。

"谢谢您，塔库尔教授。"执行官说，"这样一来，事情似乎就清楚了。女宇航员克里斯蒂娜·德鲁尔的死令人惋惜。我们向她的家人深表同情。但我们当然还是会秉承她的想法，按照计划继续本次任务。"

"艾莉森，可惜我必须提出不同看法。"

瑞吉儿站起身，控制室内一时安静下来。执行官一旦给出最终裁决式的说法，还没人提出过异议。

"首先——有人失去了生命。"

艾莉森的脸神经质地扭曲了。瑞吉儿不理解执行官，为什么后者眼中的宇航员如此无所谓。

"正如几位宇航员所告知，克里斯蒂娜存在自杀的嫌疑。看起来，她似乎打算摧毁整艘飞船。要么她正承受着严重的抑郁情绪，要么她认为可以消除挡在前进路上的某种危险。"

"塔库尔教授刚刚可是跟我们澄清了，不存在什么真正意义上的危险。她是这个领域的专家。"

"是的，艾莉森。可是，查理斯刚刚跟我确认过了，塔库尔教授受雇于 α-Ω 公司。"

查理斯防御般地抬起双臂。把他拖下水很不公平，可是，这件事太重要了。

"此外，克里斯蒂娜·德鲁尔同样是一位专家，她独自完成了观测并评估了数据。"

"瑞吉儿，我担心你不够清楚这个项目的影响。它事关我们生存的核心问题，事关我们从何而来。"

"还事关一大笔资金，α-Ω 公司在这个项目上投入的资金。"瑞吉儿说。

艾莉森深深地吸了口气，却一言不发。

"我们现在身处 NASA 的控制室。"瑞吉儿继续说，"作为隶属于政府的组织，我们对全人类的福祉有义务，也对几位宇航员的福祉有着义务。在这里，私人组织没有决定权，即使大手笔的捐赠也无济于事。"

"没错，我们有责任。"艾莉森回应道，"宇航员们在期待我们给出明确的指示，而不是危言耸听。如果是那样，我们不会帮到任何人。作为太空舱指挥官，这恰恰是你必须考虑到的。"

哎，执行官现在通点人情了。很明显，瑞吉儿触到了她的敏感处。

"牧羊人1号飞船上的宇航员并非孩童。"瑞吉儿说，"并非我们只可以一件一件地把坏消息告诉他们的孩童。我也不是他们的母亲。我在地球上做他们的代表，而且是唯一的代表。他们有权知道真相。"

"是的，高贵的真相和可恶的谎言。都是胡扯。我们希望这个项目有一个完美的解决方案。你想怎么样？"

"我希望，我们将风险判断委托给 α-Ω 公司之外的某个人。否则，我不会把消息传给牧羊人1号。没有人可以强迫我违背宇航员们的利益行事。

这个威胁显得虚弱无力，但仅仅看上去如此。太空舱指挥官拒绝传递 MOC 的消息，这在每个乘员组看来都会是一个清晰的信号，那就是地球上有什么地方出了问题。

"但是，这个专业领域最有能力的专家们现在就坐在 α-Ω 公司。"

"艾莉森，地球上一定还会有另外一位物理学家可与塔库尔教授相提并论的吧？我拜托你，NASA 可是与全世界各所高校之间都有最好的关系。"

"那好吧。"艾莉森说，"我们推迟到明天再联系宇航员们。到那时，管理部门会找到一位研究人员，他可以确认塔库尔教授的观点。这样一来，宇航员们只能再多等一天才能得到答复了。"

艾莉森，不要让我良心不安。多年来她女儿的父亲也一直尝试着让瑞吉儿良心不安，却都以失败告终。

　　"并不是为了找到谁来证实塔库尔教授的观点，而是一位独立研究人员的观点。"瑞吉儿清晰地回应着，然后坐了下去。

　　"在这里公开把我拖下水，这可不够聪明。"查理斯从身后轻声地说，"如果 α - Ω 公司不再信任我，你在这里就根本没有盟友了。"

牧羊人 1 号

2094 年 5 月 2 日

"我可能要用到下一个备用件。"亚伦在无线电里说。

"就来。"

天哪，亚伦速度可真快。而他才是这里的工程师！本杰明将横梁从隔离间大门内拖出来，之前拖进隔离间就很不容易，它的长度可是将近 6 米。本杰明只能提前将隔离间前面清空。幸好，不是所有的备用件尺寸都如此之大。

隔离间的外门在本杰明身后关上了。然后，他按下了按钮。至于顺序是否正确，他已经毫不在意。这肯定是他承受的压力引起的。确实需要过几天太平日子了。本杰明将横梁推向身前，借助于推力喷嘴绕着飞船飘移。飞行器 C 已重新合拢。他们已经修平了裂缝的边缘，将两部分对接到了一起。

可是，飞行器的内部还没有完工。在昨天进行的颤动测试中，他们确定了一点：与以往相比，飞行器大约有 1/3 不是很稳定。所以，他们想用额外的钢梁加固它的内部。很傻的一点是，他们不得不拆除飞行器内部的某些结构，例如隔离了工作间和卫生隔间的薄壁。如果谁未来乘坐飞行器 C，就只能在其他同行者的注视下如厕了。

本杰明的探照灯照亮了飞行器 C。因为金属裸露在外，所以中部的焊缝还在闪闪放光。也只有这道焊缝还在讲述着之前的可怕遭遇。现在，飞行器不再像一只破鸡蛋般出现在面前，这给了本杰明希望。也许，现在可以继续向前了。

他把钢梁对准飞行器小小的隔离间，看到亚伦已经在钢梁后面向这边示意。

"直接推过来，然后取下一个备用件。我会抓住它的。"亚伦说。

"亚伦，按你说的办。"

本杰明又瞄了瞄隔离间，然后放手。钢梁缓慢地旋转着，可飞行的方向并没有错。很好！本杰明转身，向着主隔离间飘移过去。

"我很不想打扰你们，可是，扫描仪发现了一个新的问题。"是埃里克的声音。

"你具体指什么？"亚伦问。

"我们似乎切入了一个未知的海王星周物体（TNO）的运行轨道。"

所谓的 TNO，总的来说就是所有位于海王星轨道对面围绕太阳飞行的天体。埃里克说得很不清楚。

"我们很幸运，"埃里克接着说，"这个物体很大。"

"有多大？"

"直径大约有 15 千米。"

"你把这个叫做幸运吗？如果避不开，这个小行星会把我们撞扁。"

"如果它再小一点，我们就只能在马上要相撞之前观测到它，就像上次一样。"

这是一个很好的理由。

"我们还有多少时间?"亚伦问。

"相撞的风险有多大?"本杰明补充了一个问题。

"各种轨道数据还不是很详细,"埃里克说,"3 分钟之前才观测到它。眼下的模拟结果表明,相撞的可能性为 3%。"

3%。这个可能性不能置之不理。他们必须做规避动作。星际空间其实空无一物。如果他们正好需要一个小行星,肯定什么也找不到。无论如何,一定要避免发生不幸。

"我们还有多少时间?"亚伦问。

"最多 8 个小时。也就是说,你们必须在 7 个小时内完成,以便于我们有足够的时间找到一个安全的位置。"

这时间可够紧张的。他们本来是打算后天之前完工的。错乱的直径在此期间达到了 1 米。

"我们做得到吗,亚伦?"本杰明问。

"你指的是什么?我看,事情有两种可能。我们将飞行器整体修复,还要让它今天就离开。这么做,时间非常非常紧张。或者,我们用几根加强梁将它与牧羊人 1 号固定在一起。这样一来,就还有足够的时间进行内部修复。"

这个小行星就不能凭空消失吗?这是最好的解决方案了。如果他们急匆匆地修理飞行器 C 而导致某些遗漏,将错乱一道发射至星际空间的计划也许就会失败。可如果他们为了安全起见,将飞行器与飞船捆绑到一起,以免在做规避动作的时候将其丢失,错乱的增长可能就会超出可控范围。鼠疫还是霍乱?他们进退维谷。这一点无须向亚伦解释了，他的脑子里肯定也在转着同样的念头。

"我们本来打算后天完工。"本杰明说，"我们应该坚持原计划，把飞行器固定在飞船上。"

"同意。"亚伦说。

"你们有 7 个小时的时间。"

"稍等，埃里克，"本杰明说，"你不要就这么轻易地离开。你必须把仓库里找到的所有 T 型钢梁送到隔离间。速度要快。"

"明白。把 T 型钢梁送到主隔离间。我这就动身。"

✳　　✕　　✕

"下一根。"亚伦叫道。

"这里，3 点钟方向。"

本杰明放开钢梁。在失重条件下，沉重的金属件朝着隔离间飘移过去。亚伦转过身，朝着本杰明伸出了大拇指。飞行器的上方出现了半个笼状物，这是亚伦一步一步用钢梁搭建出来的。在飞船的驱动装置开始运转的时候，这个笼状物应将飞行器固定在飞船上。

下一根钢梁已经从飞船的主隔离间探出了头。三个人一起工作，确实效率很高。对于飞船和错乱，埃里克似乎并非漠不关心。所以，尽管他们面临着时间压力，还是感受到了工作带来的快乐。现在，他们更清楚了这颗孤寂小行星的运行轨道，相撞的风险也提高到了7％。考虑到牧羊人 1 号可能被完全摧毁，这完全不可接受。

本杰明将钢梁从隔离间拖出，朝着飞行器的方向飘移过去。

"下一根。"亚伦说。

飞行器的隔离间处闪着一盏灯光。本杰明让钢梁对准那个方向，然后推了一把。他必须把修正喷嘴调到最大功率，以免被反作用力推开。钢梁的重量肯定达到了 400 千克，会产生很大的惯性。它因此才有了 Träger（意为"携带者"）这个名字吗？本杰明嗤嗤地笑了，听起来好像发了疯。尽管威胁迫在眉睫，他还这么放松，真奇怪。肯定是因为他们的合作非常顺利。

"该死，"亚伦说，"焊点撑不住了。我得稍微补焊一下。"

本杰明正在前往主隔离间的路上，下一根钢梁已经冒出了头。

"这里，本杰明。"埃里克喊着。

钢梁从隔离间飘移出来。本杰明双手去抓，被钢梁带着移动了一段距离，直到他通过修正喷嘴让自己停住。带着钢梁去飞行器那里吧。

"什么地方……嘶……呃。"

这呻吟声一定是亚伦发出的。

"亚伦，出什么事了？"

"呃……咳……"

本杰明放开钢梁，增大喷嘴的加力。亚伦的声音听起来很不妙。

"我马上来。"他呼叫着。

"咯……"

本杰明的探照灯照亮了飞行器小小的隔离间。他先前拖过来的 T 型钢梁探了出来。亚伦身在隔离间内，他的身体不自然地弯曲着。钢梁……哦不。钢梁穿进了他的下腹。

"亚伦，你说话！"

"我……好疼。"

亚伦的右臂抽搐着。

"别动。我们把钢梁弄出来。埃里克，我需要你现在来这里，亚伦受伤了。"

"我这就来，"埃里克说，"可我要先穿上宇航服。"

"这……看起来不妙。"本杰明说。

钢梁在肚脐稍微靠右的位置插进了亚伦的身体。

"这可不是这种情况下想听到的话。"亚伦说。

亚伦至少还能说话。也许，情况并不像看上去那么糟。

"亚伦，你感觉怎么样?"

本杰明直接飘移到亚伦的头盔面前。亚伦的额头爬满了汗水，面罩内部蒙上了水汽。

"我……刚刚好疼。现在还可以。"

"你可以呼吸吗?"

"可以，这个没问题。疼痛刚开始的时候，我没办法呼吸了，但那可能是因为惊吓。"

本杰明向下降到钢梁插入宇航服的地方。他小心地摸了摸亚伦受伤的位置。

"钢梁似乎封闭了它在宇航服上撕开的口子。"

"无论如何，我们都要把钢梁拿掉。"亚伦说。

本杰明绕着亚伦转了一圈。钢梁的一小截在亚伦身后探了出来，肯定在那里抵到了墙壁上。

"我知道，我本应该尽量委婉地把情况告诉你。"本杰明说，"可我不知道该怎么委婉。"

"你说吧。"

"这个东西整个穿透了你。"

254

"可我现在感觉特别好。"

"这是因为惊吓。你现在必须马上去医疗舱，你的内伤……"

"省省这些医疗细节吧，"亚伦说，"有这个钢梁在，我不可能从隔离间里面出去。"

本杰明从亚伦身边离开，在 2 米之外打量着他。还从没有见过串成肉串的宇航员。太疯狂了，可这种比喻让他甚至感觉好笑。本杰明可能自己也吓坏了。

"串成肉串的宇航员。"他说。

亚伦哈哈大笑，他们两个都疯了。

"我必须截掉钢梁探出头的部分。"本杰明说。

"拜托你马上这么做。你知道如何把焊枪调到拆焊的模式吗？"

"在这里，我才是工程师。可是，这需要几分钟的时间，钢梁太坚硬了。"

"我感觉一直都还好。"亚伦说，"这场惊吓可真不小。我的感觉从未这样好过。肾上腺素真是有害健康。我现在明白了，为什么有些人渴望拥有这种东西。"

"我拆焊的时候，跟我说点什么吧，让我知道你还活着。"

"明白。如果我死了，你也许就可以早点停下来。"

"你必须理解，亚伦。对我来说，效率始终排在第一位。"

他们好久没有进行这么有趣的对话了。埃里克来得正是时候，他接过钢梁截下的部分，将它推入茫茫太空。

"嘿，我本来想留作纪念的。"亚伦叫道。

"别担心，一大截还在你的身体里呢，足够用来做纪念品了。"

"没错，我差点忘记了。"

"走起，埃里克，我们把亚伦弄进去，搭把手。"

"并不是我想插话，"亚伦说，"可是，埃里克一个人就够搬运我了。你应该关心的是飞行器有没有固定好。"

"亚伦说得对，时间不等人。我把亚伦带到紧急救护站，他在那里会得到照顾的。"

本杰明原本不想将亚伦孤身抛下，可是没错，时间不等人。如果他们失去了飞船，亚伦也将一无所得。独自焊接会很吃力。本杰明必须将飞行器需要的材料移来，而且要独自焊接。

"主隔离间的后面至少还有 10 根钢梁。"埃里克说，"我赶快安顿好亚伦，然后就来运送。"

"谢谢你。"本杰明说，"亚伦，你可以的。"

如果外太空再添一名死者，本杰明将无法承受。亚伦，请不要离开我们。

为了拯救自己，也为了拯救所有人，本杰明不停焊接着，敲打着，也钻着孔。外部结构已经成型，它将飞行器 C 与飞船牢固地连接了起来。只差最后的测试了。本杰明打算启动飞行器的化学驱动装置，也许可以由此来模拟因为飞船做规避动作而产生的部分压力。

本杰明坐到指挥官坐席上，距克里斯蒂娜坐在这里，还没有过去很久。与键盘上一样，玻璃屏幕上也留着她的指纹。本杰明用她的数据登录。

"口令："

"Cursum Perficio。"本杰明输入着。

屏幕上出现了一个绿色的钩状，克里斯蒂娜不止一次使用过这个口令。

"您有新的消息。"

本杰明犹豫了。克里斯蒂娜死了，除非紧急情况，他不应该在她的邮箱里翻来检去。可这会是什么呢？万一她的私人邮箱收到了重要的信息，而这信息又能帮助他们。不，他不可以这样做。无论克里斯蒂娜收到什么消息，都和他没有任何关系。

"所有内容予以删……不，停一停。将所有内容标记为已读。"

他也不可以删除未经阅读的邮件。如果有别人用克里斯蒂娜的名字登录，就不会再对已读邮件感到好奇了。

本杰明切换到飞行器控制模式。位于尾部的驱动装置还有足够的燃料。克里斯蒂娜确实很少动用她的飞行器。幸运的是，飞行器没有遭受过多损伤，而且亚伦也修复了各种传输管线。亚伦，这个家伙受了重伤，现在正躺在医疗站呢。本杰明本人并非医生，可亚伦生存下来的机会可能并不多。

本杰明通过驱动装置运行测试程序。屏幕上，一切显示正常。最大功率接近完美状态，好像飞行器 C 刚刚飞离太空船坞。本杰明编程了一个短时间的连续动作。在 3 秒之内连续施加 20% 的推力，应该就足够了。飞行器应该只会在笼状物中产生稍许颠簸。

"执行程序命令。"

本杰明的座位前后摇摆着。3 秒过去了。程序起作用了，而且飞行器也固定得非常好。即便飞船还将明显加速，这些也是好兆头。

背后传来喀喇声，本杰明猛地转过身。在本应从内部加固飞行器的钢梁中，有一根已经断为了两半。很长的一截从钢梁的下部脱落，几秒钟之后就要撞到飞行器的后壁。这是驱动装置短时间内的启动造成的吗？真是难以想象。

本杰明朝飞行器后部飘移过去，然后检查那根钢梁。钢梁安装的位置在飞行器的下部，从一端伸向另外一端。他将钢梁安放至最初的位置。那边，那辆自行车就在附近，本杰明就是在那里发现了克里斯蒂娜的手环。这里就是错乱肇始之处。如果它将一部分钢梁化为了粉末，想必它的影响范围变得比预计的还要大些。

"你就快完成了吗？"埃里克问，"我们还有半个小时就要做规避动作了。"

"是的，我10分钟之后返回。错乱似乎比想象中还要扩展得快。亚伦怎么样了？"

"出乎意料地好。他在睡觉。我认为，你可以省省，不需要到医疗站看望他了。"

这算什么？他当然要去看望亚伦。本杰明打量着断为两截的钢梁。现在怎么办？没有了这根钢梁，飞行器还会牢固吗？他们必须确认这一点。仅余30分钟，绝不可能找到备用件并完成加固。

"退出登录。"

本杰明降下电脑支架。

✕　　　✕　　　✕

"我们的伤员怎么样了？"本杰明问道。

埃里克点了点头："他很好，非常之好。"

"这不可能是你的真心话。我亲眼看到亚伦被钢梁穿过身体的样子。他肯定受了重伤。"

258

"你很快就会看到。系好安全带，我必须开始规避行动了。"

埃里克向他隐瞒了什么。或者，他确实只是想尽快使牧羊人1号摆脱危险吗？他们肯定还剩下10分钟的时间。为什么不赶快去看看亚伦呢？

"快来，坐下来。我们规避得越早，行动就越安全。"

一方面这话很有逻辑，可该死，它听起来太像一个借口了。

"不，埃里克，我现在赶快去医疗站看一眼亚伦。"

本杰明站起身来。

"那好吧，听从你的责任感吧。可是，我可不想听到哀嚎声。如果规避行动失败，就是你的责任。"

不，我的朋友，你没那么容易操纵我。我现在就要去看看亚伦。这里有什么东西不对头。

✕   ✕   ✕

医疗站位于厨房和工作间的后面，是一个狭长、灯光明亮的房间。这个空间刚放得下诊疗台，左右还各有一条通道。幸运的是，他们在过去20年间没有使用过医疗站。本杰明预计会闻到典型的消毒水味道，可除了臭氧的气味，几乎什么也没有。诊疗台通体被一种管子包围着，其长度超过了诊疗台。管子呈闭合状，颜色发黑。本杰明不由自主地马上想到了棺材。

他飘移到左侧通道靠中间的位置，那里的玻璃管道上安装了一个屏幕。本杰明叩了叩屏幕，亚伦的生命值非常完美。本杰明瘫软了下来，他对亚伦的担心和对埃里克的怀疑毫无理由。

亚伦的呼吸深沉而均匀。屏幕上没有显示更多内容。他真的睡着了吗？他多么想现在就看到亚伦啊。好像他大声地说出了自己的愿望一般，管道突然打开了。中间出现了一道缝隙，罩子朝两边缩了回去。

亚伦躺在面前，一块白布一直覆盖到他的喉咙处。亚伦转向本杰明，他的脸色明亮而又红润。

"嘿，本杰明。你来看我，真是太好啦。我在想，我们是不是已经成功避开了TNO？待在这里面，什么也不知道。从医疗方案来看，我至少还要待在这里休养12个小时。"

尽管令人愉快的回答摆在面前，本杰明仍然问："你感觉如何？"

"感觉很好，我感觉像重生了一般，多想不管这个什么医疗方案回到你们身边啊。可是，这里的空气那么洁净，你闻到了吗？"

"我已经注意到了。我能看看你的伤口吗？我很想知道，机器医生是怎么处理的。你也应该看看自己。当时真是太可怕了。"

亚伦将白布向下拉去，一直拉到自己的腰部。

"你看啊，完全就是一个新人。"

本杰明的头开始发晕。如果这里有重力，他就会当场倒下，尽管如此，他还是选择紧紧地握住了玻璃管道。亚伦一定是吃了什么药，这是唯一的解释。他的下腹仍然插着那根T型钢梁，它的前端擦得很干净。亚伦的皮肤严丝合缝地包住了这条金属。本杰明强迫自己仔细观看。看上去，皮肤好像是用某种黏合剂固定在钢梁上，从而使亚伦的腹部呈现闭合状态。没有鲜血或血痕。

"你为什么一言不发？"亚伦问。

"我……"

要跟亚伦说什么呢？告诉他所有的治疗都是想象吗？

"你真的应该听从机器医生的安排,再多躺一阵。我们什么都能解决。"

"本杰明,我了解你,你的声音在颤抖,出什么事了?"

亚伦直起身。现在,他肯定看得到了,他马上就看得到。

"嗐,吓了我一跳。"亚伦说,"你那么看着我,好像我伤口发炎了一样。"

"不,这……这个……你没有。"

难道亚伦真的看不到发生了什么事吗?

"为什么你一直这么吃惊地看着我?"

你必须冷静,本杰明。亚伦意识不到他自己的状况,这很好。他自我感觉非常好,为什么你一定要告诉他呢?

"把你的手给我。"

亚伦把自己的左手递过来,本杰明用自己的双手握住它。亚伦的皮肤温暖而又柔软,本杰明拉着这只手,将它引向亚伦的上腹。引到上腹之后,本杰明放开手,将亚伦的左手向右边推了一段距离,小指碰到了钢梁的一部分。他推着这只手完全滑过钢梁。现在,亚伦一定感觉到了,那里没有什么皮肤,有的只是金属。

"你看到了吗?你感觉得到吗?"

"是的,感觉发痒。"亚伦说。

"我说的是你左手下面的金属。"

"你想耍我吗?这是我的肚脐,再没有别的了。我连伤疤都感觉不到。手术一定做得很完美。"

"你还记得那根钢梁吗?它当时穿过了你的身体。"

"记得。"

"距离那时还不到 10 个小时。我们假设，机器医生给你做了一台完美的手术，不是至少要留几道伤疤吗？人体组织可不会这么快就愈合。"

亚伦用手指摸来摸去。

"嗷，"他叫道，"你说得对，这里有一个伤疤。它恰好就是 T 型钢梁的形状。"

"不，亚伦，钢梁还在你的身体里。"

"我现在真的有点担心了。"亚伦说。

"太好了，你也应该担心。"

"我担心你呢，本杰明，我在担心你！你在外面受到惊吓了吧？也许，你也应该让机器医生检查检查。"

保持冷静，本杰明。亚伦是个病人，他并不是这个意思。有一点很清楚，这里臭得要死。某人给亚伦洗脑了吗？还是让他吃了什么药？这个"某人"会是谁？为什么本杰明没有被洗脑？或者，亚伦是一个感知脱离了现实的人吗？

有一种办法可以测试。

"我马上回来。"本杰明说。

他穿过狭窄的门，进入工作间。那只大大的工具箱被固定在一个架子上，他将工具箱拿出来，在眼前竖起并打开。里面有锤子、各种钳子、各种尺寸的螺丝刀和扳手……有了，这就是他正在找的：一个小小的手钻，这应该就够用了。

"你究竟在这里做什么？"亚伦从身后问道。

本杰明转过身。亚伦将那块白布围在下半身，笔直地悬浮在身后。钢梁的剩余部分清晰可见，亚伦靠近了一些，钢梁随之而动，好

262

似他身体的一个正常部件，也好像对他没有任何妨碍。他甚至在微笑。

"我在做一个实验。"本杰明说，"你在这里太好了。我需要你做证人。"

"明白。那么开始吧。我很想找几件衣服穿上。这里感觉很冷。"

"我抓紧进行。"

本杰明右手抓住手钻，然后将手钻抵住左手背。不，这不是一个好主意，他还需要这只手。左下臂吧，这一定有效果。如果他实验失败，就在上面贴一块膏药，完美。

"这是要做什么?"亚伦问。

"你马上就会看到。"

本杰明咬紧牙关。然后，他将手钻按到皮肉上并让钻头转动起来。该死，这好痛。有一点血从伤口流了出来，可是少得奇怪。本杰明继续转动钻头，泪水不由自主地划过脸庞。

"你这是要做什么?"亚伦问。

亚伦的脸色变得苍白，本杰明自己肯定也是。钻头钻进肉里的深度大概有 1 厘米。

"告诉我，你看到了什么?"本杰明说。

"你用一个木钻钻自己的手，流出的不是血，而是一种蓝色的液体。"

"你说什么?"

"你用一个木钻钻自己的手，流出的不是血，而是一种蓝色的液体。"

本杰明用指尖点着鲜血流过的细长轨迹，手指染成了红色。

“这是蓝色的吗?”他问亚伦。

“这可真奇怪,”亚伦说。

“稍等。”

本杰明抓住手钻,一下子将它拔了出来。疼痛瞬间模糊了他的意识。然后,他又完全清醒了。手钻留下了一个洞,直径大约为3毫米。本杰明看到洞中的肉支离破碎。还有血液随着心脏的节奏汩汩流出。

“真是疯狂啊。”亚伦说。

“为什么这样讲? 你看到什么了?”

“我看到了你的皮肤,它下面好像是人体组织,细密的纤维好像在分泌这种蓝色液体。”

本杰明一直在看着那小而深的伤口。手臂上的血液凝固了,化为棕色。本杰明看到了自己意料之中的东西,而亚伦看到的则有所不同。

“你看,伤口在愈合。”亚伦说。

确实! 伤口正在缩小。新的皮肤呈粉红色,封住了伤口。平时这个过程需要几天,现在几分钟就完成了。本杰明看着那里,亚伦也是。至少在这一点,他们的感觉是一致的。

“我必须说对不起,”亚伦说,“你说钢梁还在我体内的时候,我真的以为你疯了。现在,我看是我自己疯了。”

“没这么简单。我不仅看到钢梁还在你体内,你的皮肤还紧紧包住了钢梁。事故之后不到20个小时,我就看到你又站了起来。我不正常的程度至少和你一样。”

“集体产生幻觉了吗?”

"这种集体幻觉让我们看到的现实各不相同吗？不，亚伦。我只能告诉我自己，这是错乱引起的一个后果。错乱不仅使物质化为齑粉，还粉碎了时间。也许，我们停留在不同的未来世界。"

亚伦哈哈大笑："你看了太多蹩脚的科幻电影。这完全不合乎逻辑。"

"不合乎逻辑，但它正是这种现象的本质。"

"抱歉，我跟不上你的思路。我们的感知没有那么大的差异，只有几个细节在我们的眼中有所不同。我们应该找出来，这背后是否隐藏了某种规律。"

"亚伦，本杰明？现在真到了做规避动作的时候了。系好你们的安全带。"

是埃里克。本杰明看了看亚伦，亚伦点了点头。他们明显想到了一处。

"我们两个人都到控制中心来，再给我们 3 分钟，"亚伦说，"我还得再穿几件衣服。"

一直作用在胃部的压力消失了。本杰明做着深呼吸。

"应该够了，"埃里克说，"现在，相撞的风险降到了 0.1％之下。虽然我们把探测器落下了一段距离，可我还是能够准确地接收到它们的状态报告。如果外置摄像头可信，飞行器 C 也还在原位。"

"你真的想继续做下去，"亚伦说，"无论已经发生了什么，也无论还将发生什么，是吗？"

亚伦正在解开安全带，它一定是直接压在钢梁的上面。在 5 个 g

的重力作用下，亚伦并没有像预料的那样大声呼痛。也许，他看到了本来根本不存在的东西。

"任务太重要了。"埃里克说，"你们的理论不是很有说服力。我当然准备服从来自地球的命令。"

当然。来自地球的命令。

"我们打算说服你做一个小实验。"亚伦说。

"如果不影响到任务，我愿意为你们提供帮助。"

"好的。"本杰明说着，然后解开了自己的安全带，并飘移到埃里克那里，"我很想用这个小小的手钻钻进你的手臂……"

"你疯了吗?"

"我没有疯。这个很重要，你相信我。"

"这是在开玩笑，你们是想捉弄我。"

"不是的，埃里克。"

本杰明将手钻抵到自己的左下臂上，然后钻了一段进去。和第一次相比，已经没有那么痛了。伤口四周散落着几滴红红的血，其中一滴从手臂上滑过，以一个极微小的珠状物形状滴落。

埃里克紧闭嘴唇看着。当本杰明把钻头拔出来的时候，埃里克的眼睛睁大了。根本不需要问是什么使他惊讶万分。很明显，埃里克看到的和亚伦一样。

"好吧。"埃里克说着，然后把左下臂伸给本杰明。

本杰明把钻头放了上去。亚伦抓紧了埃里克的手臂。

"可能会有一点点痛。"本杰明说。

"嘿，我可是一名真正的男子汉……嗷!"埃里克叫了出来。

钻头钻进了人体组织。几滴蓝色液体冒了出来，看上去比血浓一点。本杰明按了按其中一滴液体，可它吸在了皮肤上。这似乎并非水基的液体。

"亚伦，你能用毛巾吸一下吗？我很想知道这种液体是怎么构成的。"

"你认为这液体是什么？"埃里克问，"是我的血吗？"

"你看到红色的血吗，还是？你在我身上看到了什么？"

"你身上的液体看起来更像蓝色。我有点感到奇怪了。"

"现在不感到奇怪了吗？"

"很明显，我身上一切正常。"

他是故意装着不理解问题的症结所在吗？

"埃里克，亚伦和我在你身上看到了蓝色的液体，这和你在我身上看到的完全相同。要么我们所有人都疯了，要么这里有什么东西完全不正常。"

"可这东西到底是什么呢？没错，我们亲眼看到的，是有一点疯狂。可是，我能想到的所有解释比这个还要疯狂一些。无论如何，趁着我还有理智，我不会坠入妄想的深渊。"

"我担心，火车已经启动了，"亚伦说，"我们就在火车上。我打赌，这和错乱有关系。我们应该尽快把错乱打发到星际空间。也许，我们的境况到那时才会改善。"

"我不认为，这中间有什么关联。"本杰明说，"错乱是一方面，而我们奇怪的感觉则是另外一方面。你对亚伦的下腹怎么看，埃里克？"

"他腹部的那块金属吗？看起来是有些奇怪。可是，机器医生不把它取出来，自有它的道理。也许，取出来只会更糟。"

"在我腹部的金属?"

"就是我跟你说过我看到的那个。"本杰明解释道。

亚伦拉高自己的 T 恤:"这里只有几条伤疤,你们看到了吗?"

埃里克摸着下巴。"情况比我想象得要糟。"他说,"我们应该向地球求助。也许有药物可以消除我们眼中的奇怪幻象。我们可能独自在外太空太久了。可是,关于飞行器 C,你们说得有道理。我们尽快把它弄到影响范围之外吧。否则,错乱还会影响我们观测。"

他们至少在某一点上达成了一致。

"我负责这个。"本杰明说。

"我帮你。亚伦受伤了,应该再休息一下。"

✶   ✕   ✕

"哎,这看上去不妙,"埃里克说,"你们拿我们漂亮的飞船干什么了?"

本杰明看着那个位置,他从那里拆除了飞行器的固定装置。那个位置看起来像一个疣子,哦不,像一个充满了脓液的脓包。

"抱歉,当时我必须加快速度。并不是所有的焊点都这么丑。"

"但愿吧。你们可不能这么糟践牧羊人 1 号。"

"得啦,这就像你腋下的脓包,没有人注意得到。如果有另一个人在看,他还在 4 光天之外呢。"

"你是不是只有约会的时候才用止汗剂?"

止汗剂?除了克里斯蒂娜,这里还有谁用过止汗剂?

"你是不是想告诉我,你每天都喷香水?"

"当然,每次淋浴之后都喷。"

本杰明不由自主地用鼻子吸了吸气，可他穿着宇航服，闻到的当然是自己的气味。

"我不用什么止汗剂，它的气味能在宇航服里保持几个小时。"本杰明说，"是几个小时，不是几分钟。"之前几天开展了许多行动，就算喷了止汗剂，也不管什么用。

本杰明将焊枪抵上去，本来只靠一角固定的钢梁断开，慢慢地飘移离开。

"我把它送到隔离间去。"埃里克说，然后抓住钢梁离开了。

主隔离间一定堆得相当满了。他们已经拆除了大部分加固物。他们半个小时之后必须完工。然后，他才终于脱得掉这身宇航服。

✕   ✕   ✕

"完工了。"本杰明在无线电里说，"埃里克，你不必回来了。我带上最后一根钢梁。"

"再稍等片刻。"

"埃里克，我真的好想脱下这身宇航服。"

"理解。可是，如果飞行器现在空出来了，我们就不应该再冒险，而是应该尽快将它启动。"

没错。他的休息还要姗姗来迟。

"我在里面编写控制程序。"本杰明说。

"你可不要驾着飞行器逃跑。"埃里克说。

"哈哈。"

"再稍等一会儿，我在控制中心计算一个航向，让飞行器尽可能远地进入太空。"

"明白。"

本杰明将钢梁朝着主隔离间的方向推去。如果这个金属部件不能到达目的地，也不算糟糕，因为他们在存储间已经有足够的备用件了。本杰明穿过两边呈开放状的隔离间，朝克里斯蒂娜曾经的家飘移过去。

看上去，飞行器似乎从未发生过什么。缺少的只是内壁的覆板，他们曾在那里焊接钢梁。飞行器稳稳地克服了加速，没有什么东西飞来飞去——对于飞行器来说，也许这已经是第二次加速和制动阶段了。本杰明向下层飘移过去。他和自行车保持了一定距离，谁知道错乱的范围已经扩展到了哪里。本杰明打算最后再检查一次克里斯蒂娜的房间。也许，他还能找到一个她不得不死去的证据。

床铺得很整洁。本杰明打开写字台的抽屉，既没有笔记本，也没有数据存储器。可是，他在第二格抽屉里找到了一张照片。照片上，克里斯蒂娜戴着一顶夸张的帽子站在群山之前。和他认识的克里斯蒂娜相比，照片上的她要年轻 20 岁。

第三格抽屉躺着一个指尖玩偶。本杰明隔着手套将它套在食指上，将玩偶的头晃来晃去。玩偶长着一只阔嘴，鼻子圆圆的。这是一个友好的形象。本杰明把照片和玩偶装进自己的工具袋。抽屉自行关上了。之后，本杰明做了一个关抽屉的动作，然后顿住了。奇怪的事情又发生了吗？他又打开抽屉，里面躺着一只指尖玩偶。还有一只吗？它和刚刚放进工具袋里的完全一样。本杰明从抽屉里取出指尖玩偶，然后检视自己的工具袋。袋内虽然有一张照片，却没有什么玩偶。他把玩偶放进工具袋，然后闭上了眼睛。突然，他感到剧烈的头痛。

本杰明关上抽屉，然后又打开，里面空空如也。他重复了一遍开和关的动作。然后，又来了一遍。可是，再没有第三只玩偶出现。本杰明打开了上面的抽屉，里面有一张克里斯蒂娜戴着帽子站在山前的照片。本杰明开始流汗了——他检查自己的工具袋，之前那张照片还在。呼！之前忽略了照片的复印件吗？本杰明从工具袋中拿出原件，上面是穿着比基尼站在沙滩上的克里斯蒂娜。这里正在发生什么事情啊？本杰明从抽屉中取出第二张照片，将它和第一张放到一起。然后，他关上了抽屉。

要再开关一次吗？本杰明向抽屉伸出手。可是天知道，柜子还会带给他什么惊喜。也许是一截断掉的手指？如果真的是一截断指，该怎么办？境由心生？这个念头让他后背起了一阵寒颤。本杰明快速拉开抽屉，里面空无一物。他检查了工具袋，那里有两张照片和一个笑眯眯的指尖玩偶。他从未喜欢过什么玩偶。现在他甚至有了一种感觉，这只玩偶是在嘲笑他呢。

"本杰明，你好了吗？"埃里克在问。

问得正是时候。本杰明咽下喉咙里的疑问。还是从这里出去吧。他随手将移门拉上，从下面一层离开。到了上面，他坐到指挥席上，将键盘拉到面前，然后启动电脑。

可是，屏幕一直都没有亮。

"该死，埃里克，我这里还需要一点时间，负责控制系统的计算机无法启动。"

本杰明好似疯了一样按着计算机的启动键，可却根本不管用。屋漏偏逢连夜雨。上次来这里的时候，计算机还好用来着。难道是修理飞行器的时候给搞坏了？他又站起身，绕着计算机控制台来回飘移。

并没有肉眼可见的损伤。如果运气不够好，就得更换整台计算机了。但愿还有备用件。在显示器的背面，电缆向下方延伸，一直钻入飞行器的地板。本杰明跟踪电缆的走向。也许，本来就是一个很小的问题。电缆在地板下面消失了。发电机还在工作间的下方。如果驱动装置不运转，发电机就靠燃料电池产生电力。或许是燃料电池耗尽了？本杰明头下脚上地摸索着通向下方空间的梯子。

突然，他的手在地板里面消失了。本杰明马上把手缩回来，然后看着它。手套完好无损，可是上面布满了灰尘。该死！这只意味着一件事。他又将自己的手探入洞中。手指所到之处，一部分隔板灰飞烟灭。错乱已经侵蚀到这里，而且从前天就开始了！这样一来，本杰明就不必寻找什么发电机了。错乱一定切断了计算机的电源。

"我们有一个麻烦。"本杰明说。

"只有一个麻烦吗？那可真不错。"埃里克回答，"现在又怎么了？"

"计算机没有电源。我先告诉你吧，是错乱把电线给侵蚀了。"

"它可真赶时间。你有什么建议？想换一根备用电缆吗？"

"电缆必须经过飞行器的下部空间，可错乱似乎正在那里蔓延开来。所以，我们最好还是把一台应急发电机弄过来。我们肯定有这玩意儿吧？它必须坚持到飞行器提高到最大速度。"

"有的，只不过要翻遍整个存储室了。我很乐观。"埃里克说。

✕　　　✕　　　　　　✕

一通过主隔离间，本杰明就把自己的宇航服藏在一个角落里。妈妈肯定会骂，因为他把什么都扔在地板上。从技术的角度来看，本杰明倒是可以为自己辩护，宇航服距离地面还有 10 厘米呢。

现在，他正穿着液冷通风服，打算去找一台应急发电机。他穿着白色的长袖上衣，还光着腿，虽然有些好笑，可这里没人看得到。自从克里斯蒂娜不在了，他们所有人在衣着和个人卫生方面都随意起来了。

"要我去找发电机吗？"埃里克问。

"不，算了，我就快到了。你说说看，最可能在哪里找得到？"

埃里克总想让本杰明离存储室远一点，这可有点招眼。本杰明朝着下面经过几个球形舱，他随便打开一扇门。除了许多架子，门后面别无它物。不，就算碰碰运气，他也找不到什么，这里有太多分区了。

"备用件放在核心部位附近的地方，在 3N1 与 2S4 之间。但如果可以的话，还是让我去找吧。如果你拿错发电机，我们会失去宝贵的时间。"

"埃里克，我才是工程师。如果看到应急发电机，我认得出。"

"好吧，如果你这么坚持。请抓紧时间。如果找到了，马上回来。"

就差一个直接的要求了：无论如何，不要打开 1S2。埃里克确实够努力，使出了所有故作神秘的手段。

本杰明看着墙上的文字。他的位置是 22S4，还要向下经过 19 个球形舱。或者到前面，这取决于他旋转到什么姿态。无论如何，以他的位置作为参照点，核心部位在船首方向。本杰明双脚交替着在左壁和右壁上蹬踏。很快，他就找到了侧壁蹬踏感觉最好的地方，并且抓住了蹬踏的节奏。没过几分钟，他就几乎到了飞船的中部。

3N1 到 2S4。为什么埃里克知道得不更确切一些呢？备用件的资料不是必须在计算机里备查吗？可毕竟只有 16 个存储室，很快就找得完。这些存储室位于飞船中部，比外围的球形舱小多了。

这艘飞船确实装载了大量备用件。也许，他们可以利用这些备用件重新组装一架飞行器？如果能够维护探测器，就太好了。

这些都是梦话。当务之急是发电机。本杰明已经下到了南 2 层。还有 4 个存储室待查，发电机肯定在其中一个里面。现在该查倒数第二个了。某种程度上，这是他们旅途的典型写照——虽然能找到答案，却总是在接近山穷水尽之前。本杰明从架子上拿下仪器并检视着，它可以接通电源，而且能量显示满格。呼，又少了一个麻烦。

"埃里克？我……"

"怎么？"

"我肯定很快就找得到发电机，只剩 4 个存储室了。"

"太好了，那你抓紧些。谁知道错乱蔓延得有多快呢！"

听起来，埃里克确实忧心忡忡。可是，这并不意味着他没有试图掩盖什么。本杰明把发电机放到下行的通道中，去控制中心必须经过那里。然后，他再次转过身。3 分钟，他应该还有这么多时间。位于中央的存储室吸引着他，那里是 1 号球形舱。

它的门朝着船首方向。本杰明将门移开，灯自动亮了起来。面前的球形舱室内没有什么储物架。舱室中央悬浮着 6 只长条形的黑箱子，它们组成了一个六边形。本杰明飘移进这个舱室，他抓住一只箱子，想拉动它，可箱子纹丝不动。有趣。即便箱子的外观呈现为木纹，似乎也是金属质地，受到了磁场的影响。

开始吧，本杰明。你已经来到这里了，现在必须查看一番。第一只箱子的箱盖边上有一个搭扣，本杰明打开搭扣，然后掀起箱盖。箱子里面是空的，各边各面都装了衬垫。箱子底部的衬垫上有几处压痕，好像有什么东西长时间放在那里。

第2、第3只箱子都没有任何收获。本杰明看了看表，给自己设定的3分钟几乎就要过去了。因为这些箱子而危及整艘飞船，值得吗？其实并不值得，可他的好奇心战胜了一切。他移向第4只箱子，然后打开了箱盖。

这口箱子不是空的。眼前是……他的名字叫……本杰明闭上了眼睛……埃里克……大卫……埃里克……大卫。

"大卫！"本杰明大声叫了出来。

他必须大声叫出来，才能相信。

"你说什么了吗？"埃里克问。

本杰明没有答话。他摸了摸大卫的脸，皮肤和自己的一样柔软，可却冷冰冰的。大卫的体温和环境温度保持了一致，他看上去安然无恙，好像是在酣睡，只是，他的心脏没有在跳动。但最让本杰明感到震惊的，还是那种冰冷，是大卫身体散发出来的冰冷。

身边的舱室开始旋转起来。本杰明抓住箱子的边缘。只是自己的意识在作怪！本杰明反复这样告诉自己，直到舱室静止下来。是谁干的？谁要对大卫的死负责？本杰明只想得到一个人的名字。可是，一切都对不上号。在漫长的旅途中，他们始终四人同行。亚伦、本杰明、克里斯蒂娜和埃里克。不，是大卫。或者是埃里克？本杰明深深地不确定了。

他一直以为自己记忆的房子非常牢固，可现在它有了一道裂缝，从屋顶一直延伸至地基。好危险！让人感觉被自己的上帝给抛弃了。

让人担心会有什么东西从裂缝中出来。也让人担心自己会变成巨人，然后捣毁整幢房子。本杰明需要回忆自己的过去，它会给他以支撑，也让整件事有意义。所以，他努力地约束着这些念头，好像在约束一群感受到天气变化的猎犬。

"本杰明，真的到时间了！"无线电里传来埃里克的喊叫声。

没错！本杰明必须回到控制中心了。

埃里克坐在指挥席上，显示屏直接摆在面前，嘴里哼着一首欢快的歌曲。他刚刚不是还催时间吗？

"你看，SGL 刚刚发来一个有趣的图像。"

埃里克转了一下显示屏，让本杰明也能看到显示屏上的图像。上面是一颗行星，让本杰明想到了地球，主要是因为这颗行星蓝得耀眼。

"这是地球吗？"本杰明问。

"不，这是 K2‑18b，一颗类地行星，在大约 125 光年之外。"

"看上去真的和地球很像，只是没有云带和大洲。"

"它的体积相当于两个地球，似乎完全被水覆盖着。密度表明，那里的大洋深达数百千米。再下面，也许就是冰层。"

"哦。"

"没错，尽管那颗星球温度宜人，可能却没有生命存在。"

"真可惜。"

"可是，也许其他地方存在生命。我们的清单上大约还有 3000 颗星球，可以利用引力透镜进行研究。这是一个庞大的任务。"

"不再研究大爆炸了吗？"

"也要研究。SGL 项目的能力不止于此。"

"是的，摧毁地球，摧毁我们的家园。"

"家园"这个字眼听起来突然很空洞。地球真的是他们的家园吗？曾经是吗？本杰明收拢自己的各种念头。

"我把发电机带回来了。"本杰明说。

"真好，那为什么你还待在这里？走，我跟你一道去飞行器 C。"

"马上就去。你还记得另外 3 架飞行器是怎么编号的吗？"

"A、B 和 D。"

"分别属于亚伦、本杰明和你，是吧？"

"是啊，怎么？这是名字的开头字母。如果这是一个俄罗斯的项目，肯定就会用 A、B、W 和 G 来命名这几架飞行器。"

"4 名宇航员，正好有 4 架飞行器。"

"没错。你问这些问题是什么意思？你不是应该负责发电机吗？如果你没有力气了，我也可以接手。"

"自从启航那一天开始，我们就是 4 个人吗？"

"是的——哈哈。天哪，你怎么了？你现在是不是完全疯掉了？如果你愿意，可以请机器医生帮你看一看，排除器官出问题的可能性。"

埃里克口气中透着不解。也许，他确实无法理解，正如亚伦无法感觉插在自己下腹的钢梁。如果确实如此，本杰明需要另外一个计划，正如他对亚伦所做的实验。他必须让埃里克直面他的发现，最好是在飞船的核心部位。好吧，现在还不是透露发现的时候。

"也许我真的要去看看医生，稍后吧。"本杰明说，"可是，事情要一件一件地办。"

宇航服的内部还很潮湿。每移动一次，本杰明都感受到冰冷的汗水。就算是自己流的汗，也是冷冰冰的。本杰明憎恨如此近距离的出舱活动。他悬浮在键盘的上方，将显示屏调整到可以看清一切的角度。然后，他按下了启动键。

"登录："

哈哈，之前确实是因为没有电。本杰明着手登录。

"埃里克？我在等你传来导航数据。"

"太好了，你搞定了吗？我把系统的提示发给你。你接受并启动，然后回来。我设置了 1 分钟延迟，方便你有时间离开飞行器。"

埃里克确实是在赶时间。显示屏上面有一个进度条，它代表飞行器从控制中心获得的导航数据。本杰明打开自己的工具袋，伸手入内。工具袋内有一个指尖玩偶和两张照片。这一段记忆是真实的。可是，他能在多大程度上相信自己的记忆呢？曾经有一个叫大卫的人吗？或者这是错乱在他意识中植入的一个人物？

"叮铃。"

传输完成了。现在，本杰明只需要按下"保存"和"启动"。

"保存。"

"接受数据，验证数据，已接受。"

主计算机没有制造垃圾，这不错。飞行器内的控制台要求验证数据或启动导航系统。

"启动。"

这就是全部了。马上，克里斯蒂娜存在过的证据就要永远消失在星际空间了。

等一等。

还剩 50 秒。屏幕上有一个倒数的计时器。如果驱动装置启动，本杰明最好离开飞行器，以免被一起带到茫茫宇宙中去。

"诊断。"

屏幕上显示着启动程序的预览：飞行器稍加制动，从而脱离牧羊人 1 号，然后再加速离开。再过 2 分钟，驱动装置就要升至最大功率。

"继续。"

屏幕上显示着余下的时间。飞行器抬高了自己的运行轨道，它运行的方向越来越远离太阳。

本杰明输入"继续"。还余 30 秒。

"本杰明？你知道吗？你必须出来了。"埃里克在跟他确认。

本杰明没有时间作答。飞行器的轨道是一个开口越来越大的螺旋。牧羊人 1 号的飞行轨道明显更靠近内侧，所以二者正互相远离。两天之后，飞行器可能就将从他们的视线中消失。

"继续。"

还余 20 秒。本杰明，你应该抓紧离开。图像没有什么根本性的改变。

"继续。"

10 秒。为什么图像显示得如此之慢？他现在必须离开飞行器了，否则……

图像出来了。飞行器的最终轨迹是一个椭圆形。驱动装置的动力太弱了，没办法使飞行器达到逃逸速度。他们甩不掉错乱了。每隔 1万年，飞行器就将绕行太阳一圈。如果错乱的范围继续扩大，人类将濒于毁灭。所以，不能启动飞行器。

还有 5 秒钟。4 秒。

"中止。"本杰明输入了这道指令。

"确认中止吗?"

"是的。"

还余 1 秒。计时器停了下来。本杰明深深地呼吸着。

"本杰明? 按照我的指令，飞行器现在想必已经点火。出什么事了?"

"我中止了启动。"

"你疯了吗? 如果我们不尽快摆脱飞行器，错乱就会蔓延到飞船和整个引力透镜。"

当然。埃里克心心念念的只有完成任务。与所有其他一切相比，这似乎更为重要。

"飞行器最多到达一个远日轨道。如果我们启动飞行器，虽然首先确保了牧羊人 1 号的安全，可地球却会在某个时候被错乱毁灭。我的看法是，消除这个隐患值得优先考虑。很可能的是，这也是克里斯蒂娜想毁灭整个项目的原因。我们是在拿自己没有掌控的力量当儿戏。"

"不要夸大其词。这些纯粹都属于物理，至于背后的理论，我们的研究人员 150 年来就已经掌握了。现在，我们还是实践吧。本杰明，你必须启动飞行器，现在就启动。否则，你会把一切都变成问题。"

本杰明哈哈大笑。他当然把一切都变成了问题。看到一切之后，他又如何能置之不理？

"本杰明做得没错。"亚伦说，"两位，抱歉了。我这么久没有开口。可与我们相比，90 亿人的生存明显更重要。"

"好吧，你们占多数。我们等 MOC 的指令吧。你们肯定明白，我们必须一条一条地执行指令，否则就是反叛。如果是那样，我甚至有权解除你们的岗位。"

"如果 MOC 有了回复，我们再讨论。"亚伦说，"在那之前，一切照旧。"

休斯敦

2079 年 2 月 23 日

"妈咪，你今天又要加班吗?"

"是的，宝贝。"

瑞吉儿按下无人驾驶汽车后排的儿童座椅按键。座椅向上升起，两边扶手探了出来。她把爱丽丝鸿德拉放到儿童座椅上，将安全带绕过两只扶手，然后扣上。

"那你什么时候来接我呢?"

"我还不知道。所以，我才送你到外祖母那里啊。"

"我想待在你身边嘛。"

"外祖母在盼着你了。"

"可我还是想待在你身边嘛，就像上次一样。"

有一次，瑞吉儿把爱丽丝鸿德拉带到了控制室。虽然这属于禁止之列，可只要小家伙不吵不闹，大家也睁一眼闭一眼。可是，今天不会太平。爱丽丝鸿德拉不必经历同事们批评瑞吉儿的场面。如果瑞吉儿没有从宇航员们那里收到令人满意的答复，就会面临意料中的场面。

"这不可以，宝贝。"

"你总是这样说。"

"你想继续听金熊广播剧吗?"

在爱丽丝鸿德拉这里,分散注意力这个办法总是很奏效。如果小家伙到了上学年龄,不再这么容易哄骗,乐趣就少了。一切迹象都表明,爱丽似乎继承了她的固执。

总好过前任油滑的性格。当时怎么就会落入他的圈套呢?

"好的,妈咪,我要听金熊。"

"请继续上次车程中播放的广播剧。"瑞吉儿大声说。

"请继续上次车程中播放的广播剧。"女儿重复着。

"明白了。"出租车做出了答复,"我继续播放。"

"你听到了吗?这位女士听懂了我的话。"爱丽丝鸿德拉说。

"是的,宝贝,这可真好呢。"

一个低沉的、讲述的声音响了起来,爱丽丝鸿德拉闭上了眼睛。她真可爱!从前,瑞吉儿也总是闭着眼睛听妈妈讲故事的。这样,她就能更好地想象一切。

"我们前往以'外祖母'做了标注的地址。"瑞吉儿说。

"请系好安全带,"出租车的声音响了起来,"预计 27 分钟后到达。"

× × ×

出租车停了下来。瑞吉儿从车窗向外望去。还没有到达目的地。可是,既没有看到红绿灯,也没有看到有什么障碍物。

"出什么事了?"瑞吉儿问。

正在讲故事的声音停了下来。爱丽不高兴地看着她。

"马上，宝贝。"瑞吉儿安抚着她。

"行程已经结束。"出租车的声音说。

"可是，我们还没有到达目的地。"

"行程已经结束，请离开车辆。"

"喂？我想去说过的地址。"

"行程已经结束。"

"爱丽丝鸿德拉？抱歉！出租车一定是出问题了。我们再叫一辆。"

在瑞吉儿身上还从未发生过这种事。曾经有一次，蓄电池因为系统故障而耗尽，出租车在高速公路上抛了锚。可是，她从未听说过出租车拒绝继续行驶。

"我必须下车吗？"

"是的，必须下车。等一下，我过来给你解开安全带。"

瑞吉儿解开安全带，然后打开车门。车门脱了手，也许是用力大了一些。不对，该死！一只戴着黑手套的手抓住了她的手臂。

"你要干什么？"瑞吉儿叫着。与此同时，这只手将她从车里拽了出去，她的膝盖碰到了柏油路面。有人将她扯起来，将她的手扭到背后。这名男子穿了一件摩托车服，戴着一顶头盔，全部为黑色。

该死！这是一场袭击，而且就发生在市中心。好多年没有发生这种事了。瑞吉儿环顾四周，但没有人可以帮到她。几步开外的地方停着两辆摩托车，还有一辆深色玻璃的豪华轿车。

"这是要干什么？你们住手！"瑞吉儿叫道。

"闭嘴，否则要你小孩好看。"

是一名男子的声音，听起来有些别扭，肯定是因为戴着头盔。

爱丽丝鸿德拉！瑞吉儿的心狂跳起来，她找寻着自己的女儿。另外一名男子正朝着豪华汽车跑去，臂下如一捆行李般夹着爱丽。瑞吉儿试着挣脱，可劫持者无情地抓牢了她。

"放开我的女儿!"

"如果你配合，她就不会有事。"

"你们想要什么?"

"不清楚。我们只是在运送，而你就是货物。最好安静些，你女儿在我们手里。"

"千万别伤害她，否则我杀了你。"

这名男子哈哈大笑："我们都有死的那一天。只要你配合，今天就会没事。"

他将瑞吉儿拽向豪华轿车。这辆车有6扇门，另一名男子带着爱丽消失在最后一扇门里面。在瑞吉儿面前，右侧的中门打开了。

"进去!"

这名男子粗鲁地按下瑞吉儿的头，将她推了进去。女儿在哪里?她向后看去，可是只看到了一块黑色的隔板。

"别担心，你的女儿不会有事。我们很专业。她根本不会有关于我们的记忆。"

"你们把她麻醉了吗?你们这群猪猡!你们想拿我们怎么样?"

"我已经告诉过你了，我只负责运送。到了目的地，你就什么都知道了。MOC和你母亲都收到了消息，知道你必须带爱丽丝鸿德拉去看医生。也就是说，没有人会想到你们。"

豪华轿车停了下来，门开了。

"瑞吉儿，请下车。"一个男中音响起，稍微带有南方口音。

瑞吉儿从车里挪出去，发现汽车停在一个封闭的大厅里。车子大约在路上开了一个小时，但是有可能一直在兜圈子，任何地方都可能开到过。瑞吉儿把手提包的带子绕在手腕上。包里放着她的手机，也许她可以拨出一个紧急呼叫。

面前站着伊兰·查特吉。一如既往的棕色面容，一头黑发平顺地梳向后面。因为戴着黑色的角质眼镜，他看上去好似一位内敛的科学家。至于这副眼镜，他上一次在车里没有戴过。

伊兰朝瑞吉儿走过来，她闻到了伊兰的味道。瑞吉儿很熟悉这种味道，可却忘记了是什么牌子。

"对于这种不同寻常的邀请方式，我必须反复道歉。"查特吉说着，欢迎般地向瑞吉儿伸出了手，"这其实不是我的风格。"

"你这个王八蛋！"瑞吉儿说着，同时把双臂交叉在胸前。

"您的反应和我想象的一模一样。查理斯已经警告过我了。"

伊兰又咬着 R 这个音。也许，这和他的出生地并无任何关系，而是有意为之。

"你让人把我女儿麻醉了！我要马上见到她！"

"她很好，我向您保证。而且一直会很好，因为我知道，您是一位聪明的女性，永远不会做让自己女儿受到伤害的事情。"

貌似恭维，实际却是赤裸裸的威胁。必须要多加小心。查特吉掌控着自己的女儿，而且似乎没有什么可以让他心生胆怯。

"如果你认为，你已经掌控了我……"

瑞吉儿的声音停了下来，因为查特吉直接向她走过来。他马上就要露出真面目了吗？瑞吉儿努力做好了忍受疼痛的准备。可是，查特吉只是把手放在了她的肩上。

"瑞吉儿，请镇静下来。您不高兴，我完全可以理解。我并非劫持者或勒索的人，而是一名企业家。谁信任我，我就关照谁。"

瑞吉儿退了一步，可是那辆豪华汽车一直停在那里。她抬起手，将查特吉的手从自己肩上拨开。

"你想要什么？"

"好吧，我们言归正传。我想把您介绍给一个人。"

查特吉陪着瑞吉儿穿过大厅，径直走到一道门前。两名身穿黑色制服的男子跟在后面。门是电动控制的，两名武装人员分立于左右两侧。

"是伊兰·查特吉，还有一位客人。"伊兰说。

"准许入内。"

这道门缩入地下，门后是一个小小的房间。

"你们等在这里。"查特吉对自己的警卫说。

两人走进房间，门又恢复了原状。现在，房间里只有瑞吉儿和伊兰两人。伊兰不是很强壮，最多比她重 10 千克。她肯定有大把的机会战胜他，查特吉对此肯定没有预料。没有一个男性会预料自己受到一位女性的攻击，这是她的优势。可是，她又该如何从这里出去呢？爱丽怎么样了？

在她身后，一道门打开了。他们走进另一个大厅，这里同样没有窗户。也许，他们已经到了地下。大厅里有几座明亮的平顶建筑物，它们正处于探照灯白色光芒的照耀之下。

"请您跟上，我们到那边去!"

查特吉指着那些建筑物，距离那里不出百步之遥。瑞吉儿数了数，一共有 6 座这样的房子，上面都用字母编了号，第一座房子上面标着字母 A。查特吉带着瑞吉儿走向编号为 C 的房子。

这座平房属于典型的轻型建筑，可见于休斯敦的城郊，只是缺一座有着美丽草坪的花园。查特吉走向建筑物的门边，按下了门侧的按钮。房内响起了好似伦敦大本钟的声音。

门向内部打开，一位女士走了出来。她 45 岁左右，头发又长又黑，而且编成了辫子。

"早晨好。"她说。

她似乎认识伊兰，将眼神从伊兰移到瑞吉儿身上，然后定住了。瑞吉儿垂下了目光。

"早晨好。"查特吉说。

"早晨好。"瑞吉儿重复着。

这是一个不真实的场景。

"我有一个请求，"查特吉说，"你可以向我们的客人作自我介绍吗?"

"好的，伊兰。"这位女士说，"我是克里斯蒂娜，克里斯蒂娜·德鲁尔。我可以知道您是谁吗?"

✕ ✕ ✕

"您看，瑞吉儿，并不是所有的事物都像看起来那样。"他们向那位女士致谢并祝她安好以后，查特吉对瑞吉儿说了这句话。"克里斯蒂娜并没有死。恰恰相反，她还活着，因为我们为她奔走。她的肌肉患了慢性萎缩。"

"这可看不出来。"

"当然看不出，我们使用了专门针对她 DNA（脱氧核糖核酸）的药物。每年大约花费 10 万美元，而她在我们这里已经 10 年了。"

"那么，牧羊人 1 号图像上的克里斯蒂娜又是谁？"

"克里斯蒂娜授权我们使用她的个人形象，以及她完整的个人意识。我们选取之后，做了几处小小的变更，然后移植到一个先进仿生人的身上。"

"变更？"

"只是几处细节。仿生人的身体不同于人类。它更合理，更强壮，也更有效率。可我们发现，人类的思维与之并不相容。所以，仿生人自认为是普通人类，并不知晓自己的特殊能力。这当然令人很遗憾。也许，它们什么时候就用得上这些能力。可是，牧羊人 1 号在 5 年之前发射的时候，我们只能利用已有的资源。"

"应该是 20 年之前。"

"不是的。20 年之前，我们还在考虑可以让真正的机器人维护探测器。可是，当时却很令人失望。主要的问题在于通讯时间过于漫长。当时，机器人做不到自主地开展行动。短时间内，半数探测器都瘫痪了。宇宙并非小小的马场。所以，我们只能转而使用其他手段。"

"你们可以派宇航员。"

"可是，宇航员 20 年之后才能飞到对焦区。对于高速航行类的任务，人类并非特别适合。DFD 的加速能力胜过人类 5 倍。我们当时不得不派仿生人，它们很好地克服了加速，5 年之后按计划到达了指定地点并醒来。为了避免意识对躯体产生排异，我们在仿生人身体里植入了一段加工过的记忆。"

"这可不人道。"瑞吉儿说。

"并非如此。我们没有动哪个人的哪怕一根头发。恰恰相反！我们在这里免费养活着 6 个人，如果没有我们，他们早就因重病而死了。如果你想说服自己，可以和他们聊一聊。"

"如果牧羊人 1 号上的宇航员意识到这一点呢？你想象一下，如果你突然发现自己并非人类，而是一台为了某个目的而被制造出来的机器，而且被植入了错误的信息。创造你的人对你撒了谎，使你对他尽可能有用。如果是那样，你将作何反应？"

"我会愤怒，"伊兰说，"因此，这种事永远不会发生。在小小的变更方面，就包含着它们无法拥有自我意识。"

"可是，它们拥有智慧。这样的限制有可能实现吗？"

"我们并不肯定。当时，我们一直无法进行测试。可是，如果仿生人受伤，会看到人类般的血液。它们呼吸。即便它们不需要进餐获取能量，也会有类似消化的过程。它们甚至拥有可用的性器官，我们只是限制了它们在相关方面的需求。"

"它们会死吗？"

"就生物学意义而言，并不会。可是，它们可以关机。如果重要部件损坏，它们就无法再使用。它们不会死亡。虽然核电池会在某个时候耗尽，理论上却是可以更换的。"

"也就是说，克里斯蒂娜并没有死。"

"您刚刚才见到过她。"

"我是说用了这个名字的仿生人。"

"没有，她不会死。也许，她只是严重受损，或者她自行关机了。"

"可是，剩下的宇航员们很痛苦！这完全没有必要！"

"您必须了解，这只是一个小插曲。它们看到了克里斯蒂娜的尸体，我们怎么可能让她死而复生呢？如果那样做，会透露给它们什么信息？"

"不是说它们没有自主意识吗？"

"我之前表述得不够清楚。它们无法意识到自己身上和人类不相匹配的特征。可是，我们的技术人员没能完全排除它们产生自我意识的可能性，尽管这很简单。这似乎属于一种体系特征。"

"我其实也可以告诉你的。"

"您现在了解了吧，任务是不是要按计划进行下去呢？"

这个问题突如其来。她了解吗？确实有必要继续对牧羊人1号的乘员组说谎吗？这可是她的乘员组，她要负起责任。瑞吉儿数了数平顶建筑的数量，不，一共有6座。6座？瑞吉儿摇了摇头。

"不可以这样，"她说，"我们必须澄清此事。"

"代价是失去了解我们未来的机会吗？数千年来，人类一直在推想自己从何而来。现在，我们或许就可以提供这个答案。如果SGL计划失败，肯定要100年之后才能进行下一次尝试。那时我早就不在人世了。"

这是问题所在。问题并不在于得到答案，而在于伊兰·查特吉和他一定要完成的任务，无论付出什么代价。

"对不起。"瑞吉儿说，"可是，一个项目如果建立在谎言之上，同样得不到诚实的答案。"

查特吉将身体转开，看着出口方向。

"那么，我也要说对不起了。我不会让任何人破坏我的项目。如果您到了MOC，要先读我们准备好的消息。之后，您的母亲才会联系您，告知爱丽丝鸿德拉已经顺利到达。"

瑞吉儿全身都在发抖。她握紧拳头，可是颤抖仍在继续着。她把手臂放到身后，以免自己做什么蠢事。她多么想从身后扑向查特吉，掐着他的脖子逼他放了自己的女儿。可是，这并不会有什么用。正如她愿意为爱丽而死一般，这个男人也愿意为了他的项目献身。他已经失去理智了。也许，他一贯就是如此。可是，只要女儿还掌握在他手里，她就不得不俯首帖耳。

✕ ✕ ✕

"嗨，瑞吉儿，你来得正是时候。"艾莉森在MOC欢迎她。

对于瑞吉儿的迟到，艾莉森似乎丝毫没有生气。

"查理斯已经替你请过假了，他说你跟伊兰·查特吉约了时间。这可真吸引我，回头你一定要给我讲一讲。"

别装模作样了，执行官。你可是知道之前到底是什么事。瑞吉儿咬紧牙关，不让嘴边那些愤怒的话语脱口而出。

"好吧，请坐。"艾莉森说。

她有些错愕，可能是因为瑞吉儿一言不发。也许，她和查特吉并非一丘之貉。可是，刚刚那场奇怪的谈话又该如何解读呢？

瑞吉儿走向自己的座位，然后开了口。

"怎么，瑞吉儿？"

"我建议，我们现在和牧羊人1号建立联系。乘员组等的时间够长了。我们应该告诉他们继续进行观测。"

"哦，你昨天表露了自己的想法之后，我也思考了一下。"

"艾莉森，我也是。我当时过于激动了。很可能是我要来例假了。"

现在，瑞吉儿想让这件事赶快过去。女儿必须尽可能短时间地待在这伙罪犯手中。她还从未如此想念过女儿。

"慢慢来。也许，这里不是所有人都和你想的一样。"

查理斯从身后将手搭在瑞吉儿的肩上。她吓了一跳，尽可能远地躲开。查理斯是伊兰的帮凶。

"马上，瑞图·拉施米就会联系我们。"执行官说，"大多数人肯定还记得，她 10 年之前获得了诺贝尔物理奖，表彰她在量子隐形传态方面所做的工作。"

这个名字没有告诉瑞吉儿什么，她对量子物理也不是特别感兴趣。

"拉施米教授今年退休了。她向我保证，不会收取 $\alpha-\Omega$ 公司的任何报酬。我当然不能进行监控，可是她被外界视为独立专家。"

"谢谢，可是我觉得没有必要。"瑞吉儿说。

"现在说这个毫无用处。"执行官的声音中的尖锐超过了平时，"我现在就把拉施米教授切到主屏幕上。"

瑞吉儿看到一位上了年纪的印度女性。她戴着一条绿色的纱丽，坐在藤椅上，四周花团锦簇。灯光发出金黄色。

"晚上好，拉施米教授。"执行官说。

"按照休斯敦时间，早晨好。"

"之前，我给您发了中期观测结果。您能发表一下自己的观点吗?"

"好的，观测结果很有意思。感谢给我这次机会。"女教授说，"我不能毫无保留地同意我的同事塔库尔教授的观点。观测结果表明，正如贵方所观测到的错乱，类似的风险降临地球有其真实性。可是，这种风险很小。平均而言，我估计每千年观测都会遇到这样的情况。所以，我不反对如期继续进行观测。"

通常，瑞吉儿在这里都会插话，因为这样的事已经有过先例。可是，如果她现在反唇相讥，只会使一切延长时间。现在最好闭目塞听。

"可是，我更担心已经粉墨登场的错乱。"拉施米教授继续解释着，"虽然乍一看上去，它还相距甚远。可是，按照宇宙的维度来衡量，4光天根本不算什么。我们还不知道错乱扩散的速度有多快，它扩散的速度甚至有可能超过光速。无论如何，地球上做不到传输物质或信号。SGL已经以超光速将错乱传输到宇宙中我们这一隅。此外，一旦跨过某一界限，错乱将以前所未有的高速扩散。大爆炸之后不久，宇宙就向我们演示了这一点。"

这太吓人了。瑞吉儿的嘴不由自主地张得越来越大。

"错乱有可能会引发新一轮大爆炸吗?"瑞吉儿问。

"实际上，这是人们应该讨论的一幕。"稍作停顿之后，拉施米教授回答，"我们今天的宇宙脱胎于一个萌芽并不断扩大，这个萌芽可能就是一个如同错乱的东西。后来，发生了一件我们无法重构的事，萌芽就发生了爆炸。"

"错乱看起来会不会是另一副样子?"飞行主管得文达问道，"也就是说，会不会更像一个非常非常炽热的火球。"

"不，这种关于大爆炸的想法太过于简单。当时，还没有发生过任何爆炸。原始大爆炸更像一个缓慢的过程，只能通过不同寻常的时间值和温度值粗暴地显示给我们。纵然人们会说当时宇宙温度高达数十亿度，可因为几种基础力尚未分化，所以这属于一个非常随意的认定。对于一只乌龟而言，人类移动之快难以捉摸。可是，从宇宙的维度来看，人类连一粒尘埃也不如。"

"谢谢，拉施米教授。"艾莉森说，"我们不想因为谈论费用而占用您的时间。我从您的答复中听出来，我们应该紧急应对错乱。"

"是的，必须如此。用你们的宇宙飞船将错乱运送到一个距离地球较远的地方，是否这样就已足够，我还不很肯定。如果你们将它彻底根除，我将大感心安。如果你们还需要什么建议，我随时效劳。"

"非常感谢您，拉施米教授。"

"再见！能帮上你们，我非常高兴。"

通话结束了。印度人定格在屏幕上，然后让位于带有 NASA 和 α-Ω 标志的标准画面。瑞吉儿站起身。

"我们不应该让乘员组苦等了。"她说，"他们收到消息之前，至少还需要很长时间。"

"同意。"执行官说，"准备好的文档已经显示在屏幕上，而摄像头也已经对准了你。"

✕   ✕   ✕

"祝你们成功。"说完这句，瑞吉儿向后靠去。

"停。"执行官命令道。

这则消息将被压缩，然后通过 DSN 的天线传给牧羊人 1 号。瑞吉儿很高兴，自己能毫无停顿地读完这则消息。也许，她的声音听起

来并没有平时的激情，可是没有人可以强迫她如此，连她自己也做不
到。她做这一切，完全是为了爱丽丝鸿德拉，而女儿却永远不可以对
此知情，因为瑞吉儿感到羞愧。她羞愧的是，自己背叛了乘员组。她
知道某件事，而外太空的乘员组也应该知道这件事，以便做出决定。
可是，瑞吉儿却对乘员组缄口不言。至于是不是关系到仿生人，无所
谓了。

"有待接来电。"手机的屏幕上有了显示。

是瑞吉儿的母亲。真快！

"平时，我是不会打扰你工作的。可是，我应该转告你，爱丽已
经平安地到了我这里。"母亲说，"另外，你今天早晨提前告诉我，说
会晚一些，这样做挺好的。"

是的，妈妈。我知道，我有一点混乱。瑞吉儿没有说话，可她也
不必回应什么。她的母亲自顾自说着。

"你可以保持这种做法。把爱丽带来的那个男人也很友好。"

"爱丽和他相处得好吧？"

"是的，爱丽很兴奋。这个男人可能一直把她扛在自己的肩膀上。
他很魁梧，训练有素的样子，肩膀宽宽的，特别有礼貌。也许你应
该……"

"妈妈，够了。谢谢你告知我。我在这里还有些事要处理。替我
吻一下爱丽吧。"

或者，让女儿也出现在屏幕上吗？这可不是个好主意，她肯定会
号啕大哭。爱丽应该把这个上午留在美好的记忆之中。瑞吉儿应该永
远不再让这种事发生。只是，她还不知道应该如何去做。最好让伊
兰·查特吉把她变成一个没有感情的仿生人。

"那么，今天晚上见。"瑞吉儿的母亲说，"你和我们一起吃饭吗?"

"不了，我冰箱里还有些吃的，这些必须吃掉。"瑞吉儿撒了个谎。

"明白，工作顺利。"

瑞吉儿挂了电话，将手伸进办公桌的第二个抽屉，把纸巾拿了出来。她站起身，朝洗手间走去。她从卫生间的角落里取出"清洁中，禁止使用"的牌子，将它直接放在入口处，然后将自己锁在最靠里面的一个小间内。她坐到没有掀起来的马桶盖上。空气中弥漫着小便和洗手液的味道。可是，这一切都无所谓。瑞吉儿用力掐着自己的大腿。好痛，她这么想着。然后，眼泪就涌了出来。

牧羊人 1 号

2094 年 5 月 5 日

"所有情况澄清之前，MOC 坚持要求你们借助 SGL 继续进行观测。"太空舱指挥官瑞吉儿在屏幕上解释着。

本杰明已经预料到了。α-Ω 公司对这次任务的影响似乎非常之大。

"我们支持埃里克将观测数据传送回地球，因为这将加快观测进程。"瑞吉儿继续说，"我向你们保证，我们会仔细研究潜在的影响。请不要对地球有任何担心。数百名研究人员承担着研究工作，他们来自 NASA 和 α-Ω 公司。祝你们成功！"

本杰明尝试解读太空舱指挥官的面部表情。瑞吉儿挂着一副尽可能没有任何表情的面容，他还从未见过她这样。她是想以此说明自己不支持 MOC 的指示吗？可是，也许他解读得太多了。如果不独自抱着这样的想法就好了。稍后，他必须和亚伦说一说自己在飞船核心部位的发现。最好带亚伦一道过去。埃里克不会让这些证据消失吧？他还不知道，本杰明已经识破了他的诡计。

"你们看，"埃里克说，"指令非常明确。我们就这么做下去。"

"注意，你抓牢，我现在打开箱子。"本杰明说。

"你真是会变戏法。"亚伦说。尽管如此，他还是抓住了本杰明的肩膀。

本杰明慢慢地掀开箱盖。他知道等待着自己的是什么。可是，一旦看到大卫的尸体，他的胃还是深感刺激。亚伦放在他肩膀上的手剧烈痉挛着，让本杰明感到了疼痛，可是他没有挣脱。亚伦转开身体。

"这是……不可能。"他说，"我们只有 4 个人。我的意思是，之前我们是 4 个人。这一定是个玩偶或别的什么。是谁想到这些奇怪的主意？"

"亚伦，你看看他。摸摸看，你认识他。"

本杰明将亚伦的手慢慢地从自己的肩膀上移了下来，亚伦听之任之。在本杰明的牵引下，这只手最终摸到了尸体的面颊。

"你发现了吗？面颊非常柔软。"

"而且冷冰冰的，"亚伦说，"冷得不像人类。"

"这是大卫，你认出来了吗？"

"大卫……我……你说什么？我有许多问题要问。"

亚伦抽出自己的手，向旁边飘移出 1 米。他是不想再看下去吗？

"不仅仅是你想问，"本杰明说，"我们会一个一个地为这些问题找到答案。埃里克，我们需要你来到飞船的核心。"

"我正在评估数据，很紧张。一定要现在来吗？"

"是的，非常紧急。关系到我们的生死。"

埃里克冲进门，手里拿着一只急救箱。他抓住舱内第一只箱子定住自己。看到亚伦和本杰明的时候，他愣住了。

"你们很好嘛。"他确定了。

"可以这么认为，也可以那么认为。"本杰明说，"可是，我们不需要什么急救箱。"

埃里克看到了打开的箱盖。

"靠近些，"本杰明说，"站在你的位置，不可能看出箱子里放着什么。"

"不必了，"埃里克说，"你发现了大卫。事情早晚会发展到这一步的。"

"你之前就知道大卫在这里吗?"亚伦问。

埃里克点了点头。

"因为是你亲手把他藏进箱子里的。"本杰明说。

"我没有把他藏起来。"

"你把这个叫做什么?"

"我把他清理了。"

"清理了。"

这让人不解。说到大卫，埃里克好似在说一件什么物体。

"是的。"

"就在你把他杀了之后。"亚伦说。

埃里克转向亚伦。

"你们不明白这一切。我没有杀他。"

"现在，他面色苍白，冷冰冰地躺在箱子里，你就在这里清理了他。你是不是想说，你是在什么地方发现了大卫，然后像处理玩具一样对待他？"

"不，本杰明，不是那样。"

"那是什么？"亚伦问，"现在说出真相吧，否则……"

亚伦靠近埃里克，后者发出大笑声。

"否则，你就杀了我？这很好笑，你自己也会感觉好笑的。"

"亚伦说得对。如果不告诉我们真相，你马上就会终结在这样一只箱子里。我们的忍耐是有限的。"

"真相非常复杂，我不相信你们已经准备好面对它了。"

"我们做到了一个人所能准备的最大程度。"亚伦说。

本杰明不大相信埃里克的话。他头脑中有一群狗始终在对着自己记忆的裂缝狂吠着，他几乎控制不住它们。

"好吧，"埃里克说，"如果你们坚持的话？你们可都是成年人了。"

他像疯了一样，在吃吃地笑着。

"好吧，我再说一遍。我没有杀大卫。"

"哎，这难道就是真相吗？"

"不，还有别的。大卫发现了我。"

"所以他就必须死吗？"亚伦问。

"让我说说原因吧。本杰明，大卫像你一样在箱子里翻寻着，他看到了永远不应该看到的东西，也就是我。所以，我必须让他停止工作。当时，我别无选择。"

"停止工作？这根本就是谋杀！"

"不，亚伦。大卫根本不会死，因为他从来没有过生命。我把他关机了，然后放到这个箱子里面。"

"这是……太难以置信了。"亚伦说，"我想念大卫。他跟我说过，他有许多计划，他有自己的过去，他想让他死去的朋友永生。"

本杰明只能对亚伦表示羡慕。他还没有摇摇欲坠，或者他还没有发现自己蹒跚的样子。本杰明自己已经没有力气了。他必须马上摆脱那群犬类，它们会让他的整幢记忆房子坍塌。没有办法了。

"大卫是一台很完备的机器，我们不必谈论他的过去。"

"你这是什么意思？"亚伦问。

"大卫不能认识到自己的真实本性，这是他的驱动系统造成的。他看到的是鲜红的血液，而不是蓝色的冷却液。"

亚伦吃了一惊，可是埃里克却盯住他不放。

"亚伦，你觉得这似曾相识吗？"

"别转移话题。"本杰明说，"你究竟是谁？你刚刚说，大卫找到了你。"

"这个问题不错。很明显，我和大卫是同款机型。"

"那么，为什么你把他……关机了？"

再议论什么谋杀，已经毫无意义了。埃里克的观点很有说服力。这些观点也符合本杰明一直以来的预感。

"很明显，我是你们的某种后备力量。我有着坚定的需求，就是顺利地完成这个项目。如果大卫意识到他的真实本性，这个项目就会受到威胁。所以，当时对我而言只有一个可能性。"

"你能通过什么方式证明这一切吗？"亚伦问。

"亚伦，所有证据都摆在你的面前。我知道，很难承认。可是，我们都是机器，都是仿生人，你一直想这样称呼它。你们相信的是，自己踏上星际旅途已经有 20 年了。可实际上，你们不久之前才从睡眠中醒来。人类制造了我们，并且为我们编程，希望坚定而顺利地完成这个项目。正因为如此，你们也毫不迟疑地接受我为组员。你想念大卫吗？"

亚伦摇了摇头。

"按你所说，你把大卫关了机。那想必你也可以让他重新开机。"亚伦跟着说。

"当然。"埃里克说。

他趋身向前，来到箱子旁边，用左手抬起大卫的脑袋，将右手探向下面。然后，他把大卫的头又放到垫子上。

"但是，我不可以这样做，否则就会威胁到这个项目。我感受到一种强烈的不情愿，无法让手指做出必要的动作。"

"那么，你告诉我们，该如何使大卫重新开机。"亚伦说。

"你把手探到大卫的脑袋下面。在后枕骨旁边，左侧那里，靠近颞下颌关节处，你可以摸到一个凸起，一个脂肪瘤般的小小东西。"

本杰明将手摸向自己脑后。那里有一个小小的疙瘩，他一直以为那是汗腺慢性炎症引起的。亚伦则在大卫脑后找着。

"你直接按下去。"埃里克说。

"好的。"

亚伦的额头上出现了一道竖纹，他按得如此用力。

"不必用力过猛。"埃里克说。

就在这一刻，大卫睁开了眼睛。本杰明看向亚伦，他们无声地交流着，两个人都知道现在要做什么。亚伦直起身，本杰明绕过箱子来到埃里克身后，亚伦则在前。

"现在。"亚伦说。

他们扑向埃里克。猎物还想挣扎，可二对一形成了碾压态势。本杰明看着亚伦将手伸到埃里克的后颈。旋即，埃里克就缩成了一团。

"天哪，我休息得太好了。"大卫说，"这里出什么事了？你们刚刚制服的这个家伙是谁？"

"你今天不送我去外祖母那里吗?"

"不,宝贝,今天我们待在家里。我感觉不大舒服呢。"瑞吉儿说。

她已经给 MOC 发了消息,说自己今天生病了。

"要我给你煮杯茶吗?要加蜂蜜吗?"

女儿注视着她,眉头紧锁。即使她忧心忡忡,也可爱得让人想亲吻。可是,瑞吉儿说自己是个病人,就必须演好这个角色。平白无故地就不去上班,爱丽丝鸿德拉可不应该学这个。

"爱丽,谢谢你,你真好。我只需要稍微休息一下。"

"就像外祖母下午总是休息一样吗?"

"是的,就像外祖母一样。"

爱丽丝鸿德拉的面部表情没有那么严肃了。午餐之后,瑞吉儿的母亲总是躺下休息。很明显,躺着休息对于女儿来说不那么危险。

"好吧,那我继续玩了。"

对于一个不满 5 岁的孩子来说,她已经理智得让人惊讶了。爱丽可以一个人玩几个小时,大多数时候,她都和自己的娃娃们玩过家家。在这方面，虽然瑞吉儿不是一个完美的表率，可爱丽的外祖母确实如此。

瑞吉儿靠到客厅里那张小书桌上面。爱丽的声音从卧室里传出来，她在变着声音说话。这套房子太小了。爱丽其实需要一个自己的房间，可瑞吉儿买不起更大的房子。如果要买大一些的房子，她必须搬到更加远离市中心的地方，可那时每天坐在车里的时间就更长了。

瑞吉儿打开手提电脑，它属于经典款，有可以实际操作的键盘，总是很方便她输入。谁能帮到她呢？她只是传动机构上面一个小小的齿轮。昨天，查特吉可真是把她吓到了。可是，她不能就对这一切忍气吞声。

拉施米教授！昨天，教授看上去很是谨言慎行。必须高度评价执行官，是执行官请来了一位独立专家。可问题是，教授确实了解项目的所有方面吗？如果她也获悉了这些肮脏的秘密，她会作何决定？

瑞图·拉施米很有名望，这增加了在网上寻找她的难度。瑞吉儿很难开口问艾莉森。或者，她可以问吗？不！获得诺贝尔奖的时候，拉施米在哈佛大学任教。之后，她返回印度，回到班加罗尔，在那里开展科研并任教，直至退休。

拉施米这个名字在瑞吉儿耳中充满了异国风情，但它在印度司空见惯。如果通过一般的目录检索，没有任何机会找得到。那么，试试班加罗尔大学吧。那里的物理系应该知道昔日的明星身在何处。瑞吉儿拨号，却又放下了电话。现在，班加罗尔是几点钟？晚上 8 点，这有点晚了。尽管如此，瑞吉儿还是尝试拨了号码。

事实上，一位女性接起了电话。听起来，对方的声音很年轻，英语中带着典型的印度口音。对方没有透露拉施米的电话号码，却给了邮箱地址。瑞吉儿戴上电脑专用眼镜。

"尊敬的拉施米教授，"她写道，"我是 SGL 项目的太空舱指挥官，您刚刚为这个项目做了科学顾问。正如您对自己的学生负责一般，我要对自己的乘员组负责。我担心他们正身处危险之中，所以很想听听您的想法。您可以联系我……"

"发送。"

爱丽的声音隐约传来。这声音听起来兴高采烈，瑞吉儿马上就受到了感染。在此刻使人忘记一切不重要的事，这是人类意识的一个巨大成就。这是如何实现的？虽然对此知之不多，α-Ω 公司却企图将人的意识完全移植到一台机器上。在人类的历史上，只有过一个这样的例子，即著名的马尔琴科人工智能项目。迄今为止，负责这一项目的俄罗斯 RB 集团公司也没有透露成功的秘诀。可是，α-Ω 公司也许就是在和 RB 集团合作。

铃声响起。笔记本电脑的屏幕上出现了"有待接来电"的字样。瑞吉儿按下接听键。是不是办公室有人想问什么事情？

是拉施米教授。可真快啊！

"早晨好，施密特女士！"

"晚上好，教授。您这么快就联系我，非常感谢。"

"如果我不马上完成，就会搁置在一边了。您的邮件给我一种忧心忡忡的感觉。问题出在哪里呢？"

"我可以认为，这次谈话只限于我们两人之间吗？"

"可以。像我这样一个退休人员，几乎没有人再感兴趣了。几个月以来，您的主管是第一位就专业问题进行咨询的人。"

"按照媒体的描述，您之所以退休，是因为受够了科学。"

"哦，不如说是受够了科技企业。追求浮华，拉帮结派……这让人头痛。我还是更喜欢侍弄植物。不过，物理本身还是与我有着密切的关系。"

听起来，物理似乎是拉施米教授的秘密情人。可如果想从事配得上诺贝尔奖的研究工作，也许必须如此了。

"很高兴您这样讲，希望我没有过于打扰。"

"如果没有时间，我是不会联系您的。"

"也许，我马上要讲的内容会让您非常惊讶。希望您不要把我当成一个疯子。"

"退休之前，我经历过许多乍一看非常疯狂的事。"

从何说起呢？她想从教授那里得到什么？瑞吉儿决定将真相全盘托出——除了曾遭受劫持。不用 10 分钟，她就将项目的所有细节都讲给了拉施米教授。

"真的是够疯狂。"教授最后评论说，"我怎样可以帮到您？"

"我不想失去自己的乘员组。无所谓他们是谁或什么，他们没有义务为这个项目牺牲自己。"

"值得尊敬。"

"也许您可以告诉我，什么是乘员组眼中最重要、必须解决的问题。据说，α-Ω 公司和 MOC 关心全局，也就是整个项目。所以，他们无论如何都要继续进行观测。可是，对于乘员组来说，这是最好的选择吗？"

"请您稍等一下……我还没有被这样问过。您说得没错，按照我对 MOC 的看法，他们同样关心全局。我们每每忘记了必须承担后果的个人。这属于伦理层面。"

"谢谢您的理解。"

"事情一清二楚，"拉施米教授说，"我只是看了几个方程，乘员组实际可是要尽快得到观测结果的。可是，并非因为给地球带来的危险，类似风险再次发生的可能性本就很小。之前它的发生就是一个小小的奇事。可现在出现的错乱才是主要问题，我们所有人都必须对此加以关注。错乱必须尽快消失，否则美丽的飞船几个星期之后就会灰飞烟灭。也许，留给地球的时间还有 200 年。如果错乱进入一个快速膨胀的阶段，也许就只有几个小时。您应该尽快把这一点传达给牧羊人 1 号。我也可以亲自转告您的主管，也许她还听得进我的话。"

"我担心的是，α－Ω 公司掌握着最后的决定权。"

"您肯定吗？"

"绝对肯定。他们甚至劫持了我，而且还威胁到我的孩子，就是为了让我和他们沆瀣一气。一位退休了的研究人员并不会使他们改变主意。"

"我理解你说的话。之前我并不知道，这家公司行事如此不择手段。在印度，它为治疗小儿麻痹捐赠了数十亿卢布。如果我没有理解错的话，假使我介入此事，α－Ω 公司将会怪罪于你。"

"是的，这会是一种现实的危险。"

"那么，我们只能暗中把您的信息传递给牧羊人 1 号。"

"这完全不可能。只有获得许可，才可以通过 DSN 传递信息。"

"没有人欠您人情吗？"

"欠我？我可只是一名无足轻重的太空舱指挥官。"

"有没有曾经的宇航员，如今在 NASA 担任某个职位？"

"我一向就不善于编织关系网，以前只是一心做好自己的工作。"

"在我们这里，从小就会认识到这种非官方关系网的重要性。很巧，我在印度空间研究组织（ISRO）有几个熟人。你知道印度DSN的地面站就在很近的地方吗？地面站现在的负责人曾经在我这里攻读了硕士学位。他会愿意帮我发送消息的。"

"那么，您不就欠了他一个人情吗？"

"并非这么回事，这和你们那里的做交易有所不同。是的，会有那么一个时候，他妹夫的儿子需要一位导师。可是，我愿意帮这个忙。就某种意义而言，每一次帮忙都是将钱存入一个共同账户，然后某个时候将这笔钱取出来。人和人之间都是互相联系起来的。"

"我明白，"瑞吉儿说，"现在，我们该怎么办呢？"

"您给我发一个消息，然后我再转发。一旦拜阿拉鲁的地面站处于正确的位置，那么12个小时之后，您的消息就会被发出。"

"那么多谢您了。我马上就写消息并发给您。但愿乘员组收到消息之后，会采取行动。"

"可以肯定的是，这只是个开始，"拉施米说，"关于如何消灭错乱，我现在也还没有头绪。"

"可您不是认为，这是有可能的吗？"

"您可以庆幸自己并非物理学家。在我们所处的宇宙之中，各种自然常量都预先设定了数值，通过大爆炸，通过上帝，或者通过别的什么。错乱改变了这些自然常量。想要再改变回来，最好化身为神。"

✕   ✕   ✕

"亲爱的身处外太空的同事们。"这是爱丽丝鸿德拉睡着之后，瑞吉儿在家对着摄像头说出的话。她的语速快于平时。这是一个必须赶快完成的任务。

"作为太空舱指挥官,我觉得将真相告诉你们是我的责任。错乱导致了克里斯蒂娜的死亡,与 MOC 和 α-Ω 公司告诉你们的相比,它要远远危险得多。"

这就是真相。瑞吉儿对着摄像头解释了拉施米教授对她说过的话。

"我不理解,为什么他们认为地球上某个任务的成功高于你们的生命。"

这是一个谎言。查特吉已经让瑞吉儿见识了真相。可是,该如何对着一些人说他们并非人类呢?如果乘员组知道了整个真相,会发生什么事?她只是传动机构上面的一个小小齿轮。她无法修复从一开始任务本身就出现的漏洞。

"作为太空舱指挥官,我始终支持你们。"瑞吉儿为整个消息划上了一个句号。

这是一种承诺。通向真相,或是化身为谎言,完全掌握在她的手中。

牧羊人 1 号

2094 年 5 月 6 日

　　真是一个糟糕的夜晚。本杰明最多连续睡了 20 分钟。他总是去触碰后脑那里的肿块。如果对着肿块按下去，肯定就不会有睡眠问题了。可是，接下去会发生什么事呢？他真的是一台机器，按下按钮就会关机吗？关机之后，大卫虽然说感受不到后续影响，可本杰明能指望情况完全相同吗？接通电源的时候，如果记忆重新复位，该如何处理？如果他突然忘记了前几周发生的事情，该怎么办？

　　他们能把埃里克关机，这已让 MOC 的一个算盘落了空。埃里克扮演了一个什么样的角色？他是一名同谋者？还是仅仅供他们驱使？在用钻头做实验的时候，埃里克表现得和亚伦同样吃惊。他不知道自己身为何物，他了解的信息也是不完整的。

　　这件事情至少有好的一面，持怀疑态度的并非只有他一人，而且怀疑都变成了现实。本杰明把曾经裹在身上的被子叠好，脱了衣服，一丝不挂地朝淋浴间走去。α-Ω 公司构建的幻象确实特别成功，本杰明甚至感觉闻得到早先的汗味。这让他坐卧不安，渴望着洗一个热水澡。

本杰明在控制中心遇到了亚伦和大卫，他们呈直立状飘浮在大屏幕前面，正在一起观看4天之前地球上举行的一场足球赛。本杰明觉得这简直太疯狂了。为什么这两个家伙还对人类疯狂的活动感兴趣？他们可是刚刚获悉自己不再是人类的一员。可是，亚伦和大卫兴致勃勃。他们各自欣赏着心仪球队的精彩比赛。本杰明有一点嫉妒他们的共同爱好了。

"比赛还要多长时间？"他问，"我很想和你们聊一聊今后的事情。"

"暂停。"亚伦说，然后足球就悬在半空不动了。

"我们稍后再看到比赛结束，"大卫说，"但是先别透露比赛结果。"

"我根本不知道是谁在比赛。"

"这是冠军联赛。拜仁莫尼黑对阵皇家马德里。"大卫说。

"慕尼黑。"亚伦纠正他。

这个元音听起来很奇怪，可是亚伦应该是知道这个发音的。

"那么，我们的未来是何模样？"大卫问着，同时让自己的身体慢慢向后倾斜。

"再好不过，"亚伦说，"否则还会怎样？"

亚伦模仿着大卫的动作。两个人都在绕着一根大致穿过髋部的轴自转着。

"你们喝醉了吗？"本杰明问。

"我们会喝醉吗？"大卫反问，"虽然我们可以把酒精倒进自己的身体，可是它又会原封不动地出来。让我假设一下。也许，我们的意识会模仿酒精产生的作用。"

"喝一杯葡萄酒，我就感觉自己醉了，反应开始迟钝，"亚伦说，"即使可能纯粹是一种心理效应，也感觉很真实。"

"就像幻觉中感到疼痛一样，"本杰明说，"那种疼痛感觉也完全真实。可是，这中间有着本质的区别。"

"会是什么区别?"亚伦问。

"那是一种模拟的感觉，并不真实。人体不能轻易摆脱醉意，而我们却可以，至少理论上可以。"

"我们没有办法真实地看到自己的血。"亚伦说。

"你根本没有尝试过。"本杰明反驳道，"我自问，如果我们明知道这是个幻象，却还深陷幻象之中，会怎么样? 也许，我们可以学着对它加以控制。"

"你认为，这会是一个受意识控制的过程吗?"大卫问，"如果我决定不再冷得发抖，就会感觉温暖吗?"

本杰明想起自己曾经用钻头对着小臂做过的实验。疼痛的感觉一度非常剧烈，然后却突然消失了。

"也许，这根本没那么简单。"本杰明说，"也许，我们不得不有意识地打破那些加在我们身上的界限。我们的意识或许拥有某种忍耐的上限。对于温暖、压力、疼痛、寒冷等等，意识都在它的能力范围内加以分析。可是，如果刺激过于强烈，意识就停止了工作，变得不再敏感。而我们也开拓了远超人类的活动范围。"

"好主意，"大卫说，"我猜，人类的身体机能确定了这个上限。人类的忍受限度有多大? 零上 50 度或 60 度? 零下 50 度吗? 在我们战胜它之前，疼痛要达到什么程度? 对于这些，我们一定要尝试一下。"

"我们不是要谈一谈自己的未来吗?"亚伦问。

"这就关系到我们的未来,朋友!显而易见,人类向我们撒谎,欺骗了我们。可是,人类也许还给了我们远胜于他们的某样东西——从根本上更具效率的躯体。这就是我们的未来,确定无疑。"

"把你的一根手指给我。"大卫说。

熨斗透出红光。本杰明用食指敲点着前额。

"亚伦,你敢吗?"

"我看上去有那么笨吗?这种实验纯属无稽之谈。不过,我们可以借埃里克的手指一用,反正他现在也没有什么感觉。"

"这有点卑鄙,而且也违背了实验的目的。"大卫说,"我们必须知道自己忍耐力的上限。这只能靠我们自己体验了。怎么样?"

本杰明摇了摇头。他讨厌痛感。

"好吧,那我来试一下。"大卫说。

他看着自己的无名指,好像在向它告别。然后,他把这根手指放到熨斗上,却马上缩了回来,而且向后飘移了一段距离。

"你们按住我。"他说。

"你肯定吗?"

"是的,本杰明。"

本杰明抓住大卫的左肩,亚伦则按住大卫的右肩。

"准备好了。"本杰明说。

大卫再一次把自己的无名指按到熨斗上。这一次,他没有移开手指。他呼吸加速，额头现出汗珠，紧咬着牙关。伴随发出的声音刺激着神经，发出的气味更是难以忍受。闻起来不似皮肉的味道，更像是被烤焦了的橡胶。大卫的表情放松了下来。本杰明朝熨斗看去，大卫的无名指还在那里。

"疼痛感消失了。"大卫说，"太棒了！我某个时候感觉就是要压倒痛感。结果我做到了。"

大卫动了动手臂，手指还在原处不动。

"你们帮帮我好吗？"

三人一起扯着大卫的手臂。那根无名指还是牢牢地粘在熨斗上。

"你们应该加点油。"大卫说。

他们又扯了一通。伴随着一种撕扯的声音，手指脱离了熨斗。大卫高高地举起了它，下端焦黄而又扁平。大卫将它活动了一下，关节灵活依旧，皮肤也随之运动。

"疼吗？"本杰明问。

大卫给出了否定的答案："可是，你们想必能看到我这根手指的样子。就像我看到的一样，下端都是大大的水泡。"

大卫抚摸着这根手指。

"这些不是水泡，"亚伦说，"贴着熨斗的位置被烤焦了，而且呈扁平状。"

"和我想得一样。实验成功了，对吧？"

"祝贺你，大卫。"本杰明说。

"你们不想试试吗？"

"不了，谢谢你。"亚伦和本杰明异口同声。

✗ ✗ ✗

为了做第二次实验，他们需要一瓶液态的氮。而在存储室找到一瓶，则需要一刻钟的时间。

"我们马上就在这里试一试吧。"大卫说。

"这可是你想知道的？"本杰明说。

"当然，难道你不想吗？我想知道我们确实具备何种能力。"

这也许是最好的策略。不苦苦追忆过去，而是着眼于未来。但愿大卫能够成功，他堕落了。

"好吧，这次我来试一试。"本杰明说。

大卫用无名指被烫伤的那只手拍了拍本杰明的肩膀，眼睛眨也不眨一下。可能烫伤没那么严重。

亚伦举起氮气瓶，将一根活动软管塞进瓶口，然后打开了氮气瓶龙头的保险。

"把你的手放到下面。"他说。

本杰明照做着，同时想起了物理实验课的场景。当时，他们通过实验将软软的香肠变得坚硬异常，然后猛切一掌，香肠就粉身碎骨了。确切而言，这根本不是本杰明的记忆。这些记忆可能属于谁呢？它们是人工合成的吗？或者是由 α-Ω 公司窃自真人？

"我现在要拧开龙头了。"亚伦警告说。

"哎，稍等，还是换左手吧。"

本杰明移开右手，将左手塞到软管末端的下面，那里有白色的雾气涌出来，然后扩散到舱室的各个方向。雾气给人的感觉凉凉的，但是并不寒冷刺骨。然后，从软管涌出了一种透明液体。看上去好像是小便喷涌而出，只是颜色不同而已，而且温度不低，很热，非常热。尽管亚伦随时都在扑救，本杰明的皮肤还是烈焰熊熊一般。这就是冰冻的感觉吗？

"该死，好疼啊！"本杰明叫了出来。

大卫按住他的肩膀。

"我觉得，这足够了。"然后大卫说。

"不，不要停，亚伦！"本杰明想法不同。

既来之，则安之。本杰明想体验疼痛感减弱的那一刻。他们几人早就笼罩在一片蒸气云雾之中。这片云雾并非来自于氮气——氮气是透明的——而是他们呼出的空气遇冷凝结所形成。

直至看到自己的手，本杰明才发现，事情已有了结果。疼痛感消失了。他本来期望一种无边的放松，可是并没有。不如说是某人设置了一个开关。疼痛感产生——疼痛感消失。本杰明通过自己的想法就可以控制疼痛感的有无。这真的是好极了！本杰明小时候看过漫画，他感觉自己就是某个漫画中的超级英雄。或者在植入性的记忆中曾经看过。这种感觉真奇怪。他曾坚信能把握住自己，可现在……现在他有能力让自己产生或消除疼痛感。这是真正自由了的感觉吗？

"有效果了。"他说，"我感觉……有种更自由的感觉。"

"你瞧瞧。"大卫说。

亚伦拧上龙头，拆下软管，然后把所有东西都整理好。

"我们现在去主隔离间吧。"亚伦说。

✕   ✕   ✕

"你肯定吗？"大卫问。

亚伦飘浮在主隔离间的中央，他的宇航服就在身下。

"我们不是已经讨论过了嘛。"亚伦说。

"如果我们多多少少需要氧气呢？"大卫问，"如果我们的能量现在取自燃料电池呢？那么，我们就会用到氧气，为了……"

"如果能量耗尽，我就会倒下。你们把我抬出去，给我充电，完美。"

"听起来如此简单。"

"别担心，大卫。我受得住。"

"亚伦说得对。这样做会有用的。"

"按你们说的办。"

大卫按下按钮。隔离间的门动了起来，随着响亮的"啪"的一声锁住了。

大卫的身体没有动。

"现在排出空气。"本杰明提醒他。

"哦，明白。"

大卫按下另外一个按钮。他们看到隔离间内一盏红灯亮了起来。亚伦朝他们挥手示意。本杰明盯着刻度，它慢慢地从100％开始下降。同时，舱室内的空气被排出。亚伦在做鬼脸。他不时去摸自己的脖子，装着好像就要窒息。大卫的手伸向安全按钮，却没有按下去。

"你看，他在哈哈大笑呢，"本杰明说，"他就是在耍我们。"

刻度降到30％的时候，亚伦停止了表演。现在，他看上去似乎真的要窒息了。

"要停下吗？"大卫对着话筒喊。

亚伦摆了摆手。他似乎不能说话。本杰明的汗流了下来。眼睁睁地看着一位朋友窒息，这可真不容易。如果自己先让人关进隔离间就好了。现在，亚伦的脸上泛着蓝光。大卫把摄像头直接对准亚伦的面部，以便于它仍然可以透过红光显现出来。亚伦的眼珠有一点向外突出，这是因为受到低压的作用。可是，看上去并不存在压力差。一个普通人的皮肤也能承受压力差而不至于爆裂。而且他们并不是普通人，他们有所不同，是一种特殊的存在。

亚伦的头摇来摆去。这一定是在抽搐，不会是一种正常的表现。

"我们停下来吧。"大卫说。

很明显，他看到的和本杰明一样。可是，亚伦狂乱地挥动手臂表示拒绝，而且大声地喊"不要"。什么声音也听不到。没有空气，就不会有声波。抽搐停止了。大卫的手指又从按钮处移开。亚伦从头到脚地触摸自己。什么都不缺，大卫想喊给亚伦听。这是一个弊端，不穿宇航服，亚伦就没有无线电设备。也许，不穿宇航服就到舱外并非明智之举。可是，他们至少不必再担心自己的空气储备了。亚伦的两个大拇指高高举起。我很好，这是这个动作的意味，你们可以给隔离间注入空气了。

"没有空气是什么感觉？"本杰明问。

"你自己尝试嘛，"亚伦说，"一开始，你确实有这样一种感觉，你就要死了，而且死得很难看。就算是死敌，我都不愿意他窒息而死。可是，突然你就满血复活了，好像有一个开关在控制着。"

没错，这就是他经历的一切。

"现在如何？"大卫问，"我们还能发现什么非凡的能力？"

"其实什么也算不上，"亚伦说，"刚刚在里面的时候，我产生了一个想法。你们还记得我是怎么发现克里斯蒂娜的吗？她的头盔损坏了，我就以为她没命了。"

"我们当时都抱着同样的想法。"本杰明说。

"当时没错，可现在我们知道了，我们根本不需要什么氧气。也许，克里斯蒂娜就是关机了，可我们这帮笨蛋把她当做尸体送进了太空。"

这真是太合乎逻辑了。克里斯蒂娜肯定不是飞船上仅有的一个人类。

"我们现在更聪明了。"大卫说。

"天哪，伙计们，你们是装傻，还是真的够愚蠢？我们去把她接回来啊！再让她重新开机。"

"可是，我们抛掉她的尸体已经好久了。"大卫说。

"躯体，不是尸体。而且，我们几乎没给她的躯体加速，克里斯蒂娜不可能离我们很远。"

"亚伦，这是一个了不起的想法。"本杰明说，"那么，我们没多久就又要聚齐了。"

"没错，我们好好地制订一个计划吧。"大卫说。

"地球传来消息。"牧羊人1号的舰载计算机报告。

"显示消息。"大卫说。

他们的太空舱指挥官瑞吉儿出现在屏幕上。可与以往不同的是，背景中看不到 NASA 和 α-Ω 公司的标志，音质也明显较差。本杰明检查了一下这份文件。它利用低位速率编码，所以不需要很高的传输功率，而且并非位于常见的 X 频道。发消息的人位于地球，但无法确定其位置。信号的开头有一个由 6 个字母组成的识别号：ISTRAC。一定是印度人。计算机确认了他的猜想。为什么瑞吉儿要通过印度的DSN 给他们发这样一条消息呢？

亚伦启动了解读程序。瑞吉儿看上去完全不同于往日，她没有正襟危坐，而是显得有一点恐惧。她语速匆忙，似乎背后正有人追赶。她很快就说到了正题。

"作为太空舱指挥官，我觉得将真相告诉你们是我的责任。"瑞吉儿说，"错乱导致了克里斯蒂娜的死亡，与 MOC 和 α-Ω 公司告诉你们的相比，它要远远危险得多。拉施米教授相信，错乱会在几天之内毁灭整艘飞船。α-Ω 公司一心想完成观测项目，所以将这条信息秘而不宣。可是，作为太空舱指挥官，我有义务保护你们免遭伤害。可惜的是，我们现在不知道有什么办法可以清除错乱。拉施米教授正在研究这个问题。你们身在太空，或许也想到了什么办法。使牧羊人 1号朝背离太阳的方向航行，虽然降低了地球的风险，却拯救不了你们。请回复我的消息！每次回复我们都冒着信号被捕捉的风险。如果我失去了这个职位，MOC 就再没有人站在你们一边。整个项目都置于 α-Ω 公司控制之下，都是为了探寻宇宙的起源而服务。照顾好你们自己。我不理解，为什么他们认为地球上某个任务的成功高于你们的生命。作为太空舱指挥官，我始终支持你们。"

画面定格了。瑞吉儿头发散乱，似乎今天没有梳洗。她的面部表情无助而绝望。

"她真是一位善良的太空舱指挥官。"本杰明说。

"我不知道。她最多只告诉了我们一半真相。"大卫说。

"你是说我们的身体吗，大卫？"

"是的，我是说这个，我们是仿生人。"

听到"仿生人"这个概念，本杰明百感交集。他不由得想到已有百年历史的电影《银翼杀手》，里面有人类的复制品，还想到了他们自己的命运。

"也许，她对此一无所知。"亚伦说。

"我不这么认为。"大卫说，"你想想所有的事实吧，现在它们才有了头绪。我们没有足够的喷射物质用于返航，我们的食物仅够数月之用。地球上的人只要头脑清醒，就不会视而不见。"

"我们的食物不够了吗？"亚伦问。

"你们还不知道吗？发现埃里克之前，我就在翻寻存储室的时候注意到了这一点。有足够的备件用于维修探测器，可就是没有足够的食物留给我们。一旦我们完成了任务，这帮猪很可能打算干脆让我们停机。"

"看起来，我们也不需要什么食物。"本杰明说。

"没错，可是他们还不知道我们已经知道了。如果我们没有发现自己的身份，我们可能会以为自己面临一个很严重的问题。"

"对我而言，这些可能性过多了。"本杰明说，"我会信任太空舱指挥官，直到相反的一面得到证实。也就是说，我们必须赶快找到一个办法摆脱错乱。"

"我想起一部老电影。"亚伦说，"在电影里面，反派向主人公扔了一枚拉开保险的手榴弹。主人公很快把手榴弹扔了回去，问题解决了。"

"你是说，我们用同样的方法摆脱错乱，正如错乱通过 SGL 来到我们这里？"

"这会是一个可能性，没错。"亚伦说着，同时指向头顶，"可惜，这方面的女专家还在路上某个地方。"

"那么，现在确实是到了接克里斯蒂娜回家的时候了。"

"可是，如何接呢？我们没有能接她回来的飞行器了。"亚伦说。

"你忘记了，我们根本不需要什么飞行器。我自己飞。"本杰明说。

一面深而黝黑的湖横在他的面前，湖中极微小的光点更让人感觉到无边的黑暗。打开的舱门好像一片坚实的地面，是进入深深湖水的连接处。本杰明伸手抓去，却没有触碰到什么，这完全属于视觉幻象。

本杰明停住呼吸。他体内某处呼唤着空气，这是一种来自于动物性需要的感觉。但这只是一种习惯而已，无它。本杰明将注意力集中在一句话上：我不需要呼吸。他的胸腔不再起伏，肺部，或者他体内负责空气交换的某个部位，停止了工作。

"一切都好吗?"

本杰明手持着头盔，亚伦的声音从里面传来。本杰明戴上头盔，他需要配备了无线电的头盔，以便和大卫及亚伦通话。本杰明将面罩翻折到下面。他们计算过克里斯蒂娜肯定会经过的路程，那理应是一种直线运动，可在太阳引力的作用下，实际当然并非直线。在3人之中，本杰明的体重最轻。因为没有穿宇航服，他的体重大致与克里斯蒂娜相当。所以，他们可以忽略太阳的引力。本杰明启动的时候，只要对准克里斯蒂娜的方向就可以了。如果他的速度更快，就一定会赶上克里斯蒂娜。面罩会显示前进的方向。

不再纸上谈兵了。实际情况是，虽然他们通过录像观看了克里斯蒂娜的航天葬礼，并从中计算得出她离开隔离间的矢量，但是计算精度却不尽如人意。本杰明将跟踪最可能的轨道——还要借用可携带式雷达探寻克里斯蒂娜的躯体。如果实际飞行轨道与计算值相差不多，他就会找到克里斯蒂娜。

"你准备好了吗？"亚伦问。

一个喷射背包和一只配有无线电的头盔，如果只带着它们跳入生存条件恶劣的太空，这算准备好了吗？可两个星期之前，克里斯蒂娜连这些也没有。如果她在这中间醒过来，该如何是好？不要几分钟，没有空气的痛苦就会过去。但明明知道自己还拥有生命，却永远在太空中流浪，想必一定难以忍受。

"是的，我准备好了。"本杰明说。

"我们还可以换人。"亚伦说。

像大卫一样，亚伦也穿着宇航服。

"谢谢你，还是我来吧。"

"好吧，至少每半个小时联系一次。"

"明白。"

本杰明扯紧肩带。按照他们所编的程序，喷射背包会自动跟踪预设的矢量。直到在太空某处发现克里斯蒂娜的踪迹，本杰明才有必要干预飞行轨迹。

"我不在的时候，别做傻事。"本杰明叮嘱道。

"山中无老虎……"大卫大笑着说。

笑声有些矫揉造作，可也许是无线电传输的原因。

"可是，我们不担保不对错乱做点什么。"亚伦说。

"别担心了，如果错乱给我们制造麻烦，我会踢它的屁股。"大卫说。

本杰明倒是很想看看错乱如何干扰大卫。他猛地动身了。每过一分钟，克里斯蒂娜离飞船就会越远；每过 1 分钟，他所要搜寻的半径就越大。

本杰明轻轻蹬离隔离间的边缘，跃入无边的深渊。面罩中的电子箭头始而旋转，继而变换各种形状。喷射背包的喷嘴开始工作，带着本杰明进入轨道。箭头稳定地指向一个绿色的十字，他朝那个方向飞了过去。

飞行毫不真实。过了半个小时，本杰明感觉自己好像还停留在原地。牧羊人 1 号从视线中消失了，不再作为参照。星星好似粘贴在黑暗的天幕上。没有因移动而引起的风。没有空气掠过他僵硬的皮肤。自从喷射背包的喷嘴如期关闭，就感受不到有什么力作用在他身上。

克里斯蒂娜的身体以每小时 3 千米的相对速度离开了飞船。在过去两周内，她飞离了大约 1000 千米。路途漫漫。本杰明正以每小时 45 千米的速度飞行。也就是说，不出一天，他就能到达克里斯蒂娜的实际所处位置。回程需要更长时间，因为喷射背包还得额外承受克里斯蒂娜的重量。

两天之内，本杰明将独处太空。可是，这种孤独并不让他担心，他担心的是因此而失去的宝贵时间。

牧羊人 1 号

2094 年 5 月 7 日

"我们在夜里失去了飞行器 C。"亚伦说。

"什么意思?"本杰明问。

"错乱几乎把它整个侵占了。我把画面切换到你的面罩里。"

乍一看,飞行器几乎完好无损。在维修过程中,他们确实完成了所有工作。可是,本杰明看到了拍摄这幅画面的宇航员的腿部,它没膝陷入飞行器的外壳。宇航员把腿拔出来的时候,一个洞口赫然露出,继而腾起一片尘雾。

"牧羊人 1 号怎么样了?"本杰明问。

克里斯蒂娜的飞行器位于牧羊人 1 号的外缘,也就是飞船圆环的某个钢梁连接控制中心的位置。如果飞行器已经被错乱侵占,它就会很快转移到飞船上。本杰明想到了瑞吉儿的警告。

"我们很幸运,错乱的起始点位于飞行器的外壁,那里离飞船相对较远。飞船现在还完好无损,但也不会保全很久了。"亚伦说。

"还有多久?"

"一天吧,据我估计。"

本杰明必须抓紧时间了，他还没有克里斯蒂娜的半点踪迹。

"你们也可以研究一下 SGL，"他说，"也许，我们根本就不需要克里斯蒂娜?"

迄今为止，本杰明已经飞了 23 个小时，喷射背包将他的速度降为每小时 3 千米。克里斯蒂娜想必就在附近什么地方。为什么他们当初不把她的身体存放在冷冻室?

因为这是 NASA 那帮人的意愿。很奇怪，本杰明在太空越久，就越觉得人类很陌生，而他不久之前还是其中的一员。为什么他们几个要去解决人类遇到的问题?干脆将驱动装置调到最大功率，让牧羊人 1 号直接飞去地球，然后重新找一个行星，只为他们自己寻找。他们有的是时间。

这属于忘恩负义吗?如果没有人类，也就不会有仿生人的存在。可是，人类并非为了仿生人本身而创造它们。仿生人并非因爱而生，而是出于某种必要。一旦人类不再需要，它们就会被关机。

"还是一无所获吗?"亚伦问。

该死。必须更加集中注意力了。本杰明让前 3 分钟的雷达图像快进。不，没有克里斯蒂娜的雷达回声。可是，她肯定就在这附近。本杰明启动了准备好的搜索程序。喷射背包让他能够在稍微远离轨道的地方搜寻。雷达的覆盖范围毕竟有限。本杰明沿着某个方向离开自己的轨道，然后加以探测，之后再换到另一个方向。这样下去，他肯定能在某个时候邂逅克里斯蒂娜。问题是，喷射背包的燃料耗尽之前，是否可以遇到她。

　　有规律地变换方向，这至少有一个好处，那就是让本杰明感觉得到自己是在前进、后退或是侧移。他活动了一下自己的四肢，皮肤有些许张力，还没有被冻僵。他体内的能源提供热量，使他免于受伤。与在地球大气层相比，虽然他的体温在真空中下降较慢，但太空中的低温没有下限——仅比绝对零度稍高一点。

　　关机之后，克里斯蒂娜的身体是否还具有类似的保护机制？他们曾假定，克里斯蒂娜的体温已经降到了环境温度。所以，他们认为雷达更能帮助他们成功。可是，本杰明必须首先捕捉到反射回来的雷达波，才能让雷达显示出什么。在夜里，人的肉眼都能看到 2.6 千米之外的火光，克里斯蒂娜的身体装配了加热设备，对于使用了红外线的他而言，就像一座小型灯塔。本杰明关闭了面罩中的路线显示画面，切换到红外摄像模式，目光向四周扫视。

　　那边有一个光点，大约在 2 千米之外。本杰明将这个光点设为目标，喷射背包开始加速。

　　光点化为一道短短的线条。然后，线条开始变粗。前部是一个球状物，后面则是一道指向上方的钩状。克里斯蒂娜一定是仰面躺着。

　　5 分钟之后，本杰明赶上了克里斯蒂娜。她就躺在那里，还是他们在隔离间处理之后的样子。她两眼紧闭，双腿并拢，手臂放在身体的两侧，面部皮肤如蜜蜡般柔软。本杰明摸了摸她，体温在冰点之上。他又摸了摸她的后颈，那里的头发硬得不同寻常。那里就是开关，他也有一个。本杰明犹豫了片刻。让她继续星际航行，对她不是更好吗？不会再担心什么，不会生气——也不会因为人类撒谎并欺骗了他们所有人而发怒。

克里斯蒂娜是无辜的。也许，她甚至抱着某种信念求死，认为自己拯救了地球和同事们。如果本杰明唤醒她，她就会了解到整个真相，而且就在 3 分钟之内。克里斯蒂娜没有穿宇航服，所以她最初以为自己会窒息。到时候，她就会本能地知道，自己的整个一生都是一个谎言。

尽管如此，本杰明现在必须按下这个按钮。也许，克里斯蒂娜的想法才具有决定性。她熟悉 SGL 的方方面面。她有意引起了爆炸，却没能拯救飞船。现在，她有了第二次机会。有谁曾死而复活，又由彼岸重返此岸，只为了做件善事呢？

现在，本杰明化身为戏剧人物。他必定与此刻拥有的权力脱不了关系，这是起死回生的权力。

本杰明按下了克里斯蒂娜颈后的按钮。

她睁开了眼睛，稍看了看头顶，然后左右扫视，看到了本杰明。她的嘴张开了，是想说"你好"，却没有声音发出。这时候，她才发现自己呼吸不到空气。她的胸腔快速起伏着，头向后挺，四肢抽搐。这是一种残酷的游戏，宇宙的静谧使这种游戏更加骇人。本杰明抓住克里斯蒂娜的手，她注视着他。

"马上就好了。"他说。

然后他想起来，面罩挡住了自己的嘴唇。他把面罩推高。

"我陪着你。"他说。

克里斯蒂娜无声地重复着这句话。她的胸腔不再快速起伏。时间已到，她成功了。她的意识不再尝试做出人类的反应，她的身体慢慢地适应了现状。

"你回来了，真好。"本杰明说。

克里斯蒂娜点了点头。也许，她可以读懂他的唇语。本杰明打开头盔无线电通讯。

"牧羊人1号吗？有好消息，我找到她了。我们这就返航。"

"恭喜你！"亚伦说，"我们很高兴。可是，你们要抓紧时间。错乱现在已经蔓延到飞船了。"

"有多严重？"

"飞船的一部分轮辐自动闭锁了。如果要蔓延到控制中心，可能还要几天时间。"

"我们这就返航。可是，因为重量翻倍，肯定要超过一天了。"

"这可不妙。"

"我有一个主意。"

"有主意总是好的。"

"我慢一点返回飞船。"

"'慢'和我们现在需要的恰恰相反。"

"我把喷射背包固定到克里斯蒂娜身上。她就会明显加速，一天之内肯定返回。"

"本杰明，那你怎么办？"

"我就晚点回来。"

"有多晚？"

"可能要两个星期。"

"你想一个人在太空度过两个星期的时间，你疯了吗？"

亚伦可能说得没错，两个星期可真够长的。为什么他当时不立刻想到再带上另一只喷射背包呢？如果克里斯蒂娜也无法清除错乱，又该如何？那么，他就会是唯一的幸存者，而且要永远停留在太空了。

"我会回来的。"本杰明说。

"我有一个更好的主意。"大卫在插话，"我带着两只喷射背包迎面而来，那我们两个最晚后天就可以回到飞船。"

"这太好了。如果你来的时候同时使用两只背包，我们甚至只需要一天半的时间。"

本杰明终于成功地将背包套在克里斯蒂娜身上。没有了作为交流工具的语言，这可真不容易。可是，这也有一个优点，就是他不必解释什么。如果他晚于克里斯蒂娜一天回到飞船，她早就熟悉了情况，也许已经拯救了世界。

即使一切都那么不真实，还是感觉很美好。奇怪的是，本杰明的内心始终都保持着乐观。无论如何，他们都会找到办法的。

本杰明启动了喷射背包。他为驱动装置设计了一个编程，使得克里斯蒂娜能尽快赶到飞船那里。她飞离的时候，朝本杰明挥了挥手。

"回头见！"本杰明喊道，却没有听到任何回应。

休斯敦

2079 年 2 月 26 日

"你现在好些了吧?"查理斯问。

这个马屁精!他知道自己的老板劫持了她,还抓了她的女儿吗?瑞吉儿请了两天病假。她宁愿就这么一直守望着爱丽丝鸿德拉。可是,她当然不可以一直闭门不出。

"消化不好,"瑞吉儿说,"你不会想知道细节的。"

"明白,"查理斯说,"可是,你看上去还没有完全休息好。"

还能怎么办呢?她担心着:母亲可能随时都会打电话来,说爱丽丝鸿德拉不见了。除了拉施米教授,没有人知道发给牧羊人 1 号的消息,而瑞吉儿是信任教授的。可是,如果宇航员们收到消息之后要回复,又该怎么应对?

瑞吉儿打了个寒颤。她参与的事情已经超出了自己的能力。可是,她会就这么抛弃乘员组吗?

"我知道,NASA 在病假方面不是很大方,"查理斯说,"可是,我愿意帮你说话,让你再休息几天。如果你身体累垮了,对牧羊人 1 号没有什么好处。"

是你老板让我身体垮掉的，你这个笨蛋。也许，查理斯只是良心不安。他或许不知道细节，可他大概感觉到查特吉对她做了什么。他不是一个坏人，只是谁也不愿意得罪。她不应该过度惊吓到他，也许还需要他帮忙。

"算了，工作对我来说也是一种放松。"她言不由衷地说，"眼下，我不是很想待在家里。"

"哎，我也是一样。如果待在家里，我就无所适从。在这里，我感觉自己还有用些。"

你在这里的用处，就好像你桌上的灰尘。

"这真不错。"瑞吉儿说。

她转向自己的电脑屏幕，随便输入了一句。

"哦，对了，你要工作，"查理斯说，"我不多打扰了。"

瑞吉儿没有答话。可惜，要做的不多。她预计，3月初才会与牧羊人1号进行下一次正式联络。但愿太空中的乘员组一切都好。尽管如此，还是希望他们没有看到她暗中发出的警告。这样一来，她良心既安，自己和爱丽丝鸿德拉也不会身处危险之中了。这样算自私吗？

将近中午时分，瑞吉儿手提包中的电话振动起来。来电者不详，也许又是讨厌的广告推销。瑞吉儿按掉了电话。

可是，如果是一个重要的来电呢？或许有人劫持了她的女儿，现在想跟她谈谈条件，满足这些条件才可以接回女儿。瑞吉儿抓起电话，慢慢地向出口走去。

对于这个季节而言，外面热得非同寻常。可待在外面，至少不会有人注意到她在流汗。瑞吉儿环顾四周，附近没有人可以听到。她回拨了刚才的号码。

"瑞吉儿，您马上就回给我，真是太好了。"

电话中的英语软软的，好似在唱歌，瑞吉儿马上就听了出来，是拉施米教授。

"很抱歉，我刚才没能立即接听。"

"没关系，我刚才已经想到您正在忙着。我整个晚上都在思考，能为您和乘员组做些什么。"

"教授，您真好。"

"我不是教授了。就叫我瑞图好吗？"

"好的，您叫我瑞吉儿吧。"

"那么，瑞吉儿，既然我主动联系，您也许已经意识到了，我的思考有了结果。只要还没有找到答案，问题就会一直缠绕着我。我会苦苦思索，直到最后有所发现。"

"那您运气一直很好，从来没有遇到一个无解的问题。"

"在物理学上，没有解决不了的问题，这不同于政治。我不想多耽误您的时间，言归正传吧。关于做什么可以应对错乱，我考虑了很久。即便我们印度这里颇多神祇，化身为神似乎并非离经叛道，我也觉得这样不太现实。"

"然后您就有所发现了吗？"

"理论上是的。我以错乱的自然属性为出发点。让我们谈一谈量子隐形传态这种现象吧。如果我说得太过复杂，您就打断我。"

"好的。我的物理学知识还够用呢。"

"SGL 无意间将某种量子状态从极远处传输到这片宇宙。"

"可是，这不是非常没有可能吗？"

"也许，遥远距离之外的那个空间，在那个时间，拥有不同于今日的属性。与我们所处的宇宙空间相比，那里的每一种量子状态都有所不同。可是，如果要实现传输，这里与那边必须存在曾经产生过纠缠状态的粒子。这并非完全没有可能。让我们想想吧，膨胀之前的宇宙是有多么渺小。当时，粒子纠缠可能还很常见，正如人类的双胞胎。正是宇宙开始了膨胀，本来纠缠在一起的粒子才被分开。"

"引力透镜让一家人得以团聚。"

"大概如此。也许，我们也可以用这种方式清除错乱。"

"哦，我们是通过同一个通道将错乱遣送回去吗？"

"不，过程是不可逆的。如果光波因为被观测而导致弱化，粒子就会失去它们的量子属性。错乱已经在我们所处的宇宙横行，我们必须以此为出发点。"

"听起来，似乎没有办法了。"

"我们无法清除错乱，无法修复它。但我们可以给它贴上一块膏药，从而阻止它继续扩散。我希望至少能做到这一点。"

"我很期待。"

"也许你马上就受到惊吓了，因为我的方案并非毫无危险。我是打算将错乱封印在黑洞里面。"

哎！没错，实际上，不可以将黑洞告诉任何人。仅仅7年之前，世界险些遭遇一场灾难，而那场灾难的主角就是黑洞。

"我不认为乘员组会遇到什么麻烦。"瑞吉儿说。

"如果是这样好了。可是，是什么使您如此肯定？乘员组中难道没有损失过人员吗？"

瑞吉儿本应该向瑞图吐露一切的,现在说出所有真相太晚了,

"他们都是真正的科学家,工作对于他们来说高于一切。"

"我相信您会正确地评估乘员组。"

"您还没有解释过,黑洞从何而来。就目前而言,地球附近可能并不存在黑洞。"

"宇宙中存在数十亿的黑洞。我们要做的,就是等到 SGL 对准其中一个。然后,我们就取些东西到这里。这个过程至多需要几天。"

"可是,黑洞不是意味着没有什么可以从中逃逸吗?"

"没有什么物质可以从黑洞中逃逸。可是,我们提取的是黑洞中的信息,我们要将黑洞中的量子状态转移到这里的普通粒子之上。"

"会有效果吗?"

"我们此前没有应用过 SGL。也就是说,此前没有人做过尝试。至少,科学层面并不认为这不会成功。"

"我们不必传送最低质量的物质,以便于黑洞接受该种物质的属性吗?"

"不,瑞吉儿,我们传送物质的属性,物质本身处于黑洞之内。属性是独立于物质而存在的。显微镜观察到的物质萌芽想必就表现得如同一个常见的黑洞,只是规模很小而已。"

"可是,黑洞容得下错乱吗?它现在的范围已经很大了。"

"黑洞可以变大。如果我们在错乱的范围中央制造一个黑洞,它肯定会吞噬周围物质的单个原子,而且会延续着一个持续变大的过程,直到没有物质存在。"

"听起来很像错乱的行径。难道我们不是在以魔驱鬼吗?"

"不是的。错乱改变的是空间本身,它不需要物质来使自身扩大。

与此相反，黑洞的扩大则依赖于物质。如果物质耗尽，黑洞就达到了它的最大规模。如果一个黑洞的影响范围在数米之内，而且以较远的轨道绕日运转，就不再是一种真正的危险。与此不同的是，错乱会吞噬整个太阳系。"

"抱歉，瑞图，可是我还发现有一个小问题，我们如何阻止黑洞吞噬整艘飞船呢?"

"这会很有难度。这是我想法中的困难之处。可是，这是我思考得出的唯一结果。我知道您很难办，因为您肩负着说服乘员组的使命。为了地球幸免于难，乘员组可能不得不自我牺牲。"

呃，地球如此不厚道地对待乘员组。如果换作是瑞吉儿自己身处太空，肯定不会原谅创造了自己的人。可是，她却只能继续尝试说服。

"我要马上回家录一条消息。"瑞吉儿说，"我们还可以再一次麻烦您在 ISRO 的朋友吗?"

"可以。我保证今天还能将您的消息发给牧羊人 1 号。如果我们能保全地球，使它免遭毁灭，就太好了。您不这样认为吗?"

独处的时候，房子里的声音听起来也有所不同。瑞吉儿的耳畔还响着女儿噼里啪啦的脚步声。冰箱紧迫人心的嗡嗡声和水龙头的滴水声几乎将它盖过，然而并不彻底。母亲两个小时之后才会将爱丽丝鸿德拉送过来。时间其实是足够的，足以用来说服三个仿生人为了人类而献身。

可是，这并不简单。瑞吉儿反复写着开头的句子。"亲爱的同事们。"可这就是胡扯。"喂,身在外太空的你们。"同样属于无病呻吟。她必须真诚些。在一场惊天骗局之后,这可能是唯一的办法了。她对自己也必须真诚些。她并不了解正身处外太空的几个人。虽然他们是她的乘员组,可是她甚至不知道他们是否将自己视为人类。

瑞吉儿去掉了称呼语,代之以列举自己眼中可能的选项。

"你们可以遵从MOC的指令,继续进行观测。错乱的范围会扩大,首先消灭你们,然后就是地球。你们可以启动牧羊人1号,然后飞向比邻星。在这个过程中,错乱可能与你们相伴飞行,它会杀死你们,还会在某个时候消灭我们,但是要晚得多。你们可以将飞船留在原处,自己想办法离开。如果你们速度够快,就能幸免于难,而地球则将不保。或者,你们遵从拉施米教授的想法,尝试让黑洞将错乱吞噬。在这个过程中,你们非常有可能死去,但是地球会得到保全。我不能代替你们评估以上选项,但是我可以尽到太空舱指挥官的责任,为你们提供必要的信息。瑞吉儿。"

关于如何问候,瑞吉儿思考了很久。无论是表达亲昵的情感,或示以友善,都显得太过于虚伪。瑞吉儿再一次通读了整条消息,然后录音并发出。

门铃响了。一定是母亲到了,瑞吉儿向着门口跑去。

牧羊人 1 号

2094 年 5 月 8 日

这是一场怎样的噩梦啊！在黑暗中度过漫漫时光之后，又看到了牧羊人 1 号，她当然非常开心。可是，她不得其门而入。克里斯蒂娜用力敲着隔离间的门。每敲打一次，她就被反作用力弹开。本杰明之前将喷射背包挂到了她身上，使她再次来到隔离间门前。她再次徒手敲向亮闪闪的金属门。

过去的几个小时真是糟糕。她独自一人处于黑色的深渊之中，头脑却一直保持着清醒。本杰明至少也应该告诉她，为何要让她返回飞船！

她一度想借助喷射背包转而飞向本杰明，只是为了不再孤身一人。她最初做出相反的决定，是因为担心自己找不到路。后来，则最担心本杰明只是存在于自己的想象之中。

见鬼！能破门而入，就真是一个奇迹了。很明显，她并非神怪，也是凡胎肉体。可是，这具身体可以在真空中存活。她既不饿也不渴，感觉不到寒冷。用拳头全力砸向金属，也感觉不到疼痛。

这是为何？只有一件事确定无疑，她并非人类。可是，她究竟又是什么呢？

　　克里斯蒂娜利用喷射背包绕着控制中心飞行。一定还有另外一个入口。圆环看上去和飞船浑然一体。所有飞行器都不见了，有几个位置能看出撞击留下的坑洞。可怜的牧羊人1号，他们对你都做了些什么？有一架飞行器还在，可它并没有如平时一般对接在圆环上，而是好像一只肉瘤般贴在某条轮辐的外壁上。这是她的飞行器吗？这很容易确定。也许，甚至存储器都还在那里呢。她加快了速度。乘员组其余几人不可以知道她发现了什么。

　　克里斯蒂娜飞到目标那里的时候，保持双腿向前。她故意没有制动，想让金属外壁挡住自己。可是，那里并没有什么金属外壁。首先是她的双腿，然后她的整个身体都穿入飞行器，好像飞行器只不过是个幻象，是一幅全息图像。她绝望地摆动着双臂，每一次摆动都带起小小的环状灰尘。

　　这里究竟发生了什么事？喷射背包使她加速朝主隔离间飞去。现在，克里斯蒂娜的思绪完全乱了。这只有一个解释——她死之后，一定坠入了地狱。

休斯敦

2079 年 2 月 27 日

"这里是科技运维，我们遇到麻烦了。"

科技运维？这是查理斯的声音。为什么语气如此正式？

"查理斯，出什么事了?"艾莉森问。

"牧羊人 1 号的数据传输刚刚中断了。"

"DSN，出什么事了?"执行官朝着另外一边问。

一名年轻男子在那里开始急速地打字。

"我在这里没有任何发现。"他说，"马德里没有报告受到干扰，澳大利亚也没有。我们已经做好接收信号的准备了。可是，频道保持静默。"

"那么，想必是牧羊人 1 号遇到了麻烦。它主动停止了发送信号。"查理斯说。

"只要乘务组没有发声，我们就毫不知情。好吧，我们从现在开始处于警报模式。我希望所有基站都想办法获取牧羊人 1 号的状态。"艾莉森说。

开始了。飞船上的乘员组似乎已经做出了决定。从现在开始，事情不会再有好看的一面。瑞吉儿真想躲到一个山洞里面冬眠，直到所有的一切都过去。

"我们警告过您。"

这条简短生硬的消息刚刚就出现在她的屏幕上。瑞吉儿绞着双手，想让自己不再颤抖。他们不可能知道。这条消息是一个花招，是在虚张声势。他们希望她自我暴露。

一只手抓向她的肩膀，她吓了一跳，关掉了电脑屏幕。

"抱歉，"查理斯说，"我并没有想惊吓你。我的老板问，是否可以和你谈一谈。"

"当然可以。今天晚上吗？"

"不，马上，大约 1 个小时之后。"

"好的。就在航天中心的咖啡厅吗？"

那里众目睽睽，他们很难特众凌寡。

"好的，我应该为了你的同意而表示感谢。"

瑞吉儿没有答话。无法避免面对面交锋了。绝不可以让人看出来，她和乘员组的行动之间有着某种关系。

"我们在担心。"伊兰·查特吉轻声地说。

一名宽肩男子戴着一副深色的太阳镜，从裤袋里掏出一条白色的毛巾，用它擦拭着他们面前的圆桌。查特吉坐下，将小臂放到桌上撑住整个身体。瑞吉儿坐到他对面，交叉着双臂。这个姿势可能会被对方理解为防御，所以，瑞吉儿又摆出了和查特吉一样的姿势。在这个过程中，她的左肘怼到了软得令人恶心的东西，肯定是残留的酱汁。她极力掩饰着。

"您看上去被恶心坏了。"查特吉说。

瑞吉儿忍不住哈哈大笑。她抬起手肘，将它展示给对方看。

"我蹭到了一摊酱汁。"

戴着太阳镜的男子绕过桌子，将毛巾递给瑞吉儿。她摇摇头，拒绝了。

"我可以为您做什么？"她尽量保持友善的语气。

"关于牧羊人1号发生的事情，也许您有一个说法。"

"我和您一样感到吃惊。如果我想到什么，自然会向MOC报告。"

不可以让他们抓到马脚。α-Ω公司并没有什么证据。即使宇航员们背叛了她，他们的消息也不可能已经传到地球。

"您有某些不想公开说出的想法，这还是有可能的。"

"如果我想起来什么，就会联系您，我保证。还有别的吗？"

瑞吉儿站起身。与此同时，伊兰隔着桌子抓住她的一只手，然后紧紧握住。

"再稍等一下。您真的肯定没有什么应该告诉我们吗？"

瑞吉儿看着查特吉，努力表现出生气的样子，这并非特别难。

"我不知道您在说什么。"

"4天之前，我们位于木星轨道上的一艘飞船捕捉到了一个信号。"查特吉的声音像蛇一样低声嘶鸣，"确切地说，捕捉到了一条消息。就我们所知，它由牧羊人1号的明码编写而成。我们正在还原消息的内容，这有一点复杂，因为我们只有这条消息的某些片段。但专家们向我保证，他们至少能使这些片段可读。这个过程只需要几天时间。如果您事先知道消息的内容，完全可以使我们免于大动干戈。"

该死。可是，她当时不得不冒着这种风险。将无线电信号发送给太空中的接收者而不被监听，这是不可能的。如果有人偶然在正确的时刻调到合适的频率……现在该怎么办？要马上打开天窗吗？不！这太愚蠢了！查特吉正寄希望于她因恐惧而犯错。必须先好好思考一下。

"这可真有趣，"她说，"可能有人未经授权就与牧羊人 1 号通讯联络？也许是宇航员们的某些亲属？"

"有可能。"查特吉说，"可我警告您，如果证明您在破坏我的任务，我就……"

戴太阳镜的男子将一只手放在查特吉的肩上。

"老板，公司要您紧急回去。"

查特吉站起身，然后抚平西装上衣的袖子。

"我们会再见的，施密特女士。"

✕   ✕   ✕

"亲爱的瑞图。"瑞吉儿在傍晚时分开始写一则消息。与此同时，她听到爱丽丝鸿德拉在卧室轻声地唱歌。

多么动听的声音，瑞吉儿听得眼眶都湿润了。她用一块毛巾抹了抹眼睛。

"我需要您的再一次帮助，"瑞吉儿继续输入着，"接下来几天，您能嘱托 ISRO 地面站持续监听某个频率吗？我在盼望一条牧羊人 1 号发来的消息，这可能就是我的救命稻草。千恩万谢。"

　　瑞吉儿的耳畔回响着按键的声音，这声音似乎慢慢沉寂下来。爱丽现在没有在唱，也许她已经睡着了。瑞吉儿站起身，朝卧室的方向走了过去。女儿睁着眼睛躺在床上，正在玩自己的手指。

　　"过来，妈咪，躺到我这里来吧，你看上去很疲劳呢。"

　　瑞吉儿深深地吸了一口气，然后呼了出来。

　　"宝贝，你说得对。这是一个好主意。"

牧羊人 1 号

一个人飘浮在主隔离间的正前方。

"大卫，你看到了吗？"

大卫就在身后数百米之外。

"现在看到了。之前，飞船的亮度一定盖过了人体。"

在红外光里，牧羊人 1 号是远近最亮的物体。对于找到归途而言，这太实用了。本杰明在加速，尽管他知道，这改变不了什么。那具身体一定是克里斯蒂娜。从本杰明的角度看去，她是俯卧的体位。可身处宇宙之中，一切都是相对而言。

"她怎么样了？"大卫问。

本杰明打了个冷颤。他不敢更靠近克里斯蒂娜的身体。如果她真的死了，该怎么办？她正一动不动地悬浮在太空之中。为什么她不进入飞船？

"你说话啊。"大卫在催促。

3 米，2 米，1 米。本杰明距离克里斯蒂娜仅一臂之遥。他抓住她右脚穿的长筒靴，让她的身体开始慢慢转动起来，然后朝她的头部方向移动过去。他想看看她的眼神。克里斯蒂娜的头部随身体转动着，本杰明看到了她的右耳，然后是太阳穴，再之后是她的鼻子。她的眼睛紧闭着。本杰明向后退了退，因为这双眼睛突然睁开了。克里斯蒂娜向前伸出双臂，将本杰明拉近。她的嘴张开了，构成一个"O"形。她朝本杰明的脸部凑过来。难道，她是要亲吻他吗？

她的嘴落在他的面罩上，然后靠着面罩移动。当然，她是在试着利用身体来传导声波，想告诉他什么事情。可本杰明还是什么也听不到。克里斯蒂娜的喉咙里没有空气，就算让嘴唇做出某种形状，似乎也没有生成可以传导的颤动。

克里斯蒂娜又将本杰明从身边推开一段距离。她的脸看起来像玩偶，没有任何表情。也许，人造皮肤在真空中会变得坚硬。克里斯蒂娜的嘴又动了起来。本杰明试着去读她的唇语。

"欧……哦……呃……啊……哎。"

不懂她要说什么。

"大卫，我们需要你的无线电设备。"本杰明说。

"克里斯蒂娜还好吗？"

"她很好，可我听不懂她在说什么。"

"我马上就到。"

克里斯蒂娜的一根手指划过本杰明的胸膛，让他感觉有一点点痒。本杰明注意着克里斯蒂娜比划出的形象。它们是一些字母。

"不"

"要"

"进去"

隔离间！克里斯蒂娜当然尝试过要打开它。一定是有故障了。天哪！如果他们给她一副无线电通讯设备就好了！如果是那样，她就可以联系亚伦。克里斯蒂娜拥有一具仿生人的身体，这可真好。如果她是人类，早就没命了。

"亚伦？我们回来了。"本杰明说。

自从他们重新进入牧羊人1号的无线电通讯范围，亚伦就保持着沉默。也许，他正在睡觉吧。

"本，抱歉，亚伦现在不能回答你们。"

是埃里克！他们不是给他关机了吗？

"埃里克？你在做什么？"

"我在按照之所以创造我们的目的而行事。我在完成自己的任务，在继续进行观测。"

"对于地球上的人类，我们根本不欠什么。恰恰相反，他们欺骗了我们。"

"他们没有欺骗我。也许欺骗了你们，可这不是我的问题。"

"亚伦怎么了？"

"他在睡觉。"

"你把他开机。"

"为什么我要这样做？我的态势很完美。我控制了飞船的系统，可以毫无阻碍地完成任务。将亚伦开机不合乎逻辑。"

"那么，我们来把亚伦开机。我们有3个人，你没有机会的。"

"因为你们把克里斯蒂娜接回来了吗？我对此不抱任何幻想。如果不是她发了疯，你们根本不会卷进这愚蠢的局面。"

再和埃里克讨论下去于事无补。看起来，他的编程严格遵循了任务原则。可是，为什么亚伦又把他开了机呢？难道亚伦自认为可以说服他吗？为什么亚伦至少不等到大家回来再做呢？

"我们现在要进来了。"本杰明说。

"哈哈，玩得开心点。你们可以试一试。"

"大卫，你听到了吗？"本杰明通过密语频道问。

"我们会找到一条入内通道的。"

"太好了。你可以把自己的头盔给克里斯蒂娜吗？我们应该让她了解最新的情况。"

"好的，马上。"

"我也可以把自己的给她，大卫。"

"不，把我的给她。这样一来，你就可以跟她解释，我们以及牧羊人1号都发生了什么。我担心自己始终没有正确理解。"

✳   ✳   ✕

本杰明不得不多次接续话题，才给克里斯蒂娜讲完了整个经过。她问题重重，而本杰明几乎给不出答案。在对话过程中，两个人按照时间顺序回溯，直到说起克里斯蒂娜引发的爆炸。现在，两个人交换了角色。本杰明颇多疑问，而克里斯蒂娜则给不出答案。或者，她是故意不回答吗？本杰明无法做出判断，因为他们暴露在太空中，根本无法读取对方的面部表情。和克里斯蒂娜一样，他的面部肯定也早就冻僵了。

是时候到飞船中取暖了。本杰明示意大卫过来，向他指着隔离间。大卫向他伸出了大拇指。

✖   ✖   ✖

"亚伦说得对，这没有什么用。"本杰明说。

因为用力，他的肌肉感觉在燃烧。主隔离间当然试过了，之后又在损坏的几处位置进入了飞船的圆环，可埃里克在那里也设置了障碍。他的防卫环非常完美，本杰明和大卫束手无策。

"也许，我们不得不和埃里克谈判了。"克里斯蒂娜说。

"绝不。"本杰明说，"此外，我不相信他会谈判。可是，我们在外面也是完全无从使力。"

大卫指了指克里斯蒂娜戴着的头盔。他们不可以三人同时通话。克里斯蒂娜把头盔递给了大卫。

"我们应该休息一下。"大卫说，"我们一起出出主意。如果只靠蛮力，我们只能一筹莫展。"

大卫把头盔又戴到克里斯蒂娜头上。

"大卫建议我们休息一下，一起出出主意。"本杰明解释说。

克里斯蒂娜用手指比了一个同意的手势。本杰明打开工具袋，从里面取出一根安全绳，将它拴到克里斯蒂娜的腰带上。大卫也照做了。这样做让人安心——现在，安全绳至少不会让任何一个人分开，除非埃里克想到打开主驱动装置。如果是那样，埃里克就会摆脱他们，而且是永远摆脱。也许他们运气够好，埃里克才会对自己如此自信。

牧羊人 1 号

2094 年 5 月 10 日

  一个光点游走于牧羊人 1 号的外壁。本杰明寻找光源，发现是大卫手持着一支激光笔。

  喷射背包的喷嘴产生了一个轻轻的推力，本杰明朝大卫飘移过去，然后指了指头盔。这可真让人头痛，为什么他们不想着让大卫给克里斯蒂娜带上一个头盔呢？本杰明从克里斯蒂娜头上取下头盔，把它递给大卫。

  "你这是要做什么？"本杰明问，"你想让埃里克眼花缭乱吗？"

  "也许，我们可以用这个打开隔离间。"大卫回答。

  "这是一支激光笔，功率为 3 瓦，用这个什么也切割不开。"

  "我也没想切割什么。你知道麦克风是如何工作的吗？"

  "当然，改变作用在一片薄膜上面的空气压力……"

  "没错。这种压力的改变可以来自声波，却不是必须来自声波。如果空气温度升高，空气压力也会发生变化。"

  "你想加热麦克风里面的空气吗？"

  "这不是我想出来的。这是一种著名的方法，用于远程控制声音。"

"啊，你是想把这个方法应用于隔离间的麦克风上。"

"正是如此。虽然隔离间因为被闭锁而无法入内，可我不相信埃里克把它从里面也闭锁了。如果是那样，他就把自己关到了里面。"

"你说得对。可是，让激光穿过隔离间大门上的观察孔射向麦克风，是否可行？"

"在你睡觉的时候，我已经试过了。没错，利用激光笔至少可以影响到其中两个麦克风。"

"那么开始吧，我们试一试。"

"还要再等一等。激光笔必须快速地切换强度，从而使麦克风感受到语音。也就是说，我们必须给激光笔编程。"

"我们？"

"我指的是克里斯蒂娜。在编程方面，她的经验最为丰富。"

"给你。大卫只需要按下按钮，'打开隔离间'这个命令就会转为光脉冲。"

克里斯蒂娜将激光笔递给大卫。然后，她摘下头盔，也递给了大卫。

大卫戴上头盔，然后说"谢谢"。

克里斯蒂娜点了点头。

"你按下按钮，就开始了。"本杰明把克里斯蒂娜的话转给大卫。

他们三人飘移至隔离间之前。埃里克是否在暗中观察？但愿没有！如果他看到正在发生的一切，可能就会从控制中心阻止这个过程。

大卫移动至小小的观察孔处，用激光笔对准了麦克风，它位于大门控制区之上不远处。

隔离间的门没有动静。

"没有成功。"大卫说。

"你对准了吗?"

"是啊。"

"让我试一下。"

本杰明移向大卫，后者把激光笔交到他手里。本杰明把激光笔放到观察孔处，寻找并对准了麦克风。

"你看，什么都没发生。"大卫说。

"等一等。角度相对较平，功率肯定会有损失。"

"没错，可我们没有办法选择角度。"

"那我们需要更大功率，大卫。"

"功率从何而来?"

"当然是激光笔的电池。"

"那我们就必须改装它了。"大卫说，"我对这个一无所知，而你才是工程师。"

"好的，我来看看。"

✕ ✕ ✕

本杰明运气不错。可大卫到底是从哪里搞来了这支古董级的激光笔? 是否一位技术人员参与装配牧羊人 1 号，然后将它落在了飞船上? 那它一定是一件传家宝物。激光笔的电子元件很不显眼，本杰明可以用镊子操作。这个技能还是上一次在培训中见到过。

不，没有。他从未参加过任何培训，即使培训的画面如此鲜活。本杰明合上了激光笔的外壳，将它递给大卫。

"功率增大了 50％，仅此而已。"本杰明说。

"聊胜无于。"

大卫朝观察孔飘移过去，再一次尝试。

"该死，还是不行。"

"克里斯蒂娜是否有办法？"本杰明提出了建议。

大卫将头盔扯下来，朝本杰明的方向扔了过来。本杰明接住，然后递给克里斯蒂娜。

"没成功，是吧？"她问。

"看上去是的。问题出在哪里？你怎么想？"

"好吧，埃里克不蠢。他可能将语音控制设定成了自己的声音。"

当然，他们自己就应该想到这一点。但愿埃里克并没有因为系统传递了失败信号而收到警告。也许，他正坐在屏幕前观察着他们，同时捧腹大笑。

他们会给他个厉害瞧瞧。

克里斯蒂娜和大卫再一次传递了头盔。

"我们需要埃里克的声音，用于语音控制。"本杰明说。

"他很难主动把声音给我们使用。"

"这个我相信。我们只需要两个词，'隔离间'和'打开'。我们只需要让他在说话过程中说出这两个词，顺序无所谓。"

"好的。"大卫说，"你来跟埃里克谈话，我来录音。"

"还是你来谈话，我来录音吧。"

"你更擅长对付混蛋，相信我。我只会让他觉得受伤，那他就会中断谈话了。"

本杰明叹了口气，因为大卫说得有道理。

"可你录音的时候别开小差。"

"你好，埃里克，听到我在讲话吗？"

"非常清楚。本，你想做什么？"

叫我本杰明，你这个笨蛋。可是，本杰明只能保持着友好的口吻。

"我想和你谈判。你不能为我们打开隔离间吗？"

"绝不。你们会破坏任务。"

"不需要放我们进飞船，只要进隔离间。我们只想呼吸点空气，和你好好谈一谈，也许还要吃点喝点。我们是同事啊，埃里克。"

"隔离间不会开的。"

第一个词有了。大卫向本杰明伸出了大拇指。

"或者圆环的某个部分？我们和你之间存在着多个隔离间。我们保证不会再烦你。"

"本，并非针对个人，但是我不会再无谓地冒险。你们之前有一整天时间可以想办法进来，却没有成功。如果我改变现状，那就不够聪明了。"

"可是，我们就像兄弟姐妹一样……"

"这在我眼里什么也不是。重视这种人际关系，而不是重视有效率的行为，这是人类犯下的错误之一。我没有直接开启驱动装置并飙出数千千米，你们就高兴吧。如果是那样，你们就孤零零的了。"

"你真的不想为我们打开隔离间吗?"

"不,我不愿意。"

为什么埃里克不说那个词?难道他意识到他们的目的了吗?

"埃里克说什么了?"大卫插话进来。

这是要做什么?他们不是约定由本杰明主谈吗?

"他说了,"埃里克接口说,"他不会为你们打开隔离间,天哪,这就是他最后说的话。"

"谢谢了。"本杰明说,他尽力不让埃里克听出自己话语中胜利的喜悦。

✕　　　✕　　　　✕

大卫头上脚下地倒挂在隔离间的观察孔前。激光笔被他握在宽大的手里几乎无法辨识。大卫将激光笔斜斜地靠在门上。

猛地,隔离间的大门向下动起来了。

"快!"本杰明喊着。

他通过喷射背包加速。连接到克里斯蒂娜腰带上的安全绳拉紧了,本杰明将她拉在身后。到了舱口,他穿了过去。大卫在他前面先行了一步。可是,克里斯蒂娜反应不够快。至少慢于埃里克,他正在让大门重新升起来。本杰明扯着安全绳。

可太晚了,安全绳松脱了。克里斯蒂娜可能将安全绳从腰带上解开了,以免被正在关闭的门夹住。他们可以稍后接她进来。隔离间已经开始注入空气,这至少要持续半分钟时间。也许,埃里克正惊慌失措地想关闭隔离间。留给本杰明只是隔离间达到压力平衡之前的那段时间。大卫已经用激光笔对准内门的麦克风了。可还是太早。20秒,还有 10 秒。本杰明贴近内门。5 秒。绿灯亮了起来。他们要进去了!

内门打开了,本杰明率先进入。这路太熟悉了。现在,埃里克穷途末路了。本杰明打开最后一道门,然后进入巨大的舱室。埃里克距入口仅数米之遥。他手持一件闪着亮光的仪器,将它对准了本杰明。

"你们两个别动,"埃里克说,"否则我给你们的脑袋来上一枪。"

如果埃里克对着本杰明的脑袋射击,也许会破坏他负责思维的单元。他会死吗?也许会有一种与人类死亡相近的过程。他会失去意识。永远地失去。

本杰明扑向埃里克。大卫跟在他身侧,对着同一个目标。埃里克射击了,可是没有击中。本杰明和大卫同时赶到他身边。本杰明的手指找到了埃里克颈后的按钮,然后按了下去,埃里克不动了。

✖   ✖   ✕

"回家太好了。"克里斯蒂娜说。

"家?"

"是的,大卫。每当我想家的时候,牧羊人 1 号都最先让我想起。尽管我有关于地球的回忆。"

"你回来真好。"亚伦说,"看到你躺在那里,戴着破损的头盔,真是太糟糕了。"

"我很想说,那不是我想要的,可那是在撒谎。我不想再要什么谎言了。我们的大脑里面还有太多太多的谎言。"

克里斯蒂娜指的一定是人类在他们头脑中植入的记忆。这些记忆是谎言吗?他们感觉如此的……真实。

"那么,你想要的是什么呢?"大卫问。

"我想要的是摧毁牧羊人1号，当时你们乘坐的飞行器就在外面。"

"你这么做，情愿牺牲掉我们。为什么?"

"没错。很抱歉，戴夫，可我的计划更为重要。"

"你是想到可以借着爆炸来清除错乱吗?为什么不事先和我们讨论一下呢?"

"我考虑的并非错乱，而是我发现的东西。"

"位于时空连续体中的错乱随时会毁灭地球，你认为观测结果比错乱还来得戏剧化吗?"

"我当时对错乱根本一无所知。可即便我知道，我也会首先清除观测结果。"

"你不能干脆删除掉吗?"

"不，亚伦。α-Ω公司逼得很紧。而且，你们也没给时间。只有摧毁牧羊人1号，才能阻止我的发现外泄。"

"但愿你的想法在此期间有所改变了吧?"大卫问。

克里斯蒂娜正把杯子举到嘴边，闻言停住了动作。本杰明意识到她会如何作答了。

"不。这种认识永远不可以传送到地球。只要有必要，我会为此而无所不用其极。"

"如果我们反对你呢?"亚伦问。

"那么，我只有将你们清除掉了。可是我希望的是，你们会理解我。"

"到底是什么如此重要，让你甘愿牺牲我们?"大卫问。

"对于上帝是否创造了宇宙，观测结果给出了答案。"

"关于上帝是否存在的证据？这不可能。"大卫说。

"我没有必要说服你。我甚至宁愿你不相信我。如果是那样，你也就不会在意我加密了的存储器里都有些什么。"

"那会是……那将改变一切。"本杰明说，"你们想象一下，那将会有明确的'存在'或'不存在'。无论是何种答案，都会改变人类，而且是革命性地改变人类。会有战争发生，因为并非每个人都会接受明确的答案。各种宗教或解体，或获得数十亿的信徒。世界将完全陷入一片混乱。"

"谢谢你，本杰明。这正是我的想法。即使有了答案，也是有毒的圣杯。这是一个不可以有明确答案的问题。"

可是，克里斯蒂娜找到了答案。至少她是这么认为。答案就在设置了密码的存储器之中，埃里克试图破解它。可能他有密码。无论克里斯蒂娜做何种决定，埃里克都可以置喙。

"坦白地说，我无所谓人类终将如何。"大卫说，"眼下，我们的主要问题更在于错乱。我们必须尽快启动飞船，而且尽快远离它。"

"可是，我们不是就自动带着错乱一起上路了吗？"克里斯蒂娜问，"我的飞行器根本就无法飞行了。"

"而错乱也已经在向整艘飞船蔓延了。"本杰明说。

"是的，我们必须抓紧时间了。错乱已经蔓延到飞船的一根轮辐，但是还没有发展到驱动装置所在的核心部位。我们可以把圆环和所有轮辐留在这里。至于人为形成的重力，我们反正并不依赖它。"

"然后呢，大卫？我们飞返地球吗？"亚伦问。

"绝不！我们可以飞向半人马座 α 星。虽然旅途漫漫，但我们的身体不会衰老。如果飞达终点，飞船应该会叫醒我们，正如我们来时的编程一般。我们可以自我关机，等到意识重新清醒的时候，太阳已经相隔甚远了。至于数千年忽忽已过，又与我们有何关系。"

"这并非事情的全部，大卫。你忘记了，我们的能量来自于一个核电池。数千年之后，电池就会耗尽了。"

"会有办法的。在另一颗星球附近，我们可以借助于太阳能电池来获取能量。存储间有足够的备用件，可以帮助我们的身体适应。谁知道我们会在那些行星上找到什么。"

"可是，错乱会在某个时候赶上我们。"本杰明说。

"那我们就继续飞。如果我们做得够聪明，可以在很长时间内研究宇宙。你们想象一下我们将要发现的陌生世界吧！也许我们会发现地外生命呢！"

大卫看上去实在兴奋，他提前感受到的喜悦很具感染力。可是，他们确实可以与创造了自己的人类作对吗？事实是，他们一行并没有祈求登上牧羊人 1 号，也没有祈求借助 SGL 在黑暗的宇宙之中搜寻。在黑暗角落中翻寻的人必须预计会遇到怪兽。这并非他们的责任，他们也不欠人类什么。

或者欠点什么？仅仅为了自己的存在，不就应该要感谢人类吗？

"我们也可以带上错乱。"亚伦说，"我们让牧羊人 1 号加速，直到喷射物质耗尽。然后，我们就靠着已经达到的速度永远背离着地球飞行。"

"永远？直到错乱将我们化为灰尘，你是这个意思吗？"

"是的，大卫。可到了那时，错乱想必也越来越远离地球了。它会保持某个时候达到的速度，也沿着我们的绕日轨道运行。只要错乱蔓延的速度不快于它远离地球的速度，地球就是安全的。"

"你是想自我牺牲，从而拯救地球？我可不和你一起。"大卫说，"不值得为了人类这么做。对于发生的一切，人类自作自受。"

"我们只有一艘飞船。也就是说，我们要在某种程度上达成统一。"本杰明说。

为了地球上的人类而自我牺牲，本杰明根本不喜欢这个想法。可是，他也不想让人类堕入深渊。

"我建议，我们表决吧。"克里斯蒂娜说。

"好的。"大卫回应道。

"我看到有 3 种可能性。"克里斯蒂娜说，"可能性 1，我们乘坐牧羊人 1 号飞向地球，然后大家都被终结，而且很快。"

"对于这种可能性，但愿我们不需要认真讨论吧？"

"有可能的是，某人觉得复仇这个选项最为重要。本杰明和亚伦怎么看？"

"对我来说不是。"本杰明说。

"算了吧。"亚伦说。

"可能性 2，我们乘着牧羊人 1 号的核心舱飞行，让自己过上一个美好的生活，让人类自生自灭。"

"太难了，"本杰明说，"你们不觉得吗？感觉不是很对劲。"

"收起你打算表决的想法吧。"大卫说，"此外，人类也没有说一定需要我们的帮助。也许，他们可以靠自己清除错乱。毕竟是他们自讨苦吃。"

大卫似乎已经做出了决定。

"那么可能性 3 在于，"克里斯蒂娜说，"我们用牧羊人 1 号载着错乱离开，将它带到离地球足够远的地方。"

"……这就把我们自己搭上了。"大卫补充道。

"我们表决吧。"克里斯蒂娜说,"按字母顺序吧。亚伦?"

"赶快离开这里。"

"你必须选一个数字,这样会清楚些。"

"我选 2。"亚伦说。

"谢谢,本杰明?"

"我选 3。"

"我也选 3。我已经在尝试不让人类知道终极真相了。如果让他们就这么毁灭,不会是一个正确项。"

"你不必为自己的选择给出理由。"大卫说,"如果你相信可以借此影响到我,那就错了。我选 2。赶快离开,正如亚伦所说。"

"那我们平局了。"亚伦说。

"并没有。"本杰明反驳。

"怎么会? 现在是 2 比 2。"

"没错,可是并非所有人都表决了。"

"你说得对,本杰明。我们必须问问他。"克里斯蒂娜说。

在 1 号球形舱的存储间内,他们绕着好似棺材般的箱子飘移。箱盖敞开着。

"安全起见,要把他捆起来吗?"亚伦问。

"我们有 4 个人,能控制住局面。"大卫说,"我们在外面的时候,你为什么要唤醒他呢?"

"我需要帮忙。维修飞行器 C 的时候,一根钢梁卡在通道里了。"

"够聪明的。"

"还好结果不坏。现在可以表决了吗?"

克里斯蒂娜向着箱子俯身下去,为埃里克开机。

"嗨,我的朋友们。"埃里克开了口。

"别抱任何幻想。"大卫说,"我们需要你来做一个表决,这关系到我们的未来。"

"也关系到人类的未来。"本杰明说。

克里斯蒂娜将 3 个选项告诉埃里克。

"你也可以忽略选项 1。"本杰明说。

"啊不,这是我最喜欢的选项。"埃里克说,"我选第一个。"

"那太好了。"大卫说,"你想消灭我们所有人,这个我理解。可是也要消灭委托你的人类吗?"

"在 3 个选项里面,我看不到完成自己任务的可能性。这样一来,我的存在就没有意义了。"

"你可以自我牺牲,然后用你的牺牲来拯救人类。"克里斯蒂娜说。

"如果人类不能了解真相,同样没有存在的意义。"埃里克说。

"我认为说得很有逻辑。"大卫说。

"是很有逻辑。如果存在的意义就是寻找终极真相,那任务失败也就意味着丧失了意义。"

"这么想是你的权利,可现在我们还是原地踏步。谢谢你,埃里克。"克里斯蒂娜说着,然后快速将手伸向埃里克颈后。

✕　　　　✕　　　　✕

"还是一个平局。可是,我们还从未打开过第 6 只箱子。"大卫说，"也许，那里也有一个等待着被唤醒的孤魂？还有人像我一样好奇吗？"大家都点了点头，大卫掀开了箱盖。

本杰明向前飘移了一段距离，也朝箱子里面看去。箱子里躺着一个深色皮肤的美人，她一丝不挂。乍一看，她似乎只有一个缺憾，她的左腿没有膝盖以下的部分。克里斯蒂娜脱下自己的夹克，用它盖住了美女的身体。

"小伙子们，眼睛别直勾勾的。"她说。

本杰明随之将目光转向别处。

"我在哪儿？"

克里斯蒂娜想必给美女开了机，她的声音低沉而沙哑，同时似乎还没有完全适应自己苗条的身体。

"你在科考飞船牧羊人1号上面，我是克里斯蒂娜。"

"我是法蒂拉。这里出问题了。"

"什么？"

"嘿，克里斯蒂娜。只是有必要代替你的时候，我才可以被唤醒。"

"在执行任务的过程中，有些事没有按计划进行。"克里斯蒂娜接着说，"我们不得不唤醒你，想澄清一个重要的问题。"

"先谢谢你的夹克，这里面真的好冷啊。是什么问题呢？"

"问题关系到我们是拯救自己，还是拯救人类，"大卫说，"这是概括而言。"

"慢一点。拯救人类？当然，我们不可以说不，我们可是人类的一分子。"

"恐怕你还不了解所有细节。"大卫说，"对了，我是大卫。"

"我需要一天来调整。"法蒂拉说，"我明显缺乏信息，所以需要时间将它们汇总，然后再形成一个观点。"

"你想从箱子里出来吗?"亚伦问，"对了，我是亚伦，你好。"

"当然，能出去就好了。这里肯定有我穿的衣服，而且我饿坏了。"

休斯敦

2079 年 3 月 2 日

她本应该将一切都告诉他们。如果乘员组因为某次愚蠢的事故而发现自己的真实属性，就不会再相信任何人，连她也不会再相信。瑞吉儿用一支铅笔随便在纸上画着人物。一朝说谎，就永不被人信任。是否应该和拉施米教授谈一谈这件事？教授似乎拥有大量人生经验。可是，她最终会因此而将教授带入危险的境地。

瑞图会对她说些什么呢？她只会把事情搞砸。如果乘员组已经认识到自己的自然属性，即便她亡羊补牢式地承认，也不会让自己更可信。如果三人乘员组还一无所知，她会因自己发送的消息而使一个世界坍塌。

她不能，也不敢冒险。瑞吉儿继续信手涂着人物。她只能继续坚持。每个故事都会在某个时候迎来尾声。如果查特吉解码了她发给牧羊人 1 号的消息，她的好日子就到头了。

牧羊人 1 号

2094 年 5 月 11 日

错乱离得更近了，它的外围边缘好似触手般在靠近他们。淋浴的时候，在他打开龙头之前，水就流了出来。屁股离马桶还有 10 厘米的时候，卫生隔间就开始抽吸空气。他关上通向控制中心的门时，这扇门已经自行打开好久了。早在因果律被违反之前，现实世界中的物理分解就发生了，而这显得越来越频繁。如果大卫和亚伦运气不好，这就会是他们未来的预兆——如果他们将错乱留在绕日轨道，就永远不会将它摆脱。

现在，他们必须尽快做出决定了。但愿新加入的美女已经形成了一个观点。

本杰明最后一个进入控制中心。其他人似乎要更着急些。

"本杰明，你终于来了。睡过头了吗？"

"8 点开始上班，也就是 5 分钟以后。"

"如果按照规定，还要工作到最后一分钟呢。我以为我们不是要去拯救世界的吗？"

"我们提前 5 分钟还是晚 5 分钟再溜走，现在根本就不重要了，戴夫。"

"我希望你说得对，我们要是真的可以溜走就好了。"

"小伙子们，现在安静，"克里斯蒂娜说，"否则，法蒂拉就根本不敢说出她的观点了。"

"我?"法蒂拉笑容满面。她上身穿了一件袖子略长的衬衫，下身是一条长长的裤子。只有事先知道，才会注意到她缺一只脚。

"我不是这样的人，别担心。"法蒂拉说，"我开门见山吧。"

"怎么说?"大卫问。

"真不容易。一开始，我根本无法相信克里斯蒂娜说的话。可是，就在她拆下自己一条腿的时候……"

"她做了什么?"亚伦问。

"我偶然中发现，我们可以更换自己的四肢。存储室甚至还有备用件呢。"

"真好。"大卫说，"那么，你的决定是什么?"

"好了，让她把话说完。"克里斯蒂娜说。

"不，我已经明白了，事情很紧急。好吧，我同意我们让人类自己解决问题。人类终究必须长大。"

"他们距离错乱4光天。最理想的情况下，到达这里也需要5年时间，同时还是派遣如我们般的仿生人，而非肉体凡胎。"

"有句话说得好，天将降大任于斯人。在本次任务中，人类可以尽情增益其所不能了。错乱给人类施加压力，也许会让他们终于一致行动。如果人类能过了这一关，其发展就能达到更高水平。"

"这就是胡扯。"本杰明说，"错乱会消灭人类，仅此而已。你之所以这样，只是想让自己心安。上一次也没有如你所愿。"

数年之前，一个黑洞朝地球方向飞来。尽管如此，人类之间的合作还是不情不愿。时至今日，还是有些国家不针对气候变化采取行动。

"不，我真的相信，我们这样做是在帮助人类。"法蒂拉说。

"如果我们解决这个麻烦，会给人类以更多帮助。"

"本杰明，我们根本没有将错乱清除的策略。你的建议只起到延迟的作用，但是结局无法避免。如果我们将错乱带到遥远的宇宙，它就会像癌变一样暗中扩张。一旦它掉头回来，就更加难以控制。也许，我们甚至应该带它到离地球更近的地方，但这个选项可能没有多数票。"

"埃里克会同意你。"克里斯蒂娜说，"但是，这没有改变平局。"

"好吧，那我同意亚伦和大卫。让我们朝着某个星球飞过去吧，听起来不是很浪漫吗？"

"选项 2 获得了多数票。"克里斯蒂娜说，"那我们就执行吧。"

"我接受你们的决定。"本杰明说，"可是，我不随行，就待在这里。"

话音落定，他自己惊讶的程度不亚于旁人。他刚刚说了什么？难道他想让错乱把自己吞噬吗？

"你不可以这样做，"克里斯蒂娜说，"我知道孤身一人在太空的感觉。"

"从根本而言，我们所有人都很孤独。但要我溜走，我可做不到。我不可以置地球于不顾。毕竟，我们和错乱的生成脱不了干系。"

"可是，我们并非有意为之。"

"对我而言，这没有什么区别。如果我开车出于疏忽撞到了一个小孩，我也不会把小孩扔到街边。"

"人类并非孩童，"克里斯蒂娜说，"请你再考虑考虑。"

本杰明摇了摇头。

"我们必须尽快动身了，"大卫说，"否则，错乱就会攫住我们。今天，各种荒谬的事情都在我身上发生了。"

"所有人，大卫，发生在我们所有人身上。"克里斯蒂娜说，"尽管如此，我们不能对任何事操之过急。我们先让本杰明独自在外面待一段时间吧。明天再最终开始一切行动。"

"我反对再等 24 个小时。"大卫说。

"抗议收到。"克里斯蒂娜说，"明天再开始。我始终都是本次任务的指挥官。"

"ISRO 那里收到了某个消息,明码提示来自牧羊人 1 号。"拉施米教授在消息中写道,"可是他们没能解密这则消息。我也不能让他们转发。还是求助于 NASA 吧。"

瑞吉儿把教授的消息移进垃圾箱,然后做了清空的动作。服务器中还有这条消息的备份,虽然这样做意义不大,但是瑞吉儿就是不想让查特吉轻松地得到什么。

午餐之后,查理斯邀请瑞吉儿到航天中心的咖啡馆去喝杯浓咖啡。最初,她想一口回绝,因为她在那里会忍不住想起和查特吉令人不快的见面。

"拜托了!"查理斯说。

说这句话的时候,查理斯眼中闪着一种急切的光,让瑞吉儿马上就改变了主意。

查理斯从自动咖啡机里接了浓咖啡。两人在紧挨着咖啡机的一张小圆桌旁坐下。安全起见，瑞吉儿用一张纸巾擦拭了桌子。她啜饮了一口浓咖啡，真难喝。

"你肯抽时间出来，谢谢了。"查理斯说。

"为了你，时间总是有的。"

查理斯的脸上露出了笑容。瑞吉儿只是随口一说，但查理斯却听了进去。

"我有一个好消息。"查理斯说，"α-Ω公司破解了你发给牧羊人1号的那条消息。"

"哪一条消息？"

瑞吉儿感觉一阵发冷。α-Ω公司知道了。这可以什么都算得上，唯独算不上是一条好消息。瑞吉儿把自己的双手塞到大腿下面。

"你最好自己清楚。"查理斯说，"最开始，伊兰对消息的内容非常生气。"

"我……"

"你不必对此发表看法。现在，伊兰已经不生气了。"

"为什么有这样的转变？"

"牧羊人1号联系我们了。"

"这个我知道。"

"你知道？从哪里知道的？"

查理斯的身体大幅度地撑在桌子上。

"我也有自己的通讯渠道。"

"那么你也知道，他们已经发现了。我是说，他们发现自己是仿生人了。"

"是吗？那现在呢？"瑞吉儿反问。

"α-Ω公司不想让这则消息公之于众。本次任务的乘员组构成情况始终未曾公开。有关的伦理委员会未曾给出许可，而公众对于仿生人的态度相当负面。如果消息泄露，就会是一场公关灾难，而且会伴随严重的经济后果。"

"可是，伊兰对引力透镜的观测结果有着极大的兴趣。而且，α-Ω公司归他所有。"

"但这并不意味着他可以为所欲为。监察委员会正在对他施加压力。"

"这对项目有何影响？"

"毫无影响。我们认为，牧羊人1号毫无返回地球的可能。也就是说，飞船在绕日轨道上运行期间，我们继续引领MOC的工作。然后，我们会宣布任务失败。没有人会发觉飞船上到底是何许人。"

"你们想正式宣布乘员组死亡吗？那就是说，作为太空舱指挥官，我到时候将失去4个人。"

"可是，瑞吉儿，这是可能发生在你身上的最好结果了。伊兰已经对你失去了兴趣。只要你保持沉默，至少是这样。想想你的女儿吧。"

"身为太空舱指挥官，我考虑的是我的乘员组。"

"相信我，对于乘员组来说，最好也不要返回地球。"

"可是，你们考虑到地球了吗？如果他们知道自己是仿生人，有什么理由哪怕动一根手指在错乱到来之前拯救我们？"

"你说得完全正确。我们的心理学家们认定他们会乘着牧羊人1号一起消失。面对错乱，我们可能不得不靠自己了。"

"错乱距离地球4个光天。现在，没有另外一艘地球的飞船赶得上它。"

"没错！我们的物理学家们认为，我们不会再及时赶上错乱并加以控制。大约 200 年之后，它会来到地球。这是一个坏消息。你理解了吧，为什么这个消息不能公之于众？"

瑞吉儿哈哈大笑。真是绝对的讽刺！死神正势不可挡地扑向地球，而 α - Ω 公司却只想着销售额和舆论。可是，这背后的问题既吸引人，又显得病态。如果死神在 200 年之后才到来，人类应该对这一死亡威胁知情吗？或者，对于许多人而言，生活并不会因此而失去意义，并不会陷入混乱？

"也许，与你们想象的相比，你们的仿生人会表现得更加人性。"瑞吉儿说。

"我希望如此，瑞吉儿。我真的希望会如此。"

牧羊人1号

2094年5月12日

　　一堆垃圾就浮在主隔离间之前。看上去，好像牧羊人1号启程之前要整理库存。实际上，克里斯蒂娜为本杰明翻寻出来的物品确实有用：3套宇航服加上备用件、工具、太阳能电池、2套无线电设备、1部雷达、1只远红外传感器、1部望远镜、备用电池及胶带。其中甚至还有6只箱子中的某一只，它来自位于一层的存储间。

　　如果本杰明某个时候觉得无聊——这是克里斯蒂娜的想法——他可以躺到箱子里面，让宇航服的喷射背包把箱子送到前往地球的航向，还可以通过编程使自己在某个时刻被唤醒。物品中有备用件，还有工具，本杰明希望可以组装一台用于清除错乱的仪器。至少等到他产生奇思妙想的时候。

　　虽然本杰明并不怎么认同克里斯蒂娜的想法，可如此之多的物品莫名地让他心安。它们似乎让他觉得更容易承受孤单。

　　"本杰明？你能及时把物品移开吗？"

　　"大卫，我已经在移了。"

　　大卫帮他将这些物品移了出去。本杰明等在隔离间内。200米的安全距离应该足够了。圆环也留在此处，只是要离控制中心足够远，以免受驱动装置影响。

"对不起，伙计们，可是我需要你们来控制中心。也需要你来，本杰明。"无线电里传来克里斯蒂娜的声音。

他们的太空舱指挥官瑞吉儿出现在控制中心的大屏幕上。

"让我猜猜看，她马上就会祈求我们继续进行观测。"大卫说。

"不对，是祈求我们带走错乱。"亚伦说。

"我不这么认为，"克里斯蒂娜说，"消息又是通过非官方渠道发给我们的。"

她启动了复看程序。屏幕上的瑞吉儿描述着一种有趣的理论。她说，人们可以将错乱关进一个黑洞，从而使它变得无害。这似乎异想天开。可是，如果这是一位诺贝尔奖得主的建议呢？

"不要再耽误了，"大卫说，"我们已经决定起航了。"

"你对此怎么看，克里斯蒂娜？"本杰明问，"你最了解引力透镜项目的各种可能性。"

"这个想法很有吸引力。是否可行，要等到我们尝试了才知道。"

"我反对。"大卫说，"我们 1 个小时之后就可以起航了。既然已经做了决定，就应该坚持。"

"教授的建议改变了我们做决定的条件。"克里斯蒂娜说，"不会花费我们很多时间，所以值得一试。"

"你们难道想把一个黑洞引到飞船附近？它会把我们吞噬得丝毫不剩。"大卫说。

"这种先入为主很得人心，却是错误的。"克里斯蒂娜说，"只要我们不靠近临界区，就不会有事。"

"可如果错乱被黑洞吞噬呢？"

"如果临界区包围了错乱，它就消失了。一旦某样东西消失在黑洞内部，只有宇宙崩塌的时候才会重见天日。"

"这是可以接受的。"亚伦说，"到时候黑洞会重新回到大卫的怀抱。"

大卫做了个鬼脸。本杰明记得很清楚，大卫对于绕日轨道上存在黑洞的怀疑落空之后，是有多么失望。

"没错。我会马上进行观测。"克里斯蒂娜说，"亚伦，请你跟地球方面确认收到消息。"

"瑞吉儿是通过非官方渠道联系我们的，这确实是一个好主意吗？"

"是的，联系我们的人会知道自己所发的消息将造成何种影响。如果我们作出答复，地球上每个收到消息的人都可以记录相关内容。"

"我要求进行表决。"大卫说。

"好吧，我赞同做最后一次尝试。"克里斯蒂娜说。

"我也赞同。"法蒂拉说。

"亚伦，你是站在我这一边吧？"大卫问。

"我觉得，无论如何，地球都值得我们再做一次尝试。"亚伦说，"有一个前提，我们所花的时间不超过一天。"

"叛徒。"大卫说。

"我也赞同，"本杰明说，"这样一来，我们就不需要征求埃里克的意见了。"

休斯敦

2079 年 3 月 6 日

　　瑞吉儿过度疲劳，还感觉焦虑。她睡眠很不好，一再梦到有人劫持自己的女儿。可是，α-Ω公司再也没消息了。地球可能会因为这家集团公司赞助的一次宇宙探险而毁灭，这一危险可能确实擦亮了身居高位者们的眼睛。

　　牧羊人 1 号也保持着缄默。这是一个好或不好的信号？乘员组能降伏错乱吗？NASA 的一台天文望远镜确认了，牧羊人 1 号还在预期的轨道上盘旋。

　　"瑞吉儿？"

　　"怎么，执行官？"

　　"你有什么建议吗？我确实有点担心牧羊人 1 号。"

　　也许，执行官最好去问查特吉。这个家伙才是幕后的操控人。

　　"我们可以再发条消息。"瑞吉儿说。

　　可是，他们前天、3 天之前都尝试过了，一切照旧。瑞吉儿没有忘记查特吉向她展露出的一面。如果乘员组知道了这一点……肯定会激发某种反应。可是，如果是令 α-Ω 公司一干人愉悦的反应呢？

"执行官，我可以单独和你谈一谈吗？"

"当然，瑞吉儿。"

她们在控制室后面小小的记者室里碰了头。

"有什么事？你有什么想法了吗？"艾莉森问，"这次任务要把我搞垮了。我们本应该永远也不参与的。主管们互相推诿责任。如果某个环节失利，没有人会揽到自己身上。到头来还是我们的事，可合同是他们跟 α-Ω 公司签下来的。第一次探险是为了研究太阳系的边界，这是一个多么给脸上贴金的计划啊！然后就是我们来具体落实！"

瑞吉儿替艾莉森感到难过，后者下班之后还要在 MOC 向高层们汇报工作。

"伊兰·查特吉给我看了些东西。"瑞吉儿说。

"不要说了，我根本不想了解。"

"即使和本次任务的后续有关，也不听了吗？"

"瑞吉儿，我们距离牧羊人 1 号 4 个光天。也许，飞船在 3 天之前就已经起航了。太空望远镜在那个位置捕捉到的只是一个影子。我不认为我们对本次任务还能做出什么影响。也许，过去也没有。现在，我们所做的一切必须循序渐进，尽可能不再带来其他伤害。"

艾莉森似乎非常非常疲劳。瑞吉儿从来没有见过她这样。是否必须再一次让她清醒？

"艾莉森，乘员组由 4 个仿生人组成。他们相信自己是人类。"

　　"确切地说，是 6 个仿生人。你以为我不知情吗？至少我们不必担心什么乘员组，因为乘员组根本就不存在。地球才是我们面临的问题。我多么希望自己不知道地球正面临什么啊。"

牧羊人 1 号

2094 年 5 月 13 日

大卫朝着飞船的金属外壁踢过去，他的腿深陷其中，直至没膝。

"你看到了吗?"他问。

"看到了，真吓人。"本杰明说，"这材料从外面看起来没有问题。"

"更让我害怕的是，错乱蔓延得有多么快。从这里到通向控制中心的通道那里还有多远?"

两人悬浮在某个轮辐之前，它连接了圆环与控制中心。克里斯蒂娜用过的飞行器就在他们身后。

"我估计有 5 米，或者 6 米?"

快到飞船的中央部分之前，在钢梁的末端是那只搭钩。他们必须打开这只搭钩，以便于飞船把圆环甩在身后。可是，他们不能现在就打开它，否则圆环就会控制不住地进入一种不稳定的状态，可能会在某处撞坏飞船。也就是说，他们只能等下去，直到克里斯蒂娜做完自己的事。

"肯定坚持不了一天了。"大卫说。

他说得对，即使本杰明并不愿意承认。本杰明始终希望着，希望成功地变出一个黑洞。尽管专家们保证，一切都基于量子物理，这一切却给了他魔术般的感觉。

"肯定不会再等很久了。"本杰明说。

"外勤组呼叫中心组，情况如何？你们有进展吗？"大卫问。

"我已经跟你解释过了，事情并不那么容易。我做不到随心所欲地将引力透镜对准一个黑洞。我们必须等下去，直到中心线随着我们的绕日运动穿过一个黑洞。而且，我们还必须控制合适的距离。"

"你想越过台边把台球推送入洞吗？"

"不是的，戴夫。不如说是这样，我们必须既把球放入洞中，又让它出现在另外一端。"

"这不可能。如果你一开始就这样表述，没有人会同意做这次尝试。"

"如果你熟悉球的动量和球台的精确性能，这就并非巫术了。对于银河系内的黑洞，我们拥有完善的数据库。这只是一个时间问题。"

"可是，我们所拥有的并不充分。"

"大卫，我知道。在事情走得太远之前，我们会停下来。这一点我可以保证。就是为了这一点，我才派你们出去的。"

"这具体是什么意思？"

"最迟等到错乱与控制中心之间的过渡距离为 10 厘米的时候，你们摘掉搭钩，然后我们就起航。"

"时间太紧迫了。"

"时间会够用的，大卫。"

他们一直飘移在飞船之外，刚刚检查完最后一根轮辐。各处搭钩似乎一切正常。飞船启动在即，如果还要想办法解决某个机械问题，就太不利了。

"如果成功了，你会做什么?"大卫问。

这个问题不错。本杰明本来想守着错乱，因为他隐隐觉着自己对其余几人负有责任，或者说担负着对人类的责任。可是，如果错乱被清除，他就自由了。

"我想看到地球。"本杰明说。

"这话听起来有许多压力和怒气。对于非同类，人类一直以来的麻烦已经够多的了。"

"尽管如此，还是值得一试。虽然我的头脑中有画面，可是它们并不属于我。我感觉好像只是观看了一部关于地球的电影。我必须形成自己的看法。"

"如果你跟我们一起走，就会看到人类从未踏足的星球。"

"这是肯定的。可是，也许人类某个时候也会飞向这些星球。我的身体很持久，有可能会经历那一天。"

"人类会禁锢你，会在你身上做实验。在人类眼中，你只不过是他们制造的一台机器。"

"我知道，他们会在我身上做实验。我对这样的结局不抱任何幻想。此去不会很容易。也许，我应该试着悄悄地抵达地球。"

"外勤组，请报告状态。"

"大约还有 2 米。"大卫回答。

"请准确些。"

大卫慢慢地朝轮辐接入控制中心的弯折处飘移过去。在这一过程中，他反复地朝着轮辐踢着，在身后的金属舱壁上拖曳出一条深深的黑洞。然后，他的脚卡住了。大卫从自己的工具袋中抽出一件什么东西。本杰明能看清的仅限于此。

"测距仪显示 1.9 米。"大卫说。

"哦，"克里斯蒂娜的声音从控制中心传来，"这大约相当于每小时 50 厘米。我们还可以进行最后一次尝试。"

"你们已经尝试过几次了？"

"7 次。"

"你也看到了，这毫无用处。我们现在就应该启动，那就有了缓冲的余地。如果驱动装置不能马上启动，该怎么办呢？有时候，DFD 会在冷启动的时候遇到麻烦。在飞往土卫二探险的时候……"

"我知道有这个故事。当时是 DFD 一代，而现在是 DFD 六代了。"

"我知道啊，我是飞行员。"

"那么你也知道，是你自己多虑了。35 分钟之后，中心线会穿过仙女座星系的核心。那里的黑洞体积庞大。迄今为止，我们只发现过源于恒星的黑洞。我们在正确的时间看向仙女座星系，这真是一件幸事。只有在这样的条件下，才可能产生量子隐形传态。"

"好吧，你们应该有这样一次机会。"

"我们是不是必须想办法让自己立于安全之地？"本杰明问。

"不，别担心。正在形成的黑洞只会有一个很小的质量。这个黑洞形成于错乱四周的物质。所以，它对你们的吸引力不会强于形成它的物质。或者，你们感受到了来自于错乱的吸引力吗？"

"没有。"本杰明说。

"尽管如此，我还是会密切关注。通常，黑洞周围一定会产生一些有趣的视觉效应。我估计，为了能观察到这样的视觉效应，地球上的物理学家们宁愿付出极高的代价。"

"如果有用的话。"

"会有用的。"

还有 1 分钟。仙女座远在 250 万光年之外，克里斯蒂娜却希望马上从那里传输些什么，而且活灵活现。听起来够疯狂，但这已经有过先例，甚至来自于距离远得多的地方。

大卫在本杰明身前转着圈地移动着，将焦虑传给了本杰明。

"现在。"克里斯蒂娜说。

什么也没有发生。本杰明本来以为会产生黑色的涟漪，或随便什么，可错乱的周遭并无任何变化。

"没起作用，我跟你预言过的。"大卫说。

"我们接收到的信息宣告了不同的内容。"克里斯蒂娜说。

"是什么呢？"本杰明问。

"某样东西已经抵达这里，它的值不同于之前以失败告终的几次实验。"

"也许是我们不了解的某种粒子，它很快就要解体了。"大卫说。

"安静，"本杰明说，"你别动。"

本杰明用手电筒照着飞行器 C 的原子形成的尘雾，里面有动静。尘雾之中似乎形成了一种湍流，但这也有可能是因为大卫坐立不安而引起的。

"到底是什么东西？"大卫问。

"你看光柱的中间。"

"那里是一个小小的阴影，怎么？"

大卫来到本杰明身边，用宇航服的袖子抹过手电筒灯头，

"好了，现在没有了。"大卫然后说。

"不对。"

大卫转过身。然后，他把一根手指伸到光柱之中。尘雾中的影子动了一下。大卫又推了推手电筒，让它稍微向右晃动，黑色的影子还在原地不动。

"你说得对，不是手电筒引起的。"大卫说。

"克里斯蒂娜？我相信我们有收获了。尘雾中有一个影子，是它引发了湍流。"

"这一定就是了。你们是亲眼看到黑洞的第一批人！"

"我们并非人类。在制造者们看来，也许我们的眼睛也不属于自己。"大卫说。

大卫真是一个扫兴的家伙。正飘浮在他们眼前的有多么震撼啊！一阵颤栗爬过本杰明的脊背。黑洞的临界范围有多大？

"你的工具袋里有应急火炬吗？"克里斯蒂娜问。

本杰明看了看："我有绿、红和黄三种颜色的应急火炬。"

"太好了。你点一支黄色的，然后朝影子的方向扔过去。"

"为什么?"

"你就照做吧。"

"好的。"

本杰明将点火绳拉了出来，让燃着黄光的火炬飞了出去。火炬绕着自己的横轴转动着。

"抱歉，它晃得厉害。"

"这没关系的。"

应急火炬接近了那片黑影，却也没能将黑影照亮。黑影将投来的光完全吞噬掉。同时，应急火炬的颜色也发生了变化，先是橘黄，然后变为红色。

"现在切换到红外模式。"克里斯蒂娜说。

本杰明吓了一跳。他忘记了，所有人都可以通过他的摄像头观看外面发生的事，在红外模式下，应急火炬的光非常明亮，尽管热度并不高。

"那里怎么了？为什么应急火炬的颜色在改变?"

"本杰明，应急火炬不会改变自己的颜色。始终都是同一种化学反应。你所看到的，是由黑洞引起的红移。"

应急火炬移动的速度慢了下来，同时它晃动的幅度也有所降低，好像它要停步不前。

"黑洞似乎在推开它。"本杰明说。

"不，这是相对论引起的效应。"克里斯蒂娜解释道，"在旁观者眼中，应急火炬似乎需要无尽的时间才能到达临界范围。"

"可以打扰你们一下吗？"大卫插话说。

本杰明根本没有注意到，大卫已经进入了轮辐与控制中心的连接处，他手持着一只激光测距仪。

"怎么？"克里斯蒂娜问。

"错乱是否确实被黑洞吞噬了？与黑洞对于应急火炬的吸引力相比，我觉得这个问题重要得多。"

"你对此能发表一些看法吗，戴夫？"克里斯蒂娜问。

"就在你们闲扯的时候，我已经仔细地测量过了。之前几分钟内，错乱并没有扩大它的势力范围。虽然很难讲，但我似乎感觉它甚至萎缩了。"

"这真是太好了！"克里斯蒂娜欢呼！

那就是说，他们成功了！本杰明闭上了眼睛。地球得救了。他确实自由了。

"或者，这萎缩意味着什么，我是不是搞错了？"大卫问。

"黑洞攫住了错乱的核心，也就是宇宙物质的原始裂缝。现在，正常状态下的宇宙有了机会来修补裂缝。就理论而言，正常的、未变异的物质会产生某种压制力，这种压制力会起作用。"

"就理论而言？"本杰明问。

"也可能大有不同。谁相信高级生物，就会猜测是上帝在翻云覆雨。"

"克里斯蒂娜？"

"怎么，本杰明？"

"我猜，你现在可以一劳永逸地解释这个问题了。观察宇宙大爆炸的时候，你都看到了什么？"

"我曾经尝试终结你们所有人，就是为了把看到的这些留给我自己，现在也不会透露给你。"

"可是，我们现在一起飞往半人马座 α 星，你可以放下人类了。"大卫说，"你就说吧。"

"我绝不说。"

"你要把这些带进坟墓吗？"

"如果我有坟墓的话。"

"你要一起乘坐牧羊人 1 号吗？"本杰明问。

在克里斯蒂娜和他站到一边之后，本杰明曾希望她和他一道飞往地球。这样一来，他就不会感觉那么孤独。

"是的，本杰明。如果地球上有谁抓到我，他们就会试图获得我所知道的东西，而且会无所不用其极。"

"我不相信，α - Ω 公司会这么极端。"

"我是相信的。"

"我理解你。只是很可惜，我不得不一个人飞往地球了。"

克里斯蒂娜没有答话。她掌握的信息被保存在控制中心，而本杰明掌握着密码。他是否应该把信息一道带去地球？也许，某个时候会用上它。难道人类没有得到答案的权利吗？

牧羊人 1 号

2094 年 5 月 14 日

控制中心里冷冰冰的，有风吹过。本杰明有意早早地起了床，把计算机据为己用。屏幕上的状态栏仍然显示为 2094 年。可他们已经下了决心，地球不能再对他们发号施令了。至于地球上的时间仅仅为 2079 年，又有谁会关心呢？

本杰明用克里斯蒂娜的密码登录。

"请输入密码："

Cursum Perficio，Cursum Perficio，Cursum Perficio。只需要输入这 15 个字符，就会知道克里斯蒂娜所看到的内容。本杰明的手指悬停在键盘上方，克里斯蒂娜永远不会知道这一幕的。如果太过于凶险，他也会秘而不宣。

不！为了清除错乱，他甚至会以牺牲自己作为代价。如果是这样，他就不可以把这颗核武器装在头脑中带回地球。即使他低调行事，也会有人在某个时候诱导他说出真相。他的头脑并非有机体。如果他被关机，认知就会保存在大脑中，而且可读。这太危险了，本杰明把键盘推了出去。

亚伦把手伸给本杰明。"旅途愉快。"本杰明祝福亚伦。

"一切安好，本杰明。"大卫说，"你看，我很会学习。"

"很遗憾，我们无法更好地了解彼此了。"法蒂拉说着，拥抱了本杰明。

"请代我问候埃里克，"本杰明说，"如果你们唤醒他的话。"

"等到我们脱离地球的影响范围，就会照做的。"大卫说。

今天，克里斯蒂娜的身上有薄荷味道。她拥抱了本杰明。然后，她向本杰明的手中塞了一个小小的灰色胶囊。

"请帮我把它种下。"克里斯蒂娜说，"我死了的时候，亚伦好心地帮我把它保存了下来。可是，我不相信我们能找到一个可以生长三色堇的行星。"

我死了的时候。本杰明忍不住微笑了起来。他会想念这些兄弟姐妹的。到了地球上，他就孤身一人了。

可是，他不可以这样想。他会适应，会找到一件让自己忙碌起来的任务。宇宙巨大无比，对他来说过于庞大。他希望自己的头顶有一片蓝天。他把胶囊藏了起来。主隔离间之外，他们利用备用件组装的宇宙飞船已经等在了那里。

"我长话短说。"艾莉森说。

她身上别着无线麦克风站在宽大的显示屏前。

"项目高层今天正式宣布,我们失去了与牧羊人 1 号之间的联系。飞船不再位于它的轨道之上。我们不得不认为,我们失去了它的踪迹。"

这太快了。瑞吉儿推开已经画了些东西的笔记本。得文达举手示意。

"抱歉,现在用的是无线麦克风,今天没办法提问。"艾莉森说,"稍后会有一份 NASA 关于此事的正式声明。你们的报酬会领到月底。主管们向我保证,他们会把想继续在这里工作的人安排到某个岗位。我必须提醒各位,你们有义务保持沉默。即便辞职,这一条仍然适用。言尽于此,时间属于你们了。我感谢所有人的合作。"

艾莉森把话筒放到最前面的办公桌上,然后离开了房间。

"啊,妈妈已经回来了!你要和我们一起吃饭吗?外祖母已经把饭烧好了。"

瑞吉儿紧紧地抱住爱丽丝鸿德拉。女儿挣脱开，跑进了厨房。

"我们这里还需要一刻钟。"瑞吉儿的母亲喊着。

"我可以用一下你的电脑吗?"

"当然，瑞吉儿。"

瑞吉儿跑进卧室，电脑放在一张小桌子上。她接通电源，调出自己收到的消息。哈! 她预感到了，拉施米教授会发消息。瑞图就是值得信任。

"我们捕捉到了一条消息。它没有加密，所以我也看得出内容。我的印度同事们认为这是一种密码，可是我所知更多。'黑洞吞噬错乱'，这是消息中的文字，仅此而已。我不知道，为什么他们惜字如金。可我认为，消息的内容一清二楚。他们做到了! 我们真的太走运了!"

这是一种人类永远不会知情的幸运，正如他们被隐瞒了乘员组的属性一般。瑞吉儿等待着，等待这则消息在她内心释放些什么，但她的内心却波澜不惊。她的感觉和以往并无任何不同，因为地球不会在大约 200 年之后毁灭了吗?

"谢谢，感谢您在这件事上对我保持信任。我不会再出门远行了，可如果您会到班加罗尔的附近，您一定要来我这里，并不仅仅是因为我想了解更多关于此次任务的事情。您的瑞图·拉施米。"

瑞吉儿保存了这则消息。就在同一刻，有一条新消息被接收了。发送人的名字由两个工整的希腊字母组成。

"我想以 α - Ω 公司的名义感谢你的合作，"伊兰·查特吉写道，"即使事情并不一直很简单，即使我们的公司最终并没有获得成功，我也愿意在我们的公司内为您提供一个职位，以此表示感谢。请告知我们，您愿意做些什么，我们就会为您找到适合的岗位。即便我们从此不再相见，我也信任您敏锐的理解力。您肯定如我所想，所有的事实并非一直都适合公之于众。"

当然，伊兰，我很了解你，根本就是口蜜腹剑。可是，瑞吉儿并不傻。那帮家伙肆无忌惮，女儿在他们眼中就是她的弱点。所以，没有人会从瑞吉儿口中得知 SGL 任务过程中发生的事情。

"删除。"

消息在瑞吉儿眼前被删除，好似被一个黑洞吞噬。

休斯敦

　　在这家咖啡馆碰头，真是一种冒险。本杰明的手指轮番敲打着桌子。一位上了年纪的女士皱着眉看过来。是她吗？本杰明喝了一口寡淡的咖啡。他的杯身上写着"乔治"。本杰明伸长了脖子，想看看服务员在这位女士的杯子上写了什么。看上去好像写着"海伦"。可是，他的名字同样对不上。本杰明试图在这位老妇人的身上找到瑞吉儿的影子。

　　一位女士走进了咖啡馆，她将手掌翻过来对着自己。也许，她有最新式的投影装置，可以安装在手腕上。女士看了看自己的手，然后朝他这个方向看过来，好像认出了他。可是，这不可能是瑞吉儿。她太年轻了，最多 40 岁。瑞吉儿想必已经 70 岁。可是，太晚了。本杰明没有查验这家咖啡馆是否有后门。该死！3 年之前，他绕路经过月球基地，最终降落到地球。现在，他们还是找到了他。

　　"你好？"这位女士在打招呼。

　　"我觉得，您是认错人了。"

　　她又看了看自己的手掌心。

"不，我不觉得。您是……"

"这没有用的。"

"当然有用。我是爱丽丝鸿德拉，瑞吉儿的女儿。我的母亲情况不大好。她多次表达歉意，岁月不饶人。可是，您还是当年照片上的样子。有多少年了？"

"33 年了。"本杰明说。

他相信这位女士。她散发出的魅力和瑞吉儿一样。她拥有一种能力，靠直觉就能做对事情。

"您过得好吗？我的母亲说，如果您需要帮助，我就应该帮助您。"

"这真好，可我完全能应付。您也看到了，岁月不会在我身上带走什么。"

"我相信您说的话。事实是，我的母亲自己才需要帮助。如果能换一颗心脏就好了。"

"很遗憾，我没有这方面的渠道。可是，如果我能在其他方面为您母亲做些什么……"

"不。您过得好，我的母亲会为此而开心。在完成太空舱指挥官这项任务时，她没有丢下任何一个人。这对她来说很重要。"

"您可以给我她的地址吗？那我就可以给邮寄一束鲜花了。"

"好的。我可以问一下您的职业吗？您还是在航空领域工作吗？"

"不是的，我是园丁。一位关系很好的女性朋友给了我一份订单，我完成了。之后，我就留在了这个行业。"

"这是一种很美好的职业。在 SGL 项目之后，我母亲成了一名插画家。坦白地说，我以前根本不知道她做过太空舱指挥官。当时，我还是个小孩子。直至收到您的消息，母亲才跟我讲述了一切。"

"讲述了一切？"

"嗯，我想是的。一个很棒的故事。我是作家，很想就此写一本书。"

"您是作家？您用自己的真名创作吗？"

爱丽丝鸿德拉的脸红了："我还没有出版过什么。"

"那么，这次肯定是一个良好的开端。可是，您必须考虑到一点，要么是 α-Ω 公司否认一切，要么是您的书被禁止面世。"

"我给所有人物起不一样的名字，变更故事情节，再给我自己找一个男性化名。"

"书名会叫什么呢？"

"《错乱》①。"

"那我很期待一读。可是，请帮我一个忙吧。"

"好的。帮什么忙？"

"千万别在书中把我叫做'本'。"

爱丽丝鸿德拉哈哈大笑："当然不会，本杰明。我的母亲还想问您最后一个她始终牵挂的问题。她经常跟我说，她多么高兴有这个机会问你。"

"请问吧。"

现在，所有问题中的关键问题来了。幸运的是，本杰明无法给出答案。如果他知道答案，甚至不敢通过面部表情有所表露。

"您知道了吗？"瑞吉尔的女儿问。

"知道什么？"

---

① *Die Störung*，即本书德文原名。

"知道您是何许人。我的母亲当时只给您写了一半真相。她担心您……"

"啊，您指的是这个。"

瑞吉儿没有问是否存在上帝，没有追问宇宙的起源，而只是问本杰明是何许人。

"答案呢?"

爱丽丝鸿德拉继续追问，这股劲头肯定遗传自她的母亲。

"早在收到你母亲的消息之前，我们就发现自己的身体并非人类。可是，我到底是谁，我到现在还不知道。世界上确实有人可以说清楚自己是谁吗?"

本杰明推开门，一股热浪扑面而来。他用意念调控体内的温度，马上就感觉那股热浪好受多了。爱丽丝鸿德拉一个小时之前就已经离开了，可他仍然沉浸在两人的对话之中。

一名老年男子坐在咖啡馆前的金属椅上，椅子相对显得有些偏小。带着额头闪亮的汗珠，老人好奇地打量着本杰明。老人肯定明显70余岁，虽然他的面部像年轻人一般平滑，颈项处的皱纹却出卖了他。

本杰明稍停了一下，他感觉这位老人马上就要开口说话。不知怎么，本杰明的内心被这位老人触动了，为什么他在外面喝着咖啡，而不是在开着空调的室内呢?

"这位先生，请等一等。"老人开了口。

本杰明的感觉是正确的。现在，他的手里肯定会被塞过来一张广告。然而，他不缺时间，老人看起来又是那么孤单。

"我可以为您做点什么?"本杰明问。

"时间。现在几点钟了?"

一瞬间，实际钟点就显示在本杰明的意念视觉之中，而且已转换为所在时区。

"2 点 37 分。"本杰明回答。

"谢谢您，先生。那我现在必须要走了，遇到您真好!"

本杰明思考着，老人可能从何认识自己? 但他没有任何头绪。也许，老人只是一位独居的退休者，很想再次听到自己的声音。老人站起身，把咖啡杯放到桌上，然后慢慢地沿着左边的马路走开了。

"查理斯。"杯身上用不够流利的笔迹写着这个名字。

半人马座α星 B

克里斯蒂娜醒过来并睁开了眼睛。他们到了。她马上就想起了牧羊人 1 号的编程。在她闭上眼睛之前，他们使飞船进入了轨道。时间过去多久了？这个很快就可以知道。可有件事更重要，他们身在何处？

克里斯蒂娜扯住棺材状箱子的侧壁，将自己拉了起来。她感觉到失重，这也属正常。灯光自动亮了起来。克里斯蒂娜现在形单影只，其他几人要在数分钟之后才醒来，这是克里斯蒂娜作为指挥官而设定的程序。

她朝着计算机飘移过去，启动并输入了自己的名字。

"密码："

"Cursum Perficio"

"错误！用户名与密码出错。"

克里斯蒂娜以手击额。整整 6 天以来，该死的主计算机一直在要求输入新密码。她这是究竟飞到了哪里？

"Cursum Perficio3"

"错误！用户名与密码出错。"

"Cursum Perficio5"

"欢迎你，克里斯蒂娜。您的密码已 9999（缓冲区内存溢出 3FFC5F99）天未做修改。现在，您想更改密码吗？"

"不做更改。"

"现密码还可使用 3 次。"

谢谢你，计算机。克里斯蒂娜切换到负责飞船前面的外部摄像头，画面非常明亮。计算机自动降低了画面亮度。这是一颗类似于太阳的星球。非常好。最主要的是，这并非太阳。克里斯蒂娜又将画面切换到负责飞船下方的外部摄像头，画面显得灰暗。她将画面缩小，灰暗的画面转变为一个球体。这是一颗有着厚厚云层的行星，看不到地面。光谱仪显示，云层绝大部分由水汽组成。这颗行星的平均气温为 7 摄氏度。

就在这一瞬间，这颗行星的后面又出现了一颗恒星。与第一颗星球相比，它明显更偏向蓝色，而且更为明亮。这是一种双星形态，其中那颗行星有明显稳定的陆地板块，体积略大于地球。真好！是时候叫醒其他人了。

亲爱的读者们：

　　我们走出太阳系的共同旅程止步于宇宙中的邻居处。半人马座 α 星与 SGL 的焦点还在我们的研究范围之外。因此，我们不得不向未来跃进了 60 年。可是，允许牧羊人 1 号进行星际航行的技术今天就已存在。在 NASA 的实验室中，DFD 已经在进行实验；SGL 配备造价不高、自动运行的探测器，这在 10 或 15 年之后可能就会成为现实。只有类人机器还在很大程度上属于未来的乐章。

　　我们是否会拥有类人机器，将取决于未来的人类伦理。首先存在以下问题：是否可以移植人类思维，而我们又是否应该追求移植人类思维。在展开本书情节的宇宙中，已就此做出决定。如您对更详细的情况感兴趣，本人推荐拙著《土卫二》，我们所处宇宙的所有内在逻辑将自然展现在您面前。

　　除了几位主人公，还有两个方面也在本书中发挥着重要作用：其一，对宇宙及所有终将消亡的天体的现实描述；其二，一系列符合科学发展水平的事件。物理学及宇宙哲学展示了许许多多令人惊讶的现象，我们根本不需要超光速或远程瞬移（人体）之类的非现实手段。

本人在各种著作中做了各种描述，它们至少在物理学上具有可能性。身为读者，这就是科幻小说对我的吸引力——我所读到的确实可能在未来发生。当然，作品还需要想象力。现在还没有人知道，利用 SGL 回望过去的时候会真正发现什么。

感谢您关注的目光！如蒙喜爱本部长篇小说，我诚邀您在自己所选的某个网站撰写一篇书评。除了购买本书，几乎没有什么能给作者以更多的帮助。

如果您有兴趣了解更多科学知识（没错，科学知识的精彩难以想象，我以物理学家的身份保证），本人所有作品的正文之后都有一个章节。尽管更像一篇小小的随笔，我还是将其命名为"传记"。这一次，正文后的章节名为《量子理论的新传记》，我很想让您在此熟悉一个被视为难以理解的物理学分支，它在某种程度上有助于小说展开情节。跨越遥远距离的量子隐形传态瞬间即可完成，它为何不违背相对论，您将在下文有所了解。关于这一点，拙著《迷人的量子世界》更为详细地向您做出了解释。下一章节即为该作品经大幅改编与更新的内容节选。

如您登录 hardf. de/fortsetzung 并留下邮箱地址，就会一如既往地收到装饰了彩色插图的 PDF 传记。

衷心问候

您的布兰登·莫里斯

量子理论的新传记

亲爱的读者们，非常感谢！可以借此机会对您进行一番量子物理学意义上的考察，我为之而感谢。您的波动函数在考察过程中会坍塌，但愿这不会继续给您带来困扰。您有一个潜在的未做阅读的"我"，另有一个明显正在阅读的"我"，二者之间的不相关性并非由本人造成。您在翻阅之时和书本之间产生了互动，导致您和身为作者的我在一个特定的多元宇宙相遇。

按照量子物理的概念对我们世界所做的描述听起来有点奇怪，这一点已获承认。这门现代物理学的分支经常也被称为量子力学或量子理论，它被用于描述微观世界存在的现象，这就是听起来有点奇怪的原因。爱因斯坦的广义相对论用于研究宏观世界的宇宙构造，而量子物理则远离了我们来自于日常生活的经验，转而专注于微观世界。

如果您跟着我踏上这不算漫长的旅途，就会在回首时确信，我们的想象力不堪一用。一般的人类常识对应于日常生活中得来的经验，例如，苹果总是从树上向下掉落，直线并不转弯以及每样物品都有自己固定而可靠的位置。

与此相对，微观世界并不先验地表现为这种形式。理想条件下，显微镜中的苹果向下运动的次数多于向上。甚至在相同条件下，也不能保证试验得到某种结果。量子理论使得静态条件下的预言有了可能：如果我们次数足够多地重复试验，就会在非此即彼的概率下达到某种状态，正如扔一只六面骰子上千次，所得结果的平均值为 3.5。此处举这个例子恰如其分，因为六面骰子虽然各有一面为 3 点和 4 点，却没有某个面上是 3.5 点。

在量子王国，您也必须放弃其他受人喜爱的确定性。例如，您的狗某一刻会在何处而下一刻又将向何处移动，您要放弃马上对此做出预言的能力。您越精确地说明这条狗的位置，就越不清楚它在以何种速度追逐一只猫。

更糟糕的是，从根本而言，您甚至也必须放弃对于狗、猫或者您的伴侣在固定时间待在固定地点的想法，因此从量子物理的角度而言，这样的想法毫无意义。量子王国中的物体不仅可以同时出现在不同地点，而且它们还持续享有这种令人难以置信的自由。对于所有这些局限，并不能将其归结于科学家们在测量或计算过程中能力不足——正如量子物理学家所证实的一样，它们身上打上了物质的烙印。

为平衡计，量子物理也赋予了我们全新的实践可能性，而经典物理不得不将这些可能性放逐于科幻世界：

• 电流 100% 无损耗地传输（超导）。

• 仅仅在一个计算步骤中，甚至在还没有识别题目时，电脑就同时得出了某个题目的所有可能答案（量子计算机）。

• 加密过程严格地保证了数据通道的安全，甚至装备精良的特工也没有办法暗中获取秘密（量子密码学）。

• 瞬间跨越远距离传输量子属性（量子隐形传态）。

一句引言据信出于丹麦物理学家尼尔斯·玻尔，很好地总结了这些特殊的现象："如果量子力学还没有使您彻底震惊，那是您还没有理解它。"希望我在后文中不仅仅使您感到震惊，而且还能向您传递信息。如果您还是没有获得某种认知，可以借助于诺奖得主理查德·费曼的话来安慰自己："我认为自己可以有把握地说，没有人理解量子力学。"这番话发表于1964年11月，当时他在康奈尔大学举行系列讲座。

波粒二象性

有一位物理学家声称，对经典物理的理解越多，在量子理论方面就会遇到越多问题。从这个意义上来说，如果物理从来不属于您最爱的学科，那要祝贺您！我们只需要为下文建立一个共同基础，便于我们用共同的语言进行交流。

按照平时的说法，粒子就是宏观物质的一部分。粒子具有一系列特征，诸如位置、大小、结构、颜色等，这些特征会随着时间而改变。一只苹果会从树上落下（位置改变）。如果没有人摘下苹果，它会发黄（颜色改变）而且会在某个时候腐烂（结构改变）。对于所有熟悉苹果的人来说，这些改变都是可以预知的（确定的）。

经典粒子

经典力学，尤其是牛顿的经典力学，可以说明苹果由某一高度落到地面的速度。通过化学可以知道苹果如何改变颜色。借助于生物学可以预言何时会由果核生出何物。但化学和生物学不是我们此处关注的领域，我们研究的内容限于力学，它是物理学的一个分支。一只苹果的特征参数（作为粒子的体现）包括质量、位置与速度。如果将质量与速度相乘，就会得到动量。动量的方向与大小决定了两个粒子相撞时会发生什么。

乍一看，粒子的另外一个实际特征非常普通：可以计数。一个苹果，两个苹果……正因我们在幼年就已学会了计数，所以这不足为奇。因为粒子可以计数，所以可以用这种方式加减。早在蹩脚的数学老师使您失去对于计算的所有兴趣之前，笑眯眯的小学教师已经教会了您计数。

经典波

计数并不适用于粒子的对立面——波，不可以对波进行计数。您的回忆中还保存着上次海边度假的经历，在此处肯定会反驳，所以我有必要澄清误解。请您将着自己的思绪，再次躺到漂浮在海面的气垫上，感觉到海水让您上下起伏了吗？波峰波谷首尾相连，绵绵不绝。

可是，您所感觉到的并非许许多多单独的波浪，而仅仅是一列波浪的振动。波浪就在您所活动之处激起，可它也正在滩头破碎，或者正在海中远处形成波峰与波谷。与粒子相比，波浪没有特定的位置。

您看到接二连三涌向岸边的波浪，实际始终属于同一列波浪，它并没有移动，所以人们无法定义它的速度。海面上之所有会形成波峰与波谷，是因为组成波浪的水分子在无休止地做着椭圆形运动。如果并非如此，则波浪确实就会裹挟着海水向前运动，海洋中部的海水想必就会在某个时候干枯。换句话说，您看到过海水不涌向岸边的沙滩吗？您也可以将一只皮球掷于波浪之上，从而对此加以检验。如果风或水流对皮球施加影响，它才会向着岸边运动。

不同于经典粒子的位置与动量，对于波的描述采用了物理学意义的其他参数。振动的范围，即波峰与波谷之间的距离，称为振幅（确切地说，振幅是波峰与波谷之间高度差的一半）。两个相邻波峰之间的空间距离称为波长，而它们之间的时间差的倒数称为频率。波长与频率之间成反比，波长越长，频率就越低。

如果完全脱离速度，也无法对波进行描述。波峰（外行容易将其与波相混淆）确实发生了位移，而且是以所谓的相位速度发生位移。可是，这一过程中涉及了波的某个特性。因为在位置与波之间不能建立一一对应的关系，所以波也无法改变位置。其次，波具有传播速度。如果您将一块石头扔入水中，由此产生了一列波浪（确属一列），它以圆形扩散至整个水面。您朝一个孔洞中呼叫，制造了一个声波（一种压力波），它以声速沿着同一个方向传播，直至被墙壁反射并作为回声原路折返。如果您接通一只手电筒的电源，（电磁性质的）光波会扩散至整个宇宙，而且其速度为光速 c。

我之前提过波的另外一个特点，即它不似粒子般可以计数。虽然您可以数着一定时间内到达岸边的浪尖，可您整段时间一直在观察的只是某一列波浪，通过数浪尖确定的只是这一列波浪的频率。如果两样事物均不可以计数，又该如何对其进行共同计算呢？无论如何，不能用众人习惯了的 1+1＝2 算式。对于波浪而言，其计算结果取决于两列波浪的波峰与波谷彼此相遇的精准程度——物理学家们将这一过程称为"波的干涉"。如果两个波峰完全重叠（人们称这样的两列波为"相位相同"或"同相"），其振幅会增大（"建设性干涉"）。如果波峰和波谷相遇（这两列波就属于"异相"或"不同相"），则会产生较小的波峰（"破坏性干涉"）。如果您选择一个完美的时机，将第二块相同大小的石头扔入水中，就会幸运地将第一列波浪完全抵消。通常情况下，两列波浪会相遇，然后就会发生干涉现象。另一个建立于"破坏性干涉"工作原理之上的是"降噪"耳机。耳机接收到外界传来的声音，然后产生用于抵消外界所有声音的声波（效果聊胜于无，可问题在于技术尚不够完善）。

另外一种现象只见于波，而不见于经典粒子，这就是衍射现象。如果粒子遇到一个障碍，会难以避免地反弹。即便障碍物有一个孔洞，粒子仍然会反弹——除非粒子恰好遇到孔洞。在这种情况下，粒子沿着直线的方向穿过这个孔洞。波的领域则有所不同：障碍物的每一个孔洞乃至每一个边缘都是新波的起点。您想起驶入港口之处的典型波形了吗？这样的例子也见于其他类型的波，例如声波。这也是一条理由，可以用来说明尽管窗户只留了一道缝隙，街头的噪音却仍然可以传入房间。如果不存在声波的衍射现象，噪音就会小得多。另一方面，如果没有声波的衍射，您只能听得到别人直接对着耳道所说的内容。

光被视为波

乍一看，光并未表现出衍射之类的行为。您可以站到太阳光下自行检验。您的影子具有一个明显的轮廓边际。如果照到您身上的光发生了衍射，您的影子一定会变得模糊不清。因此，自然研究者们直至18世纪末还持有这样一种观点，认为光一定是由极其微小的粒子流组成。可是，这种印象有误，其实在于我们的视觉不够敏锐。早在17世纪，意大利的耶稣会士、物理学家弗朗西斯科·马里亚·格里马第就对光的衍射进行了观测。1685年，其身后出版的著述中强调了"衍射"这个概念。尽管如此，直至百余年之后，英国学者托马斯·杨才成功地说服了学界，使人们相信了光具有波的属性。1803年，他在伦敦的皇家学会面前做了一次报告，演示了他的双缝实验。这个实验几经演变，帮助奠定了后世的量子物理。

托马斯·杨指出，光并不像粒子流一般直线传播，而是表现为如水波或声波般的干涉模式，看得出一系列明暗交替的条纹。之所以肉眼难以识别，原因在于光的波长过短。水中的波浪长度可达数米，而光波的波长仅为约 1/10 微米，即约 1/10000 毫米，因此用来做干涉实验的缝隙也必须随之相应变窄。托马斯·杨的实验（及其之后研究人员所做的实验）结束了关于光的属性的争论，自此以后，光被视为波。

光被视为粒子

在经典物理发展的过程中，一些小小的无稽之谈也大行其道，例如物体升温过程中产生的黑体辐射。进一步研究表明，在被物体反射的光中，各种光色（所谓光谱）的份额完全取决于物体的温度，而非取决于物体的材料。为什么材料在这里不起作用？如果温度升高，铁的光亮不是必然与铜有所区别吗？

并非如此。实际上，研究人员也通过实验获得证明，这事实上与材料无关。观测结果与预测完全吻合，唯独缺少可以用于说明的理论。按照经典的计算方法，光辐射在波长较短这一条件下会达到无穷大的强度——物理学家们将其称为"紫外灾变"。然而，这种情况在实践中并未发生，只有一种新的理论才能够解决这个问题。

德国物理学家马克斯·普朗克于 1900 年阐述了一种想法，它有望为解决这个问题而助力。普朗克提出假设，认为光波以极微小的粒子传递能量，粒子的值始终按照一个基础值的倍数进行运算。这一基础值据信来自于光的频率及一个常量 h，该常量由普朗克通过计算某个黑体辐射的能量分布而得到。粒子越大，传递的能量就越多，但能量总是一份一份地、量子化地出现，不可以被任意分割。

普朗克自己采用该理念，并非因其对之加以采信。将波浪设想为梯级分布，似乎过于荒谬。各列波浪出现在任何高度，并非仅仅表现为大致为 1 米、2 米、3 米、4 米之类的基于初浪的叠加态。另一方面，自然界中绝对会出现量子化的现象。例如，水滴总是以一定的大小离开水龙头，其大小取决于水龙头开口处的尺寸与材料。可是，一旦水滴落入水池，就无法再证实其先前的结构，即其先前的量子化。在光子量子化的过程中，确实只是一种与仅仅在黑体处发生的辐射有关的现象吗？因此普朗克一度放弃了自己的基本思想"量子"，相应地他尝试利用数学手段应对其本人引入的分散能量。可是，这些分散能量被证明极其顽强，普朗克只能将其保留下来。

他的收获是，常量 h 后来被冠以普朗克的名字——普朗克常数，该数值为 6.626×10^{-34} kgm^2/s。因其如此之小，在我们的日常生活中会按照常识将其等同于零。

另外一种物理现象才使研究者们最终发现了量子的踪迹——光电效应。该效应表明，如果将金属置于光波之下，会有电子（负电荷是形成电流的基础条件）释放出来。1839 年以来，这种说法就广为人知。人们起初认为，光波会在某种程度上持续"撼动"金属原子，直至它们释放电子。如果这一点属实，更有力的"撼动"（即更多的光）会引发更强烈的光电效应（即释放更多电子）。可是，光电效应并不会随着光照加强而提高。更确切地说，光电效应的规模取决于照射于金属之上光线的波长与频率。在某个最低频率内，一切保持不变。之后，所释放电荷的能量随着光频率的加强而提高。

1905 年，阿尔伯特·爱因斯坦为光电效应找到了一种简单的解释。他依托普朗克的想法，想象存在一种微型光量子，其能量等于光频率与普朗克常数的乘积。只要光量子（光子）频率过低，其能量不足以释放金属中的电子，就一切保持原样。在这种情况下，即便对金属材料施以更多光照，也无济于事。如果单个光量子的能量超过了最低限度，就会完成自己的使命。其他电子会接受余下的能量（光子的能量减去释放电子所需的能量）。剩余能量也直接与光频率相关，与光的强度（即光子的数量）并无关系。

爱因斯坦当时还籍籍无名，这一大胆的假设最初受到了专业领域的质疑。1916 年，美国物理学家罗伯特·密立根也尝试通过精确的观测来反驳这种假设，却宣告失败。恰恰相反，他强化了这种假设。1921 年，因其对光电效应作出了自己的解释，爱因斯坦获得了诺贝尔物理奖。

作为一种补充，美国物理学家亚瑟·霍利·康普顿于 1922 年揭示了以其名字命名的康普顿效应——他证明，光子拥有另外一种粒子特性。光子拥有一种动量（由普朗克常数除以波长而得），会在与电子相遇的时候将部分动量传递给电子。这就好比一只桌球，它撞到另外一只，从而将自己的部分动量传递给另外一只，自己则降速。光子则在与电子相遇的时候传递自己的部分动量，但光子的速度并不会因此而变慢（与桌球不同），光速会始终保持不变。然而，光子会改变自己的颜色即其频率，普朗克已在频率与能量之间建立了某种联系。

如果光既是粒子也是波，那么将其他迄今为止都被视为经典粒子的对象也加上波的属性，不是很公平吗？

粒子作为波

发表这种看法的第一人当属法国物理学家路易斯·维克多·德布罗意，时值 1923 年，他还在忙于自己的博士论文。如果一个光子的动量来自于常数 h 与波长的商，则粒子的波长想必就可由常数 h 与动量的商来确定。尽管这一假设非常大胆，德布罗意还是获得了博士头衔，这要感谢阿尔伯特·爱因斯坦的支持，后者当时已是诺贝尔奖得主。

数年之后，美国团队戴维森、革末以及英国人乔治·汤姆逊两方各自独立工作，测定了电子的衍射模型，从而为德布罗意的假说提供了证据。1937 年，三人因为证明了电子的波动性而共同获得诺贝尔物理奖（有趣的是，乔治·汤姆逊的父亲约瑟夫·汤姆逊曾于 1906 年因为证明了电子的粒子特性而获得诺贝尔物理奖）。

在此期间，所有基本粒子，包括原子与分子的典型干涉模式均已清楚地得到证实。世界各地的研究者们争相恐后地选择越来越复杂的对象，将其用于杨的双缝实验。

会有一天可以成功地证明日常物品也具有波动性吗？例如一个足球，它射穿体育场内一道门墙的两个球洞。如果足球的波长粗略估计为 10^{-34} 米，建构一面适合的门墙可能会非常困难，因为足球运动员要瞄准的两个洞口的直径同样只能为 10^{-34} 米。这非常非常小，小到连与构成原子核的基本粒子如质子与中子相比，后两者都比它大了19 个数量级。

所有物体既有粒子性，也有波动性，这种认识并非量子物理学的全部。还需要引用几句话用以解释波粒二象性到底意味着什么。一个物体之所以表现出某一面，以何为依据？如何将一个粒子的经典运动描述成不发生位移的波？

叠加态

现在我们知道，物质同时具有粒子性与波动性。那又如何？胡椒蜂蜜饼同时具有甜味与香料的味道，有问题吗？我们再看看托马斯·杨的双缝实验吧。胡椒蜂蜜饼在量子力学意义上的波长过短，无法构建一个适合的通道，我们改用电子来轰击双缝。后面的探测器屏幕上就出现了典型的干涉模式。

现在我们降低发射频率，而且每次始终只发射一个电子，干涉模式仍然保持不变。显而易见的是，单个电子也是一种波，在这种情况下，根本不需要另外一列波，它就可以实现自我干涉。可是，对于名为电子的粒子而言，这意味着什么呢？按照今天的认知，电子是不可分的，它必然选择了某个裂缝。可是，它穿过了哪道裂缝呢？

我们尝试着封闭了上面一道裂缝，干涉模式消失了。每一个电子都直接击中了下部裂缝后面的检波器。它在这个过程中以直线飞行，这也正符合人们对于粒子的预期。如果我们封闭下面一道裂缝，会发生同样的现象。即便我们始终轮换着封闭或打开其中一道裂缝，显示屏上也不会出现干涉模式下典型的最高或最低强度。通过对某道裂缝进行封闭实验，电子突然如粒子般正常表现，不再有干涉现象发生。

所以，我们现在使两道裂缝都保持开放状态并假定电子会穿过上面一道裂缝。那么，它必然会直接击中上部裂缝后面的检波器。可是，它不可能再导致干涉模式，因为它必须为此另外穿越下部裂缝。也就是说，粒子不可能只穿过了上部裂缝。如果我们颠倒这个思想实验的顺序，电子也不可能仅有下部裂缝这一条通道。

这种困境使我们得到一个结论，它在经典物理中根本被视为无稽之谈，那就是不可分的电子想必同时（！）穿过了两道裂缝。如果我们不封闭其中一条裂缝，不夺走电子的决定权，它绝对同时选择两道裂缝。虽然人类常识不情愿接受这样一个结论，但这完全在于人类属于凡夫俗子。虽然这里也适用量子物理的法则，可这些法则对于这种现象影响甚微，所以我们无从察觉。这并不罕见，人们在日常生活中也没有理解相对论的若干法则。您注意到了吗？无论乘坐火车或汽车，时间可有丝毫减慢？

您最好用诺贝尔奖得主理查德·费曼的话来安慰自己，对于通过量子物理来描述现实世界，他称之为"违背人类常识式的荒谬"，但"在每个细节上都通过实验得到确认"。这位物理教授说："我希望，您干脆顺其自然地接受大自然——荒谬是其本色。"

如果我们允许研究者宣称的"延迟选择"发生，大自然的真实荒谬程度就更为清晰。所谓"延迟选择"意味着一种策略，即在双缝实验中堵住某个裂缝（开放亦可），这一动作发生于粒子穿过裂缝之后（！）——但还要发生于粒子出现在检波器之前。乍一看，结果有违因果律。如果我们在粒子穿越裂缝之后将其封闭，可能对后续事件根本没有任何影响！可是，我们具体何时创造适合的条件，即打开或封闭裂缝，这对于干涉模式是否发生确实无足轻重。只要检波器没有捕捉到粒子，我们就还可以影响实验结果。即使电子已经穿越了裂缝，我们仍旧可以强加自己的意愿，似乎可以在事后修改电子作出的决定。

"延迟选择"的想法要追溯至物理学家约翰·阿奇博尔德·惠勒，他用一个思想实验将这个想法推至登峰造极。有些相距遥远的天体，所谓类星体，发出的光以双重影像抵达地球。原因在于类星体与地球之间存在大质量天体，它的引力产生了透镜般的效果——本部小说中描写了 SGL，读者由此而熟知了这种源于相对论的效应。如果在实验中集合那些选择了另外一条路径的光子，通过改变实验的架构，即便在光量子的行程持续了数十亿年之后，也可以确定它们在实验开始之前所经过的路径。

可以用一个词和一个公式来概括大自然的荒谬。这个神奇的词语叫做"叠加态"，它被视为每个量子系统的基本属性，即它以每一种理论上可能的状态同时存在。疲劳与清醒、开与合、亮与暗、寒冷与温暖，量子系统无须就硬币的正面或背面作出决定。尽管如此，却也不会任意而定。因为在一个观测过程中，量子系统以某种状态出现有其概率，这会通过波函数加以描述。这个过程关系到一个复杂的函数，它有几个部分表现为虚数。您还回忆得起学生时代来自于负一平方根的虚数吗？数学老师当时没有使您明白，现在的您则发现了虚数的实际用处。某个参数（例如粒子的位置）会表现为某个数值，其概率由波函数绝对值的平方计算而得。但是要注意，这仅仅关系到某种概率，而非精准的预测！如果不被采摘，苹果有很大概率会腐烂，但它也有可能新鲜如初。

粒子作出如此表现，使得科学摆脱了经典物理某个具有哲学一面的基础的影响——大自然中明显没有确切的定规，即不存在决定论。存在的只是趋势。即便在同一起始条件下，也无法预测某个过程的结果。

启蒙时期之后的研究者们一度深感自豪：借助于牛顿力学应该可以计算宇宙的整体运行，乃至于最微小的细节。当时的科学家们保证，只要精准测算初始条件，就可以测算每一种系统的未来。量子物理使这种观点落了空，而且从原则上对其加以了否定。亚马孙雨林区的一只蝴蝶扇动翅膀，在柏林引发了一场暴风雨。与之相比，蝴蝶属于一种经典的现象。我们之所以没有将翅膀的扇动纳入天气模式，原因在于我们不具备相关的能力，如此全面的计算难住了任何一台超级计算机。此外，我们无法同时理解每一只蝴蝶。

可是，由量子物理引入大自然的不确定性具有别样内涵。它认为，精准的预言在原则上不具备可能性。偶然性是决定一切的因素，它不会被任何手段消除。与牛顿及承其衣钵者所认为的不同，宇宙并非一只复杂的钟表。

您感觉这种说法有一点点消极吗？那是因为您和很多知名人士一起站在了同一阵营。甚至阿尔伯特·爱因斯坦——他至少一同创立了量子理论——也同样持怀疑态度："上帝不会掷骰子。"针对量子理论褫夺了物理学一清二楚的因果律，爱因斯坦多次（其中有一封信写给他的同事尼尔斯·玻尔）描述自己的不快。稍后您会看到，要肯定地预言量子系统的发展，甚至还会遇到第二种阻碍。

薛定谔方程

如何得到一个粒子或另一个量子系统的波函数？又如何计算？为此，就要用到学校里面总是受人喜爱的某个方法——解方程，而且是解薛定谔方程。在这种情况下，要解的是一种微分方程。

您还记得"导数"吗？在讨论曲线的时候，这个概念出现在数学课上。通过寻找函数曲线上斜率为 0 的若干位置，就可以计算某个函数的最大值或最小值。可以利用函数的一阶导数计算并获得斜率，例如函数 $f(x) = x^2$ 的一阶导数为 $f'(x) = 2x$。微分方程中往往包含了一个函数以及它的各阶导数。如果这些令您头大如回到了学校，那倒也不用太过在意，毕竟，这次您并不用亲自解方程。薛定谔方程的通用形式可以写为：

$$i\hbar\frac{\partial}{\partial t}\big|\Psi(t)\rangle = \hat{H}\big|\Psi(t)\rangle$$

在以上表达式中，i 为虚数（− 1 的根），ℏ为普朗克常数被 2π 除（π 为圆周率）。Ψ 是粒子的波函数。方程左侧是波函数对时间的偏导（∂ / ∂ t）——描述波函数如何随时间而变化。

方程右侧的哈密顿算符（Ĥ）描述了系统中的物理关系，比如其中所含粒子的动量与质量，以及作用于这些粒子的力。就目前而言，哈密顿算符仅仅是一个空位，有待于科学家们根据具体用途填以合适的内容。这事通常来说已经不是一件易事，而即便成功，也不表示我们能解开由此得到的微分方程。

可如果研究者们解出这个方程，就会获得许多相关知识。一眼看上去，薛定谔方程类似于您读书期间熟悉的经典运动方程。如果粒子以速度 v 运动，方程 x(t) = v×t 给出了以速度 v 运动的粒子在 t 时刻的位置 x。波函数 Ψ，即薛定谔方程的解，却不仅仅确定如位置一般的单个参数——该解包含某个量子系统某个时间点的所有（！）特性。

求解波函数（这是解薛定谔方程时的目的）并非如读书时一般简单。除特定情况以外，物理学家们通常必须为此采用所谓的数值解法。这是一类利用计算机来求解的近似方案。根据所求系统的复杂度，人们会需要消耗大量的算力。

薛定谔的猫

构建方程的时候，埃尔温·薛定谔自己并不肯定正在建立的是什么。最初，他考虑的只是某种特定情况，正如普朗克最初专为黑体辐射做了某些设想，却在这些想法被证实具有普适性的时候感到惊奇。薛定谔看到的问题在于观测对于实验结果的影响。虽然我们事后可以影响双缝实验的结果，条件却是电子尚且没有击中检波器，即没有被检波器测量的时候。所谓测量，其实施者为人类，而人类有史并不长久——史前宇宙又如何运行？问题是，如观察者一般的主观因素怎么可能定义现实？波在往复运动，而检波器只在特定的位置测量电子。

在此，薛定谔假设了一个缺失的因素——一个隐藏的变量——他打算用一个著名的思想实验对其加以展示。人们将一只猫封闭在一个不透明的容器内，其中有一套由放射性原子衰变控制的仪器。如果原子发生衰变，仪器则释放将猫杀死的毒气。这一过程完全出于偶然——符合原子衰变的特性。虽然人们可以说出 1000 个原子在 60 分钟之内衰变的数量，却无法确定单个原子的剩余寿命。薛定谔提出了一个问题，这只猫正处于何种状态？它是活着，还是已经死了呢？

按照量子理论来看，答案想必如下：这只猫处于"死"与"生"的叠加态。这种状态一直持续到有人打开容器。如果某位观察者看到这只死了或活着的猫，叠加态就被打破。人们也可以说：这只猫既可以进入"死"的状态，也可以进入"生"的状态。

这对我们关于现实世界的理解意味着什么，量子物理学家们长时间莫衷一是。1927 年，尼尔斯·玻尔与维尔纳·海森堡给出了哥本哈根诠释。该诠释认为，波函数在测量之时会发生探索，而测量的结果则是，在两个可能的测量值中取其一。在量子理论的极端诠释中，猫并非死于因为原子衰变而释放的毒气，而是死于打开容器的人。

艾弗雷特的多世界理论提供了另一种解释。按照这种理论，每一种可能的状态实际都可以是真实存在的——这些状态会衍生出自己的宇宙，并与其他所有宇宙完全分开。按该种理论，既存在一个您正在阅读此书的宇宙，也存在着另一个您更愿意观看电影的宇宙。很高兴，我们在您阅读此书的宇宙相遇。

有趣的是，在多世界理论的框架下，概率最低的事情只要存在可能性，就不仅可能，而且必须发生。也即至少存在这样一个宇宙，位于其中的一个杯子会自行向上跳起，因为构成杯子的所有原子偶然间同时向上运动。批评者们因此诟病，概率的理念在此失去了意义。

所谓的退相干理论提供了一个较为容易接受的解释。该理论宣称，因为与所处环境存在交互影响，某个量子系统将彻底改变，即失去其量子属性。人们将这一过程称为退相干。在此，观测者失去了他在哥本哈根诠释理论下拥有的重要作用（某些该理论的支持者甚至质疑脱离了观测者的现实）。一次观测或测量不外乎与环境之间产生交互作用。只有光子与猫之间先行产生了相互影响，观测者才获知容器内那只猫的状态。人们甚至可以计算得知多久会发生退相干。对于日常生活中的典型物体而言，这来得异常迅速——在正常条件下，一只保龄球仅仅在 10^{-26} 秒之后就会失去它的量子属性。

我不想向您保留量子物理的一种优秀诠释，它是我最喜爱的解读之一："闭嘴，去计算！"这句话指出了这么一个事实，即无论你从哲学上如何解释量子理论，我们总是会用薛定谔方程找到那些有趣的解。事实上，各种不同的诠释根本不会改变量子力学的法则。诠释并非理论，只是在尝试表达微观世界中可证的事实与过程，从而使这些事实与过程可以被人理解。如果我们自己生活在量子世界之中，就可能需要对现今司空见惯的生活进行解读。您说什么？一个物体必须选取一个固定的位置？您会和我说，这很不合情理。每个人都知道，物体见于各处，又不见于各处。

诠释无所谓对或错。因此，有些物理学家更愿意把哲学留给哲学家们讨论，而自己则使用量子理论的各种工具。

不容细观

抛开量子物理的纯粹统计陈述不谈，关于为何绝不可能确切地描述整个世界，还有另外一个原因。我来谈一谈海森堡的不确定性原理。1927 年，薛定谔提出自己的方程一年之后，海森堡表述了他的不确定性原理。该原理常被阐述为量子物理的基础之一，但也可以由薛定谔方程推导得出。

海森堡通过一场思想实验介绍该原理。假设您想在一台虚拟显微镜中观测某个电子的位置或速度。如果通过显微镜看到了什么，则意味着您的眼睛被一个光量子（光子）击中，而光量子发自于正被您观测的物体。在此过程中，光量子与物体彼此略有互推（您想想看，光子也有动量），光量子与物体的属性都由此发生了变化。

能以何种精度测定一个物体的位置，取决于光的波长。您想测得越精准，就必须用波长越短的光照射物体。可是，光的动量随着波长的萎缩而增强——您想起普朗克公式了吗？随着观测必需的光子和电子之间的碰撞，一部分动量不可避免地转移给电子，而您关于电子动量（即电子的速度）的认识则会混乱起来。您越想测准位置，速度就相应地越不精确。不可能既测准位置，又同时测准速度。

现在普遍认为，海森堡这里所用的论述是偏弱的。他甚至半停留于经典物理，因为他承认电子有固定的位置和固定的速度，而我们在上文已经排除了这一点。按照海森堡由思想实验得出的公式来测量某个粒子的位置与速度，其结果因为不确定性原理而永远不会小于 $\hbar/2$。这是量子世界的一个根本属性，即便最精确的测量仪器也无从给出反证。

除了位置与动量，还有很多可测量的量满足不确定性原理。它们见于一切有顺序要求的测量，即"不可交换的"测量值。敲击钢琴琴键，这是来自于日常生活的一个关于不可交换值的典型例子。如果您想确定琴键何时以何种音发高音，您就必须分析一段时间内钢琴琴音的频率，却因此而无从得知该琴音响起的确切时间。此书的长度与宽度倒算得上可以交换的测量值。无论您先测宽度或先测长度，都对结果没有影响。简而言之，日常生活中也可能会出现不确定性原理。

关于我们如何想象上文描述的波粒二象性，不确定性原理给了答案。为解释这一点，我们需要一种如粒子般表现的波。在我们按照经典方法想象粒子的位置时，波必须在某处拥有相对明显的最大值。在宇宙中所有其他位置，该粒子存在的几率都应该很小。

拥有上述性质的数学结构叫做"波包"。波包是许多单列波的叠加态，这些叠加波的振动带来人们预期的结构，正如画家将各种颜色混合从而获得需要的色调一般。我们越想精确地确定粒子的位置（最大值越明显），就必须将越多波纳入波包。但波包内的所有波都各自具有动量，所以我们对波包动量的了解就越发模糊。这便是不确定性原理的真实原因。

顺带一提，当你超速被抓时，不确定性原理可不适合用作辩词。虽然该原理不仅适用于量子世界，而且适用于任意一个物体，但只有人们测量车速到小数点后 18 位时，该原理才能被人看到。然而，警方可干不了这么精细的活。

尽管如此，当您把优盘插到电脑上时，就已经要和不确定性原理打交道了。内置于优盘的存储器基于晶体管，而晶体管则利用所谓的隧道效应在工作。人们在此利用了不确定性原理——事实就是，带电粒子的波包也可以越过某一个障碍。如何按照经典物理对此加以理解呢？您想象自己骑车来到一座山前。山路难行，只有一个办法，那就是降至最低挡，再高速踩踏板。登顶之后，您感觉自己做了功。回报是，您拥有了能量，而且属于势能。至于您登顶的山，物理学意义上称为势。

每临山峰，必有山谷。您可以收脚，任由单车自由下行。您注意到单车愈来愈快吗？在山谷最低点，您达到了最高速度。与行车速度直接相关的是动能的衡量尺度，动能在最低点达到最大值。

现在，让我们一起祈祷吧，但愿您给单车车胎正常充气，以免摩擦效应过于强大。如果充气正常，您依旧可以高脚无忧。到了下一座山，单车会将您带至等高于前一座山峰的高度。您停在这个高度，此时动能为零，势能为最大。接下来发生的一切取决于所在山的高度，即"势能差"。如果所在山高于您骑车而下的前一座，您就会被"反射"——单车会毫无阻碍地向后下滑。

电子也与此类似。如果你身边发生的一切都属于经典世界，您无论如何都会被一个高于您自身能量的（例如电子）势能反射。可是，量子世界中并非仅仅在动量与位置之间存在不确定性，能量与时间之间同样如此。也就是说，电子没有精确的反射时间。如果电子的能量不足以支撑其翻越山峰，而其有一定概率甚至在山后才发现这一点。这好比骑着单车的您发现了一条穿山的隧道——所以有了"隧道效应"这一概念。请您不要望文生义，电子并没有挖掘一条穿越障碍的隧道！电子并没有穿越，也没有进入这片禁区。电子就那么出现在另一端，好似并不存在任何障碍。

理论而言，您也可以骑着单车走一次量子捷径。这种概率实际并不为零——但还是非常小，因为您的质量过于巨大。即便宇宙不复存在，您也必须骑着单车反复翻山越岭，只为了有一次轻易穿越的经历。

除了晶体管，隧道效应在放射性原子核 α 衰变过程中也起了一定作用。扫描隧道显微镜同样属于此种现象的技术应用——金属表面借助干该显微镜的较高分辨率而显得生动。人们将一只极细小的金属尖头引至待观测的金属面上方。如果施加电压，则电子会穿过金属面与测针之间一层薄薄的空气——有电流产生，而且金属面与测针之间距离越小，电流就会越强。关于量子物理最重要的三个现象，你们现在已经了解了其中两个。但它变得更加神秘，甚至爱因斯坦也称之为一种幽灵般的过程。

粒子纠缠

对于受过传统教育的物理学家们而言，在量子物理涉及的现象之中，大概没有任何一种现象好似"纠缠"一般使他们头痛。因此，"纠缠"为时很久才最终被接纳为量子系统的真正属性。在此之前，人们花费了许多时间，试图通过找寻我们不得其门而入的隐秘关联对其进行解释。

这并非因为该种理念太难解释。如果某个组合起来的系统接受了某种状态，而人们却没有将该系统的各个组成部分同样归入某种状态，就称其为"纠缠"。这种说法听似简明扼要，其结果却难以置信。您试着想象一只装满了台球的碗，这只碗是蓝色的。但如果您取出一只台球，它并没有可以辨识的颜色——至少在量子世界如此。或者，您想象某个正在唱着某种旋律的合唱团。如果您使其中一位女歌手与合唱团分开 10 米，她同时并不停止歌唱，您将同样听到她唱着这个旋律。然而，您在量子世界无法给出同样的说法，您将永远不知道单个歌手所唱的内容，听到的只是合唱。但请您想象一下，您将合唱团的每一位歌手都送到不同城市，男歌手们与女歌手们再也听不到彼此的声音。在量子世界，这个合唱团依然始终唱着同一个旋律。现在事情变得有点疯狂，您强迫其中一位男歌手唱别的内容，突然所有其他人也跟唱起来——尽管彼此之间存在着距离，他们却好似心有灵犀。

纠缠粒子亦做如此表现。物理学家们的表述略为复杂，即两个处于纠缠状态的子系统的测量结果彼此相关，且不受空间距离的影响。按照一个子系统的测量结果，其他子系统可能的测量结果的概率分布会有所改变。这种因为量子纠缠而产生的关联也被称为量子关联。

无论人们如何系统地将两个处于纠缠状态的量子系统彼此孤立，或无论如何将它们相隔一定空间距离，纠缠状态始终存在。在此过程中，无法对系统组成部分的状态进行描述。如果可以使骰子产生纠缠状态，就有如下解释，即每次掷骰子的结果始终处于绝对偶然状态。但如果两个骰子处于纠缠状态，其中一个显示偶数，另一个则必定显示奇数。

如何制造量子物理意义上的纠缠现象？物理学家们为此想出了各种方法。一方面需要两个可以彼此纠缠的子系统，另一方面需要一个参数，也就是一个物理量，纠缠即按此参数来制备的。至于选择何种参数，则取决于待纠缠物体的种类。科学家们愿意采用的就是光子。

光具有一种特性，它可以被极化，成为偏振光。想象花园中有一条被拉紧的晾衣绳，如果您向下拉晾衣绳，就会引起一种沿着晾衣绳传递的纵向波动。这种波属于"垂直偏振"。如果您向侧边拉扯晾衣绳，它也会沿侧向产生振动。这种波属于"水平偏振"。现实还要复杂一些，因为电场与磁场在共同振动（您想得起中学物理课堂上的"三指定则"吗？磁场与电场之间为垂直关系）。此外，没有花园中的晾衣绳作为波的载体。但是，上文所描述的基本原则却依旧适用。

如果您在 3D 电影院使用过一次性的 3D 眼镜，就会了解偏振光的实际用处。3D 眼镜的镜片采用不同的极化，以便将"正确的"图像展现给人的每一只眼睛——展现给右眼及左眼的图像的偏振方向是不同的，而眼镜上的特殊玻璃则过滤了错误偏振方向的图像。

过于跑题了——无论如何，都有可能成对制造偏振方向相反的光子。例如，如果用紫外线照射钙原子并使其进入活跃状态。钙原子将以一定概率由活跃状态转入另一种状态。在此过程中，两个彼此纠缠的光子被发射，它们必定具有不同的偏振方向。

虽然光子最易产生纠缠现象，但纠缠效应早在更大规模的系统中被验证过了。自旋也常常被选作纠缠所用的参数，这是一种很难被图示化的物理量，但您现在必须要开始习惯这点了。它经常被解释为一种扭矩。一位花样滑冰选手如果在做冰上旋转动作，这就是一种自旋。在此不要将自旋与转速相混淆——如果选手的手臂越贴近身体，就转得越快，但她的角动量却始终保持不变。若将这幅画面转移到电子上面，会被两个事实阻碍。首先，电子按照今天的认知是点状的。没有 x，y 或 z 维度，一个点谈何旋转？其次，对于任意粒子，它的自旋角动量是始终保持不变的。也就是说，即便电子处于静止状态，也拥有大小为 $1/2 \times \hbar$（普朗克常数，作为比较，保龄球的角动量为 $3 \times 10^{33} \times \hbar$）的自旋角动量。人们也会将 $\hbar$ 省略，称其角动量为"1/2"。光子的角动量为 1。

可以改变的是整个系统的自旋。例如，根据其拥有的电子数量，一个原子可以拥有整数或半整数的自旋。虽然只差半个自旋，但这会导致系统行为的截然不同。带有半整数自旋的粒子或粒子系统一定要遵循泡利不相容原理，即任意两个这样的粒子永远都不能完全处于相同的状态。

而对于带有整数角动量的系统，则不适用泡利不相容原理。这导致系统遇低温则产生所谓的玻色-爱因斯坦凝聚（BEC）。在这种状态下，不再可以对这些系统进行区分。全部粒子都可以通过唯一的波函数加以描述。玻色-爱因斯坦凝聚属于一种带来奇妙结果的研究领域，却不属于我们在此研究的对象。

但是，物理学家们也利用玻色-爱因斯坦凝聚来制造成对的纠缠原子，比如再给凝聚态增添一点点能量，就可以产生以彼此纠缠的状态脱离整体的原子。

爱因斯坦口中的幽灵

粒子纠缠实际存在着，这是早就被清楚证明的事。在很长时间内，粒子纠缠的最佳证明记录由一个国际研究团队保持，它证明相距

144 千米的光子相互纠缠。位于加那利群岛的拉帕尔马岛有一座罗克-德洛斯·穆查乔斯山，人们在位于山上 2400 米的一座观测站分离了一对处于纠缠状态的光子。其中一个光子位于原地，另一个则借助于望远镜发送至邻岛特纳里夫，被位于同等海拔高度的宇航组织 ESA 的地面站接收。尽管光子在发送途中完全有机会与周边环境互相作用，然而却始终保持着纠缠状态。2017 年，中国的研究者们甚至将实验距离扩大为 1200 千米，而且在实验过程中使用了专门为此而研发的"墨子号"卫星。

即使如阿尔伯特·爱因斯坦这样的物理学天才也很难接受量子纠缠，究竟是什么导致了这一点？爱因斯坦将量子纠缠称为"幽灵般的超距离作用"。1935 年，他与同事鲍里斯·波多尔斯基、内森·罗森进行了一个思想实验，尝试破除量子纠缠这一说法。这个思想实验取三个人名字的首字母而被称为"EPR 佯谬"。

该思想实验理念如下。我们利用两个同源的纠缠光子，它们逆向互相远离。现在，我们测量其中一个光子的波长。因为量子纠缠效应，我们马上而且精确地知道了另一个光子的波长。根据不确定性原理，我们无法同时测量它的位置。就这点而言，实验别无进展。但我们原本可以决定测量第一个光子的位置，而非其波长。那我们无须多看，就一定会知道第二个光子的位置。在实际操作中，当然只可以进行一次测量，因为测量会扰乱第一个光子的波函数。但这属于一次思想实验，在此过程中，我们既没有看到，也没有触碰第二个光子。尽管如此，我们还是有可能（强调虚拟语气）既精确地了解它的位置，也精确地了解它的波长（即它的动量）。

爱因斯坦与同事们想借助于这个思想实验表明，第二个光子始终按照我们的决定来表现它的两个属性。也就是说，它必须始终拥有一个固定的位置和一个可以定义的动量（有悖于量子理论）。否则，它必须无视空间与时间地始终与第一个光子发生联系。而且，它会用某种方式了解第一个光子的测量结果。因此，爱因斯坦认为量子理论不够完备，它没有告知某个粒子的所有属性。

爱因斯坦指的是所谓的"定部隐变量理论"，一种利用"定部隐变量"来完成量子工作的理论。按照这个理论，系统包含了观察者无从了解的隐变量，然而这些隐变量确定了系统的属性。按照这种说法，宇宙在利用做了记号的骰子运行——而我们不了解这些暗记，徒受捉弄。

如果人们认可量子理论的一个重要属性（爱因斯坦从未接受），EPR 佯谬就会冰消云散，那就是量子理论并不具有定域性。按照例如经典物理倡导的定域理论，对"此处"进行的测量并不影响"彼处"的粒子。如果您被绊倒，并不会造成他人摔跤。或者至多存在一个由光速（在真空中光速为 30 万千米/秒）决定的时间差。如果您被绊倒，旁人看到之后会让到一边。前后两件事当中需要一定的时间，它至少相当于光由您到达旁人需要的时间长度。而在量子世界之中，无论纠缠粒子之间相隔有多么遥远，效果立竿见影。

原因就在于纠缠系统在量子物理之中被一个共同的波函数加以描述。这个波函数适用于整个宇宙。没错，整个宇宙。

人们不再谈论两个单独的具有共性的光子，而是谈论一个整体系统。只要环境不给施加任何影响，两个纠缠光子中的任何一个都不具有确定的位置和动量。然而，对其中一个光子的测量破坏了共同的波函数，另一个光子就被实时赋予了来自于纠缠关系的值。

"实时"确实意味着"立即"。不会有时间流逝。这也意味着不会有任何通讯，因为按照爱因斯坦的相对论，最多以光速才能进行通讯。当然，物理学家们事后尽其所能地进行了测量，按照测量的结果，纠缠粒子必须以万倍于光速的速度传递信息。研究者们并没有实现"无尽的"速度，原因在于同样没有无尽精确的实验精确度。

超光速通讯？

纠缠粒子无须任何等待时间就能获知彼此的状态，当然也激发了科幻小说作者们的想象力。把一个粒子保留在地球，把另外一个粒子送给启航进入无尽太空的寇客船长，不就可以建造一个量子通讯器吗？如果《星际迷航》中的这位船长想给我们发一个消息，只需要操控系统中属于他的一部分，留在地球的那一部分的状态同时就会改变。

问题是，这样一次传递过程中的信息量等同于零，因为纠缠粒子的测量值始终具有偶然性。除非发出信息的一方通过其他渠道告知接收的一方，但是又会遇到光速为速度上限的问题。在角色扮演游戏《质量效应》中得到应用的"量子纠缠通讯器"因为物理原因而不得不停留于科幻。另外还有一个很实际的问题，即只有事先在某个区域互相影响，事后才有可能发生纠缠，即构成纠缠系统的两个粒子必须于此前某时共处某个位置。处于纠缠状态的粒子大致来自于同一个原子。此外，纠缠现象会因为任何一种"讯息"而解体——也就是说，人们需要储备更多粒子，它们与任何所希望位置的另一方相关联。

将量子纠缠现象用于医疗，此种说法同样属于谎言。量子物理虽然听起来如同魔术，却与之并无半点关系。恰恰相反，即便给人类常识以极其怪异的感觉，量子物理仍在最大程度上精确地描述并说明着我们的宇宙。至于将其用于解释例如"远程诊疗"或"顺势疗法"的"替代疗法"，则毫无科学依据。

作为一个系统，人体太过于错综复杂，无法接受诸如此类的"量子信息"。而且如我们所见，某个测量结果完全出于偶然。通过积极思考、冥想或发送给宇宙的迫切愿望对于测量结果并无任何影响。

在自然界，纠缠现象完全占有着一席之地。阳光在光合作用中高效地转为植物可用的能量，似乎纠缠现象才使之成为可能。

量子的计数应用见于世界各地。在未来，量子计算机有望胜过任何一台超级计算机。量子计算机应用了叠加态与量子纠缠。一个量子比特（Qubit）同时具有 0 至 1 之间的所有可能值。所以，一个问题可以同时通过计算获得所有答案。秘密机关对此既怕又盼，因为据说量子计算机会使任何一种传统密码化为腐朽。有一种说法认为，对于诸如 AES 之类的编码程序，量子计算机破解密码时可使得关键密钥的长度减半，所以，只要使关键密钥长度倍增，就可以再次达到之前的安全程度。但这并不正确。

此外，量子物理还会提供一种好得多的可能性。所谓的量子密码学解决了一件异常困难的任务，即找到确实依偶然性存在的秘钥并以绝对安全的方式传递给另一方。安全性并不会受到破解难度的影响，而在某种程度上由大自然设定。一位好奇的间谍必须改变自然规则，才能非法破解一个按照量子密码学正确搭建的体系。在本部小说中，虽然错乱范围内的物理常量意外地发生了改变，但有意使其改变却可能远远超出了我们的能力。

量子隐形传态

因其在本部小说中作用如此之大，所以我想谈谈另一种精彩的现象，量子隐形传态。隐形传态——您一定是从科幻作品中了解到这个字眼，例如队员们从进取号被隐形传态到陌生的行星上，即所谓"传送"。实际上，量子隐形传态在物理学家们的实验中已成为现实，虽然与《星际迷航》作者的描述有所不同。

有一点很确定，如同在电视剧及电影中发生的传送过程不具有物理可能性，比如被传送的人无中生有般出现在目标处。物质——除非极少量——既不能无中生有，也无法以光速或超光速被传送。

位于目标处的对应基站会不会是一个办法？如果那里存在所需的材料，或许可以复制被传送的物体。一个人的个性并没有藏在组成人体的原子当中，就像从您体中提取出的任意一个碳原子不可能与来自我体内的碳原子有任何区别。唯一重要的是，您身体的单个原子位于何处及处于何种状态。

如果成功地精准确定单个粒子的坐标与受激态，只需要将这些信息传送至对应位置，便可以精确地创造一个您本人的复制品。这一原理已经按照传统方式得到了技术实现——应用于已近淘汰的传真设备。只要对应位置还有纸张，发送者就可以利用传真设备，将某个"物体"（例如账单）以光速"传送"至另外一处。至于传真在多大程度上可行，传真质量如何，这些都取决于双方设备的品质。

除对有生命人体的所有原子进行测量存在实际困难以外，实际上传送还存在另外一个问题。回忆一下海森堡的不确定性原理，我们对一个粒子的位置测得越准确，关于该粒子其他属性的信息就越模糊。因此，我们无法对待传送的物体进行准确分析。

量子物理又一次提供了办法。研究者们花费了一段时间，才想到这个办法。1993 年，一个国际研究团队发布了这个方案，并于 1997 年通过实验加以证实。这个方案需要一种我们已经详细讨论过的现象——粒子纠缠。此外，人们还需要两个彼此纠缠的粒子。作为量子隐形传态的结果，一个粒子的精确状态被传送给另外一个粒子。对于待传送的状态，既不需要了解，也不需要测量，唯一需要的是另外一种传统传输方式。在本部小说中，这种方式体现为望远镜及其接收的来自遥远距离之外的光子。实际上，作品中的描述已经非常接近事实。至于我们所在的宇宙存在着来自早期宇宙的纠缠粒子，这属于一种未经证实的说法。虽然有着物理意义上的可能性，但是我们不知道这种说法是否正确。因为与环境之间存在交互作用，地球上的纠缠现象始终只"维持"很短的时间，但宇宙可能足够空旷，不会影响处于纠缠状态的粒子。

×　　　　　　×　　　　　　×

在量子隐形传态中有一个很重要的点，就是"不可克隆原理"，这使其与科幻作品中描述的过程有所区别。量子隐形传态的结果并非产生第一个粒子的克隆体，因为待传输粒子的最初属性会被丢失。否则，海森堡的不确定性原理又要大行其道。虽然进取号飞船上出现的克隆体也会发生意外，但作为原型的个人在传送过程中被如何拆解，需要剧本的作者为我们做出描述。

第二个局限在于传输速度。量子隐形传态并不适用于超光速。虽然粒子 B 的状态马上就发生了改变，但只有在通过传统方法获知观测结果之后，接收者才可以继续做文章。克里斯蒂娜置身于牧羊人 1 号，指望着首先对宇宙的某个区域进行观察，才可以将那里的量子状态传输至我们所处的世界。

问题三是，如果没有对应的基站，就无法进行量子隐形传态。接收者必须拥有处于纠缠状态的成对粒子的一部分。将某个物体传送至一个未知的或人类从未踏足的位置，这是不可能的。

有一个问题更具有实际意义，即宏观意义上的物体——例如人类——是否可以通过这种方式实现点对点的移动。这首先属于一个数量问题。人体由 10^{30} 个原子组成，即 1 后面有 30 个零。仅仅在实验室对几个光子进行传输就困难重重，并非每次都会成功。如果想按照这种方式将人送上星际航行的旅途，就需要一个迄今难以企及的低失误率。复制品在接收者处出现之前，原始状态已遭到破坏，所以每次只是对单个粒子进行实验。

此外，发送者与接收者都需要各自准备 10^{30} 个处于纠缠状态的粒子。但是，纠缠状态是一种极其难以把握的现象，它会因极微小的环境影响而破灭。与原子甚至完整的构成有机物质的分子相比，相比量子隐形传态实验的主角光子的纠缠状态更容易把控。目前，研究级别似乎最多只可能上升至病毒大小。

量子隐形传态可能最先在量子计算机领域得到应用。科学家们在此面临一个难题，即单单得到一个计算结果并不足够。一个可以通过量子隐形传态建立联系的存储器也很重要。

在这种情况下，量子比特就是待传输的状态。或许，传输量子比特的内容而非传输其载体（取决于量子计算机的类型）更为容易。这样的现象已见于传统计算机——传送至处理器的并非存储元件，而是存储元件中包含的比特。

现在我们来做课后作业。对于任意一维势 V（x），只有满足"态能量 E 大于势的最小值"这一条件，才可以确切地找到不含时薛定谔方程的解。请加以证明。

好吧，这是一个小小的玩笑。这是一道慕尼黑工业大学量子力学假期培训班的题目，我并不想用它来吓您。但是我期望看到的是，您在阅读本书之后对于量子世界不再感到陌生。无论如何，量子都决定了我们的现实世界，即便我们很少理解其中的奥妙。或许，本次阅读也会使您更看重日常生活中的确定性。在量子世界，具有确定性的只有一样事物，即没有任何确定性。我认为，最大的奇妙之处在于尽管量子存在不确定性，我们的宇宙仍然在按可识别的法则运行着。

Brandon Q. Morris
Originally published as "Die Störung"
Copyright © 2021 S. Fischer Verlag GmbH，Frankfurt am Main
Simplified Chinese translation rights arranged through The
PaiSha Agency

图字：09‒2022‒0336 号

图书在版编目(CIP)数据

　　牧羊人 1 号/(德)布兰登·莫里斯著;纪永滨译
.—上海：上海译文出版社,2023.8
　　(译文科学)
　　ISBN 978‒7‒5327‒9331‒0

　　Ⅰ.①牧…　Ⅱ.①布…②纪…　Ⅲ.①幻想小说—德国—现
代　Ⅳ.①I516.45

　　中国国家版本馆 CIP 数据核字(2023)第 126482 号

牧羊人 1 号
［德］布兰登·莫里斯　著　纪永滨　译
责任编辑/薛　倩　装帧设计/胡　枫　轩广美

上海译文出版社有限公司出版、发行
网址：www. yiwen. com. cn
201101 上海市闵行区号景路 159 弄 B 座
上海盛通时代印刷有限公司印刷

开本 890×1240　1/32　印张 14　插页 2　字数 207,000
2023 年 9 月第 1 版　2023 年 9 月第 1 次印刷
印数:0,001—8,000 册

ISBN 978‒7‒5327‒9331‒0/I·5821
定价：66.00 元